백일청춘

백일청춘

정해연 장편소설

고즈넉
이엔티

백일청춘

초판 2쇄 발행 2022년 2월 25일

지은이 정해연
펴낸이 배선아
편 집 정수정
디자인 엄인경
펴낸곳 (주)고즈넉이엔티

출판등록 2017년 3월 13일 제2021-000008호
주소 서울특별시 중구 청계천로 40, 1203호
대표전화 02-6269-8166 **팩스** 02-6166-9199
이메일 gozknockent@gozknock.com
홈페이지 www.gozknock.com
블로그 blog.naver.com/gozknock
페이스북 www.facebook.com/gozknock
인스타그램 www.instagram.com/gozknock

ⓒ 정해연, 2021
ISBN 979-11-6316-209-4   03810

표지/내지이미지 Designed by Freepik

차례

0

주석호는 죽다 살았다.

보통 '죽다 살았다'라는 말은 절체절명의 위기에서 생사의 문턱을 넘나들다 살아난 사람에게 하는 표현이지만, 그는 정말로 생물학적으로 죽었었고, 눈을 떠보니 살아났다. 단순히 심장이 멈춰 의사에게 사망 선고를 받았는데 화장장에 들어가기 직전 살아 돌아와 관을 두드렸다는 옛날 이야기가 아니었다. 사후에도 꿈을 꾸는 건가 싶어 고개를 흔들고 뺨을 수십 차례 때려봤지만, 그럴수록 선명한 오감과 통증이 현실이 맞다고 알려주었다.

그는 생소하게만 느껴지는 방 한가운데 앉아 주변을 이리저리 둘러보았다. 방에 달린 싸구려 MDF 문짝은 온통 긁힌 채 칠이 벗겨져 있었고, 손바닥만 한 방은 비좁기 그지없어 문을 열고 들어오면 곧장 맞은편 벽이 코에 닿을 것 같았다. 구닥다리 장롱에는 과연 고를 수나 있을까 싶을 정도로 옷이 빽빽이 들어차 있었다. 장롱 옆에 붙은 책상 위에도 책 대신 벗어놓은 옷들이 쓰레기처럼 쌓여 있었다.

온 주변이 그야말로 눈 뜨고는 볼 수가 없을 만큼 지저분하고 더러웠다. 시큼한 땀 냄새가 빠지지 않아 코가 얼마나 간지러운지 수시로 재채기가 터져 나왔다. 하지만 정말 이해가 안 되는 건 따로 있었다.

'대체 왜?'

석호는 떨리는 손을 더듬어 옆에 있던 스탠드 거울을 집어 들었다. 아무리 봐도 거울에 비치는 건 처음 보는 소년의 얼굴이었다.

넓고 반듯한 이마, 오뚝한 코, 짙은 눈썹과 또렷한 눈동자, 탄력 있는 볼과 명료한 입술선. 평생 단 한 번도 본 적이 없는 얼굴이었다.

석호는 고개를 젓고는 벌떡 일어났다. 소년은 백칠십오 센티미터 정도의 키에 군살은 없지만 근육질도 아닌 평범한 몸매였다. 굳이 구분하자면 날렵한 축에 가까웠다. 팔을 위로 뻗자 낮은 천장에 무리 없이 손바닥이 닿았다. 구불구불한 머리를 눈썹까지 내려오도록 기른 건 거슬렸지만 그래, 이 정도 얼굴이라면 더벅머리 스타일도 봐줄 만했다. 연예인까지는 아니어도 어디 가서 주눅들 외양은 아니었다.

　다만 문제가 있다면, 이 얼굴과 몸의 주인이 된 석호가 올해로 예순다섯 살이라는 점이었다.

　전날 새벽에 분명 그는 자신의 아파트에서 죽어가고 있었다. 단지 안에서만 인맥을 잘 쌓아도 정재계 어디든 연줄을 댈수 있다는 리젠트 더 플랫 아파트, 거기서도 로열층으로 꼽히는 십 층이 바로 석호의 집이었다. 오동나무로 만든 옷장과, 같은 재질의 문갑, 그가 직접 주문 제작한 느릅나무 침대와 중국에서 구매해 온 화리목 소재의 사방탁자는 고가구 수집상들도 침을 흘리던 작품들이었다. 그만큼 고급스러운 방이었지만, 정작 그는 그 속에서 혼자 쓸쓸한 죽음을 맞이하고 있었다.

　석호는 온몸에 오른 열이 떨어지지 않아 정신이 혼미한 상태였다. 땀이 흠뻑 배어 침대가 젖어드는 게 느껴질 정도였다. 허공에 붕 뜬 것 같았다가, 다시 깊이를 알 수 없는 땅속 끝까지 끌려 들어가는 감각이 끊임없이 그를 괴롭혔다. 몸에 힘이 들어가지 않아 목 안쪽에서 끓는 가래도 뱉지 못했다. 가슴은 헐떡이는데 숨은 쉬어지지 않았고, 구조요청을 할래도 손 하나 꿈쩍할 수가 없었다.

　한 달 가까이 기침이 멎지 않는 게 심상치 않아 병원을 찾은 것은 얼마 전이었다. 가슴에 통증이 있고 목이 자꾸 쉬는 건

힘을 써 기침을 했기 때문이라고 생각했다. 열없이 기침이 떨어지지 않아 고생한 적은 일전에도 있었기에, 병원을 찾기 이전까진 그다지 심각하게 생각하지 않았었다.

그렇게 사흘간 금식과 이름을 알 수도 없는 검사에 끌려다닌 끝에 그는 폐암 4기라는 진단과 그 처방으로 주는 마약성 진통제만을 손에 쥐게 되었다. 의사는 아주 태연한 얼굴로 당장 입원해 항암치료에 들어가지 않으면 삼 개월, 길어도 육 개월 정도 살 수 있다는 진단을 내렸다. 치료의 성공 확률이 얼마나 될지는 자신할 수 없다고도 설명했다.

석호는 최악의 상황에서도 그나마 다행이라고 생각했다. 혹시 이런 진단이 나올까 싶어 주치의 김 박사를 찾지 않았던 건데 매우 잘한 일이었다. 아직은 그가 죽게 생겼다는 소식이 외부에 유출되어서는 안 되었다. 호시탐탐 주석호를 이 자리에서 끌어내리는 데만 혈안인 주주들이 이 사실을 알면 쾌재를 부를 터였다.

주주들과는 일전에 무리한 HS홈쇼핑 인수 합병을 반대하고부터 줄곧 반목 중인 상황이었다. 합병이 무산되자 언론플레이가 가동되고 주가가 급락했다. 뻔뻔하게도 그들은 곧 예정되어있는 주주총회에서 그 책임을 석호에게 묻겠다고 했다. 참으로 눈에 빤히 보이는 짓거리였다.

평생을 바쳐 일궈낸 회사를, 이런 식으로 불한당 같은 놈들의 손에 넘겨줄 수는 없었다. 이제는 회사가 석호고, 석호가 회사였다.

석호는 버텨낼 자신이 있었다. 그는 밑바닥에서 시작해 SH 물류를 국내 굴지의 기업으로 성장시킨 몸이었다. 회사를 성장시키는 동안 마냥 좋은 일만 있진 않았다. 불가피하게 많은 희생을 치르기도 하고, 경쟁자들을 밟고 또 밟은 뒤에야 올라선 자리였다. 그러니 석호의 주변엔 적도 많을 수밖에 없었다. 그 적들에게도 굴하지 않았는데, 고작 병 하나로 주주들에게 질 수야 없었다.

그는 가장 믿을 만한 김범주 사장에게만 병을 알렸다. 그 상태로 지금까지와 똑같이 업무를 수행하며 항암치료를 병행했다.

치료는 힘들다고 표현하는 것만으로는 부족할 정도의 고통을 수반했다. 날이 갈수록 처음 병원을 찾았을 때보다 기침과 흉통은 심해졌고, 항암의 부작용으로 입이 헐어 점점 음식을 먹을 수도 없었다. 그래도 석호는 이겨낼 수 있다고 자신했다. 주주총회의 파고만 넘으면 모든 것을 정상화한 뒤 회장 자리에서 물러날 생각이었다. 우선은 그때까지만 견디면 될 일이었다.

하지만 처음 암 말기 판정을 받은 지 한 달 반이 되자, 석호는 진단을 내렸던 의사를 돌팔이라고 확신하게 되었다.

'삼 개월이라고 해놓고!'

장마에 썩어 문드러진 수박처럼 침대에 널브러진 채로 창에서 어슴푸레 들어오는 빛을 보며 그는 죽음을 예감했다.

'억울하다.'

마지막으로 한 생각은 입으로 내뱉어지지 못했다. 대신 뜨거운 숨을 깊이 내뱉었고, 그때 심장이 마지막 힘을 내 크게 한 번 뛰었다.

그리고 어둠이 찾아들었다.

죽음이었다. 예상했던 것보다 좀 더 외로웠다.

1

"이 망할 놈아!"

그 소리를 들었을 때, 주석호는 사후세계에 와 있는 줄 알았다. 누군지는 몰라도 당장 안 일어나느냐며 소리를 왁왁 질렀다. 몽롱한 가운데 머리에 떠오른 것은 TV에서나 본 저승사자의 으스스한 모습이었다. 검은 갓을 쓴 창백한 낯의 저승사자가 데려가려 호통을 치나 보다. 우습게도 그것 말고는 떠오르는 게 없었다. 특이한 건 그리 외치고 있는 게 여성의 목소리여서, 그는 '저승사자가 남자만 있을 거라는 건 고정관념이었구나' 하는 생각을 했다.

실제 저승사자는 어떻게 생겼는지 확인해보고 싶은 마음에 살짝 눈을 떠보려는데, 그 전에 먼저 화끈한 통증이 그의 등짝으로 날아들었다. 짜악! 찰진 소리도 함께였다.

"이 자식이 방학이라고 봐주니까 끝도 없네! 당장 안 일어 나? 확 똥구멍에 불을 싸질러 놓을 거야, 내가!"

눈이 번쩍 떠질 수밖에 없었다. 등짝에 붙은 불이 순식간에 온몸으로 자르르 퍼져 손끝까지 저릿했다. 으억, 소리를 내며 끓는 가마솥에 던져진 생선처럼 펄떡이며 일어나 앉았다. 동그랗고 맑은 눈이 바로 코앞에서 자신을 노려보고 있었다.

매끈한 달걀형 얼굴에 웨이브 진 단발머리. 부라리고 있었지만 둥글게 휘어진 눈매는 선해 보였고, 입매에는 묘하게 웃음기가 걸려있었다. 저승사자가 아니라 천사인 걸까, 하는 생각도 잠시 들었다. 그런데 저 입에서 나온 말이…… 똥구멍에 뭘 하겠다고?

석호가 휙휙 주변을 둘러보았다. 언뜻 보아도 초라하고 작은 방이었다. 이런 천국이 있을 리가 없다. 이건 그냥 현실, 그것도 초라하고 구질구질한 현실이었다.

믿을 수 없어 하는 눈길이 다시 여자에게로 향했다. 여자는 그를 깨우느라 굽혔던 허리를 펴고, 짝다리를 짚은 채 한심하다는 눈으로 흘겨보고 있었다.

"얼마나 뒹굴어댔는지 이불에서 썩은 내가 난다, 썩은 내가! 내가 학원을 다니라니, 공부를 하래니. 적어도 인간처럼은 살아야 될 것 아냐!"

석호는 그녀의 말을 도무지 알아들을 수가 없었다. 도대체 왜 예순다섯 자신에게 저런 말을 하는지 이해가 되지 않았다. 그는 머리를 세차게 흔들어대고는 그녀에게 물었다.

"여기가 어디요?"

허, 하고 짝다리를 짚은 천사가 헛웃음을 쳤다. 그러고는 한쪽 발을 들어 석호의 어깨를 걷어찼다. 석호의 몸이 옆으로 나동그라졌다. 그 위로 이불이 덮어 씌워졌다.

"네 무덤이다, 이놈아!"

여자는 빨래를 하듯 이불과 그 속의 석호를 마구 치대더니 이내 발로 밟아대기 시작했다. 정신을 차리기도 전에 이불이 도로 홱 들춰졌다. 이번엔 석호의 멱살을 잡더니 방문을 열고 질질 끌고 나갔다. 몸집이 한 뼘은 작은데도 얼마나 완력이 센지 석호는 넘어지지 않으려 허우적거려야만 했다.

거의 집어던지는 수준으로 잡고 있던 멱살을 놓으며 그녀는 석호의 엉덩이를 걷어찼다. 맞은편 문 안으로 걷어차인 석호는 비좁은 화장실의 세면대 앞에서 간신히 중심을 잡았다. 아직도 어리둥절해 있는데, 억센 힘의 천사가 아무 일도 없었던 양 몸을 돌리며 말했다.

"엄마 일하러 갔다 올 테니까 청소라도 좀 해놓고 있어. 반찬 꺼내서 밥 챙겨 먹고. 이 좀 잘 닦고!"

석호가 무슨 상황인지 알려달라고 '잠깐만'을 연발했지만, 이미 그녀는 제 할 말만 하고 신발을 신는가 싶더니 드르륵,

미닫이문을 여는 소리와 함께 나가버렸다. 문이 쾅 닫히고, 정적이 찾아왔다.

"도대체 뭐가 어떻게 된……."

짧은 순간 그는 묘한 이질감이 들었다. 자신의 몸에서 느껴지는 거였다. 몸이 너무 가벼웠고, 기운이 절로 솟았다. 습기 먹은 한지 같은 몸이 아니라 빳빳한 도화지 같았다. 힘이 넘친다는 기분을 느껴본 게 얼마 만인지 몰랐다.

무심결에 고개를 들다가 세면대 거울을 보곤 곧장 몸이 얼어붙었다. 신화 속 뱀 머리 여자가 거울에 비친 자신의 모습을 보고 돌이 되었다더니, 딱 그 모양새였다.

거울에는 생전 본 적도 없는 소년이 놀란 눈으로 자신을 보고 있었다. 거울 속 소년은 자신이 눈에 힘을 주면 똑같이 눈꺼풀을 치켜들었고, 입을 벌리면 똑같이 입을 벌렸다. 손으로 얼굴을 더듬으면 조금의 오차 없이 거울 속 소년도 제 얼굴을 더듬었다. 얼굴을 문지르던 손을 내려다보았다. 뺨에 대면 긁히는 느낌이 들던 건조하고 늙은 손이 아니었다. 거울로 다시 눈을 돌려 거울 속 소년과 시선을 마주했다. 석호가 소년을 들여다보고, 소년도 그를 들여다보고. 한참이나 노려보던 상태가 이어지던 끝에 석호의 이마가 구겨졌다.

석호는 화장실에서 뛰쳐나와 성마른 눈길로 실내를 살폈다. 조금 전 끌려 나온 방 옆으로 다른 방문이 보였다. 거실을 가

운데 두고 맞은편에 화장실이 있는 구조였다. 천사가 열고 나
간 미닫이문은 옆쪽에 하나 있었다. 곧장 그리로 가 천사를 따
라 문을 드르륵, 열어보았다.

"마당?"

마당이라니! 다시 안쪽을 보았다. 거실을 가운데 두고 왼쪽
에 화장실, 오른쪽에 방 두 개가 있는 일자형 구조. 실내는 그
게 전부였고, 미닫이문을 열면 좁은 마루를 지나 바로 바깥의
마당으로 이어졌다. 마당 한가운데는 서너 명이 누워도 될 만
한 커다란 평상이 있고, 붉은 벽돌담 아래로 아담한 텃밭이 보
였다. 푸릇한 상추들이 텃밭에 꽃처럼 피어 있었다. 옆으로 구
르며 봐도 그가 있던 초호화 아파트는 아니었다.

눈을 끔벅거리며 망연자실 서 있는데 귓가로 새가 지저귀
는 소리가 들렸다. 석호는 자신의 뺨을 후려쳤다. 그러고는 웃
음을 터뜨렸다.

"별 희한한 꿈도 다 있네."

석호는 실실거리며 고개를 저었다. 아하하, 웃으며 거실 위
로 올라가 조금 전 누워있던 방으로 들어갔다.

뒤엉켜있던 이불을 덮고 누우면서 연신 피식거렸다. 진단이
믿기지 않아 다른 병원을 찾았다가 똑같이 '길면 육 개월'이
라는 소리를 들었을 때부터, 석호는 사실 '다시 태어난다면'이
라는 생각을 몇 번쯤 하긴 했었다. 이런 꿈을 꾸는 건 그 여파

일 것이다. 잠이 깨면 분명 자신의 느릅나무 침대 위일 터였다.

그는 눈을 꼭 감았다.

"……돌겠네!"

잠이 올 리 만무했다. 벌떡 일어나 앉은 그는 방바닥에 아무렇게나 놓여 있던 거울을 집어 들고 다시 얼굴을 확인했다. 그리고 천천히 현실을 자각하기 시작했다.

죽다 살았다. 살아, 돌아왔다. 누군지도 모르는 소년으로!

석호는 제일 먼저 방부터 뒤졌다. 자신이 누구인지, 아니 '이 몸'이 누구인지 알아야 했다. 책상 위에 파묻힌 옷을 걷어 내자 펼친 흔적도 없는 국어 교과서가 나왔다. 상단 부분에 '고등학교 2학년'이라는 글씨가 인쇄되어 있었고, 겉표지에 '김유식'이라는 이름 세 글자가 엉망으로 휘갈겨 쓰여 있었다.

하필 이런 놈이라니. 그것도 고등학교 2학년이라니! 며칠 전까지만 해도 죽어가던 예순다섯 살 말기 암 환자 주석호가, 지금은 머리에 피도 안 마른 열여덟 살 고등학생이라고? 그는 국어책을 손에 꽉 쥔 채 한참이나 멍하니 서 있었다.

"아……."

길게 소리를 내보았다. 목을 이리저리 매만졌다. 무릎을 굽혀 앉았다가 벌떡 일어섰다. 목소리는 맑았고, 소리를 내도 목구멍이 긁히는 느낌이 없었다. 굳이 조심해서 일어나지 않아도 무릎에 통증이 전혀 없었다. 석호는 늘어난 러닝셔츠와 파란색 줄무늬 트렁크를 입은 몸을 다시 한번 손바닥으로 더듬거렸다. 실존하는 몸이다. 그는 확연히 인식했다.

'이건 하늘이 선물을 주신 거야.'

벌써 죽음이라니. 너무도 억울했다. 그가 열여덟 살일 적 기억나는 거라곤 허기진 배를 움켜쥐고 온종일 쉴 새 없이 일한 것밖에 없었다. 그리 벌어 겨우 끼니를 때워도 항상 배가 고팠고, 행여 다음 날 일을 못 하게 될까, 다시 굶게 될까 싶어 한없이 두려워했다. 남들은 그래도 그 시절이 꽃다운 청춘이었다는데, 유독 불우한 상황에서 시작했던 그는 그 나이에 즐거웠던 기억이나 여유를 누려봤던 기억이 단 한 순간도 없었다.

그리 살다 이제야 세상을 내 맘대로 누리며 살아보겠다 싶었는데, 이제는 죽을 날만 기다리게 됐다는 건 누가 들어도 억울할 일이었다.

그래서 하늘이 기회를 주셨나 보다. 당장은 지레짐작이었지만, 더 고민해도 어떻게 된 영문인지 모르는 건 매한가지이기에 지금은 이렇게만 생각하기로 했다.

'설마!'

순간적으로 불길한 생각이 들었다. 혹시 다른 몸에 들어오기만 한 게 아니라 시간도 과거로 날아온 건 아닐까? 그나마 살만해진 이천이십 년대가 아니라, 모두가 아등바등 살아야 했던 육칠십 년대로 말이다. 또다시 그 가난했던 시절과 비슷하게 살아야 한다면 이건 선물이 아니라 차라리 형벌이었다.

방 안의 촌스럽고 낡은 가구며 옷들이 그 불길한 생각을 더욱 키웠다. 이 방 안에 있는 것 중 새 물건이라고 해봐야 열어본 티도 나지 않는 책들뿐이었다. 방에는 그 흔한 달력도 없었다. 그는 황급히 방안을 뒤졌다. 어이없게도 핸드폰이 베개 밑에서 나왔다.

핸드폰이 있는 걸 보니 과거는 아니다. 게다가 조금 구식이긴 해도 터치스크린이 되는 스마트폰이었다. 그나마 다행이라고 해야 할지 혼란스러운 상태로 핸드폰의 액정화면을 터치했다. 불이 들어오지 않았다. 확인해보니 전원이 꺼진 채로 충전기에 꽂혀 있었다.

석호가 전원을 켜자 핸드폰이 곧장 붕붕 울리며 부재중 통화 열세 건이라는 알림을 띄웠다. 핸드폰은 잠금이 걸려 있었지만, 지문 모양에 손가락을 가져다 대니 바로 풀렸다. 이 '김유식'이라는 아이의 몸에 들어온 게 맞기는 한 모양이었다.

2021년 8월 3일. 액정화면에는 정확히 그렇게 떠 있었다.

석호는 아랫입술을 질끈 깨물었다. 가물거리는 마지막 기억 속에서 8월 2일이라고 표시된 시계를 보았던 걸 떠올렸다. 그의 방 벽에 걸린 디지털 시계는 날짜까지 표시되는 것이었다.

'죽은 지 하루 만에 살아난 건가.'

잠시 넋이 나간 듯 앉아 있던 석호는 머리를 뒤흔들며 어떻게든 정신을 차려야 한다고 생각했다. 우선, 이 '김유식'이라는 녀석부터 좀 더 알아봐야겠다. 그는 일단 통화 내역을 확인했다.

부재중 전화의 주인공은 모두 '전유리'라는 인물이었다. 같은 이름으로 카톡 메시지도 스물여섯 건이나 와 있었다.

— 왜 핸드폰 꺼놨어?

— 왜 전화를 안 받는 거야? 나 이거 깨지자는 뜻으로 받아들여도 되는 거지?

— 제발 전화 좀 받아. 네가 이럴 리가 없어 ㅜㅜㅜ

— 무슨 일 있는 거 아니지?

— 아무 일도 없는데 전화 안 받는 거면 정말 죽여버린다!

— 찢어 죽일 거야아아!

— 쌍놈아, 너 딴 년 생겼지?

뒤로는 정말 읽을 수도 없는 욕설이 가득했다. 여자 친구일까? 아마도 그럴 것이다. 김유식의 방 꼬락서니나 여학생의 문자 내용을 보니 둘 다 한심해 보였다.

메시지는 차치해두고, 석호는 유식의 핸드폰으로 인터넷에 접속했다. 자신이 평생을 바쳐 키워낸 'SH물류'를 검색했다. 주식은 거의 변동이 없었고, SH물류에서 사회복지시설 삼백여 곳에 냉방비 지원을 할 것이란 기사가 있었다. 이번엔 '주석호'를 검색했다. 앞서 확인한 뉴스들이 검색될 뿐 별다른 기사가 없었다.

그는 턱에 손을 대고 생각에 잠겼다. 연락 없이 출근하지 않은 적은 없었지만, 고작 하루 출근하지 않았다고 회사 직원들이 석호를 찾으러 집에 올 것 같지는 않았다. 그러니 아직 시체는 발견되지 않은 것이다.

'오늘의 날씨'를 검색하자 오늘 최고 삼십오 도까지 올라간다고 나왔다. 이렇게 기온이 올라가면 시신은 곧 썩어들어가기 시작할 것이다.

허망했다. 예순다섯의 나이가 될 동안 뼈가 가루가 되도록 일한 내 시체는 썩어 문드러진 다음에야 발견되는 건가? 내가 이룬 모든 재산은? 아니, 그런 건 중요치 않다. 내 회사는 어떻게 되지? SH물류의 주석호 회장이 고독사했다는 사실은 모양새가 좋지 않았다. 주식도 크게 휘청할 것이다. 더구나 신변 정리는 물론이고, 유언장도 제대로 수정해놓지 않았었다.

'주석호'의 죽음은 이제 어쩔 수 없는 일이었다. 다만 거기에 따른 여파는 최소화해야 했다. 그러기 위해선 시체 발견 기사는 냄새를 맡은 언론이 아니라 회사의 공식 발표로 나와야 했다. 석호는 벌떡 일어섰다. 주먹을 힘껏 움켜쥐고 방을 나섰다.

곧 다시 방으로 돌아왔다. 트렁크만 걸치고 나갈 수는 없었다. 옷장을 뒤져 평범해 보이는 청바지와 티셔츠를 걸쳐 입고 다시 마당으로 나갔다. 대문을 나서며 그는 뜨거운 태양을 올려다보았고, 다시 대문 안으로 들어와야 했다. 수중에 돈이 한 푼도 없었다.

방을 뒤져 오 분 만에 지갑을 찾아냈다. 버려진 것처럼 구석에 처박힌 가방 안에 들어있었다. 주민등록증과 교통카드. 현금은 이천 원이 전부였다.

2

지하철을 타는 일은 생각보다 만만치 않았다. 생각해보면 석호는 지하철뿐만 아니라 대중교통을 이용해본 지도 십오 년이 훨씬 넘었다. SH물류가 코스닥에 상장되기 몇 년 전부터 그는 운전기사가 딸린 승용차만을 타고 다녔었다.

지하철 역사까지는 들어갔으나 석호는 좀처럼 발을 떼지 못하고 멍하니 서 있어야 했다. 여기저기서 물이 흘러들어오는 계곡처럼 사람들이 쏟아져 나오고 있었다. 천장과 벽에 표지판이 있긴 했지만 몇 군데만 적혀 있는 경유지와 애매한 방향 표시로는 가야 하는 지하철 탑승구가 어디인지 알 수 없었다.

그나마 김유식의 핸드폰을 가지고 나와서 다행이었다. 환갑을 중반이나 넘긴 나이였지만 석호는 스마트폰 활용능력이 나쁘지 않은 편이었다. 본인도 새로운 것에 관심을 놓치고 싶지 않아 했고, 비서들로부터 개인적으로 교육을 받은 덕도 있었다.

지하철 노선도를 검색하니 그가 있는 망원역에서부터 강남역까지는 전철을 한 번 갈아타면 되었다. 그런데 문제는 어디로 가서 어느 방향으로 갈아타느냐는 거였다.

지하철역 안은 여전히 사람들로 혼잡했다. 이어폰을 꽂고 게임을 하며 지나는 청년이 석호의 눈에 띄었다. 청년은 핸드폰만 보고 걷는데도 따로 눈이 있는 것처럼 자연스럽게 잘도 걸어갔다. 청년과 나란히 걸어가며 물었다.

"강남역 가려면 어디서 타야 돼요?"

청년은 힐끗 돌아보더니 콧등을 찡그렸다. 뭐가 거슬린 걸까. 위아래를 훑어보는 눈길이 기분 나쁘다는 투였다. 청년은 귀찮다는 얼굴로 두리번거리더니 한쪽 계단을 가리켰다.

"저쪽으로 내려가서 타면 돼."

듣기 거북한 투였지만, 반말로 돌아온 대답에 문득 청년이 왜 그런 식으로 말했는지 알 것 같았다. 자신의 어조가 문제였다. 똑같은 존댓말 어미여도 노인이 어린 청년에게 말하는 어조와 어린 녀석이 연상에게 묻는 어조는 확연히 다르다. 그가 방금 구사한 존대는 끝이 유난히 올라가 하대에 가까웠다. 청년이 보기에 머리에 피도 안 마른 고등학생이 그런 어조로 물어보니 거슬렸던 모양이다.

깨달은 석호는 최대한 예의 바른 얼굴로 고개를 숙였다.

　고맙……습니다."

석호는 청년이 가리켰던 계단을 내려갔다.

　승차장을 찾긴 했지만, 또 다른 문제에 맞닥뜨렸다. 통로를 사이에 두고 왼쪽과 오른쪽이 모두 탑승장이었다. 이번엔 그나마 간단히 해결할 수 있었다. 조금 전 스마트폰에서 검색한 바로는 망원역에서 출발해 합정역에서 갈아타면 되었다. 다행히도 망원역의 바로 다음 정거장이 합정역이었기에, 스크린도어 위쪽에 '합정'을 향해 화살표가 붙은 방향으로 타면 되었다.

　환승하는 곳에서도 이런 식으로 묻고 찾아보며, 그는 간신히 강남역에 도착할 수 있었다. 역을 나와서부터는 식은 죽 먹기였다. 매일같이 피곤한 노구를 이끌고 들어갔던 집이 아닌가. 아파트 단지 안으로 들어서자 익숙한 공기가 반겨주었다. 지하철에서 긴장했던 몸이 일시에 풀어졌다.

　그래, 이거다. 안정된 부의 향기. 우아하고 조용한 이 느낌. 입구에서 곧장 지하주차장이 연결되는 구조이기에 차가 단지 내로 들어오지 않는다. 이에 당연히 짜증 섞인 클랙슨 소리를 들을 일도 없고, 단지 내 정원은 조경수, 조각상, 분수대가 조화로이 배치되어 있어 무엇하나 신경에 거슬리지 않는다. 퍼걸러에 앉아 경망스럽게 수다를 떠는 사람들이나 구석진 곳

에 숨어 담배 연기를 피워 올리는 어린애들도 없다. 단지 내
를 걷는 사람들은 모두 조용하고 예의 바르다. 아파트의 입구
가 열려 있어도 본능적으로 아무나 들어오지 못하리라 느끼
게 되는 완전한 곳.

이곳은 하나의 세계였다. 이곳에서 석호는 편안해질 수 있
었다. 이 부유한 풍경을 보고 있자니 더는 온몸이 부서지도록
일하던, 이를 악물고 살던 그 시간으로 돌아가지 않아도 된다
는 안도감을 느꼈다. 비록 주석호의 몸은 이 완전한 아파트 안
에서 아무도 모르는 새에 죽었지만.

단지 내를 가로질러 가니 자주 보이던 경비원 하나가 아파
트 동으로 둘러싸인 중정을 청소하고 있었다.

"안녕하세요."

석호는 평소처럼 자연스럽게 인사를 하고 지나갔다. 하지만
경비원은 그의 인사를 반갑게 받다 말고 의아한 눈빛으로 고
개를 갸웃했다. 이 아파트에서 십여 년을 일해 온 경비원에게
지금의 석호는 처음 보는 낯선 아이이기 때문이었다.

'저런 애가 여기 살던가.'

소년이 반지르르하니 좀 놀게 생겼다는 판단이 들자, 그는
경비원의 책무를 자각하고 몰래 그의 뒤를 따라갔다. 가볍게
넘겼다가 괜히 무슨 문제가 일어나면 누구보다 자신이 곤란
해질 터였다.

소년은 103동으로 다가갔다. 경비원은 기둥 뒤쪽에 몸을 숨기고 지그시 낯선 소년을 주시했다. 비밀번호를 눌러야만 들어갈 수 있는 시스템이라 외부인은 동 입구부터 차단된다. 손님으로 온 거라면 호출 버튼을 누를 테고, 이곳에 사는 주민이라면 비밀번호를 누르고 들어갈 것이다. 하지만 둘 다 아니라면 다른 사람들이 들어갈 때 몰래 숨어 들어갈 문제아일 가능성이 컸다.

103동 입구에 도착한 소년은 아주 자연스럽게 번호를 누르기 시작했다. 총 여덟 개의 번호를 주저 없이 눌렀고, 이내 문이 열렸다. 주저 없이 안으로 들어가는 소년의 뒷모습을 확인하고서야 경비원은 혹시나 했던 불안을 지울 수 있었다. 한편으로 아직도 자신은 멀었다며, 좀 더 주민들에게 관심을 기울여야겠다고 반성했다. 여태 일하면서 아직도 기억하지 못하는 주민이 있다는 건 제법 자존심 상하는 일이었다.

눈치채지 못한 새에 경비원의 감시도 무사히 통과한 석호는, 엘리베이터를 타고 오르는 동안에도 집에 들어가기까지 걸리는 게 있을 거라고는 생각도 하지 못했다. 문제는 현관 앞에서 일어났다. 주석호의 집 현관문은 지문인식 시스템이었다.

뒤늦게 아차 싶었다. 보안을 위해 카드키나 비밀번호 같은 다른 입력장치가 없는 것으로 달았더니 대책이 없었다. 혹시나 싫어 검지를 가져다 대어보았지만 삐빅거리는 요란스러운 소리만 반복될 뿐 문은 열리지 않았다. 실상 당연했다. 그는 지금 주석호의 몸이 아니라, 김유식이라는 알지도 못하는 애송이의 몸이었다.

"미치겠군."

뒷머리를 긁적이며 한숨을 내쉬었다. 이쪽으로 걸었다가 저쪽으로 걸으며 차마 그 자리를 벗어나지도 못했다.

순간 하나의 생각이 그의 머리를 빠르게 스쳐 지나갔다. 잠깐, 지금쯤이면……. 석호는 현관문 틈에 얼굴을 바짝 가져다 들이댔다. 그리고 킁킁 냄새를 맡기 시작했다. 지금은 한여름. 만약 이 안에서 제 몸이 썩고 있다면 지독한 냄새가 흘러나올지도 모를 일이다. 하지만 당장은 특유의 밋밋한 쇠 냄새 외엔 아무것도 느껴지지 않았다.

그때 복도의 맞은편에서 문의 잠금장치가 풀리는 희미한 기계음과 슬리퍼를 질질 끄는 듯한 걸음 소리가 들렸다. 석호는 순간 죄라도 지은 것처럼 움직임을 멈추었다. 숨도 쉬지 않은 채 굳어 있다, 조심스레 목만 뒤쪽으로 길게 빼 상황을 확인했다. 옆집 여자가 한 손에 쓰레기를 들고나와 엘리베이터 앞에 서는 소리였다.

이 아파트는 엘리베이터를 사이에 둔 두 세대의 현관문이 복도에서 안쪽으로 들어가 있는 구조로, 되도록 사생활이 노

출되지 않게 설계되어 있었다. 덕분에 석호가 바짝 현관문에
몸을 붙이고 있으면 옆집 여자의 눈에 띄지 않을 수 있었다.
평소에 느끼지 못했던 그 작은 배려가 새삼 감사해졌다. 낯선
학생 하나가 남의 집 현관문에 코를 대고 킁킁거리는 걸 보면
수상히 여기다 못해 곧장 신고를 할지도 몰랐다.

'그래, 차라리 신고를 할까?'

옆집 여자가 엘리베이터를 타고 내려가는 것을 확인하고,
석호는 다시 고민했다. 하지만 뭐라고 신고한단 말인가. 냄새
가 새어 나오는 것도 아닌데 무작정 이 안에 죽은 사람이 있다
고 할 수는 없었다. 게다가 자신과 주석호의 관계를 뭐라고 설
명해야 할지도 난감했다. 사실은 자신이 주석호인데, 죽다시
피 했다가 정신을 차리고 보니 웬 어린놈에게 영혼이 씌었고,
영혼이 빠져나간 자기 몸이 여기서 썩고 있을 거라고 말할 수
는 없었다. 믿어줄 사람도 없겠지만.

"아, 잠깐! 그러고 보니 여기부터 올 게 아니었어."

석호는 이마를 탁 짚었다. 상상치도 못한 일이 일어나 머리
가 어떻게 된 모양이다. 당연히 회사로 갔어야지. 거기서 믿을
만한 사람을 먼저 만나는 게 이치에 맞았다.

비서진들은 알지 못하지만 김범주 사장은 오랜 벗으로, 그
의 병에 대해서도 알고 있는 몇 안 되는 인물이었다. 갑자기
출근도 하지 않고 연락도 안 되니 걱정을 하고 있겠지만, 석

호의 몸 상태를 알고 있는 그라면 알아서 올바르게 처신하고 있을 것이다. 회사에는 어떻게든 둘러댔을 테고, 오늘쯤 사람들 눈을 피해 퇴근 후 집에 들러보자 생각했을지도 모른다.

'회사로 가자. 가서 김범주를 만나자.'

결정을 내리고 석호는 엘리베이터에 올라탔다. 층수가 급하게 줄어드는 게, 마치 자신의 조급한 마음을 아는 것만 같았다.

정말 나는 다시 태어난 걸까? 그것도 열여덟 살짜리로. 어떻게 이런 일이 가능한지는 아무리 궁리해봐야 제가 알아낼수 있는 게 아니었다. 지금 중요한 건 자신은 엄연히 살아있고, 그것도 새파란 고등학생이라는 사실이었다. 석호는 우선 그 사실부터 받아들이기로 했다.

고생은 많았지만, 완전히 마음에 들지 않는 인생은 아니었다. 후반생은 오히려 행운과 기회가 쏟아졌고, 다행히 그것들을 유리하게 활용할 수 있었다. 하지만 사람의 욕심은 끝이 없는 게 맞는지, 죽음을 눈앞에 두니 먼 옛날 흘려보낸 시간에 대한 후회가 밀물처럼 쏟아졌다. 왜 그때는 더 누리지 못했을까? 왜 더 행복하지 못했을까?

그런데 이제 다시 한번 살아볼 최적의 기회가 주어졌다. 뭐가 어떻게 되었는지, 또 앞으로 어떻게 될 건지는 몰라도 너무 복잡하게 생각할 필요는 없었다. 할 수 있는 걸 하자! 김범주 사장부터 만나서.

김범주 사장이 자신을 주석호라고 믿지 못할 거라는 걱정은 하지 않았다. 믿게 할 방법은 차고도 넘쳤다. 함께 해온 세월만큼 둘만 아는 속 사정도 많았다. 예를 들면, 김범주의 두 번째 결혼에 대한 것. 김범주의 현재 아내는 자신이 두 번째 결혼 상대라고 알고 있을 터이지만, 사실 그녀와는 세 번째였다. 아무에게도 알리지 못한 아주 짧은 두 번째 결혼은 상대 쪽이 돈을 노리고 작당한 사기 결혼이었다. 혼인신고 사흘 만에 그녀의 정체를 알게 되어 헤어졌지만, 김범주는 부끄럽다고 고소도 하지 못했었다. 이런 두 사람밖에 알 수 없는 이야기를 하면 믿지 않으려야 믿지 않을 수 없을 테다.

석호는 아파트를 나와 가장 가까운 은행 현금인출기로 들어갔다. 카드를 집어넣었더니 사용할 수 없는 카드라고만 나왔다. 교통카드에서는 현금을 인출할 수 없는 걸까? 투덜거리며 지갑을 열었지만, 여전히 이천 원만 들어있는 걸 확인했다. 또다시 대중교통을 이용할 엄두는 나지 않았다. 하지만 이걸로는 택시도 탈 수 없었다.

결국 그는 걸어가기로 결정했다. 운전기사가 늘 회사와 집으로 모셔오고 모셔갔지만, 창 너머로 본 풍경들로 오고 가는 길 정도는 외우고 있었다. 게다가 지금은 무쇠 같은 젊은이의 몸! 빠르게 걸을 수도, 달릴 수도 있다. 무덥기는 해도 그 정도 거리면 충분히 갈 수 있을 것 같았다.

삼십 분 정도 열심히 걸어서 익숙한 풍경으로 들어서자, 드디어 눈앞에 회사건물이 보이기 시작했다. 자신의 청춘을 다 바친 회사였다. 이런 몸이 되고 보니 그 결실이 달리 보였다. 높다랗게 솟아 있는 회사건물의 위용에 석호는 가슴이 쫙 벌어지고 어깨가 으쓱해졌다.

　석호가 회전문을 밀며 건물 안으로 들어갔다. 안내데스크에 앉아 있던 여직원이 흘깃, 자신을 보았지만 신경 쓰지 못했다. 빠른 걸음으로 로비를 가로지르다 출입통제기 앞에서 멈추고 말았다. 그는 조금 당황했다. 늘상 경비직원이 먼저 뛰어와 출입통제기를 열었기에 한 번도 이 앞에서 막힌 적이 없었다.

　"무슨 일이니?"

　갑자기 들려온 소리에 돌아보니 양복을 입은 경비직원이 그를 보고 있었다. 설핏 고개를 돌리다, 그제야 데스크의 여직원도 이쪽을 보고 있음을 알아챘다.

　"누구 만나러 왔니?"

　"그게……."

　석호가 설명하지 못하자 알 것 같다는 듯 경비직원이 손을 내저었다.

　"만날 사람이 있으면 미리 약속을 하고 와야지."

　"아니, 그게 아니라……."

　석호가 뭔가 변명하려 했지만 이미 경비직원은 자신을 여기 있으면 안 될 사람이라고 단정한 듯했다. 경비직원은 사선으로 서서 석호를 빤히 응시했다. 나가라는 제스처였다.

할 수 없이 건물 밖으로 빠져나온 석호는 걸음을 우뚝 멈추고 뒤를 돌아 건물을 올려다보았다. 기막힌 일이었다. 자신이 세운 회사에 들어갈 수 없다니, 공연히 억울한 기분이 들었다.

그동안 핸드폰에 저장해둔 것으로 연락을 한 터라 김범주 사장의 전화번호를 외우고 있지 못했다. 그에게 어떻게든 연락을 해야 했지만 막막하기만 했다.

털레털레 걷던 석호는 건물 앞 횡단보도 앞에 멈춰 섰다. 그때 지나가는 차를 피해 주춤하다가 갑자기 정신이 번뜩 들었다. 좋은 생각이 났다. 그는 조금 전 지나친 차의 뒤꽁무니 쪽을 응시했다. 차는 옆으로 돌면 보이는 회사건물의 지하주차장의 진출로에서 이제 막 빠져나온 참이었다.

'지하주차장을 통하면 위로 올라갈 수 있다.'

지하주차장도 물론 관계자만이 들어갈 수 있지만, 주차장 입구에서 이미 무인으로 출입 가능 차량인지 확인하고 있다 보니 사람의 출입에 대해서는 정문보다 경비가 허술한 편이었다. 그러니 지하주차장 진출로 쪽으로 들어가면 지상으로 올라가는 엘리베이터에 탈 수 있었다. 물론 자동차가 진출하는 통로를 도보로 이동하면 위험하지만, 지금은 비상상황이니까.

석호는 다른 사람들 눈에 띄지 않게 잰걸음으로 진출로에 다가갔다. 다행히 안으로 들어가는 동안 출차 하는 사람이 없어 의심을 사지 않을 수 있었다. 무사히 내부로 들어간 석호는 벽면을 따라 엘리베이터를 향해 걸었다.

엘리베이터 탑승구는 지하주차장의 오른쪽 끝 중앙에 있었다. 석호는 조금 긴장하며 엘리베이터의 버튼을 눌렀다.

그때 한 차량이 빠르게 지하주차장 안으로 들어섰다. 에폭시 처리가 된 바닥과 자동차의 타이어가 부딪히는 소리에 반사적으로 고개를 돌렸다가 석호는 눈을 크게 떴다. 주차장에 들어선 건 다름 아닌 자신의 차였다.

벤츠 S클래스 쿠페에서 운전기사가 내려 능숙하게 뒷좌석 문을 열었다. 곧 안에서 김범주 사장이 내렸다. 그가 왜 자신의 차에서 내리는지 이상하게 여길 법도 했지만, 당장 석호는 그를 만나게 되어 마냥 기쁘기만 했다. 계획했던 대로 김범주를 어떻게든 붙잡고 자신이 주석호라는 것을 증명하면 된다고 생각했다. 석호는 김범주를 향해 손을 번쩍 치켜들었다.

"잠깐, 김……!"

그리고 석호는 더 말을 잇지 못했다. 김범주 사장의 뒤를 따라 한 사람이 더 내린 탓이었다. 환갑이 넘은 나이에도 전혀 굽은 데가 없는 짱짱한 몸, 염색을 하지 않아 희끗한 머리가 오히려 패셔너블하게 느껴지는 데다, 명품을 명품답게 소화해내는 주름졌지만 지적이고 고상한 얼굴까지.

그것은 바로 주석호, 바로 자신의 몸이었다.

"저, 저……."

외환위기 때, 믿고 있던 은행장에게 대출을 거절당했을 때도 이렇게 충격적이진 않았다. 뒤통수를 두들겨 맞은 정도가 아니라 트럭에 교통사고를 당한 기분이었다. 사체가 되어 방바닥에 널브러진 채 썩기를 기다리고 있으리라 생각했던 자신의 몸이, 아무렇지 않게 평소의 자리에서 움직이고 있는 것을 보는 기분은 공포를 넘어 비현실적이기까지 했다.

석호는 들고있는 팔을 내리지도 못했다. 얼어붙은 것처럼 등골마저 서늘했다. 그런 이상한 낌새를 느꼈는지 주석호의 몸이, 주석호의 얼굴을 가진 육체가 김범주 사장의 뒤를 따라 회사 안으로 들어가다 고개를 이쪽으로 돌렸다.

그리고 그도 두 눈이 휘둥그레졌다. 주석호의 몸 역시 그 자리에 석고처럼 굳어버렸다.

둘 다 기가 막힌다는 얼굴이었다. 석호와 유식, 그러니까 주석호의 몸과 김유식의 몸이 아까부터 서로를 마주보기만 할 뿐 쉽사리 입을 열지 못했다.

둘은 지금 SH물류 회장실에 앉아 있었다. 한숨 소리만 간간이 어색한 공기를 흔들었다. 하나가 한숨을 쉬면 덩달아 한쪽도 한숨을 내쉬었다.

김범주 사장에게는 난데없이 찾아온 소년을 두고 주석호의 멀고 먼 사촌의 아들의 손자가 방학을 맞이해 잠깐 들른 것이라고 둘러댔다. 주석호가, 아니 주석호의 몸을 한 자가. 당연히 진짜 주석호가 주석호의 몸에게 시킨 변명이었다.

모르는 사람이 본다면 웬 고등학생이 회장실의 소파 가장 상석에 앉아있는 모습을 보고 버르장머리가 없다고 하거나, 오랜만에 찾아온 손자가 할아버지의 멋진 자리에 앉아보는 정도로 생각할 테지만, 그 고등학생의 몸에 든 석호로서는 자신이 그 자리에 앉는 게 당연했다. 이 상석은 온전히 자신의 자리였다.

석호는 소파의 팔걸이에 얌전히 두 팔을 올려둔 채 차분히 생각을 정리했다. 반면에 석호의 몸은 난처해 어쩔 줄 몰라 했다. 석호의 옆에 앉아 두 손을 비볐다가, 허벅지를 주물럭거렸다가 난리도 아니었다.

"네가 나를 알아보는 걸 보니……."

석호가 대놓고 반말을 했다. 다분히 나무라는 투였다. 석호의 몸은 정말 큰 죄라도 지은 사람처럼 고개를 연신 꾸벅거렸다.

석호는 허, 하고 어이없는 숨을 내뱉었다. 이 애가 바로 자신이 들어간 몸의 주인, 김유식이었다. 막연히 김유식이라는 고등학생은 자신이 대신 들어가며 어디론가 사라졌으리라 생각했는데, 실제론 둘의 몸이 바뀐 것이었다.

"저도 완전 당황했다고요. 내 얼굴은 어디 가고 웬 할바탱이가……."

석호가 확, 입술을 물고 노려보았다. 유식은 눈을 껌벅거리며 시선을 휙 피했다. 그러고는 변명처럼 덧붙였다.

"몸은 이렇게 됐지, 황당해 죽겠는데 저 김 사장이라는 아저씨가 갑자기 찾아왔다고. 정신은 하나도 없고, 뭐가 뭔지도 모르겠고. 나도 거의 끌려왔다니까."

"그럼 집으로 와봤어야지."

"난 내 몸이 죽은 줄 알았다고요."

그건 석호도 마찬가지였다. 죽어가던 순간도 기억나겠다, 영혼이 바뀌었다는 생각보다는 자신의 몸이 죽어 어쩌다 보니 유식의 몸에 들어왔다고만 생각이 흘러갔다. 애초에 자신의 영혼은 여기에 있는데, 영혼이 빠져나간 제 몸이 살아있으리라 생각될 리가. 이미 자신의 육체는 썩어 문드러지고 있으리란 추측이 자연스레 들었다. 만약 유식도 그랬던 거라면 이왕 죽은 것, 제 몸이 어떻게 되었을지 궁금하지 않을 수 있다.

하지만 유식은 석호에겐 없는 게 있었다.

"네 몸이 시체가 됐을 거라고 생각했다면. 네 엄마가 얼마나 충격받았을지는, 어쩌고 있는지는 궁금하지도 않았냐."

엄마 얘기가 나오자 유식은 쪼글쪼글 주름이 진 입술을 꾹 다물었다.

"노인의 몸이어도 돈 많은 사람이니까 마냥 좋았던 건 아니고?"

그런 게 아니라고 항변할 법도 했지만, 유식은 대답이 없었다. 그 반응에 석호는 알 만하다고 지레짐작했다.

깨어보니 웬 부잣집 노인네가 되어 있었다. 늙은 건 싫지만 한눈에 봐도 가진 게 많아 보이는 그 집이 좋았을 것이다. 석호가 생각해도 욕심날 만하게 꾸며놓은 집이다. 그때 누군가 집까지 찾아왔다. 회사가 어쩌고 하니까 그 회사가 얼마나 큰가 확인해보고 싶었을 수도 있다. 대충 핑계를 대고 돌려보내도 되었을 텐데, 굳이 회사까지 따라온 걸 보면 대충 그림이 그려졌다.

입술을 꾹 다물고 대답하지 않으니 모든 걸 인정한 용의자의 태도처럼 보였다. 제법 고집스러워 보이는 표정이었다. 그런 표정의 제 얼굴을 보고 있자니 이상한 기분이 들었다. 석호는 깊은 한숨을 내쉬며 손을 흔들었다.

"왜 안 왔는지는 됐고. 자, 어서 내 몸 돌려줘."

그제야 슬며시 얼굴을 든 유식은 황당한 표정을 지었다.

"나더러 어떻게 하라는 거야. 아까부터 이 할바탱이가 웃기네! 내가 바꿨어? 내가 바꿨냐고! 왜 사람을 죄인 취급해? 난 할바탱이가 누군지도 몰랐단 말이야!"

고분고분해 보이던 유식이 슬슬 억울했는지 목소리를 높였다. 석호가 급하게 검지를 그의 입술에 가져다 대었다. 비서실에서 이런 큰소리를 듣기라도 하면 당장 뛰어 들어올 것이다. 그랬다가 쫓겨나는 것은 십중팔구 자신이었다.

유식이 입을 다시 앙다물자 석호는 허탈한 한숨을 내쉬었다. 그러고는 고개를 끄덕거렸다. 상대는 열여덟 살 고등학생이다. 절체절명의 상황에서는 당연히 삶의 경험이 많은 이쪽이 더 현명한 대처법을 찾을 수 있으리라.

"좋아, 그럼 어쩌다 몸이 바뀌었는지 처음부터 생각해보자. 나는 집에서 죽었어. 분명 죽었다고. 근데 깨어나 보니 네 방이었어."

그 말에 유식이 눈을 휘둥그렇게 떴다.

"나도 죽었어."

"너도?"

"아마 죽었을걸?"

"그게 뭐야."

똑바로 말하라며 석호가 눈을 부라렸다. 그대로 때리기라도 할 것 같았는지 유식이 상체를 슥 물리며 곤란한 얼굴을 했다.

"교통사고가 났어. 하늘로 붕 날았다고. 머릿속에서 십팔 년이……."

"뭐?"

"아니, 그 십팔 년 말고. 열여덟 내 인생이 쏴쏴 지나갔어. 그래서 아, 이게 죽는 거구나 했지. 너무 억울했어. 폼나게 한번 살아보지도 못하고 이렇게 가는구나, 해서……."

"잠깐. 억울하다……그거야!"

석호가 무릎을 치며 외쳤다.

사실 이렇게 느닷없이 세상을 뜨는 순간에 그런 생각이 드는 건 당연했다. 왜 안 그러겠는가, 외려 억울하다고 생각하지 않는 게 이상한 일일 것이다. 몸이 바뀐 이유로 보기엔 조금 미흡했지만, 지금은 그것이라도 시작점으로 가져다 붙여야 했다. 자신도 똑같이 느꼈던 지점, 억울한 마음……. 당장은 단서라고 붙잡을 수 있는 건 그것뿐이었다.

유식은 무슨 소린지 모르겠다는 얼굴을 했다.

"할바탱이가 억울할 게 뭐야? 이런 부자가 뭐가 아쉬워서?"

석호는 쉬이 대답하지 못했다. 유식은 알지 못한다. 아니, 누구도 자신만큼 이해하지 못할 감정이었다.

돈 버는 일에 좋은 시절을 다 바쳤다. 부모는 원체 가난했고, 명이 짧았다. 일찍 돌아가시면서 남겨준 거라곤 가난밖에 없었다. 하루에 한 끼를 먹을까 말까 했고, 학교도 겨우겨우 공사장에 날품팔이를 해가면서 다녔다. 오직 살아남기 위해서 살아온, 죽을 때 떠올릴만한 즐거운 추억 한 자락도 허락되지 않는 인생이었다. 그리 악착같이 살다 죽을 때가 되고 보니, 열이 끓는 자신에게 물 한 모금 가져다주는 이가 없었다. 지독하게 외롭고, 억울했다.

유식은 당최 이해할 수 없다는 표정을 지었지만, 눈치가 없지는 않아서 심각해 하는 얼굴에다 아무것도 묻지 않았다.

다시 무겁고 어색한 공기가 사무실에 깔리기 시작했다. 석호는 이 철없어 보이는 아이를 지긋이 쳐다보았다. 유식이라는 아이가 말한 '폼나는 삶'이란 것은 아무래도 돈으로 해결할 수 있는 문제 같았다. 자신은 지나간 청춘이 아쉬웠다. 뭔지는 몰라도 동시에 일어난 두 죽음 사이에 미지의 힘이 작용한 게 분명했다.

석호가 골머리를 싸매고 있자 슬슬 눈치를 보던 유식이 말했다.

"지금부터 어쩔 거야?"

석호가 눈을 치뜨며 가라앉은 목소리로 말했다.

"일단 그 반말하는 주둥이부터 쥐어 뜯어놓을 거야."

3

깨어난 첫날, 몸이 바뀐 유식은 좌절의 쓴맛부터 봐야 했다.

아무리 적응하려고 해도 할아버지의 몸은 징그럽기만 할 뿐이었다. 얼마 살아보지도 못했는데 순식간에 이런 늙어빠진 몸을 가지게 됐다는 게 절망스럽기만 했다. 죽은 줄 알았는데 다시 살아났다는 감격은 일 분도 만끽하지 못했다. 쭈글쭈글한 피부를 더듬는 것만으로도 소름이 끼쳐 서럽게 울기를 얼마나 반복했는지 몰랐다.

그뿐만이 아니었다. 늙은 몸은 역시 늙은 몸이었다. 움직이는 것도 마음과 달리 느리게 움직였다. 기름칠을 안 한 기계처럼 온 관절이 뻣뻣했다. 답답해 속이 터질 지경이었지만, 그렇다고 뾰족한 수가 있는 것도 아니었다.

그러나 시간이 지날수록 유식은 조금씩 자신의 몸과 타협하게 되었다. 납득할 만한 충분한 시간이 지나서는 아니었다. 단지 자신이 깨어난 집 안의 상태를 찬찬히 살펴보면서 조금씩 마음이 달라진 것이다.

먼저 주인이 누구인지 궁금했다. 굳이 집을 온통 뒤져서 이 집의 주인을 알 필요도 없었다. 테이블 위에 지갑이 놓여 있어 열어보았더니 신분증이 나왔다. 1957년생. 머리로 암산을 해보려 했지만 잘 되지 않아 책상 위에서 아무 종이나 가져다 뺄셈을 해보았다. 오 마이 갓, 육십오 세!

늙은 몸을 하고 있어 보니 별난 생각도 들었다. 짱짱한 몸으로 열여덟 해밖에 살지 못하는 것보다는 쭈글쭈글한 몸으로라도 부자로 계속 사는 게 낫지 않을까? 아니, 나은 정도가 아니라 굉장한 기회일지도 모른다는 결론에 이르렀다. 지금 예순다섯이면 앞으로 얼마나 더 살 수 있을까? 백세 시대라고 하니까…… 삼십오 년쯤이다. 그건 자신이 살아온 인생의 두 배나 되는 긴 시간이었다. 그렇게 계산을 끝내고 나니, 이젠 자기도 모르게 입가에 슬며시 미소가 오르기까지 했다.

유식은 느긋하게 방을 휘휘 둘러보았다. 일단 방의 스타일은 유식이 보기에 너무나도 구렸다. 주인이 나무에 사족을 못 쓰는 사람인 건지 침대부터 테이블까지 죄다 나무 재질이었다. 디자인 자체에서도 은근하게 노인 냄새가 나는 것 같았다. 여기서 계속 살게 된다면 일단 저 후진 테이블부터 갖다 버려야겠다고 생각했다.

옷장을 열어보았다. 걸려 있는 옷들은 거의 정장 일색이었다. 몇 개를 꺼내 뒤적이다 안감을 보니 금색의 마크와 이름이 도드라지게 새겨져 있었다. 다른 것도 마찬가지인 걸로 보아 한 군데서 전용으로 맞춘 고급 양복인 모양이었다. 그래서 그런가, 다시 양복을 보니 왠지 장인의 손길이 느껴지는 것도 같았다.

조심스레 제자리에 걸어둔 뒤 거실로 나갔다. 티비 받침대, 식탁, 이름 모를 양주들이 잔뜩 놓인 장식장까지. 모두 기품이 서린 앤티크 가구였지만, 유식에게는 그저 오크 색에 미친 마니아가 취미로 진열한 것으로만 보였다. 거기에 검은색 가죽 소파라니……. 온통 짙고 어두운 색으로 뒤덮여 있어 집안 전체가 우울하기 그지없었다.

유식은 맞은편에 보이는 다른 방문을 열었다. 이번 방은 완연히 달랐다. 백화점 진열대처럼 환하게 꾸며져 있는 방에는 시계와 선글라스, 팔찌와 금반지 같은 것이 유리 장식장에 가지런히 전시되어 있었다. 유식은 몸이 바뀌었다는 충격이 가신 뒤 두 번째로 화들짝 놀랐다.

'이것만 팔아도 다 얼마야!'

왠지 누군가 자신을 위해 준비한 선물처럼 느껴졌다. 내가 그동안 착한 일을 하며 산 것 같지는 않은데, 이런 행운을 그냥 받아도 되는 걸까?

그나저나 이 할아버지는 누구일까. 가족은 없는 걸까. 벽이
나 탁자에 사진이 들어간 액자가 없는지 살폈다. 그런 건 하나
도 없었다. 어쩌면 그는 아예 가족이 없는 사람인지도 몰랐다.
그런 사람이 있을 수 있나? 자신도 편모슬하이긴 하지만, 엄
연히 엄마가 있고 외가도 있는데.

문득 혼자인 게 나쁠 것 같지는 않았다. 아니, 이기적일진 몰
라도 오히려 이 할아버지에게 가족이 없기를 바랐다. 그래야
뭐든 될 것 같았다. 엄마를 데려다가 풍족하게 살게 해주려면
그 편이 나았다. 저 방에 있는 시계와 반지들만 팔아도 당분간
엄마가 일할 필요 없을 텐데. 유식은 안방에서 보았던 금고도
떠올렸다. 영화처럼 안에는 엄청난 돈이나 번쩍거리는 금괴
가 잔뜩 쌓여 있지 않을까? 이 할아버지가 혼자라면 마음 놓
고 그 돈들을 엄마에게 줄 수 있으리라 생각했다.

갑자기 늙어버린 아들을 엄마가 받아들일 수 있을지는 아직
미지수였지만, 증명하는 건 어려운 일이 아닐 것 같았다. 영화
에서도 그런 걸 본 적이 있다. 외모가 달라져도 둘만 아는 사
연은 그 사람을 믿을 수밖에 없게 한다. 그러니까 엄마와 자
신만 알 법한 사연들을 몇 가지만 들려줘도 충분히 설득할 수
있었다. 분명 엄마도 좋아할 것이다. 엄마보다 나이가 많은 아
들이라는 점은 마음에 들지 않겠지만, 그건 이쪽도 마찬가지

이니 받아들여야지.

　제멋대로 부풀어 오르던 유식의 희망은 오래가지 못하고 힘이 빠졌다. 갑자기 찾아온 허기에 현기증이 일었다. 얼마나 먹지 못한 채로 잠이 들어 있었던 걸까. 일단 뭐라도 좀 시켜 먹을까 싶어 지갑을 열었는데 현금이 하나도 없었다. 부자의 지갑을 열었다가 이런 절망감을 맛보다니 어이가 없었다. 냉장고를 뒤져도 배부르게 먹을 만한 게 눈에 띄지 않았다. 이 집 주인은 집에서 아예 뭘 해 먹지 않았던 모양이다. 두 번째 절망감이 밀려왔다. 부자의 지갑에 이어 부자의 냉장고까지……. 생각과 달리 모두 쓸모가 없었다.

　"신용카드를 쓰면 되잖아."

　아마존 생존기라도 되는 것처럼 배고팠던 사연을 구구절절 늘어놓자 석호가 못 참겠다는 듯 말했다.

　"좀 찜찜하잖아요. 걸릴 것 같기도 하고."

　자꾸 반말을 하면 입을 찢어놓겠다는 석호의 일갈이 먹혔는지 유식은 어색하게나마 꼬박꼬박 존대했다. 석호는 고개를 절레절레 저었다. 남의 것이라도 현금은 괜찮고, 신용카드는 찜찜하다니 도통 공감할 수 없는 일이었다. 어차피 돈을 쓰면 쓴 기록이 남는 건 똑같지 않나. 이름만 유식이지 무식하기 그지없었다.

유식이 배를 움켜쥐고 투덜거릴 때 찾아온 이가 바로 김범주 사장이었다. 유식은 당연히 그를 알아보지 못했다. 김범주 사장은 석호가 아주 딴 사람처럼 굴자 상태가 심상찮다는 걸 감지했다. 뇌에도 암세포가 퍼진 것일까. 막연한 불안감에 처음 그가 유식을 데리고 먼저 간 곳은 병원이었다.

김범주라는 사람과 담당 의사가 유식을 연신 흘깃거리면서 심각한 표정으로 이야기를 나눴다. 처방이 내려졌는지 유식은 간호사의 안내에 따라 어느 방 침대에 드러누웠다. 곧바로 링거가 달리고, 바늘이 꽂히고, 수액이 온몸으로 흘러들어왔다. 한동안 유별나게 검사가 이뤄졌지만 유식은 관심이 없었다. 그저 배고프다는 것밖에는 아무 생각도 들지 않았다.

"아저씨…… 배가 고픈데요."

겨우 용기를 내어 말했더니 김범주 사장이 바로 반응했다. 대기 중인 기사에게 주문을 시켰다. 메뉴를 정할 필요도 없었다. 김범주 사장이 지정한 메뉴는 간단했다. '회장님이 가장 좋아하시는 걸로.' 곧장 음식이 배달되어왔다. 꼬리곰탕이었다.

유식은 언제인지 명확히 기억나진 않지만, 딱 한 번 꼬리곰탕을 먹어본 적이 있었다. 그 뒤로는 이 음식을 쳐다본 적도 없었다. 다른 걸 시켜달라고 말해볼까, 망설이다가 지금 앞뒤 가릴 처지가 아닌 것 같아 울상을 한 채로 숟가락을 들었다. 김범주 사장이 직접 챙겨준다고 깍두기 국물을 곰탕 그릇에 통째로 들이부었다. 우윳빛이던 곰탕이 순식간에 핏빛으로 변했다. 유식은 통곡이라도 할 것 같은 얼굴을 들어 김 사장을 보았다. 그는 유식이 감격이라도 한 줄 알았는지 흐뭇하게 고개를 끄덕거렸다.

억지로 한 입 떠 넣었더니 웬걸, 깊은 풍미가 입안에서 목구멍으로 퍼져 나가며 입맛을 돋웠다. 그 뒤론 거의 입에 들이붓다시피 해 국물까지 감쪽같이 비워냈다. 트림까지 꺽, 하고 나니 기다렸다는 듯 유식의 앞으로 서류 더미가 내밀어졌다.

"서류? 너 거기다 무슨 짓을 한 건 아니겠지?"

날마다 석호의 결재를 기다리는 업무는 많았다. 그 중 당장 살펴야 할 게 있는데 연락이 안 되니 김범주 사장이 서둘러 찾아왔을 테고, 그 앞에서 유식이 석호의 몸으로 헛소리를 지껄였으니 혹시 치매인 건 아닌가 싶어 병원으로 데리고 갔을 것이다. 석호가 말기 암이긴 했어도 머리에 문제가 있지는 않았다. 당연히 이상이 없다는 결과가 나왔을 테니, 그것을 확인하고는 김범주가 우선 급한 서류부터 내민 모양이었다.

"그 아저씨가 사인하라는 데만 사인했어요."

유식은 재연이라도 하듯 허공에 손가락을 휘저어 대충 '주석호'라는 이름을 썼다. 그 이름은 김범주 사장과 의사의 대화에서 들어 알고 있었다.

처음엔 주석호라는 이름을 알고 있는 것 같아서 기억을 한참이나 뒤적였다. 친구 이름 중에 김석호라고 있었지만 상관없을 게 뻔했다. 이내 모르는 이름이라는 결론에 이르렀고, 이 늙은 몸의 이름이라 익숙하게 느껴지나보다 생각했다. 그러다 몰래 핸드폰으로 검색해보니 그의 지명도는 예상을 뛰어넘었다. SH물류 주석호 회장. 그의 이름이 들어간 기사가 몇 페이지나 되었다. 그래서 익숙했구나, 유식은 그때 다시금 자신의 몸이 얼마나 대단한 부자인지를 실감했다.

유식이 그간의 이야기를 과장되게 지껄이는 걸 가만히 듣고는 있었지만, 석호는 이 어린놈이 뭔지도 모르고 사인을 휘갈겼다는 게 영 찜찜했다. 그러나 당장 크게 문제 될 건 없다고 여겼다. 당연히 필체가 다를 테니, 나중에라도 다시 확인해 얼마든지 철회할 수 있을 것이다. 그리고 김범주 사장이 통과시킨 일이라면 걱정하지 않아도 되었다. 이미 그의 선에서 정확한 검토가 끝나고 올라온 사안들일 테니까.

김범주 사장은 이상하게 변한 듯한 회장이 걱정되었는지 그러고도 유식을 옆에서 살뜰하게 챙겼다고 했다. 하루 입원 후 퇴원 수속도 밟아주고, 회사에도 직접 데리고 와주었다. 유식은 통장 비밀번호를 물어볼까 하다가 말았다는 얘기를 조용히 목구멍 안으로 삼켰다.

그래서 엄마를 찾을 시간이 없었던 것이라며 유식은 그리 항변을 마쳤다. 그래도 남에게 자신이 석호가 아니라는 말을 할 생각은 없었다고도 덧붙였다. 그때까지만 해도 유식은 이 몸의 주인이 죽었고, 교통사고로 죽은 자신이 그 몸을 차지했다고 생각했기 때문이다. 다르게 말한다면 어떻게든 주석호라는 사람이 되어 부자로 한번 폼나게 살아보고 싶은 마음뿐이었다. 그렇게 자기 인생의 가장 심각하고 위대한 결정을 내렸을 때, 몸의 주인 석호가 나타난 것이다. 바로 죽었다고 생각한 자신의 몸을 하고!

"그럼 우린 계속 이렇게 사는 거야? 넌 괜찮은 거 맞냐? 갑자기 노인이 됐는데."

석호가 퉁명스럽게 묻자 유식이 어리둥절한 눈을 하고 빤히 보았다. 그러더니 있는 대로 이맛살을 찌푸렸다.

"할바탱이, 아직 모르는 거야?"

"뭘?"

석호가 짜증스런 목소리로 노려보자, 유식은 헐, 감탄사를 내지르곤 말없이 그의 팔뚝을 잡았다. 석호가 뿌리치려 했지만, 유식은 억지로 잡아끌어 그의 소매를 걷어 올렸다. 열여덟의 탱탱한 피부 말고는 별다른 게 없었다.

유식은 당황한 것 같았다. 팔에 뭔가 다른 게 있기를 기대한 건지 팔뚝을 이리저리 돌려보며 연신 눈을 깜박거렸다. 이내 자신의 소매를 확 걷어 올려 석호 눈앞으로 내밀었다. 예순다섯의 찌글찌글한 피부 위로, 숫자가 새겨져 있었다. 마치 LED 시계에 표시된 숫자를 보는 것처럼 입체적인 느낌이었다.

99.

"처음엔 100이었어. 이게 뭐지 싶더라고. 다시 살아난 사람의 표식 같은 건가 했더니 하루 지나니까 바로 99로 바뀌더라고. 내일이 되면 분명 98로 바뀔 거야."

"뭐? 잠깐, 하루 지나니까? 넌 언제 깨어났어?"

무슨 당연한 걸 묻느냐는 표정으로 유식이 대답했다.

"어제. 하루 입원했었다니까?"

"난 오늘 깨어났는데?"

"어, 왜지?"

둘 다 서로에게 물어봐야 알 수 있는 것은 없었다. 석호는 유식의 멍한, 그러니까 자신의 얼굴로 멍하게 있는 표정을 보며 그냥 혼자 생각해보기로 했다.

들은 이야기에 의하면 유식은 죽음을 경험한 후 석호의 집에서 눈을 떴다. 석호가 죽은 곳이 집 안이었으니 그럴 만하다. 그럼 자신은 어땠는가. 유식은 교통사고가 나서 죽었다는데, 그렇다면 도로에서 깨어나야 하지 않을까? 하지만 자신은 유식의 방에서 깨어났다. 이 차이는 왜 생긴 걸까.

석호는 한 가지 추측을 떠올렸다. 혹시 죽은 그 순간이 아예 없던 일이 된 거라면? 석호는 그날 새벽에 죽지 않았어도 자신의 집에 있었을 것이다. 그리고 유식도 밖에 나와 교통사고로 죽기 전 집에 있었던 거라면 석호도 유식의 집, 방 안에서 깨어난 게 설명이 되었다.

그런데 또 문제가 있다. 석호는 유식보다 하루 늦게 깨어났다는 것이다. 왜일까, 골똘히 생각하자 문득 짚이는 데가 있었다. 그는 이불 속에서 느지막이 깨어났다. 유식의 어머니 역시 '방학이라 봐줬더니'라며 썩은 내가 나니 그만 뒹굴라고 하지 않았는가!

설마……. 석호는 미간을 찡그리며 유식을 노려보았다.

"너 잠 많냐?"

"응!"

유식은 어떻게 알았냐는 표정으로 조금의 주저함도 없이 고개를 크게 끄덕였다. 그와 동시에 석호의 혈압도 크게 상승했다.

"이 자식이! 그럼 네 잠 많은 체질 때문에 내 하루가 그냥 갔다는 거냐! 내 소중한 시간이!"

"잠깐, 잠깐, 지금 그게 중요한 게 아니잖아! 숫자가 하나씩 줄어간다고!"

"그러니까 그 아까운 백 일이……!"

석호가 그대로 굳었다. 석호는 미간을 찌푸리며 숫자를 뚫어져라 들여다보았다. 어쩌면 이 숫자의 의미는.

"백 일밖에 못 산다는 걸까? 숫자가 0이 되면 어떻게 되는 거지?"

"정확히는 이제 구십구 일."

하루가 지날 때마다 숫자가 하나씩 떨어진다는 건 알겠지만, 0이 되면 어떻게 되는지 유식도 알 길은 없었다. 갑자기 유식의 표정이 바뀌었다.

"근데 왜 할바탱이 팔에는 숫자가 없어? 헐! 설마 나만 죽는 거야?"

유식의 말은 쉽게 와닿았다. 석호의 팔에는 숫자가 없고, 그의 몸을 한 유식의 팔에만 숫자가 줄어든다. 애당초 불가사의한 일인지라 확신할 수는 없었지만, 직관적으로 본다면 유식의 말대로 해석할 수 있었다. 만약 그리 될 수 있다면 석호에게 하등 나쁠 게 없었다.

석호의 비상한 머리가 회전하기 시작했다. 고등학생의 몸으로 바뀌어 가장 아쉬운 건 그동안 고생하고 피 말리며 쌓아 올린 부와 명예를 한꺼번에 잃는 것일 테다. 하지만 모두 잃는다고 할 수는 없었다. 회사와 명예는 어쩔 수 없이 포기해야겠지만, 순수히 갖고 있는 현금 자산만 해도 그 양이 엄청났다. 통장 비밀번호와 통장을 둔 위치는 제가 알고 있다. 그러니 계좌에 있는 예금들을 모두 찾아오면 될 일이다. 말인즉, 한 많았던 이 인생이 다시 리셋되는 데다, 이번엔 청춘 시절도 부유하게 보낼 수 있다는 것이다!

"말도 안 돼!"

석호의 생각을 읽어내기라도 했는지 유식이 비명 같은 소리를 내지르며 달려들었다. 유식은 석호의 몸을 더듬거리다 옷을 마구 들추기 시작했다. 열여덟 살의 몸을 가진 석호가 젊기는 훨씬 젊었지만, 이상하게도 늙은 유식의 힘을 쉽사리 감당하지 못했다. 내내 방구석에서만 뒹굴던 몸과 달리 석호의 몸은 예순다섯의 나이지만 피트니스로 단련되어 있었고, 거기다 체급은 석호의 몸이 더 좋았던 탓이었다. 유식은 그 힘으로 자신의 몸을 한 석호의 상의를 아예 홀라당 벗겨버렸다.

그런데 아무리 봐도 없었다. 가슴팍에도, 배에도, 등짝에도. 심지어 겨드랑이에서도 숫자 같은 건 찾을 수 없었다.

유식의 시선이 스르륵 석호의 아랫도리로 내려갔다.

"하지 마라."

"어차피 내 몸이잖아."

석호가 황급히 등을 돌려 달아나려 했지만, 유식의 손이 더 빨랐다. 유식은 석호의 허리춤을 단단히 붙들고 한 손으로 그의 바지 버클을 풀기 시작했다. 저항하던 석호의 바지를 반쯤 내린 바로 그때였다. 노크 소리가 들렸지만, 둘은 그것을 미처 신경 쓰질 못했다.

"회장님, 그럼 오늘 퇴근은⋯⋯."

김범주 사장이 회장실로 들어오다 말고 눈을 휘둥그레 뜬 채로 얼어붙었다. 못 볼 걸 봤다는 표정이었지만, 충격 때문인 지 눈을 떼어내질 못했다. 믿을 수 없는 장면이었다. 예순을 훌쩍 넘긴 노인네가 고등학생 소년의 몸을 벗기려 애쓰고 있 는 문란한 현장으로 보였다.

"잠깐, 무슨 생각하는지 아는데, 불쾌하니까 그 생각 거기 서 멈춰."

석호가 손가락으로 가리키며 경고처럼 말했지만, 그 말을 유식의 몸으로 하는 시점에서 오히려 더 상상의 나래를 펼치 게 했다. 사정이야 어찌 되었건, 이 광경은 여러모로 심각한 행태였다. 뒤늦게 머리를 뒤흔든 김범주 사장은 일단 안으로 들어와 문부터 닫아걸었다.

김범주는 둘의 시뻘게진 얼굴을 번갈아 보며 혼란스러운 표 정으로 침을 꿀꺽 삼켰다. 회장에게 이런 변태적인 악취미가 있었던가? 그리고 이 소년은 먼 친척뻘이라고 했는데, 이 사 실이 소년의 입을 통해 밖으로 새어 나가기라도 하면! 회장의 추태는 그냥 추태가 아니라 회사가 휘청거릴 만큼 핵폭탄 사 건이었다. 그는 이제 '회사를 지켜야 한다'는 사명감을 가진 듯한 얼굴이었다.

김범주 사장은 일단 석호에게 다가가 옷부터 입혀주며 말했다.

"학생, 다, 당황하지 말고…… 그게…….'

"당황하기는 지금 자네가…… 아니, 아저씨가 더 당황하신 것 같은데요? 그냥 제 몸에 문신 같은 거라도 그렸을까봐 벗겨보신 거예요."

김범주는 '그게 말이 돼?' 하는 표정이었다. 석호는 말이 안 되는 줄 알면서도 거짓말을 술술 내뱉었다. 둘의 몸이 뒤바뀐 것부터가 말도 안 되는 일이다 보니, 사실 지금은 무슨 말을 해도 거짓말이었다. 그렇다면 어떻게든 우겨야 했다.

"마, 맞아요. 그런 거라고……요."

존댓말도 반말도 아닌 묘한 어조로 유식이 석호의 변명을 도왔다.

"무슨 이상한 상상을 하는 거야, 멀고 먼 사촌의 아들의 손자라니까!"

석호가 아직도 얼이 빠져 있는 김범주의 얼굴에다 빽 소리쳤다. 어린 학생의 입에서 자꾸 석호의 말투가 나오고 있었지만, 김범주는 그 정도 이상한 건 잡아내지 못할 만큼 아직 큰 충격에 빠져 있었다.

"정말, 정말이라니까!"

그제야 유식도 석호의 말투로 근엄하게 목소리를 높였다.

김범주는 이번엔 화가 난 듯한 두 사람을 번갈아 쳐다보았다. 이미 둘은 옷매무시를 다 챙겨서 소파에 느긋하게 앉아 있었나. 그래, 그럴 리가 없지. 김범주는 자꾸만 뻗어 나가려는 상상을 떨치고는 고개를 끄덕였다.

"이상한 오해를 해서 죄송합니다."

그래, 당연히 오해여야 했다. 김범주는 이걸 다른 사람이 아니라 자신이 봤으니 그나마 다행이라 여기기로 했다. 정말 주 회장이 변태인지는 나중에 사람을 붙여 알아보면 될 일이다.

"아닙니, 아니, 그럴 수도 있지."

"그럼! 그런 생각을 하다니, 당연히 죄송해야……지요."

둘이 이상한 말투로 손을 내저으며 상황을 무마했다. 석호는 상황을 어느 정도 정리한 것 같아 조금 편안해진 얼굴이었지만, 유식은 그렇지 않았다. 그는 여전히 어딘가 경직된 얼굴로 석호의 허벅지 쪽을 노려보았다.

바지 아래에서 유식은 볼 수 있었다. 석호의 엉덩이 아래쪽에 선명하게 '99'라는 숫자가 박혀 있는 것을.

퇴근할 무렵이 되자 석호의 몸을 한 유식은 멀고 먼 사촌의 아들의 손자를 집으로 데려가겠다며 차를 대기시키라고 했다. 일단 김범주를 자신들에게서 떨어뜨려야 했다. 김범주는 둘만 함께 있는 상황을 떠올리곤 묘하게 얼굴을 구겼지만, 다시 머리를 마구 흔들어 겨우 장면을 지워냈다.

유식은 석호와 함께 리젠트 더 플랫 아파트로 돌아왔다. 뒷자리에 나란히 앉은 둘은 운전기사를 의식해 아파트에 도착할 때까지 서로 한마디도 하지 않았다. 빨리 둘이 남아야 향후 대책을 세울 수 있었지만, 운전만은 기사에게 맡길 수밖에 없었다. 유식이 된 석호도, 석호가 된 유식도 운전을 할 수 없기는 마찬가지였다.

석호는 하루 만에 돌아온 집을 눈에 가득 담았다. 분명 밖에서 이 아파트 단지를 볼 때는 안도감이 들었는데, 막상 집 안에 들어서니 생각만큼 반갑거나 하지는 않았다. 이 집의 모든 물건은 자신이 직접 어렵게 고르고 고른 것이고, 꾸미는 것도 모두 직접 했다. 유식이 집을 어질러놓지 않았기에 모든 게 제자리 그대로였다. 그러나 이젠 이 집을 보는 마음이 달라졌다. 온기 하나 없는 삭막한 공간에서 혼자 죽어가던 그 시간이 떠올라 착잡한 심정이 먼저 들었다.

석호는 제집처럼 냉장고에서 생수부터 꺼내 마시는 유식을 보면서 그나마 다행인 기분이었다. 이 녀석이라도 있으니 견딜 것 같았다. 만약 혼자였다면, 내 집인데도 들어오고 싶지 않아 현관문에서 이미 돌아섰을 것이다.

"그러니까 고작 백 일의 시간만 준 거다?"

석호는 소파에 유식을 앉혀놓고 곧장 본론으로 들어갔다. 설마하니 자신의 엉덩이 밑에서 운명을 건 카운트다운이 세

어지고 있을 거라고는 예상도 하지 못했다.

"그래. 우리 백 일 있다가 그땐 진짜 죽는 거 아냐? 대박! 이게 선물이야?"

유식이 어이없다는 듯 소리를 질렀다. 석호도 착잡한 얼굴이었다. 사실 이 상황을 선물이라고는 아무도 말해준 적이 없었다. 그냥 두 사람이 지레짐작해 각자에게 찾아온 선물이라고 생각했을 뿐.

석호는 두 손을 들어 연신 마른세수를 했다. 원래는 깨끗하게 죽었어야 했다. 그게 두 사람에게 합당한 운명이었다. 백일이라는 시간의 덤, 그게 정말 행운과 같은 일인 걸까? 자신할 수 없었다. 인생에서 고작 백 일이라는 시간이 더 주어진게 기뻐할 일인지.

적어도 유식은 그게 마음에 들지 않는 게 분명했다. 그럴 만도 했다. 자신이야 살 만큼 살았다지만 이 아이는 아직 새파란 청춘이었다. 아니나 다를까 유식은 허공에다가 욕을 하듯 마구 소리를 질러댔다.

"두 번 죽는 게 말이 되냐고? 와, 나! 환장하겠네. 그나저나 백 일 지나면 우리 어떻게 죽는 거야? 몸이 다시 바뀌고 죽어? 아님 이대로 죽어?"

두 손으로 이마를 짚고 고개를 숙인 채 한숨을 푹푹 내쉬던 석호가 천천히 고개를 들었다. 백 일이 지나면 어떻게 죽는 걸까? 그때 가서 이 아이의 몸은 다시 교통사고를 당하는 걸까? 내 육신은 또 고독하게 마지막 숨을 거두는 걸까?

문득, 하나의 생각이 머리를 스쳤다.

"넌 교통사고라며? 피할 방법이 있지 않을까?"

유식의 눈이 휘둥그레졌다.

"대박! 그럼 살 수 있는 거야?"

유식이 신이 난 듯 어깨를 잔뜩 추켜올렸다. 조금 진정하고 나서 다시 소파에 앉아 석호에게 물었다.

"근데 할바탱이는 어떻게 죽었어? 알아야 같이 죽음을 피할 거 아냐."

석호는 눈을 끔뻑거리기만 할 뿐 얼른 대답하지 못했다. 슬며시 유식의 눈을 피했다. 그는 알고 있었다. 유식과 달리 자신의 몸은 백 일 후 필연적인 죽음을 맞이해야 했다.

"말해봐. 뭔데? 어?"

유식은 천진하게 채근했다. 석호는 어쩔 수 없이 대답해주기로 했다. 꺼내기 어려운 말이어도, 몸이 바뀐 사이끼리 솔직하게 알려줘야 하는 가장 큰 정보였다. 그는 몇 번 더 주저하다 어렵사리 입을 열었다.

"암……."

안 좋은 일에도 대박, 좋은 일에도 대박이라던 유식은 이번엔 아무 소리도 내지 못하고 입을 헤, 벌린 채 굳어버렸다. 처음엔 잘못 들은 건가 하던 표정이 천천히 울상으로 바뀌었다. 뭔가 생각하는지 눈알을 또르륵 굴리다가 어이없다는 듯 목소리를 높였다.

"수술도 안 받았어?"

"수술도 항암도 소용없는 말기 암이었다. 폐암……."

"뭐? 폐암?"

비명 같은 소리를 내지르며 유식이 소파에서 벌떡 일어났다. 이번엔 도저히 참을 수 없다는 듯 허탈한 외침과 함께 허공에다 주먹질하며 거실 안을 쿵쿵 돌아다녔다.

이 상황은 확실히 유식에게 공평치 않았다. 그의 말대로 백 일이 지난 후 몸이 원래대로 복귀되지 않으면, 저 열여덟 해밖에 못 산 유식이 암이 주는 엄청난 고통 속에서 죽어가야만 했다.

"진정해. 아직 뭐 하나 확실하게 밝혀진 게 없잖아!"

"할바탱이 담배 폈어? 폈지? 폈겠지. 도대체 그동안 얼마나 피워댄 거야! 와, 나! 노답이네. 난 여태 애들이 피워보라고 해도 어떻게든 버티고 안 폈는데, 담배 한번 못 빨아보고 폐암이래. 와, 나! 환장한다……. 좋아. 백 일이 된 다음에 몸이 바뀌든 안 바뀌든 아직 정해진 건 없다고 쳐. 근데 그럼 난 그동안 병원에 갇혀서 투병 생활이나 해야 한다는 거야?"

유식이 울먹이며 다그쳐 물었지만 석호는 차마 대답을 하지 못했다.

말기 암 환자의 백 일이란 게 뻔할 수밖에 없었다. 조금이라도 생명을 연장하기 위해 고통스러운 항암치료를 감내하든지, 아니면, 하루하루 폐암이 주는 통증과 함께 죽음을 받아들이며 시간을 보내든지. 그게 무엇이 되었든 지옥 같을 거라는 건 유식도 모르지 않았다.

그는 호소 가득한 눈으로 석호의 얼굴을 빤히 보다가 결국 소파에 무너지듯 주저앉았다. 두 손으로 머리를 싸매고 바닥을 향해 식식거리던 유식이 번쩍 얼굴을 들었다. 조금 전보다 눈가의 주름이 더 쪼글쪼글해 보였다. 그는 마치 썩은 동아줄이라도 내려주기를 바라는 얼굴로 물었다.

"아파?"

석호는 어떻게 말해야 위안이 될까를 고민하다가 대답했다.

"센 진통제가 있어."

"그걸 먹으면 안 아파?"

"……."

"와, 나! 시발! 돌겠네."

유식은 제 머리를 움켜쥐고 흔들어댔다. 그러다 허리에 팔을 얹고 씨근덕거리며 베란다를 응시했다. 그러고는 무슨 생각을 한 것인지 석호에게 다가와 바짝 얼굴을 들이밀었다.

"이대로는 내가 너무 밑지는 장사야."

"차라리 장사면 좋겠다."

그러면 그만두기라도 하지, 석호는 생각했다.

"할바탱이, 가만 보니 가족도 없는 거 같은데, 그대로 죽으면 죽을 줄 알아. 내일 당장 유서 쓰자고. 할바탱이가 죽으면 우리 엄마한테 재산 물려주기로. 백 일이든 천 일이든, 어쨌든 할바탱이가 내 몸으로 이득 보는 거 아냐?"

"너무 그러지 마. 나도 지금 죽을지 안 죽을지 모르는 거 아니냐."

유식이 코웃음을 쳤다.

"나만큼 가능성이 빵 프로일까?"

"아팠냐?"

"뭐가?"

"사고 날 때."

유식의 눈에 음흉한 빛이 번뜩이며 지나갔다. 기회는 이때라는 듯 목청을 높였다.

"어! 트럭이었는데, 콱! 부딪치는 순간 숨이 컥! 막히는 게. 존나 아파! 아주 존나게 아팠다고. 땅에 떨어지면서 대가리도 깨지고, 갈비뼈도 부러져서 폐를 찌를걸? 암튼 어디가 아픈지도 모르게 온몸이 존나게 아파. 오줌구멍 눈구멍 콧구멍, 구멍이란 구멍은 있는 대로 다 열려서 온몸으로 질질 울어야 한다고. 숨 쉬는 거? 꿈도 꾸지 마."

석호는 테이블 위에 있던 리모컨으로 유식의 머리를 내리쳤다. 와작, 부서지는 소리가 났다. 리모컨이 부서졌나 확인하는 동안 유식이 뒤늦은 비명을 질렀다.

"왜 때려?"

"말 예쁘게 못 써? 한 번만 더 욕 쓰면 가만 안 둔다!"

유식은 눈을 치뜨기만 할 뿐 처음처럼 대들지는 않았다. 말대답도 없었다. 그런 건 여유가 있을 때나 하는 거지, 다 죽게 된 마당에 그런 데 기력 쏟는 것도 아까웠다. 그는 입술을 댓발 내미는가 싶더니, 갑자기 초탈한 것처럼 눈을 감은 채 고개를 젖혔다.

석호는 유식을 잔뜩 노려보았다가 자기도 모르게 피식 웃어 버리고 말았다. 떠들썩한 녀석이 옆에 있어서 그런지, 죽을 때 죽더라도 지금 이 시간은 살아있다는 생각에 미쳤다. 문득 이렇게 몸이 뒤바뀐 게 이 녀석이라 다행이라는 생각도 들었다. 더 운이 나빴다면 살인범이랑 몸이 바뀔 수도 있고, 더 늙은 몸이랑 바뀔 수도 있는 것 아닌가. 무엇보다 이 아이랑 있으니 왠지 모르게 마음이 편했다. 부산스럽기도 했지만, 외롭지도 않아서 좋았다. 조금은 유식이 다시 보였다.

처음엔 깨어난 뒤 당장 엄마를 찾지 않은 게 아들 된 도리냐고 몰아세웠지만, 그 부분에선 자신이 오해하기도 했었다. 철없고 미숙하긴 해도 엄마 호강하라고 유서에다 유산을 남기고 싶어 하는 걸 보면 저만 아는 불효자는 아니었다. 효자도 딱히 아닌 것 같았지만. 그리 평가를 달리 해보며, 석호는 차분히 제 몸에 대한 설명을 마저 마무리했다.

"나는 그 정도는 아니었다. 열이 들뜨고 땅바닥으로 꺼져 들어가는 거 같긴 했지. 그래서 깼을 때는 거기가 천국인가 했어. 눈앞에 보이는 게 천사인 줄 알았거든."

"천사?"

무슨 소리를 하는가 싶었는지 유식이 미간을 잔뜩 찌푸렸다. 하긴, 천사라고 하기에는 너무 괄괄하긴 했다. 석호는 또 피식 웃었다.

"너희 엄마 말이다. 누굴 좀 닮았더라고, 내 첫사랑이랑······. 어렸을 때 열병으로 죽었는데, 그래서 천국에 온 줄 알았지 뭐냐. 그 아이를 다시 만난 줄······."

감상에 젖어 그때의 심정을 풀어놓던 석호는 문득 분위기가 뭔가 이상해진 걸 느꼈다. 유식의 표정이 완전히 변해 있었다. 저런 표정을 텔레비전에서 몇 번 본 적이 있었다. 딸을 주십시오, 당당하게 외치는 철부지를 쫓아내기 전 아빠의 표정이었다.

"감히 우리 엄마를 넘봐?"

처음엔 무슨 말인가 했다. 아하, 하고 깨달았을 땐 오히려 석호가 역정을 냈다.

"넘보긴 뭘 넘봐! 그냥 내 첫사랑이랑 비슷하게 생겼더라는 거지⋯⋯."

"그게 넘보는 거지 뭐야! 안 되겠어, 절대 둘만 둘 수 없어! 일어나! 같이 집으로 가자고!"

유식이 고개를 쳐들고 소리를 질렀다. '둘만'이라고 하는 걸 보면 아버지가 없는 모양이라고 석호는 생각했다. 유식의 나이로 보면 아직 젊을 텐데. 죽은 걸까? 아니면 이혼?

생각을 뒤로 하고, 석호는 일단 말리고 봤다. 느닷없이 처음 보는 할아버지와 같이 가서 뭘 어쩔 거냐며, 우리야 당사자니까 어떻게 서로를 이해시켰다지만 네 엄마에게도 우리 말이 먹힐 것 같으냐며 식식거리는 유식의 어깨를 붙들었다. 차라리 이 집에서 유식과 자신 둘이 함께 지내면 되지 않겠느냐고, 원래 석호가 계획해둔 대로 제안했다. 하지만 유식은 고집불통이었다. 조금의 고민도 없이 거절했다. 이래서 애들은 못 말린다고 하는 거라며 석호는 혀를 세게 찼다.

"안 돼. 내가 집에 안 들어가면 우리 엄마 걱정해. 둘이 같이 둘 수도 없고 엄마 혼자도 둘 수 없으니까, 앞장서. 같이 들어가 살자고!"

석호는 더이상 무슨 말로도 녀석을 이 집에 눌러 앉히긴 불가능하다고 단념했다. 유식의 성화에 떠밀리다시피 집을 나오면서 석호는 용케 자신의 핸드폰을 챙겼다. 전화를 걸어온 건 김범주 사장뿐이었다. 다른 부재중 통화는 없었다.

4

    유식의 집까지는 택시로 움직였다. 주차장에 석호의 차가 한 대 더 있었지만, 지금 둘에겐 아무짝에도 쓸모가 없었다. 처음에 석호는 단순하게 생각했다. 양복을 입고 선글라스를 끼면 유식의 몸으로 운전을 하는 것도 괜찮지 않을까. 오 초쯤 고민해보곤 바로 생각을 접었다. 만에 하나 단속에 걸리거나 접촉 사고라도 난다면 그 뒤로 벌어질 일은 거의 수습이 불가능해진다.

    집으로 들어가는 길목에서 택시가 빨간불 앞에 멈춰 서자 유식은 주머니에 있던 석호의 지갑을 능숙하게 꺼내 들었다. 슬쩍 옆자리 석호의 눈치를 살피면서도 한 손으로는 신용카드를 꺼내 계산할 준비를 했다. 석호는 눈을 가느다랗게 뜨고 그를 흘겨보았다. 그 와중에 잘도 챙겨왔겠다!

"도둑놈."

"어, 어쩔 수 없잖아. 그럼 현금을 좀 찾아달라고."

"아주 당당하구만."

그럼 그 현금은 네 거냐며 한마디 해주고도 싶었지만, 석호
도 당분간 쓸 돈을 좀 인출해야겠다고 생각하던 참이었다. 지
하철을 타는 것도 두 번은 못 할 것 같고, 앞으로 어떤 상황이
벌어질지 모른다. 갑자기 돈 들어갈 일이 생길 가능성을 배제
할 수는 없었다. 게다가 이 녀석은 돈이 없어도 너무 없었다.
고등학생의 주머니 사정이야 뻔하다지만, 그래도 지갑에 단
돈 이천 원이라니. 이 상태면 조만간 '지갑이 얇으면 기도 못
편다'는 뼈아픈 경험을 하게 됐을 것이다.

택시는 어느덧 석호도, 유식도 잘 아는 집 근처 골목길로 꺾
어졌다. 택시의 헤드라이트가 균열이 간 낡은 담벼락을 훑으
며 앞을 비췄다.

"저 앞에서 세워주세요."

석호와 유식이 동시에 말하자, 룸미러로 뒷좌석을 넘겨다본
기사의 눈이 둥글게 휘어졌다. 할아버지와 손자가 사이좋게
어디 다녀오는가 보다 짐작하는 훈훈한 시선이었다.

그에 반해 유식은 눈을 크게 뜨고 희번덕거리며 석호를 노
려봤다.

"우리 집이야. 우리 집이라고."

"방금 전까지 내 집을 제집처럼 쓰던 놈이 큰소리치면서 할 소리는 아닌 것 같은데?"

석호도 지지 않고 이죽거렸다. 유식이 다시 맞받아치려 했지만 이내 그만두었다. 아직 룸미러로 뒷좌석을 힐끔거리는 택시 운전기사의 시선이 느껴져, 반박 대신 입을 비죽 내밀며 고개를 팩 돌렸다.

그 사이 택시가 골목 한쪽으로 붙어서며 멈췄다. 차에서 내린 석호는 골목길 반대편으로 사라지는 택시 뒤꽁무니를 보며 옆에 나란히 선 유식에게 퉁명스럽게 말했다.

"네 엄마한테 뭐라고 해야 하는 거냐?"

유식은 대꾸도 하지 않은 채 성큼성큼 걷기 시작했다. 외려 석호가 누구에게든 눈에 띌까 싶어 고개를 푹 숙인 채 뒤따랐다. 처음 보는 노인의 몸이면서, 어떻게 처신할지 대책도 안 세우고 저렇게 당당하게 가면 어쩌란 말이냐! 석호는 유식의 어머니에게 주석호란 존재를 어떻게 설명해야 할지 막막하기만 했다.

공연히 부아가 일었다. 가만 보니 지금 이 상황은 좀 억울했다. 유식의 모친을 왜 내가 상대해야 하는가! 이 상황을 모면해야 할 핑계는 분명 유식이 대야 하는데, 정작 유식 본인은 아무 생각이 없는 것 같고. 이대로는 유식의 모습을 하고 있다는 죄로 석호 자신이 잔뜩 꾸며내야 하게 생겼다.

"우리 엄마 착한 사람이야. 그냥 친구 할아버지가 혼자 지내게 돼서 며칠만 같이 있겠다고 하면 알아서 잘 모셔줄 사람이라고."

석호는 그 말이 더 어이없게 들렸다. 고작 믿는 구석이 엄마의 인정이란 말인가. 유식 딴엔 제 엄마라고 자신 있게 말하는 모양이지만, 석호는 그의 말이 그다지 신뢰가 가지 않았다. 이미 그의 엄마를 발길질과 욕바가지로 겪어본 터라 유식의 말에 '과연 그럴까' 하는 의심만 커졌다.

의외로 자식은 부모를 잘 모른다. 그저 잘 안다고 착각하고 있을 뿐이다. 친구의 할아버지라는 사람을 느닷없이 집으로 데리고 가면 거의 모든 집에서 난리가 난다. 무턱대고 반기면 그게 더 이상한 반응이다. '우리 엄마는 안 그래'라고 자식이 말한다면, 분명 그동안 '그럴' 만한 일이 없었을 뿐일 것이다.

그렇더라도 석호는 유식의 대답을 믿고 싶었다. 다른 이유보다도, 발길질과 욕바가지의 기억을 넘어서면 유식의 엄마에게서 아련한 추억처럼 첫사랑의 그녀가 떠올랐기 때문이다. 젊고 푸르던 시절, 자신을 향해 얼굴을 발그레 붉히던 그녀의 다소곳한 모습을 아직도 잊지 못한다. 원래 첫사랑이 오래 기억에 남는다곤 하지만, 아마 석호에게 있어선 그것이 처음이자 마지막 연정이었을 것이다.

기억을 더듬고 있자니 어느새 자신도 모르게 고집스레 말렸던 입가가 스르르 풀어지며 올라갔다. 그걸 언제 눈치챘는지 석호의 얼굴을 흘깃 올려다본 유식은 대놓고 엄포를 놓았다.

"안 돼. 넘보지 마. 그랬다간!"

"남사스럽게 뭐라는 거야, 나보다 한참이나 어린 여자를 두고! 내가 환갑이다, 환갑! 앞으로 한 번만 더 그런 소리 했다간 너 진짜 맞는다!"

석호는 일부러 과장되게 몸을 휘저으며 유식을 앞서 나갔다. 본인도 남자지만, 남자는 믿을 동물이 못 된다. 그 점은 석호도 잘 알았기에 이렇게라도 제 결백함을 어필해두고자 했다.

유식이 석호의 뒤통수를 노려보며 눈을 부라렸지만 이내 어깨를 으쓱 올렸다. 말은 이렇게 했지만 유식도 엄마가 애먼 외간 남자의 수작에 당할 사람은 아니란 걸 알았다. 엄마가 할아버지의 몸을 한 자신을 동정 어린 마음으로 받아주리란 믿음뿐 아니라, 엄마의 완력이라면 웬만한 남자도 감당 못 하고 나가떨어지리라는 믿음도 있었다. 그가 열여덟 살 팔팔한 몸이었을 때도 엄마를 이겨본 적은 한 번도 없었으니까.

가파른 경사로 이어져 사방으로 뻗어 나가는 동네의 골목길은 거미줄만큼이나 복잡했다. 드론을 띄워 내려다보면 미로라고 해도 될 만큼 촘촘한 데다, 그 길을 끼고 집들이 빈틈없이 빽빽하게 붙어 있어 더욱 혼잡해 보였다.

유식의 집은 택시에서 내린 곳에서도 비슷비슷해 보이는 골목길을 따라 꽤 들어가야 나왔다. 석호가 유식의 집에서 나올 때 헷갈리게 될 걸 염두에 두고 자세히 기억해두지 않았다면 분명 한 번 이상은 어딘가에서 잘못 들어 헤맸을 것 같았다.

유식보다 조금 앞장서서 걷던 석호가 오른쪽으로 꺾어 안쪽으로 들어서려 할 때, 갑자기 골목 모서리 뒤쪽에서 검은 그림자가 툭 튀어나왔다. 조금 놀라긴 했지만 석호는 그림자에게 길을 피해주려고 했다. 상대가 급한가보다 생각했다. 그런데 그림자는 비켜주려는 석호의 앞을 다시 떡하니 막아섰다. 난데없이 이건 뭘까, 석호가 그런 생각을 하는데 돌연 뺨에 불이 튀었다.

짝!

목이 사선으로 돌아간 채 넋을 놓고 눈을 깜박였다. 현실감이 없었다. 조금 지나서야 상황을 인지할 수 있었다. 내가, 주석호가, 뺨을 맞다니! 석호는 인상을 구기곤 눈만 돌려 자신에게 뺨따귀를 날린 상대를 노려보았다.

여자아이가 서 있었다. 긴 머리를 하나로 묶고, 언니 옷을 훔쳐 입지 않았을까 싶은 헐렁한 흰색 원피스를 입고서. 석호의 손바닥만 해 보이는 작은 얼굴에는 눈코입이 오밀조밀 자리잡아 있었다. 여자아이는 눈에 힘을 준 채 뾰로통한 표정이었다. 살짝 올라간 눈초리가 고양이를 떠올리게 했다. 오동통한 입술에 립글로스를 엉성하게 발랐다. 딱 유식의 나이로 보였다.

석호는 천천히 고개를 들어 억울함과 화가 뒤섞인 사나운 눈으로 유식을 보았다. 이런 사단을 만든 용의자는 당연하게도 유식뿐이었다. 아니나 다를까, 유식은 그 아이와 석호를 번갈아 보며 안절부절못하고 있었다. 울상이 되어버린 얼굴, 손바닥을 비벼대는 조바심 나는 몸짓. 너무나 잘 아는 사이라는 증거를 온몸으로 다 드러내놓는 중이었다.

석호도 짚이는 게 없지 않았다. 숱한 부재중 전화와 메시지의 주인공. 전유리가 저 아이인 것이 확실했다. 당장 눈물을 쏟을 것 같은 그렁그렁한 눈과 잔뜩 화가 나 식식대는 입매를 그 작은 얼굴에 함께 담고선 유리가 날카롭게 외쳤다.

"헤어지고 싶음 말로 해, 이따위로 굴지 말고!"

"그, 그게……."

유식이 나서서 뭐라고 변명을 하려 드는데, 그게 가당키나 한 짓인가. 얼른 석호가 유식의 허벅지를 쿡 찔렀다. 유리는 석호의 얼굴만 노려보고 있고, 석호와 유식의 팔은 아래로 내린 채여서 다행히 그 아래서 펼쳐지는 '이게 어떤 상황이냐면', '입 닥쳐'와 같은 둘의 은밀한 사인을 보지 못했다. 석호도 지금 무슨 변명을 해야 할지는 모르겠지만, 뭐든 말하더라도 유식의 몸을 한 그가 직접 해야 했다.

유리가 한 박자 늦게 주름이 잔뜩 진 유식을 어리둥절한 눈으로 보았다. 석호가 얼른 말했다.

"우리 할아버지."

유리는 벌어지는 입을 손으로 가리면서 황급히 고개를 숙였다.

"어머, 어머! 죄송합니다, 할아버지. 놀라게 해드려서 죄송해요!"

말리지 않으면 몇 번이라도 허리를 숙여댈 기세였다. 유식은 입을 헤 벌린 채 난감한 표정으로 유리를 보고 있었다.

"유리야."

석호는 자신이 할 수 있는 가장 부드러운 목소리로 여자아이의 이름을 불렀다. 이름에 반응한 건 유리보다 유식이 먼저였다. 어떻게 이름을 알지, 하는 놀란 얼굴이었다. 석호는 슬쩍 핸드폰을 들었다. 유식이 이해했는지 고개를 크게 끄덕였다.

"네가 오해한 거야. 몸이 안 좋아서 할아버지 댁에 있었어."

"거짓말하지 마. 아까 낮에 성준이가 너 길에서 봤다고 했어. 넌 성준이를 못 보고 그냥 지나갔겠지만."

성준이는 유식이나 유리의 친구인 모양인데, 당연히 석호는 알아보지 못했을 테다. 그리고 오늘 자신을 보았다면 아마도 아파트로 가려고 집을 나와 동네를 벗어나는 그 시간이었을 테다. 그때는 자신이 누구에게 목격되는 게 문제가 될 거라고는 생각지 못했던 때였다.

"아, 그건 할아버지 집에 가느라……. 아무튼 핸드폰도 집에서 못 가지고 갈 정도로 아파서 내내 할아버지 집에 있었어. 넌 내가 그만큼 아팠다고 하는데 어디가 얼마나 아팠는지 걱정하기도 전에 화부터 내는 거야?"

석호는 열여덟 살이 아니었고, 이럴 때 어떻게 대처해야 상황을 반전시키는지 연륜으로 알았다. 이럴 때 필요한 건 일명 적반하장의 기술이다. 예상한 대로 유리의 얼굴에 금세 미안한 표정이 물들었다. 흥분해서 다짜고짜 때려놓고 또 이렇게 금세 세상의 잘못은 본인이 다 저지른 것 같은 표정을 지을 수 있다는 게 한편으론 신기하기도 했다.

아무튼, 눈앞의 흥분한 철부지는 말 한마디에 자제가 되었다. 유식이 엄지를 치켜들 기세로 감탄하는 게 느껴졌다.

"나도 네 걱정을 얼마나 했나 몰라. 얼마나 많이 아팠던 거야."

유리가 애처로운 표정을 하고는 석호의 앞으로 한 발짝 성큼 다가섰다. 작고 보드라운 손을 들어 석호의 뺨을 감쌌다. 자연스럽게 석호의 눈동자가 유식에게 돌아갔다. 흘깃거리며 보니 유식이 허튼짓하면 가만 안 둔다는 경고의 레이저를 쏘느라 주름진 눈을 희번덕거리고 있었다.

석호의 입에 의미심장한 미소가 걸렸다. 문득 장난기가 발동했다. 무슨 생각을 하는지 뻔히 다 들여다보이는 유식이 석호에게는 장난감이나 다름이 없었다. 석호는 보란 듯이 어깨를 늘어트리며 눈썹을 팔(八)자로 만들었다.

"배. 갑자기 배가 얼마나 아팠는데."

"배?"

유리가 화들짝 놀라며 석호의 배에 제 손을 갔다 대었다.

"그래서 지금은 괜찮아?"

이제 유식은 시퍼렇게 눈에 날이 서서 당장이라도 석호의 멱살을 잡을 태세였다. 조금 더 끙끙대며 유리의 걱정을 받다가, 장난은 이쯤 하면 됐다 싶어 석호가 배에서 유리의 손을 떼어놓았다.

자신이 첫사랑에 성공하기만 했어도 이만한 손녀가 있었을 것이다. 유식이 부리부리하게 쳐다보는 것도 이해 못 할 건 아니지만, 석호에게 유리는 마냥 귀여울 뿐이었다. 그리고 아까부터 윽박지르기만 하는 놈보다야 애교 있는 얼굴로 걱정할 줄도 아는 아이가 훨씬 정이 가지 않겠는가.

"할아버지 집에 머물면서 검사 다 했는데 이상은 없대. 그냥 뭘 잘못 먹어 그런 것 같다고 하더라."

"난 그런 것도 모르고."

유리는 더욱 미안해하며 말끝을 흐렸다. 그러고는 갑자기 생각이 났는지 퍼뜩 고개를 쳐들고는 계속 이 상황을 못마땅하게 지켜보는 노인, 유식을 향해 다시 허리를 푹 숙였다.

"버르장머리 없이 굴어서 정말 죄송합니다. 할아버지. 저는 유식이 친구 전유리라고 합니다. 평소에는 사이좋게 지내니 저 미워하지 말아 주세요."

유리는 조금 전 태도로 유식의 할아버지에게 미움을 살까 걱정하는 모양이었지만 적어도 당분간 그럴 일은 없었다. 유리가 보고 있는 할아버지가 사실 유식 본인이니까.

셋이 어정쩡하게 서 있을 때, 귀에 익은 목소리가 끼어들었다.

"거기 유식이니?"

석호와 유식이 동시에 얼어붙었다. 목소리의 주인이 누구인지 금세 알아챈 두 사람은 미간을 잔뜩 찌푸린 채 어떡하지, 하는 눈빛을 교환했다. 아니나 다를까, 골목 안에서 한 여자가 걸어 나왔다.

유식의 어머니였다.

"유식이 맞네! 여기서 뭐 하니?"

서슴없이 다가온 그녀는 석호의 모습을 한 유식과 그 앞의 유리를 보고는 슬쩍 제 아들, 유식의 모습을 한 석호에게로 고개를 돌렸다. 설명이 필요하다는 뜻으로 고개를 갸웃하며 말했다.

"누구……."

"안녕하세요, 어머니! 저는 전유리라고 합니다."

유리가 먼저 나서서 허리를 꾸벅 숙였다. 카랑카랑한 목소리에 가까스로 정신을 차린 석호가 유리를 인사시켰다.

"제 친구요."

"늦은 시간에 죄송합니다. 유식이가 너무 연락이 안 돼서요."

"그렇구나, 반갑다."

유리에게 가볍게 인사하고, 그녀의 시선이 이번에는 처음 보는 노인에게로 향했다. 동갑내기로 보이는 유리가 유식과 함께 있는 건 알겠는데, 이 노인은 누구길래 함께 있는 것일까. 아무리 생각해도 어울리지 않는 조합이었다.

석호는 순간, 자기도 모르게 나오는 대로 말했다. 유리에게 소개했던 것처럼.

"이쪽은 제 할아버지."

유식이 차라리 아무것도 안 보는 게 낫겠다는 얼굴로 눈을 꾹 감았다. 유식의 어머니는 황당하다 못해 '얘가 지금 제정신인가' 싶은 얼굴이었으며, 아무것도 모르는 유리만 천진난만하게 웃고 있었다. 말을 뱉은 석호는 이 자리에서 그냥 사라져 버리고 싶었다.

다행스럽게도 석호에게는 찾아볼 수 없던 눈치가 유식의 어머니, 은희에게는 있었다. 어쨌거나 여자 친구 앞에서 거짓말을 한 이유가 있을 거라 생각했는지 적당히 아들에게 보조를 맞춰주고는 시간이 늦었다며 유리부터 택시에 태워 보냈다.

택시가 떠나자마자 은희는 돌변했다. 잘 걸렸다는 얼굴로 돌아선 그녀는 사납게 뜬 눈으로 석호를 노려보았다. 유식은 옆에서 안절부절못했다. 엄마가 일단 화가 나면 무슨 일이 벌어지는지 너무나 잘 알고 있기 때문이었다.

"너 대체 행동을 어떻게 하고 돌아다니는 거야? 내가 여자한테 잘해주는 게 진짜 남자다운 거라고 말했지! 남자가 정정당당치 못하게 연락은 왜 안 받아서 애를 집 앞까지 찾아오게 해!"

돌아선 은희는 석호를 향해 대뜸 손을 뻗었다. 그 손은 정확히 석호의 양쪽 젖꼭지를 잡고 비틀었다. 석호는 깜짝 놀란 동시에 젖꼭지가 삼백육십 도로 돌아가는 신기하고도 공포스러운 고통을 맛보았고, 유식은 자신의 목소리가 내지르는 비명에 저도 모르게 그 손을 떼어내려 은희의 팔목을 덥석 잡았다. 그제야 은희의 시선이 유식에게 닿았다. 팔목을 잡았던 유식의 손도 시선을 받자 화들짝 놀라 떨어졌다.

"그런데 이분은 누구시니? 아까 '우리 할아버지'라고 한 것 같은데?"

"아, 저 그게……."

"친구 할아버지예요. 아버지가 선교사신데, 가족들이 외국으로 떠난 사이에 같이 좀 있어 주면 안 되겠냐고 부탁받았어요. 혼자 남겨지셨다고 하니 정말이지 저도……. 할아버지가 몸이 많이 안 좋으신 데다 꾸준히 병원도 다니셔야 하고…….

괜찮죠, 엄마?"

뭐라고 해야 할지 아무 준비도 안 된 유식 대신 석호가 짧은 틈에 생각해낸 시나리오를 후다닥 읊었다. 어쨌거나 유리 때처럼 자기 할아버지라고 말할 수는 없잖은가. 석호는 일부러 '혼자 남겨진', '몸이 안 좋은' 같은 말을 강조했다. 동정을 불러일으키기에 적당한 말들이었다.

은희는 바로 놀란 눈을 했다. 석호는 은희가 자신이 한 말 중 어떤 지점에서 놀랐을지 궁금했다. 상의도 없이 낯선 노인을 데려왔다는 부분일까? 아니면 몸이 안 좋은 상태라는 부분일까? 하지만 이어지는 말에서 석호는 안도의 한숨을 내쉴 수 있었다.

"어머! 몸이 안 좋으신데 이렇게 밖에서 계속 서 있으시면 어떡해요! 일단 안으로 들어오세요, 어서요!"

은희가 먼저 대문을 열며 들어오라는 손짓을 했다. 앞서 들어가며 허둥지둥 아픈 손님을 챙기려는 그녀의 모습은 가식처럼 보이지 않았다. 한술 더 뜨자면, 석호가 보기엔 마당에서 자신을 기다리는 은희 뒤로 광채가 서리는 것 같기도 했다. 천사! 이 집에서 깨어났을 때 은희를 천사로 보았던 것이 완전한 착각은 아닐지도 모른다는 생각마저 들었다.

석호와 유식은 우물쭈물하며 누가 먼저 들어가야 하나 계산했다. 일부러 석호가 유식의 팔짱을 꼈다. 어색했지만, 이 정도면 노인을 살짝 부축하는 것처럼 보일 것이다. 유식도 징그러운 기분에 확 뿌리치려다가 그랬다간 더 이상한 상황이 벌어질까 봐 꾹 참았다. 석호가 유식을 부축하는 모양새로 둘은 엉거주춤 집 마당으로 발을 들였다.

석호는 이 집을 나올 때만 해도 다시 돌아오리라곤 추호도 생각해본 적이 없었다. 은희와의 폭력적인 첫 대면에 인상이 워낙 강렬히 남은 탓도 있지만, 무엇보다 자신의 고급 아파트를 두고 이곳에 다시 올 일이 있으리라고는 생각하지 않았었다.

"일단 이쪽으로 앉으세요."

세 사람은 아담한 거실에 둘러앉았다. 어른 둘과 다 큰 청소년 하나가 차지하고 앉으니 약간은 비좁은 느낌이 들었다.

그러나 그것보다 견디기 어려운 건 묵직하게 내려앉는 어색한 공기였다. 은희는 유식과 석호를 번갈아 보며 누구라도 먼저 입을 열길 기다리는 눈치였다. 어쩌면 진짜 힘든 건 지금부터일지 몰랐다. 그럴싸한 시나리오를 내뱉긴 했지만, 노인을 홀로 남겨두고 갔다는 친구의 가족이 파렴치하고 인륜을 저버린 것처럼 보이면 안 됐다. 그랬다간 은희는 경찰에 신고부터 할지도 모른다. 안 그래도 노인을 혼자 뒀다는 게 버리고 간 듯한 모양새인데, 거기다 보살핌이 필수적인 병든 노인이라면 친구의 가족은 천벌 받을 사람들이 되니까.

어디서부터 어떻게 말해야 하나 머리를 굴리다가, 결국 석호가 유식에게 눈짓을 했다. 이제는 물러설 수 없다. 석호는 할 만큼 했으니 다음은 시나리오의 당사자인 노인 유식이 거짓말을 술술 할 시간이었다.

"갑자기 이렇게 미안해……미안합니다. 식구들이 해외로 떠나야 하는 게 갑작스럽게 난 결정이라서요. 제 손주 친구라서 유식이 말에 이렇게 따라오기는 했는데, 염치는 없지만 여기서 당분간 머물게 해주신다면……."

유식의 말에 혼란스러운 듯 은희의 눈빛이 흐려졌다. 유식은 엄마를 잘 알고 있다. 여기서 고민할 시간을 주는 것보다 밀어붙이는 것이 더욱 효과적이었다.

"너무 신경은 쓰지 마세요. 그냥 평소 드시던 상에 제 숟가락 하나만 놔주시면 됩니다. 빨래도 제가 알아서 할게요."

"그럴 수야 있나요."

여전히 곤란한 표정으로 은희가 말끝을 늘이며 석호의 눈치를 보았다. 아들에게 도움 요청을 하고 싶은 듯했지만, 아쉽게도 진짜 아들은 반대쪽이었다. 유식이 잽싸게 끼어들었다.

"당연히 하숙비는 드릴 겁니다."

자신 있게 말했지만, 이 흐름이라면 실상 돈을 내게 될 건 석호였다. 동의를 구하듯 유식이 석호를 향해 눈을 치떴다. 석호도 조금은 생각하고 있던 일이긴 했다. 은희가 보지 않게 유식에게 고개를 끄덕여 보였다.

"그게 얼마냐면…… 이…….'

이백만 원을 말하고 싶은 듯 유식이 말끝을 늘였다. 열여덟 유식이 부르기에 이백만 원은 큰돈이었다. 유식은 석호에게 승인을 받듯 열심히 눈을 굴렸다. 석호가 대신 대답했다.

"오백!"

유식과 은희의 눈이 동시에 찢어질 듯이 크게 떠졌다.

"한 달에 오백만 원 주시기로 했어요. 석 달쯤 계실 거고요. 그렇죠, 할아버지?"

"그, 그럼!"

유식은 과열된 컴퓨터처럼 버벅거리다 이내 정신을 차렸다.

"맞습니다. 오백만 원을 드릴 겁니다! 보살핌을 받는데 과한 금액이 아니죠, 네, 절대요!"

유식이 부리나케 손을 휘저었다. 은희는 별다른 표정을 보이지 않았다.

오백만 원이라는 돈은 두 사람의 생활비에 아주 큰 보탬이 될 것이었다. 그런데도 은희는 기뻐하거나 횡재했다는 표정이 아니었다. 여전히 진중한 얼굴로 뭔가를 깊이 생각하고 있었다. 유식은 침을 꿀꺽 삼켰다. 천천히 은희의 눈이 유식에게로 향했다.

"죄송합니다만, 잠깐 아이와 얘기 좀 할 수 있을까요?"

"그, 그게…….."

자리를 비켜달라는 신호였다. 유식은 머뭇거렸다. 석호도 당황한 눈치였다.

지금 은희가 이야기를 나누고 싶은 사람은 '자신의 아들'이다. 그런데 남겨져야 하는 건 어쩔 수 없이 유식의 몸인 석호였다. 석호를 아들이라고 믿는 상황에서, 둘만 남겨졌을 때 은희가 어떻게 돌변할지 유식은 너무나 잘 알았다. 석호도 비슷한 생각을 하고 있었다. 이 집에서 눈을 뜨던 아침, 무차별적으로 날아오던 매서운 스매싱을 떠올리며 그는 몸을 부르르 떨었다.

하지만 은희의 표정은 단호했다. 유식은 어쩔 수 없이 우물쭈물 자리에서 일어섰다. 석호가 애처로운 눈빛으로 그를 응시했지만 구제해줄 도리가 없었다. 어떻게든 살아남으라는 응원의 마음을 안타까운 듯 울상을 짓는 것으로 대신해 보이며 유식은 마당으로 나갔다.

둘만 남게 되자, 석호는 침을 꿀꺽 삼켰다. 자신도 모르게 조아리듯 고개를 숙였다. 긴장된 침묵이 팽팽하게 날을 세웠다. 아니나 다를까, 은희의 손이 석호에게로 날아들었다. 석호는 반사적으로 몸을 움츠리면서 눈을 꼭 감았다.

"우리 유식이가 많이 컸네."

대뜸 다정한 목소리가 들려왔다. 일단 먼저 머리에서 불이 나야 하는데? 석호는 눈을 천천히 떴다. 예상했던 무자비한 타격은 없었다. 대신 은희의 손이 석호의 어깨에 차분히 내려앉아 있었다.

은희는 손으로 석호의 어깨를 쓱쓱 문질렀다. 칭찬을 해주는 것 같은 부드러운 손길이었다. 석호는 꿈을 꾸는 듯 그 손을 곁눈질로 보다가 은희에게로 고개를 들었다. 은희의 표정은 더 할 수 없이 따뜻했다.

"네가 왜 엄마한테 말 안 하고 이런 결정을 했는지 알아. 엄마한테 도움 되려고 그런 거지? 근데 엄마 그렇게까지 돈 없지 않아. 네가 그런 신경 안 써도 돼."

그러니까 그녀는 무언가 오해한 채 아들을 대견스러워하고 있었다. 유식이 집안에 보탬이 되고자 내린 결정이라고 생각하는 모양이었다.

"그게……."

"아프신 분이라며. 그거 쉬운 일 아냐."

"내가 알아서 다 챙길 테니까……."

은희는 부드럽게 미소를 지으면서도 고개를 가로저었다.

"그냥 보살펴 드리는 것만이 문제가 아니잖아. 갑자기 응급 상황이 생기면 어떻게 해? 우리는 할아버지 가족만큼 할아버지 병환 상태에 대한 지식이 없어. 정 가족이 돌볼 수 없다면 이럴 때는 전문가가 나아. 엄마가 할아버지 가족들하고 전문가가 케어해 드리는 방향으로 얘기해 볼게."

안 돼! 석호는 머리가 쭈뼛 서는 기분이었다. 말이 제멋대로 튀어나왔다.

"할아버지 그렇게 많이 아프신 거 아냐! 그냥 외로우셔서 우리랑 같이 조금만 지내보신다고 한 거야."

은희가 나직한 한숨을 쉬었다.

"외로우신 건…… 가족이 필요한 거지 우리가 할 수 있는 일이 아냐."

그렇게 말한 은희는 마음을 굳힌 듯 입을 다부지게 다물고 자리에서 일어섰다.

"내가 할아버지께 잘 말씀드릴게. 할아버지한테 물어서 가족들께도 전화 드리고. 시간이 늦었으니 오늘만 쉬시게 하자."

은희가 문 쪽으로 돌아서자 그녀의 등이 큰 벽처럼 보였다. 석호는 따라 일어서지도 못한 채 아랫입술만 깨물었다. 바닥을 짚은 손에 점점 힘이 들어갔다.

불현듯 떠오른 생각은 있었다. 허나 설득하는 데엔 효과적일지라도, 그대로 말해버리면 분명 은희는 상처를 입을지도 모른다. 그러나 지금은 방도가 없었다. 석호가 입을 열었다.

"그럼 나는?"

문을 열려던 은희가 그대로 뒤돌아보았다. 석호는 엎어지다시피 한 자세로 바닥을 내려다보고 있다가 천천히 고개를 들어 은희의 눈을 똑바로 응시했다.

"나도 외로워."

"유식아."

"물론 엄마가 있지. 엄마한테 고마워. 근데 난 아빠는 없잖아. 할아버지랑 조금 있어 보니까 너무 좋았어. 엄마랑은 못하는 얘기도 많아. 남자들끼리만 할 수 있는 그런 얘기들 말이야."

은희의 얼굴이 충격으로 굳어졌다.

"너 그동안……."

아니나 다를까 은희의 목소리가 떨렸다. 우는 건 아닐까 걱정되었다. 이런 고백이 그녀에게 어떤 심적인 타격을 줄지 쉽게 가늠이 되지 않았지만, 그로서는 어쩔 수 없었다. 석호는 천천히 고개를 가로저었다.

"아니, 그동안 부족한 걸 느꼈다는 게 아냐. 엄마가 부족한 것도 없고. 나는 남자 어른이랑 지내본 적이 없잖아. 그래서 할아버지랑 조금 지내봐도 좋을 것 같다는 생각이 들었어. 그러니까 상처받지 말고, 내 부탁 들어줘. 엄마가 말했던 대로 위험한 상황이 생길 것 같거나 이건 아니다 싶으면 내가 먼저 할아버지를 내보낼게."

석호는 준비라도 해둔 말처럼 후다닥 내뱉은 뒤 은희의 표정을 살폈다. 상처받지 않길 바랐지만 이미 그 부분은 포기해야 할 것 같았다. 은희는 분명 상처받았을 것이다. 그녀의 아들 유식이 아니라 자신이 생채기를 냈다. 어쩌면 실제 김유식은 엄마만으로도 충분하고 외로움 같은 건 타지도 않을지 몰랐다. 하지만······.

이 집에 머물러야 해서 한 말이기는 했지만, 이유가 그것뿐만은 아니었다. 유식이 아빠의 빈 자리를 크게 느끼지 않았을지 몰라도, 아버지가 있었다면 아버지이기에 가능한 무언가를 해주었을지도 몰랐다. 아버지가 있었다면, 남자 어른이 있었다면 가르쳐 주었을 많은 것들이 있을 텐데. 아무리 유식이어도 그 정도는 원하지 않았을까. 석호는 그리 생각하며 마지막 일격을 날렸다.

"부탁할게, 엄마."

유식은 미닫이문에다 귀를 붙이고 신경을 곤두세웠다. 그런데도 안에서 무슨 얘기를 하는지 도무지 들리질 않았다. 이집이 이렇게 방음이 좋았단 말야? 유식은 미간을 찌푸리고 온신경을 문 너머에 집중했다.

그때 문이 드르륵, 열려 뒤로 나자빠질 뻔했다. 문을 열어젖힌 건 석호였다. 뒤로 물러나 엉거주춤 서 있는 유식을 보고석호가 한심하다는 듯 고개를 흔들었다. 그의 뒤에서 바로 은희가 나와 마당으로 내려섰다.

유식은 입술이 바짝 마르는지 혀를 날름거리고는 은희의 입만 쳐다보았다. 죄인이 판사의 심판을 기다리는 기분이 이런 거구나 알 것 같았다. 은희가 슬며시 고개를 숙이며 말했다.

"여기서 기다리시게 해서 너무 죄송해요."

"아, 아닙니다. 그게……."

엉겁결에 고개를 숙이면서도 유식은 석호와 은희의 눈치를 번갈아 보았다. 석호가 표정으로 힌트를 주기도 전에 은희가 말했다.

"불편하시겠지만 당분간 저희 집에서 쉬세요."

"정말?"

유식의 입에서 느닷없이 반말이 튀어나왔다. 뒤에선 석호가 눈을 부라리며 인상을 썼다. 유식은 큼큼, 헛기침을 하고는 아무 일도 없었던 것처럼 뻔뻔한 낯으로 은희의 손을 덥석 잡았다.

"이 은혜 평생 잊지 않겠습니다!"

은희가 어색하게 웃으며 손을 뺐다.

"아, 저……. 그나저나 몸이 안 좋으신데 좁은 방을 쓰실 수도 없고……. 안방을 비워드릴 테니 거기서 지내세요, 제가 유식이랑 한방을 쓸게요."

"안 될 소리!"

펄쩍 뛰어오를 듯이 소리를 터트린 건 유식이었다. 그래놓고는 아차 싶었다. 몸도 안 좋다는 할아버지가 천둥 같은 호통을 치는 것으로 보였을 테다.

은희의 당황한 표정을 읽은 석호가 얼른 유식의 허리를 쿡 찔렀다. 얼굴까지 벌게진 유식이 일부러 자지러지듯 쿨럭쿨럭 기침을 몇 번 했다. 그러고는 더듬거리며 말했다.

"어, 어디 다 큰 자식이랑 한방을 써요? 내가 봤는데 전혀 좁지 않아요. 그 정도면 궁궐이지. 그냥 내 방을, 아니 유식이 방을 같이 쓸 테니 신경 쓰지 마세요."

은희가 고개를 갸웃했다.

"어느새 유식이 방을 보셨……."

"아, 아, 아까 마당으로 나오다가 봤어요."

석호는 긴장했다. 유식과 마찬가지로 석호도 최선을 다해 거짓말을 하고는 있었지만, 이야기가 길어지면 위험했다. 이렇게 말을 더듬고 즉흥적으로 돌발적인 행동들이 자꾸 나오게 되면 이상하게 보지 않을 리가 없었다.

"아, 그러세요?"

그러나 은희의 대답은 담백했다. 아예 온 얼굴로 '그렇구나' 하며 수긍하고 있었다. 석호는 잘못 들었나 싶어 은희를 넘겨다보았다. 엉겁결에 아무렇게나 나오는 말을 그대로 다 믿다니. 이걸 다행이라고 여겨야 하는 건지, 왜 이렇게 사람을 잘

믿느냐며 화를 내야 하는 건지 점점 헷갈렸다.

"네, 걱정하지 마세요. 전혀, 절대, 안 좁습니다. 그러니까 할바……유식이랑 같이 한방에서 자겠다느니 그런 생각은 하지 마십시오."

횡설수설하는 말 자체가 다분히 미심쩍을 만도 하건만, 듣는 은희도, 말을 하는 유식도 이상하다는 것을 알아차리지 못하는 듯했다. 왠지 닮은 것 같은 두 사람을 지켜보다 석호는 피식, 자기도 모르게 웃고 말았다.

안방을 쓸 수는 없다고 극구 말리는 노인을 이길 수 없었는지 은희는 결국 고개를 끄덕였다. 이제 유식의 방에서 몸이 뒤바뀐 기구한 두 사람이 함께 지낼 수 있게 되었다. 이 기묘한 동거가 끝나는 날은 대충 백 일이 될 때쯤일 테다.

석호는 일전까지 아파트가 아닌 곳에서 사는 걸 생각해본 적이 없었다. 아파트를 벗어난 다른 주택 형태는 생각만으로도 불편하고 싫었다. 그런데 이 집에 들어오고 나니 그렇지만은 않다는 것을 알게 되었다. 이제 아파트는 편하기는 하지만 사람 사는 집 같지 않았고, 이 집은 불편할지는 몰라도 사람 사는 냄새가 나며 외로운 기분이 조금도 들지 않았다. 아파트냐 아니냐의 문제가 아니라는 것을 석호는 알고 있었다.

가족의 부재. 석호는 자신의 외로움을 목도하는 기분이었다.

"감사……고마워요, 엄마."

이제 유식의 방으로 들어가면 되는 건가, 하고 인사를 할 때였다. 은희는 두 사람을 도로 불러세워선 식사를 안 하시지 않았느냐며 귀찮은 기색도 없이 주방으로 들어가 눈 깜짝할 사이에 밥상을 차렸다. 곧 둥그런 밥상을 가운데에 두고 세 사람이 둘러앉았다.

밥상이라니……. 석호는 식탁이 아닌 데서 밥을 먹어본 지가 언제인지 기억도 나지 않았다. 소박하게 끓인 순두부찌개와 접시에 깔끔하게 덜어 담은 밑반찬들이 식욕을 자극했다. 간장에 졸인 고추, 무말랭이무침과 담백한 시금치나물. 전문 조리사의 건강관리 식단만 먹던 규칙적인 입맛에 활기가 돌았다.

그동안 무엇을 먹더라도 배부르게 먹어본 적이 없었다. 항암치료를 받으면서 입맛을 잃은 지 오래였다. 항상 뱃속은 더부룩하거나 묵직한 돌멩이들이 들어찬 것처럼 불편했고, 태풍 치는 파도 위의 배에서처럼 울렁이지만 않으면 감사할 지경이었다. 그런데 이 몇 가지 반찬들로 석호는 정말 오랜만에 밥그릇의 바닥을 보았다.

은희가 석호를 보며 물었다.

"넌 며칠 굶었니?"

"네."

반사적으로 대답하다 아차, 싶었다. 지금은 자신이 유식이었다. 이렇게 허겁지겁 먹는 게 이상해 보일 수도 있었다. 아니나 다를까 유식을 보니 이런 음식은 맨날 먹어 물린다는 듯 젓가락을 깨작대며 오히려 가리지 않고 먹는 그를 신기한 듯 보고 있었다. 석호는 실실 웃어 보였다.

"그냥 오늘따라 더 맛있네요."

그 말을 하면서 석호는 속으로 울컥했다. 그동안 석호는 호화로운 호텔이나 고급 음식점에서 수많은 사람들과 식사를 해왔었다. 대부분 비즈니스 차원이었고, 그만큼 중요한 자리였다. 그러나 그들과는 아무리 비싼 곳에서 자주 밥을 먹었어도 식구가 될 수 없었다. 그 어느 곳보다도 풍족한 식사를 함께하면서도, 지금 이 작은 밥상 위에서 느껴지는 따스한 온기는 단 한 줌도 나누지 못했었다.

석호는 죽기 전까지 이 밥맛을 잊을 수 없으리라 생각했다.

석호는 밥 한 그릇을 뚝딱하고 숭늉까지 한 사발 마시고도 그대로 앉아 있었다. 곧 사그라들 이 따뜻함을 조금이라도 더 누리고 싶었기 때문이다. 늘어지는 그를 유식이 잡아끌다시피 해서 일으키지 않았다면 분명 하염없이 그 자리에 앉아있었을 것이다.

마지막까지 미련이 남아 석호가 설거지를 하겠다고 나서려는데, 유식이 은희 몰래 정강이를 걷어차 말렸다. 유식으로서는 반드시 말려야만 했다. 일상 습관을 유지하지 않으면 정말 어느 순간 의심을 살 수도 있었다. 가령, 유식은 평소 설거지 따위는 하지 않았다. 벼락을 맞은 게 아닌 이상 자신이 느닷없이 이렇게 착해져선 안 되었다.

방에 들어오자마자 유식은 검지를 세우고 경고를 늘어놓았다.

"그리고 엄마한테 존댓말 쓰지 마. 난 엄마한테 존댓말 같은 거 안 써. 엄마한테 존댓말이라니. 징그럽게 뭐 하는 거야."

석호는 그런 유식을 오히려 한심하다는 듯 쳐다보았다. 식사를 하고 나서 직접 치우는 것도 안 되고, 존댓말도 안 된다니.

"넌 대체 열여덟 해를 어떻게 살아온 거냐."

효자 노릇을 하고 싶으면 이런 것부터 챙길 것이지. 그런 의미를 담고 석호가 한마디 하자 유식이 석호를 못마땅한 듯 노려보았다.

"알았으니까 일단 앉아봐."

그리 부르며 석호가 먼저 방 한가운데 털썩 앉았다. 유식이 입을 쑥 내밀더니 말했다.

"내 방이야."

"누가 뭐래냐? 이런 방 안 뺏어. 걱정 말고 일단 앉아봐."

유식은 핏, 콧방귀를 끼더니 바닥에 마주 앉았다. 석호가 조금 목소리를 낮추고 말했다.

"앞으로 어쩔 건지를 얘기해보자. 우리에게 시간도 많지 않은 것 같으니."

유식이 눈알을 또르르 굴리며 뭔가를 생각한 뒤 입을 열었다.

"그보다 오백…… 진짜 줄 거지?"

석호는 또 한 번 어이없는 한숨을 터트렸다. 이 아이에게는 지금 몸이 바뀌어서 난감한 것보다 엄마에게 가는 오백만 원이 더 중요한 것 같았다. 이걸 어떻게 봐야 할까? 똥오줌 못 가리는 철부지라서 그런 건가? 그렇더라도 한 가지 사실은 확실했다. 유식이 버르장머리 없고 게으른 면이 있긴 하지만 엄마를 끔찍이 생각하는 녀석이라는 것이다.

그만큼 유식이 제 집안의 처지를 잘 알기 때문이라는 생각도 들었다. 유식도 느낄 정도라면 두 모자가 그간 살아오며 견뎠을 곤궁한 처지가 가늠되어 짠하기도 했다. 저에겐 아무것도 아닌 오백만 원이라는 돈이었지만, 유식에게는 두 사람 삶을 지탱시켜주는 절박한 돈이었다.

"내일 아침 되자마자 은행 가서 바로 자동이체로 걸어줄게. 어차피 네가 사인해야 하겠지만."

"그럼 이제 얘기해봐. 나는 뭘 하면 되는데?"

유식은 석호의 대답 하나에 금방 경청하는 태도로 바꿨다. 오백만 원만 주면 자신은 더 요구할 게 없다는 의미처럼 들렸다. 자신에게도 마지막으로 주어진 삼 개월일지 모른다는 사실은 까맣게 잊은 것 같았다. 아니면 엄마에게 돈만 줄 수 있으면 자신의 여생은 어찌 되든 상관없거나.

허나 석호는 달랐다. 석호는 마지막일지 모를 시간을 지금까지처럼 회사에 쓰고 싶지는 않았다. 유식도 말하지 않았던가. 돈 없이 살다 보니 죽기 전에 폼나게 한번 못살아 보고 죽은 게 억울했다고. 석호는 자신이 죽어가던 순간을 떠올렸다. 그도 억울했다. 한번 인생을 즐겨보지도 못하고 죽는다는 것이. 살아남기 위해 버둥거렸지만, 그 결과가 고작 그런 죽음이라는 것을 인정할 수가 없었다.

그런 그에게 다시 청춘이 주어졌다. 성공만을 보고 청춘을 깡그리 희생시켰던 석호에게 다시 내려주는 기회였다. 두말할 것도 없이 그는 이 청춘을 제대로 즐겨야겠다고 생각했다.

그러나 석호는 요즘 젊은이들의 청춘을 즐기는 방법을 잘 몰랐다. 그리고 유식도 돈 많은 석호의 몸을 가져놓고도 어떻게 쓰면 좋을지 가늠조차 못 하고 있지 않은가. 그러니 자신이 유식을, 그리고 유식이 자신을 서로 돕는다면 충분히 둘의 한을 한꺼번에 풀 수 있을 것 같았다.

석호는 유식의 주머니를 뒤져 핸드폰을 꺼내 내밀었다.

"김 사장에게 전화해서 당분간 회사 못 나간다고 하고 급한 일만 전화를 달라고 해. 혹시 아픈 거냐고 하면 그런 거 아니고, 자세한 건 다녀와서 말하겠다고 하고."

유식이 고개를 갸웃했다.

"어딜 다녀와?"

"대충 그렇게 말해놓는 거야."

유식은 여전히 이해가 안 간다는 표정이었지만 순순히 석호가 내미는 핸드폰을 받아들었다.

"김 사장은 1번이야."

유식이 번호를 누르려다 말고 혀를 찼다.

"처량하네."

"시끄러."

유식은 잠시 깊게 호흡하고는, 번호를 누르고 통화연결음이 나오는 것을 들으며 핸드폰을 귀에 가져다 대었다. 신호 끝에 상대방이 전화를 받았는지 유식이 몸을 곧추세우며 한껏 긴장했다.

"어, 저기…… 전, 아니 난데. 나 당분간 회사에 안 나갈 거니까 집으로 오지 마. 아니…… 내가 어디 좀 가볼 데가 있어서 그래."

유식이 자꾸 석호 쪽을 흘깃거리며 이맛살을 찌푸리는 것을 보면 김범주 사장이 무슨 일이냐고 꼬치꼬치 캐묻는 게 분명했다. 어디에 간다고 할 지는 아직 준비되지 않았지만, 그렇다고 해서 크게 문제 될 것은 없었다. 석호는 이전에도 몇 번 행선지를 알리지 않은 채 며칠씩 혼자 여행을 떠났다 온 적이 있었다. 엄밀히 말하면 여행이라기보다는 고가구 수집이 목적이었지만. 오히려 일일이 어디 다녀오겠다고 설명하는 것이 더욱 의심을 살지도 몰랐다.

"어?"

무슨 소리를 들었는지 이번에는 놀란 얼굴로 핸드폰을 막고 석호를 보았다.

"다음 주에 있을 총회 어쩔 거냐고 하는데?"

"맨날 하는 총회, 김 사장이 좀 알아서 하라고 그래!"

석호가 귀찮은 듯 손을 내젓자 유식이 다시 전화기를 귀에 대었다.

"그 맨날 하는 총회…… 김 사장이 좀 알아서 해! 그래, 전부!"

회장이 부재해도 회사는 당분간 멀쩡히 잘 돌아갈 것이다. 자리를 비우겠노라 말도 해뒀겠다, 이제 그가 걱정해야 할 것도, 뒤를 돌아볼 이유도 없었다. 쩔쩔매며 통화하는 유식의 옆에서 석호는 의미심장하게 웃었다. 내일부터 펼쳐질 더없이 찬란한 청춘의 시간이 벌써 눈앞에 있는 것 같았다.

5

"대박! 뭘 걸쳐도 구려."

거울 앞에서 유식이 이 옷 저 옷을 몸에 대보며 황당하다는 듯 목소리를 높였다. 유식이 부산을 떠는 동안 석호는 고집스럽게 다른 곳을 응시하며 무시하는 태도로 일관했다. 유식이 외치는 '구려'의 대상이 다름아닌 자신의 몸이었기 때문이다.

늙은이 몸에 열여덟 고등학생의 옷을 갖다 대고 있으니 서로 안 맞는 게 당연했다. 늙는다는 건 어쩔 수 없이 젊을 때의 활기와 에너지를 잃으며 '구려지는' 것이었다. 그리 잘 어울리던 화려한 색감과 톡톡 튀는 스타일도 점점 얼굴과 몸이 나이를 먹어가면 마치 안 맞는 퍼즐을 끼워둔 것처럼 어색하기 짝이 없어진다. 그래서 나이가 들수록 깔끔하고 단정한 옷을 더 찾게 되던가. 아무리 아니라며 부정하고 싶어도, 젊은 시절에 누릴 수 있던 스타일은 어찌할 새 없이 돌이킬 수 없는 강 너머로 가버렸다.

유식이 포기했는지 깊은 한숨을 내쉬며 돌아섰다.

"그냥 새로 사는 게 낫겠어. 이 몸에다 내 옷을 입다니. 차라리 돼지 목에 목걸이를……."

"이 녀석이!"

듣다 못한 석호가 눈을 부라렸다. 하지만 유식은 조금도 기가 죽지 않았다. 오히려 언성을 높이며 턱을 치켜들었다.

"누가 누구한테 소릴 질러? 누가 봐도 지금 내가 손해인 거 아냐? 불공평하잖아. 이게 뭐야. 내 몸도 할바탱이 거, 할바탱이 돈도 할바탱이 거."

"그놈의 돈, 돈!"

석호는 질린다는 목소리로 유식의 말을 잘라냈다.

유식이 제 엄마에게 돈을 남겨주겠다는 각서를 쓰라고 성화를 부린 지 만 하루도 지나지 않았다. 그는 석호의 집에서 말한 걸로도 모자라, 지난밤 이불을 덮고 누운 지 얼마 되지 않았을 때도 다시금 닦달을 시작했다. 실상 그 밤은 죽었다가 살아 돌아와 바뀐 몸을 처음으로 인지하고, 겨우 같은 방에 눕게 된 그 격변의 하루를 끝낸 때였다. 피곤한 게 당연하고 피차 건드리지 않는 게 서로에 대한 배려일 텐데, 유식은 좀처럼 석호를 쉽게 놔두지 않았다.

못 들은 척 뒤돌아 누운 석호의 팔을 부여잡고 그는 집요하게 매달렸다. 죽을지 아닐지도 모르는 상황에서 보험이 필요하다고 생각하는 거야 이해할 수 있었고, 석호 역시 수전노처럼 굴 생각은 없었지만, 유식이 마치 맡겨놓은 돈을 찾기라도 하는 태도로 나오니 괘씸한 마음에 줄곧 침묵하는 것이었다. 하지만 보란 듯이 무시해도 유식은 그 사실을 눈치채지 못하는 것 같았다.

유식은 석호를 붙잡고 뒤흔들다 안 되겠다 싶었는지 급기야 겨드랑이 밑에 손을 넣고 간질이기 시작했다. 으가가각! 웃는 건지 비명인지 모를 소리를 지르며 석호가 온몸을 뒤흔들었다. 각서를 쓰겠다고 약속하라며 유식이 을러댔지만, 석호는 거의 숨도 쉬지 못할 정도로 웃고 비명을 지르느라 정작 협박은 제대로 듣지도 못했다.

그 소란은 은희가 쫓아와 유식의 몸을 가진 석호의 등짝을 후려치면서 끝이 났다. 엄연히 이 소란의 책임은 유식에게 있었지만 석호는 입도 뻥긋할 수 없었다. 무슨 말을 하겠는가. 결국 희번덕거리는 은희의 눈을 피해 유식에게 머리를 조아리고 말았다.

"말꼬리 돌리지 마. 좋은 건 결국 다 할바탱이가 가진 거라고. 내 몸을 봐! 얼마나 멋지냐고. 이제 알았어. 난 잘생겼던 거였어."

유식은 이번엔 석호의 영혼이 들어있는 제 얼굴을 들여다보며 감탄사를 내뱉었다. 그의 말은 틀리지 않았다. 작지 않은 키에 어린 나이면서도 몸은 제법 다부져 균형이 잘 잡혀 있었다. 석호는 그의 말을 인정하는 대신 콧방귀를 뀌며 준비나 빨리하라고 다그쳤다. 두 사람은 오늘부터 '한 풀기'에 돌입하기로 한 참이었다.

어젯밤, 그렇게 한차례 소동이 끝나고 두 사람은 깜깜한 방에 나란히 누워 천정을 올려다보았다.

"그래서 이제 뭐 할 거야?"

먼저 말을 꺼낸 것은 유식이었다. 백 일이라는 한정된 시간이 두 사람의 마음을 조급하게 했다. 백 일 이후에 어떻게 될지만 생각하며 흘려보내기엔 시간이 너무나 아까웠다. 어쨌든 석호는 '청춘을 즐기고' 싶은 사람이었고, 유식은 '원 없이 돈 쓰며 폼나게 살아'보고 싶은 사람이었으니, 우선은 제대로 놀아보자는 결론에 이르기까지 그리 오래 걸리지 않았다.

"노는 데는 나만 한 사람이 없지."

"자랑이냐?"

아침에 은희가 출근하기 무섭게 유식은 자신만 따라오라고 으스댔다. 그러나 외출을 하기 위해 옷을 갈아입는 데서부터 삐걱댔다. 노인의 외모가 마음에 들지 않았던 유식이 불만을 늘어놓다 끝내 지금에 이른 것이다.

자신만 피해자인 것처럼 말하는 유식에게 석호도 지지 않
고 불만을 터뜨렸다.

"나도 뭐 좋은 건 없어. 이게 뭐야. 밑구멍이 너무 답답하
다고."

흰 티셔츠에 청바지. 무난한 스타일링에 처음 석호는 유식
이 주는 옷을 아무 거리낌 없이 받아 들었었다. 그러나 문제는
바지에 다리를 집어넣는 순간부터 시작됐다. 한 치수 작은 옷
을 잘못 사 입은 게 아닌가 싶을 정도로 바지가 너무 몸을 죄
었다. 반면 티셔츠는 몸이 두 개나 들어가도 될 만큼 펑퍼짐했
다. 위는 말할 수 없이 헐렁하고, 아래는 나무작대기처럼 쭉 뻗
은 것이 허수아비도 이런 허수아비는 없겠다 싶었다.

"이 정도면 아랫도리가 숨을 못 쉬어."

"이 할바탱이가 뭐라는 거야. 그럼 아예 꺼내놓고 다녀! 숨
이나 펑펑 쉬게."

석호는 인상을 쓰며 한마디 하려다가, 말을 말자, 고개를 절
레절레 저으며 그만두었다. 저야 이런 방면으로 무던해졌다
지만, 유식으로선 어린 맘에 입고 싶은 게 하나도 어울리지 않
으니 얼마나 기분이 상할까 싶었다. 그렇게 생각하면 석호만
이득이라는 유식의 말도 틀린 건 아닐지 몰랐다. 석호가 달래
듯 말했다.

"알았어, 나가서 멋있는 거 한벌 사줄게."

"됐어. 어차피 사봐야 늙은이 옷이나 사야 하잖아. 그냥 할 바탱이 옷 입을게."

유식은 책상 의자에 아무렇게나 걸쳐 놓았던 석호의 슈트를 주섬주섬 입기 시작했다. 어제 회사에 입고 왔던 슈트였다. 듣자 하니 회사에 가야 한다는 김범주 사장 때문에 아무 옷이나 꺼내 입었다고 했다.

유식의 그 말을 듣고 석호는 제법 눈이 보배라고 생각했다. 저 슈트는 이탈리아의 테일러에게 직접 맞춘 백 퍼센트 수제 슈트로, 주문한 뒤 이 년이나 기다려 받은, 석호도 아끼는 옷이었다. 대충 골랐다고 하니 무의식적으로 손이 갔을 테지만, 달리 말하면 그의 무의식도 명품을 알아봤다는 의미이기도 했다. 정작 유식 본인은 모르는 듯했지만. 아마 이탈리아의 명장 테일러도 자신이 만든 정장이 저렇게 아무렇게나 던져졌다가 입는 '그냥 그저 그런' 옷이 됐을 거라고는 상상하지 못했을 것이다.

유식이 옷을 갈아입기를 기다리면서 석호는 유식 몰래 거울 속 자신의 모습을 보았다. 옷은 마음에 안 들지만, 윤기 있는 피부나 탄력 있는 몸매는 나쁘지 않았다. 문득 자신의 열여덟 무렵을 떠올려보았다. 납교금을 내지 못해 아이들 앞에서 망신을 당하고, 비닐에 양념도 없이 아무렇게나 움켜쥐어 만든 주먹밥과 단무지를 도시락 대신 싸서 다녔다. 영양분이 부족했기 때문에 피부에 허옇게 일어나는 각질을 달고 살았다. 다시 돌아온 게 그때의 가난하고 구질구질한 젊음이 아니라서 다행이었다.

"좋아 죽네."

유식의 말에 석호는 뜨끔했는지 고개만 슬쩍 틀고 돌아보았다. 어느새 옷을 다 갈아입은 유식이 눈을 가늘게 뜨고 자신을 흘기고 있었다. 그제야 석호는 자기도 모르게 빙싯빙싯 웃고 있었다는 걸 깨달았다. 석호는 발그레해진 얼굴을 쓰다듬으며 흠흠, 헛기침을 했다.

"보기에 좋다고 다 좋은 게 아냐. 이렇게 달라붙는 옷을 입으면 건강하지가 못하다고. 너처럼 한참 크는 청소년 애들한테는 더욱더. 정자 수도 달라져. 잘못하면 나중에 무정자증을 유발할 수도 있고……."

"무정자증 되어도 좋으니까 그거 걱정할 만큼만 살면 좋겠다."

석호는 입을 다물고 유식을 빤히 보았다. 은근 보면 유식은 덤덤한 낯으로 뼈아픈 말을 내뱉곤 했다. 두 사람은 이제 약 삼 개월 후면 죽는다. 아니, 죽을지도 모른다. 주어진 백 일의 시간은 여한을 풀기 위한 시간일 뿐, 인생 자체가 새로 주어진 게 아니라는 해석은 두 사람이 일치했다.

우리는 정말 죽을까? 석호는 그나마 살 만큼 살았다고 말할 수 있는 나이다. 하지만 저 아이는 다르다. 겨우 열여덟, 산 날보다 살아야 할 날이 더 많은 아이였다. 그런데 저런 말을 아무렇지 않게 하고 있다니…….

시선을 맞추던 유식이 어깨를 으쓱했다.

"그렇다고 그렇게 불쌍하게 볼 건 없고. 나가자."

유식이 문을 벌컥 열고 나섰다.

석호는 나가기 전에 방의 상태를 한번 휘 둘러보았다. 자던 이불을 정리하지 않고 나갔다가는 은희의 스매싱을 또다시 받아내야 할 것 같았다. 유식의 몸을 차지한 죄로 당하는 건 항상 석호 자신이었다. 은희로서도 상황이 누구 탓에 어떻게 벌어졌든 노인인 유식을 때릴 수는 없는 노릇이고, 어쩔 수 없이 제 아들만 죄 잡는 수밖에 없었다.

확인을 마치고 나가려는데, 먼저 나섰던 유식이 그 자세 그대로 뒷걸음질 쳐 방안으로 돌아왔다. 유식은 등 뒤로 닫은 문고리를 꾹 잡고는 말했다.

"비상사태."

무슨 일이냐는 듯 석호가 눈을 휘둥그레 떴다. 유식의 미간이 잔뜩 구겨져 있었다.

"어제는 내가 정말 미안했어. 많이 아팠지."

유리가 석호의 양 볼을 두 손으로 감싸며 코앞까지 얼굴을 들이밀었다. 유리의 어깨너머, 집 안쪽에서 이쪽을 보고 있는 유식의 얼굴이 붉으락푸르락하는 게 보였다. 석호도 난처하기만 했다. 말할 수만 있다면 소리치고 싶었다. 나도 좋아서 이러고 있는 게 아니라고.

방을 나서던 유식은 대문 밖에서 서성이는 유리를 보고 거의 본능적으로 뒷걸음질해야 했다. 분명 어제 일로 찾아온 것이다. 그렇다고 유식이 직접 유리를 상대할 수는 없었다. 결국 유리를 대면해야 하는 것은 유식의 몸을 차지한 석호의 몫이 되었다.

"아, 아냐. 좀 당황은 했지만……."

떠밀려 나온 석호는 말끝을 흐리며 뺨을 감싸 쥔 유리의 손을 살짝 잡아떼어냈다. 그 어색해하는 행동이 유리에게는 아직 화가 덜 풀린 것으로 받아들여진 모양이었다. 별안간 유리가 석호의 허리를 덥석 끌어안았다.

"난 정말 네가 그렇게 아픈 줄은 몰랐단 말이야. 지난번 그 일 있고 난 이후로는 내 전화도 안 받아서, 나는 네가 날 차려는 건 줄 알았다고. 믿어줘 정말. 걔랑 나랑은 관련 없어."

지난번 그 일? 무슨 소리인지 도통 알아들을 수가 없었다. 석호는 집 안쪽에서 눈을 부라리며 훔쳐보고 있는 유식을 향해 시선을 던졌다. 무슨 말인지 알아듣겠냐는 의문을 담아서.

유식이 슬며시 눈을 피했다. '걔랑 나랑은 관련 없다'는 말로 미루어 보아 뭔가 오해를 살 만한 삼각관계라도 있었던 모양이었다. 석호의 입가로 괜히 짓궂은 웃음이 비어져 나왔다. 어린 것들의 풋풋한 애정 놀음을 지척에서 보는 건 나름 흐뭇한 일이었다. 유식을 놀릴 빌미를 하나 잡았다는 생각을 했지만, 일단은 지금의 상황에 집중하기로 했다.

"몇 번이나 말하지만 정말 할아버지 일 때문에 그런 거야."

"그럼 나 안 미워하는 거지?"

'안 미워하는 거지?'보다는 '안 미오하는 고지?'에 가까운 애교떠는 발음으로 유리가 말했다. 그냥 말만 하면 좋았을 텐데, 그 가늘고 흰 양팔로 석호의 목덜미를 끌어안았다. 유식이 저 멀리서 손날을 세워 자신의 목에 가까이 대고 위협적으로 긋는 시늉을 해 보였다.

석호도 항의의 뜻을 담아 눈을 부라렸다. 몇 번이나 말해주고 싶었다, 자신도 고역스런 상황을 간신히 버티는 중이라고. 석호가 결혼을 했다면 유리는 그의 손녀뻘이었다. 아무리 몸이 젊어졌대도 정신이 노인인데, 저런 아이를 두고 이상한 생각을 할 만큼 인간말종은 아니다. 무엇보다 이 아이는 자신의 이상형도 아니었다. 굳이 말한다면…….

문득 석호의 머릿속에 은희가 떠올랐다.

'뭐야, 갑자기 무슨 생각을!'

석호는 몇 번이고 고개를 흔들었다. 그러고는 유리의 손을 다시 떨쳐내며 석호가 재차 말했다.

"안 미워하고, 정말로 사정이 있어 그런 거야. 그리고 미안하지만……."

"우리는 이제 나가봐야 할 것 같은데."

느닷없이 소리가 들려 뒤돌아보니 유식이 서 있었다. 할아버지처럼 뒷짐을 지고 유리를 향해 사람 좋은 웃음을 지어 보이고 있었다. 자연스러워 보이려고 애쓴 표정이었으나 석호에게 얼굴을 돌릴 때마다 싸늘한 표정으로 돌변했다. 대충 마무리 짓지 않고 뭐하냐는 질책이었다.

마무리 짓고 싶은 것은 이쪽도 마찬가지야! 석호는 외치고 싶었다.

"어디 가시는데요? 저도 따라가면 안 돼요?"

유리가 석호의 팔을 꼭 끌어안았다. 석호는 움찔했다. 유리의 봉긋한 가슴에 붙은 자신의 팔 때문이 아니라, 그것을 내려다보는 유식의 서슬 퍼런 시선 때문이었다. 그의 입은 웃었지만 반대로 눈은 웃고 있지 않았다.

그의 눈치를 봐 석호는 팔을 빼며 거절하려고 했다. 하지만 유식이 말을 가로챘다.

"그럼…… 그럴까?"

유리는 환호했다. 할아버지 유식을 향해 손 하트까지 남발했다. 석호는 저절로 고개를 갸우뚱했다. 유식이 대체 무슨 속

셈인지 알 수가 없었다.

"어머, 선생님. 손녀분이 정말 아이돌같이 예뻐서 좋으시겠어요."

석호와 유식이 명동의 한 편집숍에 들어온 지 벌써 두 시간을 넘어가고 있었다. 가게 주인은 함박웃음을 머금은 채 연신 황홀한 기색이었다.

석호는 이미 기절 직전이었다. 진한 핑크색 페인트로 칠해진 가게의 분위기나 비비드한 컬러의 옷들도 적응이 안 되었지만, 석호에게 가장 힘겨운 건 천정에 붙은 스피커에서 연신 쾅쾅대며 나오는 요란한 음악이었다. 말하는 소리도 제대로 들리지 않을 만큼 큰 음악 소리는 도무지 적응도, 이해도 되지 않았다. 옷이란 찬찬히 살펴보며 여유 있게 골라야 하는 거 아닌가. 이 상태라면 고함을 쳐도 들리지 않을 것 같았다.

그러나 음악에 신경이 쓰이는 것은 석호뿐인 것 같았다. 유식은 가게 중앙에 놓인 소파에 태연하게 앉아 있었다. 신이 난 유리는 입을 찢어질 듯 벌리며 쉴 새 없이 옷을 골라 갈아입었다. 유식은 마치 기계라도 된 것처럼 탈의실 문이 열릴 때마다 제대로 보지도 않고 오케이 사인을 했다. 석호는 둘이 하는 꼴을 보고 기가 막혔다. 어린 녀석 주제에 영화 프리티 우먼 놀이라도 하고 싶은 거냐며 따지고 싶을 정도였다.

세 사람이 처음 들어올 때까지만 해도 시큰둥하던 가게 주인은, 명품 정장으로 휘감은 유식이 모든 것을 다 사라고 외쳐 대자 완전히 태도가 돌변해 찬사를 퍼붓고 있었다. 그녀는 이제 석호에게는 관심도 없었다. 그 옷들을 살 돈의 주인이 석호라고는 상상도 못 할 것이다. 그녀의 눈에 석호는 할아버지를 따라 나온 손자 중 한 명일 뿐이었고, 유식은 손주들이라면 껌뻑 죽는 돈 많은 할아버지, 쉬운 말로는 오늘 가게 문을 닫게 해줄 물주로 보였다.

"정말 이 옷 다 사요, 할아버지?"

유식은 당연한 말을 왜 하느냐는 듯 호기롭게 고개를 끄덕였다. 물론 그리 뻗댈 때면 석호의 시선을 완전히 피하고 있었다. 석호는 오호라, 의미심장하게 웃었다. 이 기회에 제 여자 친구 옷 선물이나 잔뜩 해주려는 속셈이구나. 그러니까, 어린 유식에게 폼나는 삶이란 이런 것인 모양이었다.

"금방 포장해 드릴게요, 손님. 결제는 어떻게?"

"일시불로!"

유식은 입고 있던 석호의 정장 안쪽 주머니에서 얄팍한 지갑을 꺼냈다. 그 안에 들어있는 황금색 신용카드를 검지와 중지 사이에 끼워 착, 꺼내 보였다. 그 색깔만으로도 이미 그들을 대우할 가치가 증명된 듯 매장 직원은 넙죽 허리를 숙이며 두 손으로 공손히 카드를 받아 계산대로 갔다.

유식이 물건을 배달해달라고 요청하며 주소를 적을 동안,

석호는 옆에 빽빽하게 걸린 옷들을 무심하게 뒤적였다. 그러던 그의 손에 청재킷이 하나 걸렸다. 대학 시절, 청재킷을 그렇게나 갖고 싶어 했었다. 하지만 그가 입을 수 있는 것은 군대에서 전역할 때 들고 온 누빔점퍼가 고작이었다.

한번 입어볼까 싶은 마음에 설레는 마음으로 옷걸이째 꺼내 들었다가 기겁하고 말았다. 팔만 봤을 때는 멀쩡해 보였던 옷이 가슴 아래쪽부터 뚝 잘린 듯 아무것도 없었다. 배도 못 가릴 옷을 왜 팔겠다고 내놓은 건지 알 수 없었다.

"사려고?"

"아니."

유리가 은근슬쩍 묻자 혹시나 사라고 할까 봐 재빨리 도로 돌려놓았다.

"할아버지께 이렇게 받아도 되나 모르겠네."

염치가 없다는 듯 헤헤, 웃으며 유리가 말했다. 그다지 상관없다고 석호는 생각했다. 어차피 유식이 오늘 결제한 액수는 석호에겐 그렇게 큰 금액도 아니었다. 그리고 지금 석호는 그리 악착같이 살아온 데에 반해, 스스로도 놀랄 만큼 돈에 욕심이 없다는 사실을 실감하고 있었다.

두 사람에게 허락된 시간이 백 일 정도뿐이라는 것은 명확한 사실이다. 몸이 도로 바뀌게 되어도 어차피 자신은 죽는다. 그러면 돈 따위는 휴짓조각이나 마찬가지다. 저승에 싸 가지도 못하는 돈.

'써라, 너라도 펑펑.'

석호는 오히려 유식이 돈을 제멋대로 쓰는 것에서 묘한 쾌감마저 느끼고 있었다.

"할아버지가 사주고 싶다는데 그냥 받아."

그사이 유식이 계산을 마쳤다. 유식의 얼굴에는 희열과도 같은 만족감이 떠올랐으며 어깨는 으쓱해져 있었다. 너라도 행복하면 됐다, 생각하며 석호는 신나서 매장을 나가는 두 사람의 뒤를 조용히 따랐다.

"저 이렇게 많은 옷 처음 사 봐요."

유리가 진정이 되지 않는지 떨리는 목소리로 호들갑을 떨자 유식이 슬쩍 석호의 눈치를 보았다. 이제 와 너무 심했다는 마음이 드는 모양이었다. 석호는 어깨를 으쓱했다. 그제야 경직된 유식의 얼굴도 밝아졌다. 유식이 흐뭇하게 대답했다.

"너한테 새로운 경험이었다면 다행이네."

유리에게만 새로운 경험은 아니었을 테지. 석호는 그것만으로 괜찮다고 생각했다. 하지만 한편으로는 '이번엔 내 차례'라고 벼르고도 있었다. 그런 마음을 담아 유식을 향해 턱짓을 했더니, 유식이 조심스럽게 유리에게 말했다.

"사실은 오늘 할바…… 아니, 유식이한테 요즘 애들은 뭐하고 노는지 궁금하다고 해서 같이 나온 길이거든. 너도 같이 갈래?"

유리가 큰 눈을 몇 번 크게 끔벅이더니 석호를 흘긋거렸다. 유식의 의견을 물어보려는 건가 생각했는데, 이내 도저히 말하지 않을 수 없다는 듯 어두운 표정으로 유리가 예상치 못한 말을 했다.

"그럼 할아버지도 옷 좀……."

응? 유식은 유리의 시선을 따라 자신이 입고 있는 옷을 내려다보았다. 깜박 잊고 있었다. 자신이 슈트를 입었다는 것을. 학생들이 노는 곳이라면 뻔한데 그런 곳에 이런 명품 정장을 입고 가는 것은 전혀 어울리지 않는다.

유식이 '갈아입으면 좋겠지만' 하고 말끝을 늘이며 석호의 눈치를 보았다. 석호는 대수롭지 않은 표정으로 고개를 끄덕여, 새로 옷을 사자는 뜻을 전했다. 어차피 집에서 나올 적에 새로 사주겠다고도 했고, 당분간 유식이 갈아입을 옷도 필요했다.

유식이 입을 옷을 산다지만, 몸은 어쨌든 석호의 몸이다. 석호도 자신의 몸에 젊은 애들처럼 개성 있는 옷이 입혀지는 걸 보고 싶은 마음이 있을 테다. 하지만 유식으로서는 우울했다. 이미 아침에 이것저것 대조해본 결과, 이런 노인의 몸에 뭘 사서 걸친다고 해도 석호는 만족시킬지언정 자신의 성에는 차지 않을 것 같았다. 그리고 옷을 고른다면 석호의 몸이니 석호가 결정하게 될 텐데. 제게 선택권이 있기나 할까?

유식의 그런 표정이 유리에게는 옷을 갈아입고 싶지 않은 것으로 보인 모양이었다. 유리가 장난스레 덧붙였다.

"저희랑 놀고 싶으시면 저희 갬성을 따르셔야죠?"

유리는 주변을 둘러보더니 한 매장을 향해 앞장서 걸어갔다. 그 뒤를 따르는 유식은 별 기대감이 없었다. 유리도 할아버지 옷을 골라주는 일이니 어차피 신사복 매장이나 갈 테지.

그런데 의외로 유리의 레이더망에 잡힌 곳은 기성복을 커스터마이징해 파는 매장이었다. 유리의 선택에 시무룩하던 유식의 눈도 휘둥그레 뜨였다. 반가운 마음마저 들었다.

샘플로 걸어둔 검은색 상하의에 흰색과 회색이 뒤섞인 기하학적 무늬의 그라피티가 마음에 들었다. 그 외에도 매장 바깥에 설치된 옷걸이에 검은색 상하의가 주르륵 걸려있었는데, 골라서 주문을 하면 커스터마이징을 해준다는 안내가 붙어 있었다. 가벼운 몸놀림으로 옷걸이의 앞까지 간 유리는 옷들을 살펴보다 자신 있게 바지 하나를 집어 들었다.

"할부지, 도전?"

나란히 선 석호와 유식은 물끄러미 바지를 보았다. 물론 유식은 바지가 예쁘다고 생각했다. 예전 같으면 돈만 있으면 백 번이고 살 바지였다. 커스텀을 해주는 것도 좋았다.

하지만 이 몸뚱이에는…… 가당치도 않다.

그때 석호가 유식의 귀에 대고 속삭였다.

"뭐냐, 저 똥 싼 바지는?"

"배기바지거든?"

"밑이 왜 저렇게 빠진 거냐? 저 바지 입고 대체 걸을 수 있기나 한 거야?"

"언제는 밑이 숨을 못 쉬어서 걱정이라더니?"

유식이 일갈하고는 유리 옆으로 다가가 바지를 뺏듯이 받아들었다. 그러고는 다시 매대에 돌려놓았다. 예상대로 석호에게 아웃당했다. 마음에 드는데도 석호의 의견을 따라 싫다고 표현해야 하는 게 자존심 상하기도 했다.

"추천을 해도 어디 웬만한 걸 해야지!"

순간 자신도 모르게 날카로운 말투가 튀어나왔다. 평소 유리에게 하던 투덜대는 말투였지만, 반사적으로 목을 움츠리는 유리를 보고 아차, 싶었다. 지금 유리에게 자신은 남자친구의 할아버지였다. 동년배라면 가볍게 들리겠지만, 웃어른이 이리 말해서야 혼내는 거라고 생각할 것이다. 유식은 황급히 말을 고쳤다.

"······가 아니라 어울리는 것을 추천해다오."

"아, 죄송해요."

유리는 어떻게 장단을 맞춰야 될지 모르겠다는 어색한 웃음을 짓고는 다른 매장을 둘러보았다. 유리를 따라 나서면서도 유식은 몰래 미련 가득한 표정으로 마음에 들었던 바지를 힐끔힐끔 뒤돌아보았다.

그 이후로도 유리는 몇 벌의 옷을 추천해주었다. 앞선 배기 바지보다는 평범한 것이었고, 유식이 보기에도 나쁘지 않아 보였다. 하지만 그때마다 석호는 무슨 병균이라도 보는 양 고개를 저었다. 점점 유리가 난감해하는 것이 느껴졌다. 몇 발짝 떨어진 곳에서 따라가던 유식이 유리에게 들리지 않게끔 이를 악물고 석호에게 말했다.

"어차피 내가 입는 거잖아."

"저런 거 입고 아는 사람이라도 만나봐라. 내 사회적 명성에 금이 간다고!"

"좋아, 그럼 할바탱이가 골라보던가."

둘이 뭔가를 속닥대는 것을 느꼈는지 유리가 돌아서서 어리둥절하게 보았다. 유식이 얼른 앞으로 나서며 말했다.

"유식이한테 한번 골라보라고 했다."

유리는 알겠다는 듯 고개를 끄덕이면서도 입술을 샐쭉거렸다. 또 삐졌군. 유식은 유리의 그 표정을 아주 잘 알고 있었다. 저런 표정을 지을 때마다 이전의 유식은 유리가 원하는 것을 들어줄 수밖에 없었다.

하지만 지금은 아니다. 저 눈치 없는 할바탱이는 유리가 삐졌는지 아닌지에는 전혀 관심이 없었다. 유리가 당황하기 시작했다. 자신의 남자친구가 평소와는 너무 달라졌기 때문에!

유식은 지금 이런 상황이 조금은 즐거웠다. 저 삐죽거리는 입술을 보자니, 지금껏 유리가 입술을 비죽 내밀 때마다 제 기분을 눌러야 했던 울분이 약간이지만 해소되는 것도 같았다.

"자, 그럼 내가 골라볼게."

석호는 명동거리 양쪽으로 즐비한 옷가게들을 구경하기 시작했다.

사실 석호도 얼마쯤은 설레었다. 그동안 옷을 골랐던 기준은 테일러들의 명성과 경제적 가치였다. 비싼 것이면 더 가져야 했고, 귀한 옷을 입으려면 몸이 좀 불편한 정도는 감수해왔다. 자신이 입고 싶은 옷을 산 것보다 남들이 부러워할 만한 옷을 사는 일이 더 많았다. 옷을 구경하는 기준을 남이 아니라 자신으로 삼는 건 너무나 오랜만이었다.

석호는 몇 번이나 여러 매장 안을 기웃거렸지만 섣불리 들어가지 못했다. 한참 만에 그가 한번 들어가 보자고 한 곳은 거리 끄트머리에 위치한 작은 매장이었다. 자신만만하게 안으로 걸어 들어가는 석호의 모습을 보며 유리가 고개를 갸웃거렸다.

"유식이가 이상해요."

이상할 만하긴 하다. 석호가 고른 곳은 유식이라면 로또에 맞고 또 맞아 아무리 돈이 썩어난다 해도 절대 가지 않을 스타일의 매장이었다. 매장의 이름도 '맨유'. 남성 전용의 보세 매장이었는데, 골프의류와 등산복이 매장의 절반을 차지하고 있었다. 가게에 진열된 옷들은 네이비, 회색, 흰색과 검정색 정도로 나뉘었다.

어떻게 보아도 유식의 스타일은 전혀 아니었지만, 지금 그는 석호의 몸이다. 유식은 포기한 듯 외면해 버리고 말았다. 조금 뒤늦게 매장으로 들어가자 이미 석호가 척척척 옷을 골라놓고 있었다.

어떤 옷인지 유식이 확인하려 했지만 그럴 수가 없었다. 중년의 넉살 좋아 보이는 여자가 재빠르게 다가와 유식을 탈의실 안으로 밀어 넣었다.

"아우, 손주분이 옷을 참 잘 고르시네! 선생님한테 정말 잘 어울리실 거예요."

매장의 주인인 것 같았다. 그 태도를 보고 유식은 단번에 알아차릴 수 있었다. 이 옷, 완전히 안 팔리는 옷이구나! 떠밀리듯 탈의실에 들어간 유식은 옷을 꾸역꾸역 갈아입고 거울을 보았다. 살짝 핑크색이 들어간 셔츠에 상아색 면바지는 그렇다 치고, 한여름에 이 흰색 카디건을 걸치라니 뭐 어쩌라는 건지 알 수가 없었다.

탈의실 문을 열자 석호가 화색을 띠고 다가왔다. 마음에 드는지 꿈을 꾸는 듯한 표정이었다. 석호는 유식의 손에서 카디건을 받아들며 말했다.

"이건 이렇게 입는 거지."

석호는 카디건을 펄럭이며 유식의 어깨에 둘렀다. 그러고는 앞쪽으로 늘어진 카디건의 팔 부분을 목 앞에서 살짝 묶었다. 대체 언제적 패션이야! 유리가 주춤 뒤로 물러서며 혀를 쏙 내미는 것을 보고 유식은 이를 악물었다.

"미친! 교회 가냐?"

목사님 아들을 코스프레 한다면 살 만한 옷 같았다.

"할아버지, 잘 어울리세요."

연기를 못하는 배우처럼 작위적인 어조로 유리가 다가와 말했다. 남의 일이라고 아무 말이나 하냐. 유식은 황당하다는 듯 유리를 보았지만, 그런 것도 모르고 유리는 잘 보이겠다는 일념 하나만으로 최선을 다해 유식에게 아부를 하고 있었다.

"유식이가 평소 좋아하는 스타일은 아닌데 할아버지한테 어울리는 옷으로 고르려고 한 것 같아요. 예뻐요!"

석호가 히죽 웃고 있었다. '평소 좋아하는 스타일은 아니'라는 말은 '촌스럽다'라는 말과 이음동의어라는 것을 모르는 모양이었다. 유식은 어쩔 수 없다는 듯 눈을 딱 감고 계산을 한 뒤 도망치듯 매장을 나왔다.

뒤따라 나온 석호는 앞서가는 자신의 몸을 흐뭇하게 바라보았다. 슈트 차림에 언제나 긴장된 채로 있던 몸이 이제 조금은 편해 보였다. 멀리 떨어져서 자신을 바라보는 것은 생경한 기분이면서도 나쁘지 않은 경험이었다.

그때였다. 석호는 자신을 흘끗흘끗 보며 지나가는 어린 여학생들의 시선을 느꼈다. 잠시 뒤 유리가 쪼르르 달려 나와 석호의 팔짱을 꼈다. 야멸찬 그녀의 시선에 여학생들이 고개를 돌리는 게 보였다. 석호는 매장 유리창에 비친 모습을 보았다. 집에서 나오며 항상 하던 것처럼 손만 조금 봤을 뿐인데, 유리창에는 잘생기고 멋진 남학생이 비춰졌다. 처음엔 유식이 연예인만큼 잘생긴 얼굴은 아니라고 생각했는데, 확실히 꾸미고 나니 훨씬 번듯하게 보인다. 석호의 청춘도 때깔 좋게 꾸밀 수 있었다면 지금처럼 잘생기고 멋있지 않았을까. 그의 입이 슬금슬금 벌어졌다.

"아, 빨리 안 와!"

앞선 유식이 재촉했다. 두 사람은 조금 빨리 걸어 유식을 따라잡았다. 무척 더운 날씨였다. 아스팔트의 열기가 바람에 실려 그대로 훅 얼굴로 불어 닥쳤다. 후끈한 바람은 피부에 맺힌 땀에 진득이 들러붙었지만, 그런 바람이 석호에게만은 왠지 상쾌하게 느껴졌다.

그동안 고집스레 앞만 똑바로 보고 걸어왔다. 비유적인 표현이 아니라, 말 그대로 반듯하고 묵직하게 흔들리지 않고 걸어왔다. 그래야 직원들이 자신을 경외한다고 생각했다. 다른 사람에게 어떤 면에서든 우습게 보여서는 안 된다고 생각하던 나날들이었다. 나란히 걷는 일보다는 다른 사람들을 위시해 앞장서 왔다.

생각해보면, 보기엔 당당해 보일지라도 결국 남에게 무시당하지 않으려 항상 긴장하던 것의 결과물이었다. 석호는 남들 앞에 앞장서 걸으면서도 지금처럼의 자유로운 기분은 느끼지 못했었다.

젊음이란 이런 자유로운 자신감인 건가. 석호는 불어오는 바람에 머리칼을 흩날리며 도취되어 갔다. 앞서 걷던 때와 달리 세 사람이 나란히 함께 걷는 모습은 청춘 영화를 방불케 하는 것 같았다. 모두 자신을 바라보고 있다. 위축된 젊은 시절이 보상받는 순간이었다.

그렇게 자신의 모습에 홀려 자유분방하게 워킹을 하던 석호의 앞에 느닷없이 웬 검은 벽이 나타나 가로막았다. 석호는 고개를 살짝 들고 상대를 확인했다. 백 킬로그램 정도는 가뿐히 나갈 것 같은 기분 나쁜 덩치가 그를 빤히 내려다보고 있었다. 다른 사람의 통행을 방해했군, 가볍게 생각하며 옆으로 비키려는데, 덩치가 다시 그의 앞을 막았다. 그제야 석호는 고개를 들었고, 길게 늘어선 남자아이들 다섯이 자신들을 일부러 가로막고 있다는 것을 깨달았다.

다섯 명 중 가장 가운데 서 있던 덩치가 배가 닿을 만큼 바짝 다가와서는 석호의 귀에 얼굴을 갖다 대고 이죽거렸다.

"어이, 김유식. 누가 맘대로 내 눈에 띄래?"

어리둥절한 얼굴로 고개를 돌리자 잔뜩 찌푸린 유리와 골치 아프게 생겼다는 듯한 유식의 표정이 눈에 들어왔다.

6

유식은 눈을 흡뜨고 느닷없이 나타나 길을 가로막은 녀석들을 훑어보았다. 모두 다섯. 하나같이 어디서도 마주치고 싶지 않은 놈들이지만, 그중 최악은 가운데 서 있는 유난히 각진 얼굴의 험상궂은 녀석이었다. 이름은 박동제. 유식보다 한 학년 위 선배였다.

그 뒤에서 잔뜩 폼을 잡고 있는 네 명 역시 유식에겐 선배긴 하지만 박동제 뒤를 졸졸 따라다니는 졸개들일 뿐이다. 박동제가 이래라저래라 지시하면 물불 안 가리고 달려드는 수족이었다. 그러니까 이 다섯의 눈 밖에 나지 않고 조용히 지내야 피곤하지 않게 학교생활을 할 수 있었다. 그러나 이미 유식은 박동제에게 표적이 되고 말았다. 이유는 하나였다.

'유리.'

흘끗 옆으로 보니 유리가 석호 뒤로 몸을 숨기고 있었다. 유식이 눈살을 찌푸렸다.

'저 할바탱이가 싸우면 얼마나 싸운다고.'

긴장감이 생기다 보니 순간적으로 착각이 일었다. 유리로서는 지금 석호가 유식으로 보일 테니, 사실 그의 뒤로 숨는 건 당연한 일이었다.

유식이 박동제의 시야에 걸려든 건 1학년 때였다. 드디어 고등학생이 되었구나, 모든 것이 새롭고 신기해서 그저 좋기만 하던 어느 날, 박동제가 교실 문을 걷어차며 유식의 반에 찾아왔다. 패거리를 여럿 거느린 채 잔뜩 어깨에 힘을 주고 교실을 한 바퀴 쓱 훑어보더니, 박동제는 한 여학생 자리 앞에 딱 붙어 섰다. 거기가 유리의 자리였다. 저희들끼리 떠들어 대는 것으로 보아 등굣길에 마주친 유리를 박동제가 점찍은 모양이었다. 유리는 딱 봐도 깡패 같아 보이는 박동제가 무섭고 싫기만 한 얼굴이었다.

처음엔 저러다 말겠지 싶었는데 박동제는 생각보다 집요하게 굴었다. 이삼 일에 한 번꼴로 찾아오더니 언젠가부터 매일같이 들락거리며 유리를 찾아와 시끄럽게 굴었다. 관심의 표현이랍시고 벌게진 얼굴로 유리 앞에 딸기우유를 내미는 꼴은 가관이었다. 싫다고 표현해도 끝이 없었다. 다른 아이들 역시 박동제의 행동이 나쁘다는 것을 알았지만, 선배이기도 하

고 위압적인 기세였기에 방관자로 남을 수밖에 없었다. 유식
역시 남의 일에 끼어 귀찮은 일이 생기는 건 질색이었다.

참다못한 유리가 담임 선생님을 찾아가 상담을 했지만, 박
동제에게는 주의를 주는 선에서 그쳤고, 유리에게 돌아온 말
은 '좀 더 지켜보자'였다. '좀 더'의 시간만 지나면 이번엔 제
대로 문제를 제기하리라, 유리가 때를 기다리던 그 즈음, 애
써 무시하던 유식의 인내심도 슬슬 바닥을 드러내고 있었다.

유리의 겁먹은 얼굴도 신경 쓰였지만, 박동제의 거지같이
생긴 얼굴을 하루에도 수십 번씩 강제로 봐야 하는 건 말 그
대로 거지같은 일이었다. 커다랗고 각진 얼굴에, 마치 종기처
럼 보일 정도로 커다랗게 솟아오른 여드름들. 정말 유리를 꼬
시고 싶은 거라면 잘 보이려 노력할 법도 한데, 매번 질리지도
않고 세수도 안 한듯한 기름진 얼굴과 못지않게 기름진 태도
로, 기름진 꼬드김이나 해대고 있으니 눈에 거슬리는 것을 넘
어 속을 불편하게 했다.

"아, 그 비위 상하는 얼굴 좀 그만 들이미시지. 점심도 먹어
야 하는데."

유식이 던진 그 말은 파랗게 질린 유리의 앞에 있던 박동제
를 열 받게 하기에 충분했다. 그 직후 박동제의 주먹이 날아오
기까진 정해진 수순이었다. 물론 싸움에 자신이 없거나 박동
제가 무서웠다면 유식은 나서지 않았을 것이다. 하지만 유식

은 박동제 따위가 무섭지 않을 만큼의 싸움 실력을 갖추고 있었고, 차라리 싸우는 게 박동제를 더이상 교실에 오지 못하게 하는 가장 빠른 대처라는 것도 알고 있었다. 박동제에게 끌려간 옥상에서, 유식은 반대로 그를 때려눕히고 돌아왔다.

뻔뻔한 인간이지만, 박동제는 최소한의 부끄러움은 아는 인간이었다. 당시 옥상엔 박동제의 수족 말고도 몇 명의 구경꾼들이 있었지만 '박동제가 전유리한테 까였다' 정도로만 소문이 났을 뿐 '1학년 김유식에게 보기 좋게 얻어맞았다'라는 소문은 나지 않았다. 박동제를 때려눕힌 유식이 옥상을 벗어나자 졸개들이 문을 걸어 잠그고 사태의 목격자들을 입막음했던 것이다. 유식은 딱히 자신의 승리가 알려지지 않아도 상관없었다. 그런 일로 떠받들어지고 싶지도 않고, 괜히 싸웠다는 사실이 엄마 귀에 잘못 들어갔다가는 등짝에 불만 날 뿐이었다.

하지만 나름 얻은 것도 있었다. 이 일을 계기로 1학년 여신 전유리와 사귀게 되었으니까.

그런데 박동제는 의외로 끈기가 있는 인물이었다. 다음 날 아주 당당히 졸개들을 끌고 와 '그건 컨디션의 난조로 인한 패배'라고 지질한 자기 위로를 하더니, '다음에 제대로 한 판 뜨자'며 헛소리를 지껄였다. 그 말을 들었을 때 유식은 코웃음을 칠 뿐, 손톱만큼의 감흥도 없었다. 하지만 지금은 상황이 달랐다.

'왜 하필 지금이냐고.'

유식은 짜증이 치솟아 아랫입술을 깨물며 주먹을 쥐었다. 그러고는 박동제가 위협하고 있는 석호를 보았다. 하드웨어가 젊을 뿐이지, 소프트웨어는 예순다섯 할바탱이인 석호가 싸움 따위를 할 수 있을 리가 없었다. 아무리 자신에게 얻어맞고 나자빠진 박동제라도 이전에는 학교를 평정하고 있던 녀석이었다. 학교 일진 짱과 할바탱이라니. 차라리 초등학생을 데려다 놓는 것이 나을 판이었다.

그때 졸개들 중 턱이 뾰족한 녀석이 유식을 흘긋거리며 이죽거렸다.

"너네 할아버지냐?"

석호가 대답을 하지 않자, 뾰족이가 건들거리며 유식에게 다가왔다.

"할아버지, 죄송하지만 저희가 오늘 저 녀석에게 볼일이 있어서요. 먼저 들어가 보세요."

유식은 미간을 찌푸렸다. 도망가는 것 같아 기분은 별로지만 선택지가 없었다. 유식은 목소리를 높여 외쳤다.

"이놈들! 지금 뭣들 하는 게야! 썩 꺼지지 못해!"

나름 어른의 위엄을 갖춰 소리쳤지만 박동제 패거리들은 피식거리기만 할 뿐이었다. 애초에 어른 공경 따위는 모르는 놈들이었다. 되려 뾰족이가 손으로 유식의 어깨를 살짝 밀쳤다.

"할아버지, 저희는 저 녀석이랑 할 말이 있다고요. 괜히 얼쩡거리다 다치지 마시고 먼저 가세요. 네?"

'이 새끼 선 넘네.'

유식은 아랫입술을 깨물었다. 할아버지를 치다니. 저쪽은 완전히 작정한 모양이었다. 경찰에 신고를 할지, 아니면 자신이 그냥 나설지를 정해야 하는 순간이었다. 그 와중에도 박동제는 석호가 유식인 줄 알고 석호의 어깨를 툭툭 쳐대며 시비를 걸었다.

"오늘은 왜 입이 꾹 다물렸어. 그 잘난 주먹맛 좀 다시 보자. 응?"

박동제의 손길에 어깨가 밀리던 석호가 유식을 보며 물었다.

"그러니까 이 녀석들은 친구가 아닌 거지?"

유식은 잔뜩 찡그린 눈빛으로 고개를 끄덕였다. 사정을 모르는 박동제는 헛웃음을 뱉으며 석호의 어깨를 잡았다.

"뭐라는 거야? 미쳤냐?"

그때였다. 자신의 어깨 위에 있던 박동제의 팔을 잡는 동시에 석호는 몸을 돌려 상체를 둥그렇게 말면서 그대로 박동제의 중심을 무너뜨렸다. 팔을 잡힌 박동제는 순식간에 그대로 석호의 등을 타고 공중에 원을 그리며 붕 날더니 등부터 바닥에 떨어졌다. 쿵! 육중한 몸이 바닥을 울린 뒤에 컥컥거리는 소리가 박동제의 입에서 터져 나왔다.

석호의 뒤에 숨었던 유리가 예상한 결과라는 듯 의기양양 미소를 날렸지만, 유식은 눈앞에서 일어난 장면이 믿기지 않는다는 듯 멍하니 석호를 쳐다보았다. 석호가 손가락으로 브이 자를 그려 보이며 당당히 말했다.

　"취미로 유도를 배웠지."

　부자들은 취미로 별걸 다 한다, 생각하는 동시에 유식은 바로 싸울 자세를 잡았다. 바닥에 메다 꽂힌 박동제가 부들거리는 손가락을 뻗어 졸개들에게 지시했기 때문이었다.

　"잡아!"

　졸개들이 한꺼번에 달려들려는 걸 알아차린 유식은 옆의 벽을 타고 한 바퀴 회전하며 그대로 뾰족이의 턱에 킥을 날렸다. 빠악! 골이 울리는 소리와 함께 구둣발에 채인 뾰족이가 그대로 나동그라졌다.

　"할아버지!"

　유리가 비명과도 같은 탄성을 질렀다. 바닥에 넘어져 있는 박동제가 입을 떡 벌리고 놀란 눈으로 유식을 보았다. 졸개들 역시 넋이 나간 듯 눈동자가 제멋대로 흔들렸다.

　옷을 툭툭 털고 어때, 하는 얼굴로 석호를 보는데 그의 미간이 잔뜩 구겨져 있었다. 유식은 아차 싶었다. 싸움 본능을 이성이 이기지 못했다.

　다른 졸개들이나 바닥에 메다 꽂힌 박동제에게도, 머리가 희끗한 육십 대 할아버지가 날아차기 하는 광경은 '세상에 이런 일이'에서나 보던 장면이었다. 놀라움과 당혹이 뒤섞여 만들어낸 정적 위로 사이렌 소리가 파도처럼 밀려들었다. 누군가 소동을 보고 신고를 한 모양이었다. 석호가 외쳤다.

"가자!"

"왜? 우리가 잘못한 거 아니고, 얘네가 시비 걸었는데!"

유리가 대차게 나왔다. 유식도 맞아, 고개를 끄덕이며 당당한 얼굴이었다. 하지만 석호는 둘에게 설명할 시간이 없었다. 재빨리 유식의 팔을 잡아끌었다.

"SH물류 주석호가 고등학생들을 팼다고 9시 뉴스에 나와야 되겠냐?"

유식이 정신을 번쩍 차렸다. 서둘러 유리의 손을 덥석 잡았다.

"뛰어!"

유식이 유리를 잡아끌고 달리기 시작했다. 석호도 그 뒤에 바짝 붙어 뛰었다. 뒤에서 경찰들이 호루라기를 부는 소리가 들렸다. 하지만 뒤돌아볼 새도 없이 세 사람은 관광객들로 붐비는 명동 한복판을 온 힘을 다해 가로질렀다.

석호가 조금 전 옷을 샀던 가게들을 지나치자 사람들이 무슨 일인가 싶어 한 번씩 눈길을 주었다. 호루라기 소리도 점차 멀어져 갔다. 어느새 숨이 턱에 찰 만큼 지쳤다. 더운 바람이 얼굴에 엉겼고, 땀이 나서 온몸이 젖었다. 하지만 이상하리만치 상쾌했다. 이렇게 달려본 게 대체 언제인지 기억도 나지 않았다. 괜히 웃음이 나왔다. 석호가 장난스럽게 키득대자 유식이 돌아보았다.

"지금 웃음이 나오냐?"

"그럼 웃지 우냐?"

"저는 유식이 손잡을래요."

느닷없이 끼어든 유리의 목소리에 유식도 웃음이 터져버렸다. 그러고 보니 할아버지가 손녀 손을 잡고 뛴 모양새였다.

어느새 상점가 끝까지 다다른 세 사람은 낡은 건물의 계단 쪽으로 몸을 숨겼다. 거친 숨이 차올랐지만 웃음이 멈추지 않았다. 유식이 유리의 손을 내려보더니 금방 석호의 손에 쥐여주며 말했다.

"그래, 잡아라, 잡아!"

큭큭, 하고 석호도 웃었다. 중간에서 유리만 어리둥절한 눈길로 두 사람을 번갈아 쳐다볼 뿐이었다.

유리의 집은 강북 우이동에 위치한 작은 단지의 아파트였다. 지어진 지 이십 년도 넘어 보였다. 도색 작업을 위해 주민들의 동의서를 받고 있다는 플래카드가 입구에서 펄럭였다. 세 사람이 탄 택시가 멈춰 섰다. 택시에서 셋이 함께 내리자 유리가 석호에게 말했다.

"넌 할아버지랑 그냥 택시 타고 집까지 가지."

"산책 좀 하려고."

석호가 뜬금없이 말했다. 유리가 고개를 갸우뚱했다.

"네가 산책 같은 걸 좋아했어?"

그럴 리가 없잖아, 옆에 서 있던 유식이 석호를 흘겨보며 속말을 중얼거렸다. 그러거나 말거나 석호는 의미심장한 미소만 지을 뿐이었다.

"할아버지, 오늘 정말 감사했습니다."

유리가 유식에게 허리를 숙였다.

"아니, 뭐 내가 고맙지."

예의를 다한 작별인사가 끝났음에도 뭔가 할 말이 있는 듯 유리는 잠시 머뭇거렸다. 석호의 눈치를 보더니 유식에게 은밀히 다가와 속삭였다.

"유식이 여친으로 저 인정해주시는 거 맞죠?"

유식은 터지려는 웃음을 간신히 참아냈다. 수줍은 표정의 유리가 귀여웠다. 지금 자신을 할아버지라고 생각해 최대한 예의 바르게 행동하려고 하는 것도 예쁘게 보였다.

솔직히 말하면, 갑자기 늙은 몸이 되고 부자가 되었을 때 떠올랐던 많은 고민들 중 유리는 그리 큰 비중을 차지하지 않았다. 지금까지도 이 기회를 어떻게 이용해야 고생하신 엄마에게 보상을 줄 수 있는지만 생각했다. 조금 미안한 기분이 들었다. 유식은 유리의 머리에 손을 얹고 부드럽게 쓰다듬어 주었다.

"유식이랑 잘 지내라."

"네! 할아버지!"

그렇게 말한 유리는 발걸음 가볍게 아파트로 들어가야 했지만, 유리는 그러지 않고 냅다 석호의 품에 쏙 안겼다. 석호는 그대로 굳어버렸고, 덕분에 유리는 마음껏 석호를 끌어안고 떠들어 댔다.

"유식아, 난 네가 할아버지 모시고 다니는 거 보고 더 반했어. 우리 절대 절대 헤어지지 말자. 오늘 고마웠어. 사랑해."

유리는 빨개진 얼굴을 양손으로 가리며 뒤돌아 아파트 안으로 뛰어 들어갔다. 그 모습이 귀여워 석호는 풋, 웃고 말았다. 이제 슬슬 집에나 가볼까, 생각하며 무심결에 뒤를 돌아보는데, 자신을 노려보는 유식의 활활 불타오르는 눈과 마주쳤다. 움찔하며 반사적으로 변명이 나왔다.

"이건 불가항력이야."

"나도 알아요."

"그럼 그 눈 좀 어떻게 하지?"

"그래도 열 받아!"

흥, 하며 유식이 앞서 걷기 시작했다. 석호도 뒷짐을 지고 뒤를 따랐다.

한동안 말없이 걷다가 문득 정신을 차려보니 어느새 유식과 나란히 걷고 있었다. 유식이 보조를 맞춰준 모양이었다. 버르장머리 없는 녀석인 것 같다가도 이런 때를 보면 기특하리만치 선한 마음을 가지고 있다. 어머니를 생각하는 마음도 그렇고.

결혼하지 않은 석호는 자식도 손자도 없지만, 만약 결혼을 해 손주가 생기고, 그 손주가 이런 아이라면 뿌듯했겠다는 생각이 문득 들었다. 그리고 아내는 약간은 거칠지만 예의는 바른 그런……

거기까지 생각했을 때 석호의 머릿속에 또다시 은희가 떠올랐다. 은희가 자신과 나이 차이가 얼마나 나는데 자꾸 떠올리냐 싶어서 스스로에게 벌을 주듯 머리를 세차게 가로저었다.

"혼자 보기 참 아깝네."

고개를 들자 못 볼 꼴을 보았다는 얼굴로 유식이 혀를 끌끌 차고 있었다. 속 생각을 유식이 알아챘을 리 없는데도 들키면 안 될 것을 들킨 기분에 석호는 머쓱하게 정면을 응시했다. 두 사람은 다시 걷기 시작했다.

석호가 유식의 얼굴을 슬쩍 보았다. 물어보고 싶은 것이 있긴 한데 물어봐도 괜찮을까 싶어서였다. 에라 모르겠다, 생각하고는 입을 열었다.

"아버지는?"

유식이 우뚝 멈춰 섰다. 돌아보는 그의 미간이 잔뜩 구겨져 있었다. 그동안 인상을 쓰는 것은 몇 번 보았지만, 표정만으로도 얼마나 무섭게 화를 내고 있는지 알 만큼은 아니었다. 유식의 이런 얼굴은 처음 보았다.

"그런 걸 왜 물어? 아버지 같은 거 없어."

"그냥 궁금해서 물어본 거야. 아버지 얘기하는 거 싫어해?"

"싫어하고 말 것도 없어. 애초에 난 아버지 같은 거 없다고."

"아버지 없는 사람이 어디 있냐. 돌아가셨든 이혼하셨든 아버지는 아버지지."

"그렇게 안 봤는데 꼰대구나, 할바탱이."

유식이 비꼬는 듯 한쪽 입술 끝을 올리며 웃었다. 제대로 화가 난 모양이었다. 석호는 아직 유식이 어려서 어른들의 사정 같은 걸 몰라 이렇게 행동한다고 생각했다. 하지만 이어진 유식의 말에 석호는 당황하지 않을 수 없었다.

"내가 왜 싸움을 잘하는 줄 알아?"

"갑자기 무슨 싸움 얘기야?"

"맷집이 강해서야. 어릴 때부터 맞아서."

"……."

석호는 그 말만으로도 어떤 일이 있었는지 짐작할 수 있었다. 석호의 아버지도 그랬다. 특히나 그 시절에는 흔한 일이었다. 술을 마시고 들어온 아버지는 집안일을 하는 어머니와 어린 석호를 소유물로 알았다. 그래서 어떤 식으로든 자신의 말에 반항을 하거나 다른 의견을 내면 여지없이 폭력을 휘둘렀다. 그런 인간말종이 요즘도 남아 있던 건가, 석호는 조용히 생각했다.

석호의 머리가 커지면서 이렇게 살다가는 정말 죽을 것 같다는 생각이 들었을 때, 하늘이 도운 것처럼 아버지가 돌아가셨다. 술을 마시고 들어오다가 다리에서 떨어져 익사한 것이다. 물에 퉁퉁 불어터진 아버지의 얼굴은 마치 흠씬 얻어맞고 난 다음 날 엄마의 얼굴 같았다. 드디어 벗어났다고 생각하면서도, 그래도 아들이라고 눈물은 나왔다.

"그랬구나."

더이상 묻지 않고 석호는 고개를 끄덕거렸다. 괜히 아픈 기억을 꺼내서 미안했다. 그런 마음을 느꼈는지 유식이 말했다.

"그렇게 죄지은 얼굴을 할 건 없고. 엄마가 용기 있게 이혼해줘서 그나마 몇 년은 잘살고 있어."

"몇 년? 이혼한 지 얼마 안 되셨어?"

"아니, 이혼한 지는 꽤 됐는데 이사 갈 때마다 어떻게 알았는지 찾아와서 돈도 뺏고 깽판을 치고 가더라고. 경찰에 신고도 하고, 접근금지 명령도 내렸는데도 말이야. 자기 인생을 우리가 망가트렸다나. 그날 밤에 엄마 이가 두 대나 나갔지. 그러고 나서 이사를 또 했는데, 이번엔 안 찾아오는지 못 찾아오는지 조용해. 아마 그때 일로 교도소에 들어가 있을걸. 엄마는 자세한 얘긴 안 해주더라고."

석호가 고개를 끄덕였다. 어느새 도로에 어둠이 깔리기 시작했다. 잠깐 대화가 끊어진 채로 그들은 조용히 걸었다. 멀리 동네가 보이기 시작했다.

유식이 석호의 얼굴을 슬쩍 보았다.

"할바탱이, 오늘 재밌었어?"

석호는 잠시 생각해보고는 고개를 끄덕거렸다. 유식은 씁쓸한 표정으로 입을 비쭉거렸다.

"거짓말. 옷만 샀지 한 게 뭐 있다고. 괜히 그딴 놈들한테 얽혀서 놀지도 못했잖아."

펌프, 네 컷 사진찍기, 피시방, 코인 노래방. 유식은 오늘 하려고 했던 일들을 손꼽으며 줄줄이 늘어놓았다. 하지만 석호는 아쉽지 않았다. 유식은 모르겠지만, 석호의 어린 시절은 요즘에 비하면 무척이나 어려웠다. 더구나 가난했던 석호의 집에선 새 옷을 고르러 다니는 것은 언감생심 꿈도 못 꿀 일이었다. 어머니는 석호에게 같은 동네의 나이 많은 아이들이 입던 옷을 얻어다 입혔다. 한참 재밌게 놀다가 지나가던 형들이 '어, 저거 내 옷이다!' 하는 바람에 도망가고 싶을 정도로 창피한 일이 수도 없이 많았다.

직접 돈을 벌기 시작했어도 그 돈이 아까워 옷 같은 것을 살 생각도 하지 못했다. 석호는 악착같이 모으는 대로 저축을 했다. 물류 사업을 시작하기까지 그가 살아온 인생을 다 말하자면 혀를 내두를 정도로 짜게 살았어서 염전 하나는 충분히 만들 정도였다. 그런 얘기를 했더니 동정 어린 눈빛으로 유식이 말했다.

"그럼 성공하고 나서는?"

"비서가 사다 줬지."

석호가 당연하지 않냐는 듯이 말했다. 유식의 미간이 꿈틀거렸다. 성공한 자의 여유로운 미소를 보는 것 같아 갑자기 배알이 뒤틀렸다. 안쓰럽다고 생각했던 거 다 취소다! 유식은 휙 돌아서서 성큼성큼 걷기 시작했다.

"같이 가!"

석호가 종종거리며 따라왔다.

"왜 화를 내는 거야?"

"화 안 났는데?"

"아닌데, 화 난 것 같은데?"

"기분 탓이겠지!"

나는 패배감 같은 거 느끼지 않았다, 유식은 그렇게 생각하기로 했다.

그때 유식의 핸드폰에 메시지 수신음이 들려왔다. 한 번이 아니라 연이어서 몇 번이고 울려댔다. 왠지 수신음이 신경질적이라고 석호는 생각했다. 유식이 문자를 확인하는 것을 보고 석호가 물었다.

"뭔데?"

"전유리. 왜 옷이 배달이 안 오냐고 묻네."

"응? 배달이 아직 안 갔어?"

석호의 말에 유식이 별소리를 다 들어본다는 듯 눈을 동그랗게 떴다.

"그게 얘네 집에 왜 가? 그거 전유리 옷 아니야."

가게에 들어갔을 때 유식이 떠올린 건 다름 아닌 엄마였다. 엄마의 옷은 어제도 그제도 낡은 것이었다. 유식이 어릴 때부터 수십 번도 더 본 옷들. 엄마가 유식에게는 새 옷을 사줬어도, 정작 본인이 입을 옷을 사는 건 본 적이 없었다. 그건 오늘도 내일도 모레도 마찬가지일 테다. 마침 유리의 덩치가 엄마와도 비슷하니, 엄마에게 주고싶은 옷들을 입혀본 것뿐이었다. 모든 옷은 벌써 유식의 집으로 배송되었을 것이었다.

조금 전 유리를 생각하지 않아 미안하게 여겼던 것도, 오늘도 유리가 아닌 엄마를 위한 쇼핑을 했기 때문이었다. 애초에 집에서 나올 때부터 유식은 엄마의 옷을 사려고 했었다. 느닷없이 찾아온 건 유리였다. 미안하긴 해도 아닌 건 아닌 거다.

유식의 말을 들은 석호는 그제야 그의 태도가 이해되었다.

오늘 정말 감사했다는 유리의 인사에 '아니, 내가 고맙지' 했던 유식의 말도! 유리에게 답신을 하느라 핸드폰을 만지작대는 유식을 보면서 석호는 자신의 이마를 쳤다. 유리가 얼마나 실망했을지 생각을 하니 안타깝기도 하고, 유리에게 자신이 뭐가 됐을지도 생각하면 불쑥 화가 나기도 했다. 그 착하던 아이에게 이런 식의 홀대를 하다니. 더더욱 부아가 치밀었다.

"그런 거였으면 미리 말했어야지!"

알았다면 유식 대신 저라도 직접 유리에게 옷 한 벌 정도는 사줬을 것이다.

"됐어. 아, 전유리 진짜 종알종알 시끄럽네. 암튼 지금쯤 집에 도착했을 거야. 우리 엄마 입이 쩍 벌어졌겠다."

생각만 해도 기쁘다는 듯 유식이 웃었다. 하지만 석호의 생각은 달랐다. 석호가 팔짱을 꼈다.

"은희 씨가 부담스러워하면 어떻게 해. 뭐 공짜로 얻는 거 좋아할 성격으로는 보이지 않던데."

"은희 씨?"

갑자기 유식의 눈이 번뜩였다. 그는 석호의 얼굴에 제 얼굴을 바짝 대고는 으르렁거리듯 말했다.

"은희 씨이?"

"아니, 그럼 내가 엄마라고 부를 수도 없잖아. 암튼 네 엄마가 그런 거 좋아하겠냐고."

"엄만 내가 알아서 할게. 지금 나는 아주 부자니까 그렇게 부담가지지 말라고 하면 될 거야."

유식은 신이 나서 집으로 들어갔다. 석호는 조금 걱정되는 마음으로 그 뒤를 따랐다.

은희는 마루에 나와 있었다. 걸터앉아있는 그녀의 주변으로 배달된 쇼핑백이 가득했다. 두 사람이 들어오는 소리에 방 안에 틀어둔 티비를 보고 있던 은희가 돌아보았다. 은희의 시선이 석호의 모습을 하고 있는 유식에게로 향했다.

그런데 표정이 뭔가 이상했다. 화가 난 것도 놀란 것도 아닌, 크게 당황한 듯한 눈빛.

"왜……."

왜 그러지? 정말 석호의 말대로 안 좋아하는 걸까? 유식이 당황해하며 석호에게로 고개를 돌렸다. 그러나 석호의 시선도 방 안의 티비로 향해 있었다.

구식 티비에서는 뉴스 속보가 방영되고 있었다. 화면 하단에 빨간색 바탕의 띠로 강조된 글씨가 커다랗게 박혀 있었다.

'SH 물류 주석호 회장 성년후견인 신청 확인. 치매 루머 확산'

7

　은희의 방은 깔끔하고 단정했다. 무엇보다 소박했다. 낡았
지만 잘 관리된 듯 광이 나는 한 칸짜리 나무색 옷장과, 같은
색의 티비 선반, 십 년은 됨직하지만 먼지 한톨 없어 보이는
티비가 눈에 보이는 물건의 전부였다. 방이 좁아서인지 침대
를 쓰지 않고 이불을 개켜서 옷장에 넣었다가 밤에만 펴는 것
같았다. 작은 옷장에 이불까지 들어가니, 그녀가 가지고 있는
옷의 양이 얼마나 될지는 보지 않아도 가늠이 되었다.

　석호는 은희의 방에 무릎을 꿇고 앉아 있었다. 예순다섯 평
생 돌아가신 어머니가 아닌 다른 사람 앞에서 무릎을 꿇는 일
이 생길 거라고는 생각지도 못했다. 앞에 마주 앉은 은희는 한
쪽 다리를 세워 무릎 위에 팔을 얹고, 그 손에 이마를 묻고 있
었다. 그녀를 둘러싸고 포위라도 한 것처럼 쇼핑백들이 가득

했다. 유식이 낮에 사들인 옷이 쇼핑백마다 들어차 있었다.

"대체 이게 무슨 일이라니. SH 회장님이라니! 이 옷들은 다 뭐고! 치매는 또……."

"저기 어머…… 아니 엄마. 치매는 아니에요."

아직 일흔도 안 됐는데 치매라니! 석호는 거의 반사적으로 반박했다.

치매, 그 단어는 자신의 입으로도 내뱉기 싫었다. 석호는 억울했다. 여지껏 몸 관리 건강관리를 어떻게 해왔는데 천하의 주석호에게 치매라는 병명이 따라붙을 수가 있는가. 혼란스럽고도 자존심 상하는 일이었지만, 어쨌든 뉴스를 본 입장에서는 오해할 수밖에 없다. 대체 그런 뉴스가 왜 보도됐는지는 알 수 없어도 일단 은희의 오해를 풀어야만 했다.

조금 전 뉴스를 보자마자 은희가 석호를 따로 부른 참이었다. 아니, 정확히 말하자면 유식을 불러낸 것이었지만 따라 들어가야 하는 건 유식의 몸인 석호였다. 뉴스의 전후 상황이라도 파악할 수 있었다면 좋았으련만, 아무것도 확인하지 못했는데 변명부터 해야 하니 기가 막힌 상황이었다.

"우선 이 옷들은요, 제가 할아버지한테 사달라고 한 거예요."

"네가 왜! 내가 옷이 없어서? 우리가 거지니? 옷을 왜 얻어 입어야 해?"

"꼭 거지만 옷 선물을 받나요? 지난번에 말씀드렸잖아요.

할아버지가 아프신데 돌볼 사람이 없다고. 도와줘서 고맙다고 갖고 싶은 것 있으면 다 사라고 하셔서 제가 엄마 옷을 산 거예요. 기분 나빠 하실 것 없어요. 제가 그만큼 도와드리고 있으니까 받아도 되는 거……라고 하시던데요."

은희는 어이가 없다는 듯 더 깊은 한숨을 뿜어냈다.

"무슨 소린지 나는 당최 모르겠다. 근데 넌 왜 갑자기 존댓말이야?"

아차, 석호는 옆구리를 찔리기라도 한 것처럼 움찔했다. 자신은 지금 철저히 유식이어야 했다.

"엄마가 화를 내니까 무서워서 그렇지."

말끝을 살짝 늘리며 석호는 간신히 반말로 변명을 했다.

"근데 대체 무슨 일인 거야. 솔직히 말 안 해?"

"뭘요? 뭐, 뭘?"

"저런 부잣집 양반이 아무리 가족이 없다고 해도 돈만 주면 집안일해줄 사람, 보살펴줄 사람이 줄줄 늘어설 텐데 왜 네가 모셔왔냐고. 애초에 넌 저런 분을 어떻게 알고?"

석호는 가슴이 철렁했다. 시간이 지날수록 점점 현실적이고도 상식적인 질문이 돌아오고 있었다.

공통점이라곤 먼지 한 톨만큼도 없는 석호와 유식, 둘에 대한 비밀을 들키지 않으면서 개연성 있게 대답해 나가기란 상상을 초월할 만큼 힘든 일이었다. 갑자기 피로가 무더기로 몰려왔다. 한평생 이렇게 시간이 길게 느껴진 것은 IMF 위기 때 이후로 처음인 것 같았다.

"알게 된 건 우연이야. 어쩌다 보니 얽혔어. 자세한 건 나중에 얘기할게. 근데 저 할아버지가 날 마음에 들어 하는 데다 요즘 애들은 어떻게 노는지 알고 싶다잖아. 알고 봤더니 몸도 아프대. 젊어서 제대로 놀아본 적이 없다는데 얼마나 불쌍해. 그래서 친구, 그래! 친구 같은 걸 하기로 한 거야."

은희는 계속 말해보라는 듯 턱을 치켜들고 석호를 빤히 쳐다보았다.

"근데 저 할아버지 말로는 한 기업 CEO의 건강 상태는 극비사항이래. 건강에 이상이 있다는 게 드러나는 즉시 주식이 철렁하면서 회사나 투자자들에게 엄청난 피해가 간다는 거야. 직원들도 동요하고. 엄마도 아까 봤지? 치매니 뭐니 확인 안된 소문인데도 당장 뉴스에 나오잖아. 그래서 아픈 건 비밀로 해달라고 했어. 근데 정말로 치매는 아냐."

"확실해?"

석호는 국기에 경례를 하듯 손바닥을 가슴에 가져다 대었다.

"맹세."

"그럼 앞으로도 저분을 여기 모신다고?"

은희의 얼굴엔 우려가 가득했다. 복잡한 사연이 있는 노인이 불쌍하기도 했지만, 아무래도 뉴스에 나올 정도의 유명인을 여기 데리고 있는 게 부담스러운 듯했다.

석호는 꿀꺽 침을 삼켰다. 목이 탔다. 실상 당장 내보내라고 해도 할 말은 없었다. 하지만 최대한 여기, 이 집에서 유식과 함께 있어야 했다. 우선 왜 저런 루머가 생겼는지 확인해야 했고, 성년후견인이 신청되었다는 말은 또 무엇인지 알아봐야 했다. 그러려면 자신의 몸을 가진 유식이 반드시 필요했다.

"딱 며칠간만이라도 봐주세요. 몸도 아프신데 그렇게까지 냉정하게 굴면 안 되잖아요? 우리한테 피해를 끼치는 것 같으면 그때는 가차 없이 다시 돌려보낼 테니까, 일단은 좀 봐줘. 응?"

석호는 간절했다. 일단 협상의 여지를 열면서 인정에 호소해야 한다. 그러면서도 우려되는 문제에 대한 대책도 내놓아 안심시킨다! 그가 수십 년간 사업가로 살면서 축적된 노하우, 바로 지금 이 상황을 타개할 설득의 기술이었다.

석호는 은희의 입이 열리기까지 기다리는 동안 피가 마르는 듯했다. 허공에 시선을 두고 한참이나 골몰하던 은희가 드디어 살짝 고개를 끄덕였다. 미세한 움직임이라도 놓칠세라 뚫어지게 은희를 살피고 있었기에, 그 작은 고갯짓이 수긍하는 게 분명하다고 확신할 수 있었다. 석호는 그렇게 제멋대로 해석하고선 안도의 한숨을 푸, 내쉬었다.

그런 석호를 은희가 빤히 쳐다보았다. 까만 눈동자가 그의 눈을 똑바로 직시했다. 왠지 피할 수 없는 묵직한 시선을 의식하자 석호는 눈을 불안하게 깜박였다. 곤혹스러운 기분이었다.

"왜, 왜?"

석호가 방어적으로 되묻자 은희가 후, 웃으면서 고개를 저었다.

"아냐, 아무것도. 그래, 일단은 얘기를 들어보고. 여기 계시고 싶다고 하시면 그래야지, 어쩌겠니."

석호는 입을 헤 벌리고 지금 은희가 한 말을 되새겼다. 여기 계시고 싶다면 그래야지, 어쩌겠니……. 이건 누가 들어도 명백한 승낙이었다. 기쁨에 소리라도 지르고 싶은 것을 꾹 참았다.

"응, 그리고 할아버지가 하숙비도 오백씩이나 낸다고 하잖아요."

이건 괜히 얘기했나? 돈 얘기는 꺼내지 말걸. 조심스레 표정을 살폈지만, 은희는 대답 없이 웃기만 했다. 더 묻지도 않고 다짐하는 것도 없이 은희는 이만 나가보라며 손을 내저었다. 석호는 냉큼 자리에서 일어나 거실로 나갔다. 은희의 미소가 어딘지 마음에 걸려 석호는 닫힌 방문을 물끄러미 보았다.

하지만 지금 중요한 것은 그게 아니다. 자신은 호랑이굴에서 기적적으로 살아서 나온 것이고, 이제는 직접 호랑이를 잡으러 가야 했다. 석호는 반대쪽으로 고개를 홱 돌렸다. 작은방 문 너머 있는 유식이 눈앞에 보이기라도 하는 것처럼 이글거리는 눈으로 노려보았다.

유식의 방문 앞에서 팔을 걷어붙이고 숨을 잔뜩 몰아쉬고 나서 석호는 문을 벌컥 열어젖혔다. 문에 귀를 대고 바깥의 동태를 살피던 유식이 화들짝 놀라며 뒷걸음질 쳤다. 석호는 멍청해진 유식의 얼굴을 보며 혀를 끌끌 차다가 안으로 들어서며 문을 닫았다. 은희에게까지 둘의 대화가 들리면 곤란할 터였다.

"대체 너, 무슨 짓을 저지른 거야?"

오해에서 비롯된 뉴스라면 분명 그 빌미를 제공한 일이 있을 것이다. 자신은 지금까지 그런 오해가 생길 일 없이 철저히 살아왔다. 그렇다면 용의자는 요 며칠 '주석호였던' 유식밖에는 없다.

"나도 잘 몰라. 내가 문제 일으킨 거 아니라고."

유식은 발버둥 치듯 손을 내저었다. 하지만 수심이 가득한 얼굴은 말과 다른 진실을 품고 있었다. 맘에 걸리는 것이 잔뜩 있다고, 어색해지는 표정이 스스로 말하고 있었다.

석호는 깊은 한숨을 내쉬며 바닥에 양반다리를 하고 앉았다. 이런 더펄이는 다그치는 것보다 살살 달래서 스스로 불게 만들어야 한다는 것을 육십오 년 인생으로 터득하고 있었다.

"그래, 그러고 보니 너 나랑 처음 만났을 때 회사에 가던 길이었지?"

유식이 석호를 따라 주춤주춤 앉으며 고개를 끄덕거렸다.

"회사엔 대체 어떻게 가게 된 거야?"

최대한 다그치지 않으려 애써가며 석호가 부드럽게 물었다. 그제야 잔뜩 굳은 유식의 얼굴이 조금씩 풀어졌다.

"그게 어떻게 된 거냐면."

유식은 까뒤집은 눈으로 허공을 응시했다. 골똘히 기억을 되짚는 것 같았다. 모양새를 봐선 어디서부터 말을 꺼내는 게 좋을까, 적당한 지점을 찾기 위해 과거를 거슬러 올라가는 듯했다. 지켜보는 석호는 마음이 급했다. 이 사태의 원인을 유식이 정확하게 짚어줄 수 있으리라곤 솔직히 기대하지 않았기에, 석호는 우선 본인이 들었던 사실부터 다그쳐 물었다.

"넌 김 사장이 준 서류에 사인을 했다고 했어. 맞아?"

시간 속에서 헤매고 있던 유식이 허공에서 눈을 거두고 석호를 빤히 보았다.

"그 아저씨가 김 사장이지?"

"응, 김범주 사장. 사인만 한 거 맞아?"

"병원도 갔어."

김범주는 석호의 병을 이미 알고 있었다. 그런 와중에 느닷없이 출근까지 하지 않았으니 아프다는 건 기정사실로 판단했을 테고, 그렇다면 병원에 끌고 갔다는 건 그다지 이상한 일이 아니었다. 김범주가 동행해 비밀리에 진료받는 일이야 여태까지도 있었던 일이니 그게 문제가 됐을 것 같진 않았다.

"근데 거기 갔던 병원에서 나중에 다른 의사가 한 명 더 내려왔는데…… 정신과 의사였어."

석호의 눈이 찢어질 듯 휘둥그레졌다. 정신과 의사라니? 생각지도 못한 말이었다. 지금껏 살아오면서 단 한 번도 정신과엔 가본 적이 없었다. 지나간 청춘도 아쉽고, 병에 걸린 것도 억울했고, 이렇게 죽어야 한다는 게 서러워 우울하기도 했지만, 그게 병원까지 갈 정도로 심각한 병적 우울증이라고 생각해본 적은 없었다. 그런데 왜 느닷없이 정신과를…….

아! 석호의 머릿속을 빠르게 스쳐 지나가는 게 있었다. 유식이 김범주에게 '배고프다'라고 말해 얻어먹었다던 꼬리곰탕. 그는 유식을 뚫어질 듯 노려보았다. 뭔지 모르지만 찔리는 게 있는지 유식의 어깨가 움찔했다.

"너 김범주 처음 만났을 때 뭐라고 했냐? 그대로 말해봐."

"그, 그게……."

석호는 마음을 진정시키기 위해 신중하게 호흡을 골랐다. 유식의 말을 듣기 전에 흥분하지 않도록 미리 마음의 준비를 했다. 유식이 무슨 일을 저질렀어도 이해해야 한다고 주문처럼 중얼거렸다. 자신은 이 몸으로 깨어났을 때 스스로 현실을 파악할 시간이 있었지만, 유식은 다르다. 느닷없이 김범주가 찾아왔으니까. 그러니 상황 파악이 안 된 채로 이 말 저 말 지껄여댔더라도 어쩔 수 없다고 되뇌었다.

석호는 사근사근하게, 다독이듯 다시 물었다. 하지만 그 자신도 지금 그가 얼마나 매서운 눈으로 쳐다보고 있는지는 모르는 듯했다.

"솔직하게 말해도 돼. 김범주한테 뭐라고 했어?"

유식은 노려보는 시선을 피하려고 슬쩍 고개를 돌린 채 말했다.

"아, 아저씨 누구세요? 하고⋯⋯."

석호는 아랫입술을 꾹 깨물며 눈을 질끈 감았다. 왜 슬픈 예감은 틀린 적이 없나. 불안이 곧 현실이 되는 순간을 목도한 기분이었다.

유식도 석호의 표정이 심상찮다는 걸 깨달았는지 입술을 안으로 말아 넣고 꾹 다물었다. 석호는 계속 말하라는 듯이 손을 들어 허공에 대고 휘적거렸다. 유식은 차라리 최대한 그 순간 그대로 정확하게 전달하는 게 낫겠다고 생각했다.

"그리고 또?"

"나 왜 이렇게 늙었어. 이게 나라고?"

유식이 상황을 실감나게 재연할수록 석호의 아래턱이 분노로 덜덜 떨렸다. 그는 참고 또 참으며 인내심을 발휘하기 위해 안간힘을 썼다.

"또?"

"지금이 몇 년도냐고……."

그리고 다음 말은 석호 역시 유식과의 첫 만남에서 들어 알고 있었다.

"아저씨, 배가 고파요."

"이 자식이!"

석호가 벌떡 일어서며 쥐어박을 듯 주먹을 치켜들었다. 유식이 주먹을 쥔 두 손을 얼굴 앞에 내밀며 가드를 올리는 시늉을 했다.

"내 잘못 아니잖아! 나도 피해자라고!"

씩씩거리던 석호가 어휴, 탄식을 터트리며 들었던 손을 내렸다. 유식의 말이 맞았다. 이름만 유식한 유식에게 그런 상황에서 자신도 하기 어려웠을 지혜로운 행동을 기대해선 안 될 일이다. 겨우 열여덟 살인 녀석이 당황했다면 저런 반응이 나오는 게 오히려 당연한지도 몰랐다. 너무 큰 걸 기대한 자신이 잘못이었다.

그래도 정도가 있지! 석호는 바닥에 도로 털퍼덕 주저앉았다.

"의사는 뭐라고 했어? 들었어?"

유식이 입술을 비쭉 내밀고 말했다.

"자세히는 못 들었는데……. 뭐 병 때문에 그럴 수 있다고 했던 것 같아."

"병 때문에 그럴 수 있다……."

석호는 검지로 바닥을 톡톡 두드리면서 생각에 잠겼다.

일단 병원에서 치매라는 진단이 나온 건 아닌 것 같았다. 그랬으니 김범주가 유식을 데려다가 서류에 사인을 시켰을 것이다. 치매라는 진단이 나온 채로 해봤자 그 사인엔 어떤 효력도 없으니까.

언젠가 말기 암 환자들에게 섬망 증세가 온다는 걸 들은 적이 있었다. 인지기능이 저하되고 간혹 환각을 본다고 하니 치매와 혼동될 수도 있었다. 석호의 병은 공식적으로 알려진 바없고, 그런 상태에서 비슷한 증세가 언급되었으니 치매라는 소문으로 와전된 걸 테다.

허나 중요한 건, 원래라면 진단이 어떻게 나왔든 간에 김범주가 이런 식으로 소문이 나도록 두지도 않았을 거란 점이었다. 무언가 이상했다. 석호가 유식을 향해 손을 뻗었다.

"핸드폰 좀 갖고 와봐."

비서에게 하듯 당연하게 부리는 태도에 유식은 부루퉁한 표정이었지만 지금은 그 정도의 반항이 고작이었다. 상황이 상황인 만큼 유식은 얼른 자신의 핸드폰을 꺼내 석호의 손바닥에 조심스럽게 올려놨다.

석호는 유식의 핸드폰 하단에 있는 버튼을 길게 눌렀다. 핸드폰은 유식의 것이었지만, 유식의 몸을 갖고 있는 건 석호였으니 지문인식에 핸드폰이 곧장 풀렸다.

"문자 같은 건 보면 안 돼."

"유치해서 그딴 짓 안 해."

숨기는 거라고 해봐야 어차피 유리와 나눈 핏덩어리들의 유난 떨기겠지. 그런 건 관심도 없었다. 석호는 곧장 포털사이트에 접속했다. 굳이 검색하지 않아도 금세 기사를 찾을 수 있었다. 포털사이트의 메인 화면에 '주 회장의 치매는 사실무근, 루머에는 강경 대응'이라고 시작하는 제목이 걸려 있었다. 어쨌건 회사 측의 대응이 시작된 것 같았다.

안도의 한숨과 함께 석호는 고개를 푹 숙였다. 혼란스러워하는 주석호를 본 의사가 섬망 증세라고 진단을 내렸다면 암이 더 진행됐다고 받아들였을 수도 있다. 그렇다면 김범주는 '어쩔 수 없어서'라도 최측근 임원 몇에게 석호의 병에 관해 이야기했을 것이다. 지금 회사에서는 이와 관련해 릴레이 회의가 이뤄지고 있을지도 모른다. 말기 암이라는 사실을 발표해도 좋은지 어떤지의 의견도 분분할 터이다. 당장으로선 무엇 하나 확신할 수 없었다.

하필이면 다음 주가 총회다. 분명 석호가 그 자리에 모습을 드러내지 않는다면 치매든 뭐든 회장이 정상이 아니라는 게 기정사실로 되고 말 것이다. 그렇다면 주주들이 가만히 있을 리가 없다. 이때가 기회다 싶어 회장을 당장 교체해야 한다고 저돌적으로 밀고 나올 것이다.

석호는 회장 자리에는 미련이 없었다. 그러나 자신의 청춘을 바쳐 일군 회사였다. 차근차근, 보기 좋은 모습으로 내려오고 싶었다. 낭떠러지에서 몸이 뒤집어진 채 추락하는 게 아니라 패러글라이딩을 하듯 근사하게 착륙하고 싶은 것이다.

제대로 마무리해야 한다. 그러기 위해선 회사에 나가야 한다. SH물류 주석호 회장이 건재함을 알려야 한다. 임직원들 앞에 주석호를 세워야 했다. 하지만······.

'저 자식을?'

석호는 맞은편에 멀뚱멀뚱 앉은 유식을 향해 날카로운 시선을 던졌다. 제가 할 수 있는 설명은 다 했다는 건지, 유식은 석호의 얼굴로 아무 죄가 없다는 듯 귀를 후비고 있었다. 얼마나 심각한 사태인지 전혀 상황 파악이 안 된 무덤덤한 얼굴을 보니 또다시 화가 불끈 치솟았다. 석호는 앉은 채로 발을 날려 유식의 어깨를 걷어찼다.

"으악!"

뒤로 벌러덩 자빠진 유식이 뒤집힌 딱정벌레처럼 버둥거렸다. 자신의 모습이 그러고 있는 것을 보니 정작 발로 찬 석호 자신도 복잡한 기분이었다. 석호는 허리가 약했다. 당연히 그

때문에 곧바로 일어나질 못하는 것이다.

석호는 못을 박듯 말했다.

"사흘 뒤, 회사에 간다."

"뭐?"

몸을 옆으로 둥글려 자세를 바꾸고서야 유식은 겨우 일어나 앉았다. 그는 주름진 눈을 휘둥그렇게 뜨고 있었다.

"할바탱이가?"

"당연히 너지."

말도 안 된다는 듯 유식이 헛웃음을 치며 장난스럽게 석호를 흘겨보았다. 아무리 유식이 이쪽 방면으로 아는 게 없고 그야말로 무식하다고 해도 바보 천치는 아니었다. 석호의 모습으로 회사에 간들 내용물이 유식이면 제대로 된 일은 고사하고 마이너스만 될 것이란 정도는 쉽게 알 수 있었다.

그러나 석호는 괜한 말이 아니라는 걸 눈빛으로 뿜어내고 있었다. 마치 광선이라도 나갈 것처럼 이글거리는 눈빛이었다. 장난이 아니구나! 석호가 작정하고 한 말이라는 걸 깨닫자 유식의 얼굴이 서서히 경직되기 시작했다. 석호가 쐐기를 박듯 단호하게 말했다.

"내가 멀쩡한 걸 보여줘야 해!"

유식이 하늘이 무너질 것처럼 울상을 지었다.

"난 정말 아무것도 모른단 말이야."

"알아. 그렇게 생겼어."

"그럼 어쩌라는 건데!"

석호는 고집스럽게 입술을 꾹 다물고는 결의에 가득 찬 눈으로 유식을 응시했다. 그의 양손이 서서히 올라가더니 유식의 양어깨를 콱 짚었다. 흡사 이순신 장군이 마지막 전투에 나가며 생즉필사 사즉필생(生則必死 死則必生)을 외칠 때 같은 결기가 뿜어져 나왔다.

"특훈이다!"

"싫어!"

유식은 말이 떨어지기 무섭게 도리질을 치며 소리쳤다. 질린 표정으로 엉덩이를 밀어 어떻게든 뒤로 물러나려 했다.

"안 돼. 무조건 해야 돼."

"싫다고! 난 못 해. 내가 그걸 어떻게……!"

"시끄러! 밖에까지 들린다고!"

그 말에도 아랑곳 않고 유식의 목소리가 점점 격정적으로 뻗어나가자 석호는 양말을 벗어 그의 입을 틀어막았다. 은희가 들으면 당장에라도 쫓아올지 몰랐다.

둘은 그렇게 한참이나 실랑이한 뒤에야 지쳐 잠들 수 있었다.

"야, 일어나봐. 야!"

석호는 아직 잠에서 깨어나지 않는 유식의 양 볼을 툭툭 쳐댔다. 그래도 깨어나지 않자 한차례 따귀를 올려붙였다.

아직 해가 뜨지도 않아 창은 푸르스름한 빛을 비추고 있었다. 유식은 요단강을 건널 배에 발을 올리다 끌려 내려온 사람 같은 얼굴로 눈을 번쩍 떴다. 그는 무슨 꿈을 꿨는지 허겁지겁 일어나 황황한 눈으로 방안을 휘휘 둘러보았다. 이내 시계에 시선이 닿자, 미간이 순식간에 구겨졌다.

"뭐야, 새벽 다섯 시?"

"지금 잠이 와? 당장 일어나. 우리 집에 가야 해."

유식은 짜증을 온몸으로 표현하듯 목을 벅벅 긁어댔다. 귀신이 쌧나락 까먹는 모습과 마주쳐도 이렇게 느닷없지는 않을 것 같았다.

"뭐라는 거야."

그는 다시 베개에 머리를 묻을 생각으로 몸을 눕혔다.

"특훈이랬잖아!"

석호가 유식의 멱살을 잡아 일으켜 세웠다. 유식은 무거운 몸을 끌고 억지로 앉혀진 채 울 것 같은 얼굴로 말했다.

"그럼 날 밝은 담에 가면 되지, 왜 이렇게 새벽에 깨워. 아님 차라리 어젯밤에 가든가."

멱살을 잡고 있는 석호의 손을 떼어내려 몸을 흔들었지만 여의치 않았다. 석호는 도리어 유식의 목을 거세게 흔들어댔다.

"갑자기 밤에 나간다고 하면 네 어머니가 걱정하실 거 아냐.

그리고 오늘은 네 어머니 일 나가시기 전에 며칠 집을 비운다고 얘기를 해야 할 거고.”

석호의 말이 틀린 건 아니었다. 머리로는 알고 있지만 그렇다고 몸이 맞춰서 반응하는 건 아니었다. 유식의 불평 가득한 표정은 얼굴에서 쉽사리 떨어지지 않았다.

마침 좋은 꿈을 꾸고 있었다. 꿈속에서 유식은 제 몸을 찾고, 동시에 석호 집의 주인도 되어 있었다. 멋진 정장을 입은 유식 앞에 모습을 드러낸 건 우아한 오프숄더 원피스를 차려입은 유리였다. 유리와 눈을 마주치자 유식이 웃었고, 그런 두 사람을 엄마가 흐뭇하게 바라보고 있었다. 가사 도우미인 듯한 중년의 아주머니가 엄마 앞에 갓 내린 커피를 들고 왔다. 자신이 꿈꿔왔던 이상적이고 안정적인 풍경이었다.

한창 즐거움에 빠져 있을 때 초인종이 울렸고, 세 사람이 문쪽을 쳐다보았다. 자신이 가보겠다며 손짓을 하고 유식이 현관으로 나갔다. 문을 열자 웬 사람이 서 있었는데 그의 뒤편에서 강하게 내리쬐는 햇볕 때문에 얼굴이 잘 보이지 않았다. 그런데 순간 방문자가 자신의 멱살을 잡아 올렸다. 잡힌 손에서 노골적인 적의가 전해져 왔다. 숨이 막혔다. 동시에 꿈이 깼다. 정신을 차려보니 석호에게 멱살이 잡혀 있었다.

“그럼 일찌감치 깨우던가.”

졸린 것도 그렇지만, 기분 좋은 꿈이 이리 허망하게 날아가

버리니 전부 석호 탓이란 생각이 들었다. 유식이 짜증을 내며 먹살 잡은 석호의 손을 뿌리쳤다. 이번에는 쉽게 풀려났다.

"너희 엄마 나가신다. 얼른 나가서 말씀드려. 회사에 볼일 보러 가는 김에 아드님에게 현장체험 학습도 시켜주고, 견학 기회도 주려는 거라고."

"아드님 같은 소리 하네."

유식이 꿍얼거리면서도 몸을 일으켰다. 하기야 며칠 집을 비워야 하는데 석호의 모습을 한 유식이 말하는 게 나을 것이 었다. 못 이기는 척 일어나 머리를 쓱쓱 쓰다듬고는 문을 열 었다.

마침 은희가 새벽 출근을 위해 마루에 걸터앉아 구두를 신 고 있었다. 마루로 올라서는 유식의 뒤를 석호가 따랐다.

"저기, 유식이 어머님?"

유식은 자신의 엄마를 그렇게 부르는 게 처음이라 온몸에 두드러기가 날 것 같았다. 은희가 쭈뼛거리며 다가서는 유식 을 향해 눈을 동그랗게 떴다.

"이렇게 일찍 일어나셨어요?"

대답 대신 고개를 주억거리며 은희 바로 옆까지 다가갔다.

"어제 뉴스에 나온 일로 제가 회사에 가서 일 처리를 좀 해야 할 것 같은데요, 견학 삼아 유식이가 같이 가고 싶다고 하네요."

은희가 확인이라도 하듯 뒤에 서 있는 석호에게 시선을 던졌다. 아들의 의사를 다시 확인하려는 것이다. 석호는 어색하게 웃어 보이며 고개를 끄덕였다. 은희가 미소를 지었다.

"우리 유식이가 귀찮게 해드리네요."

"그런데 사흘 정도 걸릴 것 같아요."

"네?"

은희가 눈을 동그랗게 떴다. 곧 눈동자가 불안하게 흔들렸다. 사흘이라니? 뒤늦게 얼굴까지 굳었다. 다시 석호를 보는 눈에는 의혹이 가득 담겨 있었다. 사흘이라는 기간에 견학이라는 표현은 어울리지 않았다. 그러나 괜찮다고 했다가 이제와 안 된다고 입장을 번복하기도 이상했다. 오히려 상대방은 호의를 보인 건데 공연히 의심하는 것처럼 보일지 몰랐다. 그건 '당신을 믿지 않는다'라는 말과 크게 다르지 않았다.

대답을 주저하던 은희는 억지웃음을 지으며 유식의 등 너머에 있는 석호를 향해 손짓했다.

"유식아, 잠깐만."

은희는 유식을 남겨두고 석호를 마당 구석으로 데려갔다. 혹시나 석호가 들을까 싶어 괜스레 고개까지 슬쩍 숙였다. 은희는 지금 자신 앞에 세워둔 아들이 석호라는 건 꿈에도 생각지 못했다. 은희가 목소리를 잔뜩 낮추고 물었다.

"정말 저 사람 치매 아니지?"

"아니라니까요."

"근데 왜 사흘이나 걸리냐고. 괜히 같이 다니다가 위험한 거 아니야?"

은희의 이런 걱정이 엄마로서 당연했지만, 그 말을 듣고 있는 석호는 왠지 찜찜하면서도 서운했다. 화장실 안에 당사자가 앉아 있는 줄 모르고 험담하는 사람들의 말을 듣고 있다면 딱 이런 기분이겠구나, 싶었다. 석호는 지금 자신이 유식이라는 점을 되새기면서 대답했다.

"아니에요. 할아버지 집이 워낙 부잣집이니까 며칠만 지내보고 싶어 그런 거지."

"부잣집이 뭐 별달라? 사람 사는 거 다 똑같아."

은희는 샐쭉하게 대꾸했다. 자신을 한심한 눈길로 노려보는 은희에게 석호는 눈을 껌뻑이다 문득 감탄했다. 자신은 그 사실을 모른 채 살아왔다. 죽기 직전에 이르러서야 성공만 바라보고 달리던 삶이 허무해졌다. 죽음 앞에선 모두가 평등하다. 부자라고 몇십 평 되는 유골함에 담기는 것도 아니었다. 그걸 은희는 이미 알고 있구나. 어쩐지 가슴속이 자르르 울렸다.

"그냥 할아버지네 집에 가서 노는 거야. 회사 구경도 할 거란 말이야. 회사가 할아버지 집에서 훨씬 가까우니까 거기 있는 게 낫겠다는 것뿐이야, 걱정 마."

"그건 그렇긴 한데……."

은희의 얼굴에는 계속 마음에 걸리는 게 있어 보였다. 그렇지만 출근도 해야 하고 빨리 결정을 내려야 했다. 판단은 요 며칠 동안 어떤 일이 있었는지 헤아려보니 저절로 내려졌다. 뉴스에 나온 헛소문을 제외하면…… 별다른 일은 일어나지 않았다. 아니, 무분별한 쇼핑 사건이 있기는 했지만. 훔쳐온 것도 아니니까.

은희는 석호에게 피해를 주면 안 된다는 당연한 당부를 몇 번이나 하고는 허락했다. 유식에게도 그럼 잘 부탁드린다는 인사를 여러 번 하고서야 출근길에 나섰다. 석호는 그런 그녀를 물끄러미 보다 자기도 모르게 말했다.

"예쁘네요."

은희가 돌아보았다. 그녀가 입고 있는 붉은색 원피스 끝자락이 바람에 날렸다. 어제 선물했던 옷이었다. 몹시 불쾌해하길래 내다 버리기라도 할 줄 알았는데. 이렇게 곱게 입어준 것이 고마웠다.

아들의 칭찬에 은희는 새삼 놀라다 쑥스러워하며 눈을 흘겼다. 석호는 유식이 노려보는 것도 잊고 은희가 골목에서 사라질 때까지 미소를 지었다.

8

며칠 만에 아파트로 돌아왔다. 집이 있는 103동 앞에서 잠시 올려다봤는데도 목이 뻐근했다. 웬만한 부유층도 살기에 벅차겠다 싶을 만큼 웅장한 아파트의 규모와 세련된 디자인은 여전히 돋보였다. 어쩌면 유식네에서 며칠 지내다 보니 자신이 살던 아파트가 왠지 낯설어져서 더 그런 것 같기도 했다.

석호는 동 입구에 서서 조심스럽게 심호흡부터 했다. 손가락을 들어 비밀번호를 누르며 아직도 고개를 쳐든 채 넋 놓고 있는 유식을 돌아보았다.

유식은 여기서 깨어났으니 처음 와보는 곳이 아니다. 그런데도 입을 헤 벌린 채 금방이라도 침을 줄줄 흘릴 모양새였다.

"작살 맞은 아귀 같다. 입은 왜 그렇게 쩍 벌리고 있어? 내 얼굴로 바보같이 서 있지 마."

석호가 어깨를 툭 치자 유식이 잠에서 깬 것처럼 화들짝 몸을 떨었다. 실제로 침을 흘린 것도 아닌데 유식은 괜스레 한 손으로 턱을 훑었다. 유식이 다시 눈을 부릅뜨고 아파트를 올려다보며 말했다.

"이런 건 얼마나 해?"

"너는 평생 상상도 못 해볼 금액일 거다. 쓸데없는 소리 말고 빨리 들어와!"

출입문이 열리자, 석호는 유식이 따라오는지 보지도 않고 성큼 안으로 들어섰다. 유식은 한마디 듣고도 아파트 구경에 넋을 놓고 있다가, 문이 닫히기 직전에야 간신히 몸을 모로 세워 엘리베이터를 탔다. 내릴 때도 역시 석호가 먼저였다.

삐비빅. 석호가 버릇처럼 현관문의 지문인식기에 손가락을 댔다가 기분 나쁜 오류 알림음에 인상을 썼다. 그랬지 참! 유식의 몸으로 인식을 하려고 했으니 당연히 문이 열릴 리 없다.

며칠 사이에 여러 번 소동이 일어났고, 그때마다 바뀐 몸으로 사는 것의 리스크를 체험했는데 여전히 몸이 바뀐 걸 자꾸만 잊고 행동한다. 육체와 정신이 그만큼 오랜 시간에 걸쳐 일체화 과정을 거친 것이다. 그걸 며칠 사이에 완벽하게 분리해내려고 하는 것 자체가 어불성설인지도 몰랐다. 그러나 이제 모든 게 제 것이 아니게 된 듯해 착잡한 기분도 어쩔 수가 없었다.

석호는 괜스레 뒤에서 쭈뼛대는 유식의 팔을 힘주어 확 잡아끌었다. 그의 검지를 잡아 펴 지문인식기에 꾹 찍어 눌렀다. 잠금장치 풀리는 소리가 들리자 석호는 문손잡이를 잡아 살짝 틀었다.

그러나 문이 다 열리기도 전에 예상치 못한 일이 벌어졌다. 너무나 돌발적인 상황이라 석호는 무슨 일이 일어난 건지도 알아차리지 못했다. 얼빠진 채 뒤에 서 있던 유식이 갑자기 자신의 어깨를 붙잡더니 홱 낚아챈 것이다. 석호가 유식의 억센 힘에 놀라 오히려 문을 꽉 움켜쥐는 바람에 현관문도 벌컥 열렸다. 뒤로 밀려난 석호가 넘어질 뻔했다가 간신히 중심을 잡고 섰는데, 그사이 유식 혼자 안으로 쏙 들어가더니 도로 문을 닫아버렸다. 지문인식형 도어록이 다시 잠기는 소리가 들렸다.

이번에 정신이 나간 건 석호였다. 문밖에 서서 석호는 아까 아파트 동 입구에 서 있던 유식과 똑같은 표정으로 닫힌 문만 멍하니 쳐다보았다. 그리고 생각했다. 내 집에 들어가려는 걸 밀쳐내고 지금 자기만 혼자 들어가버린 거야? 기가 막혀 어이가 없었지만 뭘 어떻게 해야 할지 몰랐다. 뒤늦게 닫힌 문에다 대고 버럭 소리치는 것 말고는.

"뭐 하는 짓이야!"

더 기가 막히게도 그리 뻔뻔하게 들어가놓고 안에서는 아무런 소리도 들려오지 않았다.

지문이 인식되지 않는다는 걸 뻔히 알면서도 석호는 짜증스럽게 인식기에 손가락을 뗐다 붙이기를 반복했다. 계속 똑같은 경고음이 날 뿐 당연히 문은 열리지 않았다. 이를 악문 채 석호는 문을 내리치려 주먹을 들었다가 부들부들 떨기만 했다. 이래 봐야 제 주먹만 아플 것 같았다. 후후, 호흡을 가다듬으며 차분히 초인종을 눌렀다. 이런 장난을 치는 이유를 납득시키지 못하면 자신의 몸일지언정 몇 대라도 때려서 녀석에게 고통의 대가를 치르게 할 작정이었다.

한 번 더 초인종을 누르려던 차에 인터폰 기계에서 잡음이 들렸다. 안에서 인터폰 수화기를 든 것이다. 대체 뭘 하려는 건지 들어나 보자 싶어 석호는 초인종 앞에서 아랫입술을 꾹 깨문 채 유식의 말을 기다렸다. 어차피 또 바보 같은 소리나 지껄이겠지만, 이유를 알아야 벌도 내릴 테니까.

"할바탱이, 자식 없댔지?"

"그래, 없다. 당장 문 안 열어!"

주인을 집 밖에 세워두고 대뜸 남의 호구조사는 왜 하냐고 소리치며 석호가 거칠게 손잡이를 쥐고 흔들었다. 덜컹거리는 소리가 요란하게 났지만, 현관 앞에 서 있을 녀석은 문을 열어줄 생각이 없는 것 같았다.

"그럼 이 집 우리 엄마 줘라."

스피커에선 발칙한 말이 튀어나왔다.

터무니없는 소리를 듣자 석호의 입에서도 헛웃음이 튀어나왔다. 석호는 입꼬리를 당기며 허, 숨을 내뱉었다. 퍼붓고 싶은 욕이 머리에 들어찼는데, 너무나 어이가 없다 보니 입 밖으로 나오지 않았다.

그리고 무엇보다 유식의 사고방식이 무모함을 넘어 너무 어리석다. 초등학생이 길거리에서 주운 오백 원짜리 동전을 엄마에게 가장 먼저 가져다주는 건 착하다며 감탄한다지만 이건 길거리에서 줍는 동전 같은 게 아니다. 이 아파트는 시가로 육십 억이 넘는다. 이만한 보안 시스템과 편의시설, 공간 디자인, 조망권을 갖춘 아파트는 서울에서도 손에 꼽을 정도였다.

그래, 아무리 어려도 이런 게 탐나지 않을 수는 없다. 게다가 제 엄마를 끔찍이 여기는 녀석이니 어떤 생각인지도 알겠다. 어린 생각에 엄마를 위하는 치기 어린 마음이라고, 간단히 생각해버릴 수도 있다. 장난질의 대가로 꿀밤이나 몇 대 때리고 말 수도 있다.

하지만 그렇게 넘어가서는 안 될 일이었다. 돈이 차고 넘치는 재벌이라고 해서 거금의 가치를 모르는 것은 아니다. 자신이 어디 노력 하나 없이 이 집을 가졌나? 엄밀히 따지자면 이집도 그간 석호가 살아온 고된 세월의 증명이기도 했다. 잘나가는 기업 회장이어도 제집 아낄 줄은 안다. 문을 걸어 잠그는 귀여운 협박 정도로 넘길 수 있는 게 아니었다.

"이런 미친놈을 봤나! 뭐라는 거야! 당장 안 열어?"

석호가 와락 소리쳤다. 안에서는 아무런 소리도 들리지 않았다. 하지만 인터폰이 끊기는 소리는 없었으니, 석호는 여전히 유식이 인터폰 너머로 수화기를 들고 있을 거라고 예상했다.

별난 옹고집에 혀를 내두르던 석호가 이번엔 훗, 웃으며 문의 손잡이를 놓았다. 생각을 바꿨다. 눈에는 눈, 이에는 이. 유치한 짓엔 똑같이 유치하게 나가면 된다.

"좋아, 난 안 들어가도 돼. 그럼 너 혼자 거기 살면서 맘대로 해봐. 나는 이대로 돌아가서 네 집에서 네 엄마가 해주는 맛있는 밥 먹고 가끔 유리랑 놀면서 청춘을 만끽해볼게."

안에서는 여전히 아무 말도 들리지 않았지만, 이미 판세가 역전되었다는 건 누가 봐도 알 수 있었다. 유식은 제 생각대로 흘러가지 않아 문 앞에서 전전긍긍하고 있을 게 뻔했다. 그런데도 문은 아직 열리지 않았다.

버틴다 이거지? 조용해진 인터폰을 바라보며 비죽 웃곤 태연하게 말을 이었다.

"근데 유리 말이야. 난 너무 집착해서 싫더라고. 이참에 헤어지자고 할까 봐."

그제야 달각, 하고 문이 열렸다. 이게 포인트였구나! 석호는 어린애들이나 하는 말장난을 해놓고는 포인트를 제대로 공략했다는 생각에 금세 어린애처럼 기분이 풀렸다. 그나저나 김유식 이놈은 정말이지 투명 페트병만큼 빤히 보이는 놈이다. 석호는 이때다 싶어 문을 벌컥 열고 문 앞에 선 유식을 한 손으로 밀면서 안으로 들어갔다.

기세를 몰아 유식을 현관 벽에 쿵 밀쳐냈다. 젊은 유식의 몸이 육십 대 중반이 넘은 몸을 제압하는 데는 큰 힘이 필요치 않았다.

"이 자식이 어디서 장난질이야! 아주 한가해?"

석호가 눈을 부라리며 경고하듯 쓰읍, 숨을 들이켰다. 욕심을 부리느라 눈에 불이라도 켜고 덤벼들 줄 알았는데 유식은 생각과 달리 맥 빠진 반응이었다. 고개를 숙이고 어깨를 힘없이 늘어트린 게 불쌍할 지경이었다. 한마디 해주려던 석호도 덩달아 스르륵 맥이 빠졌다.

"왜 그래?"

혼잣말로 중얼거리듯, 대답이 돌아왔다.

"어차피 우리는 죽잖아."

죽는다……. 그 말에 석호는 가슴이 철렁했다. 뒤이어 카운트다운으로 보이던 몸의 숫자가 머리를 스쳐 지나갔다.

갑자기 젊어진 이 몸이 처음엔 행운 같았다. 속절없이 흘려보내야 했던 젊은 시절을 이제야 제대로 맛보는 것 같았다. 몸

힘든 일 없이 젊은 애들처럼 유식과 놀러 다니는 것도 재밌었고, 투덕거리며 싸우는 일에도 맛이 들었다. 조금 버르장머리가 없긴 해도, 유식은 속이 빤히 보이는 놈이라 다루는 재미가 있었다. 조금 전 유리를 두고 유치한 협박을 할 때까지도 마냥 승리감을 느낄 뿐이었다. 그래서, 너무 즐거워서 어느샌가 잊고 있었다.

아무리 지금이 즐거워도 우리는 곧 죽는다.

석호의 표정도 서늘하게 굳었다. 유식을 꽉 움켜쥐고 있던 손에서 스르르 힘이 풀렸다. 어색한 적막이 둘 사이를 맴돌았다. 석호는 더 이상의 대꾸 없이 신발을 벗고 안으로 들어섰다.

오크색 짙은 거실로 들어서자마자 소파에 털썩 주저앉았다. 그제야 유식도 뒤따라 거실에 들어섰다. 주름이 자글자글한 노인의 모습을 하고 있는데도, 표정만은 큰 잘못을 해 혼나러 따라 들어오는 어린애의 얼굴이었다.

며칠 동안 비어 있던 집은 썰렁했지만, 그나마 유식과 함께 들어오니 찬 기운도 금방 물러가는 것 같았다. 유식이 주춤거리며 소파 옆에만 서 있자 석호는 등받이에 몸을 기댄 채 지그시 바라보다 입을 열었다.

"내가 이 집을 주면 네 엄마가 받겠냐?"

그 말에 유식이 고개를 퍼뜩 들었다. 여지가 있다고 느낀 건지 눈을 빛내며 석호의 맞은편에 털썩 앉았다. 상체가 앞으로 잔뜩 기울었다.

"죽기 전까진 계속 신세도 질 거고 하니까 받지 않겠어? 우리 엄마 평범한 아줌마야. 그렇게까지 경우 바른 사람 아니라니까? 돈 많은 할바탱이가 유산 물려줄 사람도 없어서 마지막으로 고마웠던 사람인 엄마한테 물려준다고 하면 안 받진 않을 거 아냐. 그리고 왜 고지식하게 받겠다고 할 때까지 기다려? 그냥 유언장 하나 써줘."

이 역시 당돌하고 터무니없는 말이었지만, 석호는 지쳤다는 듯 그저 고개를 끄덕거리며 집 안을 둘러보았다.

"네 엄마가 이 집에 살면 행복할 것 같냐."

"적어도 지금 사는 집보다는 낫겠지. 여기가 훨씬 더 안전하기도 하고."

"네가 없는데?"

유식은 아직 모른다. 이 큰 집에 혼자 있으면 자신이 서 있는 곳을 뺀 나머지 공간은 무거운 고독으로 가득 찬다는 사실을. 석호의 한마디에 유식도 입을 꾹 다물었다. 그의 눈꺼풀이 파르르 떨리는 걸 석호는 놓치지 않았다.

유식도 딴에는 지금이라면 해줄 수 있는 일을 엄마에게 해주고 싶었던 걸 테다. 하지만 아들을 앞세운 엄마가 이렇게 넓은 집에서 호의호식하며 산다고 해서 그게 행복이라고 할 수 있을까? 안 그래도 하나밖에 없는 아들을 평생 가슴에 묻고 살아갈 텐데, 은희는 이 집에서 시시때때로 유식을 떠올릴 수밖에 없을 것이다. 고독으로 채워지는 집에 해결할 수 없는 짙은 그리움이 한 겹 더해진다면 이 집은 지옥이 된다. 그러니까 이 집을 물려준다는 건 사람을 지옥에 가두는 것이나 마찬가지였다.

유식은 한참을 생각하다, 무겁게 입을 열었다.

"그래도 일단 줘봐."

"쯧, 안 넘어가는군."

헛기침하며 석호가 고개를 돌리자 유식이 씩 웃었다. 석호도 장난스럽게 눈을 흘기다 잔웃음을 흘렸다. 농담을 한 거고, 그에 맞춰 장난을 친 것처럼 둘은 짓궂게 웃었다.

지금 나눈 말들이 모두 장난인 건 아니지만, 그래도 무거운 공기는 그들에게서 한 발 떨어졌다. 곧 죽을 이들이 죽음을 두고 하는 대화는 시작이 어떻든 결국엔 거대한 무게로 사람을 짓누르기에 이렇게라도 환기할 필요가 있었다.

"어쨌든 그 협상은 나중에 하기로 하고, 할바탱이 발등에 떨어진 불이나 먼저 *끄자*."

"말은 정확히 해야지. 발등에 떨어진 불이 아니라 네가 불을 붙였어."

유식이 입을 비쭉 내밀었다.

"내가 일부러 그랬어? 만약 지금 우리 학교가 방학이 아니었다면 할바탱이는 실수 안 했을 거 같아?"

"덜떨어진 고등학생이랑 나랑 같냐. 내가 아무리 실수해도 멀쩡한 회사를 통째로 뺏길 스케일이겠냐고."

유식이 머쓱한 얼굴로 뒷머리를 긁적였다. 석호가 말을 이었다.

"나는 누가 누군지 몰라 당황은 했겠지만, 눈치 정도는 있어서 금방 빠져나갔을 거야. 게다가 한국대 법학과를 수석 졸업한 게 나야. 널 똑똑한 놈으로 만들어주면 만들어줬겠지, 치매? 그런 일을 일으켰겠냐고."

유식이 훗, 비웃었다.

"똑똑한 놈 좋아하네. 당장 학생과에 끌려가서 얻어맞았을 걸. 커닝한 게 분명하다고 말이야. 우리 학주가 얼마나 독한 양반인데. 내가 갑자기 똑똑해질 확률은 마른하늘에 벼락 맞은 사람이 제 발로 응급실에 걸어가서 접수하고 치료받을 확률보다 낮다는 걸 온 학교 선생님들이 알고 있다고."

"그래, 참 자랑이다."

석호는 고개를 가로저으며 혀를 쯧쯧 찼다.

"어쨌거나 일은 벌어졌고, 내가 뭘 하면 된다는 건데?"

유식이 본론으로 들어가자고 말머리를 돌렸다. 석호와 길게 말해봐야 자신만 불리해진다는 건 이제 어느 정도 감을 잡은 상태였다.

석호의 얼굴에서도 웃음기가 사라졌다. 밤새 한숨도 자지 않고 이 일에 대해 생각했다. 치매는 명백한 오보다. 하지만 성년후견인 신청은 어떻게 된 걸까? 그건 어려운 문제는 아니었지만, 알고 싶지 않은 문제이기도 했다. 인정하고 싶지 않은 것을 인정해야 했다.

"김범주 사장이 변심한 거야."

"김범주? 아, 할바탱이가 그 사람이 시킨 사인이라면 해도 된다고 했던 그 사람?"

휴, 한숨을 내뿜으며 석호가 고개를 끄덕였다.

석호는 김범주를 믿었다. 처음 회사를 차릴 때부터 지금 이 정도로 성장하기까지 줄곧 함께해왔던 공신 중 한 명이었다.

모든 일 처리가 철저했고, 위법한 일이라면 분명하게 선을 긋고 경계했다. 회사의 규모가 점점 커지면서 탈세나 비자금 축적 등의 유혹이 없었던 것은 아니었다. 하지만 김범주와 윤리적인 경영에 공감하며 함께하는 동안 그는 그릇된 일은 절대 하지 않았다. 국가에서 주는 훌륭한 기업인 상을 받을 때도 이는 자신이 아니라 김범주와 회사의 것이라 생각했고, 20대가 선정한 닮고 싶은 기업인에 선정되었을 때도 모두 김범주 덕분이라고 생각했다.

그만큼 신뢰했다. 그런데 그 김범주가 자신을 배신한 것이다.

김범주는 석호의 병을 알고 있었다. 연락이 되지 않자 집으로 직접 찾아왔고, 문을 열어준 유식이 자신을 알아보지 못하자 병원으로 데리고 갔다. 그리고 병이 깊어져 섬망이 왔을 거라는 소견에 그는 그만 잘못된 선택을 해버리고 만 것이다. 틀림없었다.

김범주가 왜 그랬는지는 알 만했다. 이대로 석호가 죽는다면 그의 회사 내 입지는 급격하게 좁아진다. 그러잖아도 홈쇼핑 인수 건을 두고, 저비용으로 기업의 몸집을 부풀리길 원하던 주주들과 겉보기보단 기업의 내실을 생각하던 석호가 서로 부딪치면서 석호의 회사 장악력은 많이 내려앉은 실정이었다. 이렇게 내몰린 상황에서 석호마저 없어지면 그의 오른팔이나 다름없던 김범주 사장은 벼랑 끝에 서 있는 꼴이었다.

또 석호가 후임으로 자신이 아닌 최주연 부회장을 고려하는 것도 그의 심기를 어지럽혔을 것이다. 그래서 김범주는 석호가 섬망으로 여겨지는 증세를 보이자 이 틈에 죽기 전 자신을 성년후견인으로 선정하게 했을 것이다. 자신의 지분과 석호의 지분으로 회장 자리에 오를 계산을 했을 게 분명했다. 이제는 태풍 속에 흔들리는 촛불이 아니라 태풍을 잠재울 해가 되겠다는 결정이나 다름없었다.

배신당했다는 기분을 지울 수 없었다. 다른 방법은 생각해보지 않은 걸까? 아니, 좀 더 기다릴 수는 없었던 걸까? 분명 다른 방법을 찾을 수도 있었다. 그러나 김범주는 그러지 않았다. 함께 죽고 함께 사는 동지라고, 누구보다 서로를 잘 알고 있다고 생각해왔건만. 정작 김범주의 마음은 그게 아니었음을 알게 됐다. 병이 깊어져 섬망이 왔다 해도 슬퍼하지는 못할망정 이용을 하다니. 이해가 가지 않는 건 아니었지만 괘씸한 마음이 차오르는 것도 어쩔 수 없었다.

하지만 오늘부터 유식을 데리고 할 그의 계획들은 그런 배신감 때문만은 아니었다. 복수를 해야겠다는 건 더더욱 아니었다.

김범주의 입장에서 서운할 수는 있겠지만, 회사를 이끌어가는 일에는 최주연 부회장이 더 적합했다. 회사는 수익을 내야 하고, 그래야 직원들을 그리고 그들의 가족들을 먹여 살릴 수 있기 때문이다. 몇 가지 자신의 이념만 관철된다면 이 회사의 가장은 최주연 부회장이 되어야 적절했다. 김범주는 여러 방면에서 회장의 그릇은 아니었다.

"그럼 내가 이제부터 뭘 하면 돼?"

"우리 둘 가지고는 힘들어. 도와줄 사람이 필요해."

석호는 지갑에서 명함 한 장을 꺼내 테이블에 올려놓았다. 유식이 그것을 들어 눈을 가늘게 뜨고 보았다.

— SH물류 법무팀장 소현민 변호사

"우선 그 친구한테 전화를 걸어서 이리로 오라고 해. 그리고."

"그리고?"

"넌 하드 트레이닝."

"하드 뭐?"

뭐라도 결심한 것처럼 비장한 석호의 표정을 보자 유식은 스멀스멀 불안감이 몰려오는 걸 느꼈다.

소현민 변호사는 유식이 전화한 지 정확히 한 시간 십오 분 만에 찾아왔다.

그는 깔끔한 검은색 정장에 짙은 남색의 솔리드 타이를 착용해 전체적으로 깔끔한 인상이었다. 사십 대 후반의 나이로 보였는데, 패션에 관심이 많은 듯 가방은 스포티한 백팩을 메고 있었다. 유식이 문을 열어주자 소현민 변호사는 혈색 좋은 얼굴로 과장된 웃음을 짓고 있었다.

"회장님, 컨디션 괜찮으신 거죠?"

그는 아주 예의 바르면서도 다정하게 유식의 손을 덥석 잡았다. 그간 석호와 어떤 사이를 유지해왔는지 대충 알 것 같았다. 가장 믿었던 건 김범주 사장, 그 다음으로는 바로 이 소현민 변호사가 아닐까 하는 생각이 들었다.

"일단 들어오세요."

유식은 조금 어색한 몸짓으로 손을 빼며 인사했다.

소현민 변호사는 연신 활짝 웃으며 거실로 들어서다가 유식의 모습을 한 석호를 보고 눈을 동그랗게 떴다. '이 애는 누구죠?'라고 묻는 눈으로 유식을 보았다. 석호에겐 가족이 없으니 궁금해하는 건 당연했다. 유식과 석호 모두 예상했던 반응이었다. 두 사람은 거의 동시에 대답했다.

"멀고 먼 사촌의 아들의 손자."

소현민 변호사는 어리둥절한 얼굴로 두 사람을 번갈아 보았다. 석호가 얼른 덧붙였다.

"방학이라서……."

석호의 말을 유식이 자르며 파고들었다.

"방학이라 멀고 먼 사촌의 아들의 손자가 놀러 왔어. 회사 구경도 하고 싶다고 해서."

소현민 변호사는 납득을 한 건지 고개를 끄덕였다. 자신이 보고 있는 석호가 이상하다거나 하는 의구심을 가진 것 같지는 않았다.

석호는 소현민이 오기 전에 유식에게 몇 가지 지시를 해두었다. 그리고 예행연습도 해보았다. 여전히 걱정되지 않는 건 아니지만, 우선은 유식을 믿고 차분히 지켜보아야겠다고 생각했다.

"차라도 드릴게요."

"고마워요."

석호가 일어나 주방으로 가자 소현민이 뒷모습을 보며 미소를 지었다. 회장님의 멀고 먼 사촌의 아들의 손자는 참 예의 바르구나, 하고 흐뭇하게 생각하는 것 같았다. 석호가 주방으로 들어간 사이 소현민이 소파에 마주 앉았다.

"어제 뉴스 때문에 부르신 거지요?"

소현민의 목소리가 금세 무거워졌다. 얼굴에서도 웃음기가 깔끔하게 걷혀 있었다. 유식은 그가 도착하기 직전까지 석호가 주입했던 것들을 떠올리며 말했다.

"소변이 보기에 내가 정말 치매 같나?"

소현민은 바로 머리를 저었다.

"전혀요, 회장님. 보도 경위는 저희가 알아보고 있습니다. 그보다……."

말을 늘이며 소현민이 슬쩍 주방 쪽을 보았다. 차가 담긴 쟁반을 들고 석호가 나오고 있었다. 유식이 말했다.

"괜찮아. 저 애도 사회공부 삼아 여기 있는 거니까. 내 사정도 다 알고 있고."

'네, 그럼' 하고 소현민이 본론을 말하겠다는 듯 잠깐 숨을 삼켰다.

"그보다 지금 병세는 괜찮으십니까? 제 말뜻은…… 기억이, 온전하시냐는 겁니다."

소현민은 최대한 석호의 기분을 상하지 않게 하려 조심스럽게 말했다. 그럼에도 이 부분을 꼭 짚고 나가지 않으면 안 된다는 뉘앙스가 짙게 담겨 있었다. 유식은 미리 석호가 시킨 대로 어색하지 않게 고개를 끄덕였다.

"맞아, 나는 암에 걸렸고, 말기야. 병원에서 섬망이라는 판단을 내렸다는 것도 사실이고. 그런데 섬망은 말기 환자들이 죽기 직전에 많이 오기도 하지만 일시적으로 오기도 한다는 거, 알고 있나?"

"그럼?"

"지금 내 머리 상태는 누구보다 정상이고, 컨디션도 전에 없이 최상이야."

"하지만 병원에서는……."

소현민은 말을 거기까지 하고는 잠시 입을 다물었다. 지금 머릿속에서는 많은 계산들이 뒤엉킨 채 오고 갈 것이다. 그 사이를 틈타 유식이 말했다.

"김범주 사장이 내가 아픈 틈을 타 병원으로 가서 내 정신 감정을 받았어. 그리고 성년후견인 신청을 했지. 그것 때문에 치매 루머가 생겼는데, 시기가 하필 곧 정기 총회가 있을 때야. 내가 이걸 어떻게 생각해야겠나?"

물론 지금껏 말한 모든 문장은 소현민 변호사가 오기 전에 석호가 지시한 말 그대로였다. 몇 줄 안 되는 걸 틀리지 않게 외우느라 땀깨나 흘렸다. 그래도 끝까지 성공적으로 말해놓고 나니 유식은 괜히 어깨가 으쓱했다. 역할극이나 다름없지만, 지금은 정말로 큰 회사의 회장이 된 것만 같았다.

소현민 변호사가 눈을 마주치지 못한 채 고개를 숙이고 있다가 무겁게 입을 열었다.

"맞습니다. 지금 회장님께서 생각하시는 것이. 그리고 사실, 저도 거기에 동참했습니다."

그는 순순히 고백했다. 석호는 놀라지 않고 그저 얌전히 차를 두 사람의 앞에 내어주었다. 이 역시 석호가 미리 예상한 답변이었다. 단 한 번 증세를 보인 걸로는 김범주가 단독으로 성년후견인 신청을 하기 어려울 테니, 거기에 회사 전담 변호인인 소현민이 연루되지 않았을 리 없었다.

"저도 김범주 사장님께서 하시는 말씀을 그대로 믿었습니다. 제가 들은 회장님의 상태는 정말로⋯⋯ 이상했으니까요. 병원 의사 역시 그렇게 말씀하시고."

그는 차마 '치매'라는 말은 하지 못했다.

"대가가 있었나?"

소현민의 입이 다물렸다. 침묵은 답변을 대신했다. 그 상황을 지켜보던 석호는 유식의 모습인 것도 잊고 불같이 소리를 지를 뻔한 걸 간신히 참았다.

"제 입장에서는 어차피 성년후견인 신청이 필요한 상황으로 보였습니다. 가족도 없으시니까요. 그냥 시기를 좀 앞당기는 것뿐이라고 생각했습니다."

석호는 계속하라는 듯 유식에게 고개를 끄덕여 보였다.

"찌라시에 치매라는 소문을 흘린 것도 당연히 김범주 사장의 지시였겠지? 김범주 사장이 주식을 매수했나?"

증권가의 정보지 정도로 알려진 찌라시는 갖가지 루머를 양산하는 도구에 불과했지만, 그럼에도 찌라시에 따라 회사의 주가가 출렁인다. 당연히 주석호의 경우처럼 회사 측에서 병에 관해 숨기고 있다 밝혀졌을 때는 더욱 진실성에 무게가 실린다. 그렇게 해서 떨어뜨린 가격으로 김범주가 주식을 매입했을 가능성이 있다. 이 또한 회장 자리를 위한 준비였을 것이다. 최대한 지분을 확보하려는 전략이다.

하지만 이런 방식은 엄밀히 말해 주가조작이다. 이전의 김범주라면 절대 벌이지 않았을 일이었다. 그의 변심이 뼈에 사무쳤다.

"차명으로 일부 매수하긴 하셨지만 큰 양은 아닙니다. 다만 성년후견인 신청이 받아들여져서 김범주 사장님께서 회장님의 권리를 사용하시게 된다면, 회장 자리를……."

소현민 변호사는 자신이 지은 죄를 충분히 알고 있다는 듯고개를 떨어뜨렸다. 차마 회장 자리를 뺏긴다는 말을 입에 올리기가 어려운 모양이었다. 모든 걸 털어놓은 소현민 변호사가 조심스레 물었다. 넌지시 자신은 아직 주석호의 편이란 걸 언급해두는 것도 잊지 않았다.

"어떻게…… 하시겠습니까? 시키시는 일은 전부 따르겠습니다."

그가 이렇게 순순히 나오자 유식이 기다렸다는 듯 대답했
다. 지금의 대답은 석호가 시킨 말은 아니었지만, 유식은 석
호가 무슨 말을 하고 싶은지 얼굴만 봐도 쉽게 알 수 있었다.

"어떻게 하긴 뭘 어떻게 해. 다 엎어버려야지."

유식은 한쪽 입술만 끌어올려 씩 웃었다.

9

    SH물류를 설립한 이래로 석호는 단 한 번도 총회장에 이렇게 일찍 도착해 있던 적이 없었다. 회장이라는 직책은 그 자리의 위엄을 보여주기 위해서라도 언제 어떻게 등장해야 하는지 늘 계산해야 했다. 모든 참석자들이 착석한 상태에서 등장해 자연스럽게 우러러보게 만든다. 그것이 위엄의 단면이라고 여겼다. 그래서 항상 예정된 시간보다 일찍 준비를 마치더라도 늘 회장실에 대기하고 있다가 비서와 함께 가장 마지막에 총회장에 들어섰다.

    하지만 오늘은 달랐다. 그는 정기 총회 이십 분 전에 이미 도착해 총회장에 들어서는 사람들과 하나하나 인사를 나누었다. 어떤 참석자들은 회장 주석호가 있는 걸 보고 가까이 오기 전 한 번씩 흠칫 놀라기도 하고, 인사를 마치고 들어서면서도 힐

끔거리곤 했다. 대체로 보는 눈이 예사롭지 않았지만, 주석호
는 그런 눈길에 크게 신경 쓰지 않는 듯 보였다.

특히나 오늘의 정기 총회는 석호에게 전쟁이나 다름없었다.
일 년에 한 번 열리는 기존의 정기총회 때는 지난 한 해의 실
적을 포함한 재무제표의 보고와 감사보고 등의 의례적인 식
순이 예정되어 있다. 이번도 물론 그런 의례를 따를 테지만, 문
제는 여섯 번째의 식순인 '기타 투자판단과 관련한 중요사항'
차례였다. 회사는 주주들에게 주가 변동과 관련된 중요한 이
슈 등에 대해 설명해야 한다. 늘 있는 일이지만, 오늘은 상황
이 달랐다. 분명 김범주는 그 시간에 눈을 빛내며 주석호의 치
매, 혹은 병환과 관련하여 이야기를 꺼낼 것이다. 그 전에 주
주들에게 주석호의 건재함을 보여야만 했다.

하지만 이 이례적인 행보를 보이게 된 데에는 또다른 이유
도 있었다. 바로 석호의 몸으로 총회에 참석할 유식이 미리 참
석자들의 얼굴과 이름을 한 번이라도 더 익힐 수 있게 하기 위
함이었다. 진짜 석호는 유식의 몸으로 멀찍이 떨어져 총회장
에 들어서는 사람들을 살펴보고 있었다. 거기 벽 뒤에 숨어 눈
만 빼꼼 내놓은 석호가 있다는 걸 아는 사람은 석호의 몸으로
인사하는 유식뿐이었다.

석호는 임원, 간부들과 인사를 나누는 유식에게 눈을 부라
리고 있었고, 그 따가운 눈총이 느껴지는지 간간이 유식의 눈

도 석호가 있는 쪽으로 돌아갔다. 유식만큼 석호도 긴장하긴 마찬가지였다. 정기 총회를 열기 시작한 이래 지금처럼 떨렸던 적은 없었다.

모습을 보여야 하는 당사자인 유식은 이미 등짝에 땀이 가득했다. 유식은 가볍게 인사를 나누는 그 짧은 순간에도 머릿속에 욱여넣은 총회 참석자들의 명단과 얼굴을 스피드 게임처럼 맞춰야 했다. 그러면서도 또 긴장한 티는 내면 안 되니까 억지로 느긋한 표정을 해야 했는데, 입술 끝이 연신 덜덜 떨렸다.

학교에 다니면서 시험을 치를 때도 지금처럼 긴장하지는 않았다. 그래, 지금은 자신의 인생에서 가장 난이도가 높은 시험이나 다름이 없었다. 그것도 능구렁이 같은 대주주들을 상대로 대기업 회장의 치매 루머를 벗겨내야 하는 대리시험 말이다!

"아니, 회장님! 이렇게 일찍……. 그보다 건강은 괜찮으십니까?"

뒤에서 하이톤의 목소리가 들려왔다. 고개를 돌려보니 값비싼 정장에 희끗한 머리를 뒤로 빗어 넘긴 육십 대 중반의 남자가 반가운 척하며 다가왔다. 유식은 눈을 크게 뜨고 남자의 얼굴을 보았다. 네모나다고 할 수 있을 만큼의 각진 얼굴에, 얼굴 크기의 3분의 1이 이마였다. 그 이마는 마치 왁스를 뿌려 광을 낸 외제차의 보닛처럼 번쩍거렸다.

어느 뉴스에서 찾아낸 주주들의 얼굴 사진과 함께 석호가 외형의 특징들을 손가락으로 하나하나 짚어가며 설명해주던 게 곧장 떠올랐다. 그 속에 분명 저 얼굴도 있었다. 그러니까, 분명……

'SH물류 대주주 중 하나인 진회기업의 박철민 회장이야. 만약 내 건강 이상설이 사실로 드러난다면 가장 먼저 나를 쳐낼 사람이지. 이 사람의 얼굴은 반드시 기억해야 해. 괜히 잘못해서 다른 사람 이름을 들이댔다간 내 목에 칼을 가장 먼저 찔러 넣을 거라고. 딸이 우리 회사 부산지사 사장이야. 그 애가 우리 회사의 기둥이라고 칭찬해주는 걸 가장 좋아하지. 아마 우리 회사를 집어삼키면 딸에게 경영을 맡길 야심도 갖고 있을 거야.'

기억 속에서 석호가 설명을 마쳤다. 그와 동시에 유식이 그려내듯 과하지 않은 미소를 입에 걸었다.

"물론입니다, 박철민 회장님. 뉴스에서 이상한 말을 퍼뜨려서 저도 참 곤란합니다."

유식은 박 회장의 손을 꾸욱 잡아 악수를 하며 말을 이었다.

"따님께서 우리 회사 일등 매출인 부산지사를 항상 단단히 지켜주시는데, 제가 건강하지 않을 이유가 어디 있겠습니까."

"아이고, 주 회장님도 참."

박 회장이 정말 기분이 좋다는 듯 껄껄 웃었다.

돌아오는 반응이 자연스럽고 긍정적이라 유식은 제대로 한 것 같다는 안도감에 몰래 숨을 내쉬었다. 그러다가도 곧 석호가 몇 번이나 당부하던 게 떠올라 다시 허리에 힘을 주었다.

'눈에 보여지는 게 전부라고 방심하면 안 돼. 특히 대주주 정도 되면 웃으면서 속에 품은 칼을 휘두르는 데 능하니까.'

박 회장은 총회가 열릴 강당 쪽을 가리키며 말했다.

"회장님 건강 상태가 진짜 루머였다니 얼마나 다행인지 모릅니다. 자, 같이 들어가시죠."

유식은 살짝 팔을 뺐다. 아직 들어가서 평안히 앉아 있을 때가 아니었다.

"먼저 들어가시죠. 저는 잠깐 얼굴 좀 보고 가야 할 사람이 있어서."

"그러십니까? 그럼 이따 총회장에서 뵙겠습니다. 오늘 6번 안건은 총회에서 언급하고 말 것도 없군요."

6번 안건! 바로 뉴스를 장식하고 있는 주석호 회장의 건강 이상설이다. 이 안건은 총회에 주석호 회장이 불참할 시 김범주 사장이 대리로 상태를 설명할 예정이었다.

"최상희 장학사님 오십니다."

옆에 서 있던 소현민 변호사가 귀에 대고 속삭였다. 유식은 새로 나타난 인물을 보았다. 가늘고 기다란 눈매의 여성이었다. 턱까지 내려오는 단발머리는 굵은 웨이브가 져 있었고, 손에 커다란 보석이 박힌 요란한 반지를 끼고 있었다. 무릎보다 약간 아래로 내려오는 길이의 투피스를 입은 여자는 석호와의 강도 높은 훈련 때 보았던 사진과 다른 안경을 끼고 있었다.

'우리 주식의 5%를 가지고 있는 여자야. 5%라고 우습게 볼 수도 있지만 절대 그렇지 않아. 회장 해임안건이 올라올 때 이 5%가 캐스팅보트 역할을 할 때도 있지.'

'뭔 보트?'

'아, 너 반에서 45등이지.'

'할바탱이 내 성적표 봤냐?'

'지금 그게 중요한 게 아냐. 아무튼 중요한 사람이라는 뜻이지. 게다가 보는 눈이 정확한 사람이라 우리 몸이 바뀐 것까지는 몰라도, 조금만 어설프면 뭔가 이상하다는 걸 금방 알아챌 만한 사람이라고. 무슨 뜻인지 알지? 정말 치매가 아닐까 하고 이 여자가 의심을 갖는 순간부터 재미없는 일이 벌어질 거야.'

석호가 최 장학사를 설명하면서 보였던 경직된 표정이 유난히 머릿속에 아른거렸다.

"장학사님, 정말 오랜만입니다."

유식은 조금 전보다 훨씬 긴장하며 손을 뻗었다. 최 장학사가 조금 놀라는 얼굴을 하더니 유식의 손을 마주 잡았다.

"회장님께서 오늘은 어떻게 이리 일찍 나오셨습니까? 아무래도 가만히 앉아 계시기에는 힘드셨던 모양이지요?"

눈치가 빠른 사람이라더니, 말도 직설적으로 하는 타입인 것 같았다. 유식은 당황하지 않고 석호 특유의 허허, 너털웃음을 흉내 내며 말했다.

"아무래도 안건 6번이 신경 쓰여서 말이지요. 제가 이렇게 유명한 사람이란 걸 전 이번 뉴스에서 알았답니다."

"건강하신 거지요?"

최 장학사가 그의 눈을 똑바로 올려다보았다. 날카로운 눈매가 석호의 몸에 담긴 유식의 영혼을 꿰뚫어 볼 것만 같았다. 유식은 등줄기로 식은땀이 흘러내리는 것을 느꼈다.

"그래, 어떻게 보이십니까?"

"건강해 보이시네요. 저희 아들 결혼식에도 안 오셨기에 전 정말 그 루머를 믿을 뻔했다니까요."

최 장학사의 말에 유식은 조금 당황했다. 결혼식과 관련된 내용은 듣지 못했던 탓이었다. 하마터면 '어, 언제?' 하고 실수할 뻔 했지만, 이 김유식이 누군가! 유식은 제딴에 서둘러 머리를 굴렸다.

유식은 스스로 순발력이 강하다고 자부하는 편이었다. 학교에서 시비를 거는 일진 녀석들과 싸울 때 그 순발력은 늘 빛을 발했다. 지금 이 순간도 그때와 다르지 않다고 스스로를 다독였다. 주먹으로 하는 것과 입으로 하는 것의 차이일 뿐이지, 이곳도 싸움터와 다름이 없다. 그 증거로 지금 땀도 질질 나지 않는가.

유식은 찰나의 당혹감을, 결혼식에 참석하지 못해 느낀 잠깐의 죄책감으로 위장했다. 그리고 여유 있게 웃으며 유들유들한 대답을 내놓았다.

"그때는 정말 죄송했습니다. 회사 법무팀에서 급히 보고할 일이 있다고 하는 바람에 결혼식장 간판을 눈앞에 두고 차를 돌려야 했습니다. 제가 정신이 있었다면 화환이라도 보내드렸어야 하는 건데……."

"화환, 보내주셨는데요?"

유식은 움찔했다. 젠장, 뒷말은 삘걸! 그를 보는 최 장학사의 얼굴에 단번에 의심의 기운이 서렸다. 유식은 당장 그 시선 앞에서 표정을 유지하는 것만으로도 한계에 다다른 것 같았다.

유식은 슬쩍 눈만 돌려 기둥 뒤에 붙어선 석호 쪽을 보았다. 유식의 몸에 붙어 있는 소형 마이크가 석호의 귀에 꽂혀 있는 이어폰으로 이곳의 소리를 옮겨주고 있었다. 유식을 노려보는 석호의 얼굴은 꽤 거리를 두고도 살벌하게 느껴졌다. 할 수만 있다면 당장 달려들어 유식의 입을 꿰매고 싶어 하는 얼굴이었다.

유식은 실수를 알아채긴 했으나 지금 당장 석호의 도움을 받기는 글렀다고 판단 내렸다.

"어? 그거 말해도 되는 거였습니까? 김영란법에 걸리는 거 아닌가 해서 비밀로 해야 하는 줄 알았습니다. 하하, 농담입니다, 농담."

유식이 재빠르게 너스레를 떨며 웃어 보였다. 일부러 농담이었다는 걸 부각하듯 웃음소리를 조금 키우기도 했다. 최 장학사의 표정은 곧 풀어졌지만, 의심의 기운이 완전히 사라진 것은 아니었다. 하지만 농담이라고 웃는데 비즈니스적인 사이에 정색할 수도 없을 것이다.

다행히 유식의 짐작대로, 최 장학사는 잠깐 억지로 웃더니 '그럼 먼저 들어가보겠다'며 안으로 들어섰다.

유식의 온몸이 땀으로 젖었다. 그는 고개를 푹 숙이며 뒤를 보았다. 석호가 유식을 향해 대충 손가락으로 동그라미를 그려 보이고는 다시 기둥 뒤로 몸을 숨겼다. 아까는 잡아먹을 기세더니, 지금은 그 정도로 넘겼으면 용서해주겠다는 식이었다. 하지만 이쪽은 그 정도로 넘길 수 없었다. 차근차근 기억을 되새겨봐도 최 장학사를 설명해 줄 때 아들 결혼 이야기를 들은 적이 없다. 그렇게 중요한 사실을 알려주지 않다니. 자기는 완벽한 척하더니 깜빡했나 보지?

기둥을 노려보다 유식은 마음속 계산대에 몰래 자기만의 영

수증을 한 장 더 끼워두었다. 이번 일만 끝나면 한바탕 뜯어내
야지. 물론 돈으로 말이다. 그 돈으로 남은 시간 최고의 한때
를 보내고 죽으리라.

그렇게 미리 준비된 것 반, 실시간으로 뱉어내는 순발력 반
으로 유식은 세 명의 주주들과 더 인사를 했다. 다행히 셋 중
엔 최 장학사만큼 유식을 긴장하게 하는 사람은 없었다.

"이제 슬슬 들어가시면 될 듯합니다. 너무 오래 여기 서 계
셔도 루머에 과하게 신경을 쓴다는 인상을 줄 것 같습니다."

소현민 변호사가 그의 귀에 대고 속삭였다. 유식은 얼른 고
개를 끄덕였다. 그리고 석호를 향해 손짓했다. 석호는 총회장
맨 뒷자리에 앉아 참관하게 될 예정이었다. 물론 회장인 주석
호의 멀고 먼 사촌의 아들의 손자 자격으로 말이다.

그때였다. 복도 끝에서 다른 주주들과는 다른 빠른 구둣발
소리가 다가오고 있었다. 그 소리는 하나가 아니라 여러 사람
의 것이었으며, 바닥을 울리는 보폭에선 특히 조급함이 느껴
졌다. 자연스레 소리를 따라 고개가 뒤로 돌아갔다. 그리고 마
주친 건, 이 정기 총회 참석자 중 가장 낯이 익으면서도 그리
반갑지만은 않은 사람, 김범주 사장이었다.

그의 얼굴만큼은 유식도 잘 알았다. 몸이 바뀌어 석호의 집
에서 깨어났을 때 가장 처음 본 사람이니 말이다. 김범주 사
장은 어리둥절한 채 혼란스러워하는 유식에게 이것저것 알지

도 못하는 서류에 사인을 시킨 사람이자, 지금 이 사태를 만든 장본인이다. 석호만큼은 아니었지만, 유식도 김범주 사장이 벌인 일에 이용당한 것이나 마찬가지니 그에게 악감정을 품을 수밖에 없었다.

그는 바쁘게 걸어오다 유식을 발견하고는 걸음을 먼저 멈추었다. 황급히 입고 있는 슈트의 단추를 채우고 허리를 숙여 정중하게 인사했다. 석호가 직접 총회장에 나올 거라는 생각은 못했는지 당황한 표정이었다. 그도 그럴 것이 김범주는 일부러 회장실 비서를 통해 석호가 정확한 정기 총회 일정을 고지받지 못하게 일러두었었다. 그 정도로 석호를 배제하고 있었지만, 안타깝게도 성년후견인 건으로 입을 맞춰야 했던 소현민은 정기 총회 일정을 알고 있었다. 그 덕분에 오늘 이 자리에 유식이 자기 대신 서 있게 되었다.

유식은 김범주 사장의 인사에 고개만 끄덕했다. 딱히 살가운 태도를 취하란 지시도 없었고, 유식 자신도 그럴 맘이 없었으니 딱 거기까지였다. 멀리 떨어져 있는 곳에 선 석호의 불쾌한 감정과 배신에 대한 분노가 유식이 있는 여기까지 여실하게 전해져 왔다.

"나오셨습니까, 회장님."

"나왔네. 자네한테는 안타까운 일이겠지만."

석호가 시킨 말은 아니었지만, 유식은 일부러 빈정거려보였다. 유식의 비꼬는 말에 김범주 사장이 슬며시 눈을 쳐들었다. 냉정해진, 칼날 같은 눈빛이 번뜩였다. 유식은 그 의뭉스러운 눈에 오히려 대범해지는 기분이었다. 그래…… 마치 박동제를 보는 것처럼.

"건강은 괜찮아 보이시는군요."

"내 건강이 김 사장에겐 불행이겠지만 말야."

"다행입니다."

"그렇게 생각해주니 고맙군. 그보다……."

유식은 말을 이으며 김범주 사장의 어깨 너머로 보이는 얼굴을 확인했다. 김범주 사장의 비서 두 명과 함께 서 있던 그는 유식과 눈이 마주치자 얼른 고개를 돌렸다. 유식은 김범주 사장 무리가 우르르 구두 소리를 내며 들어설 때부터 그를 단박에 알아봤었다. 바로 유식을 진단했던 그 의사였다.

"함께 온 손님이 있구만."

"그렇습니다."

유식이 의사를 알아본 걸 분명히 봤을 텐데도, 김범주 사장은 뻔뻔하게 얼굴을 빳빳이 들며 대답했다. 그의 얼굴에는 굉장한 자신감이 서려 있었다. 이제 김범주 사장은 회장에게 예의로라도 자신의 의도를 숨길 생각이 없어 보였다. 오히려 안건 6번, 그것이 오늘 김범주 사장의 목표라는 걸 이렇게 뻗대는 태도 하나로 충분하게 알려주고 있었다.

"그럼 들어가지."

"네, 회장님."

둘은 나란히 몸을 돌려 총회장 입구를 향해 걸었다. 나란히 들어서는 두 사람 사이에는 다시는 통할 수 없는 단단한 벽이 가로막고 있는 것 같았다.

유식은 난생처음 느껴보는 긴장감에 가슴이 벅차올랐다. 참석자와 주주들에게 인사하며 총회장의 문 앞에 있었던 것과는 완연히 달랐다. 막상 직접 그 문턱을 지나 좌중의 시선을 받으며 이 중에서도 가장 상석인 자리로 향하고 있으니 살면서 맛본 적 없는 짜릿한 쾌감이 온몸을 훑었다. 회장이라는 자리가 이런 거구나! 유식은 비로소 드라마에서나 보던 회장 행세의 참맛을 보고 있었다.

유식은 슬쩍 유리창에 비치는 자신의 모습을 확인했다. 기왕이면 진짜 드라마처럼 삼십 대 정도 되는 젊은 사람이었으면 얼마나 멋있었을까. 하지만 지금 모습만으로도 자신은 충분히 위엄 있고 멋있었다. 육십 대라고는 하지만 확실히 관리한 티가 나 고급진 정장 핏도 잘 들어맞았다. 이 모습을 엄마가 봤다면 얼마나 좋아했을까 생각했다.

'아, 엄마는 나를 못 알아보지.'

그런 생각을 할 때 기둥 뒤에 서 있던 석호가 움직이는 게 눈에 들어왔다. 석호는 기둥 뒤에서 놀란 눈을 한 채 이쪽을

향해 손을 마구 휘젓고, 어떻게든 유식의 눈에 들기 위해 폴짝
폴짝 뛰기까지 했다.

아, 맞다. 깜박 잊고 있었다. 유식은 걸음을 멈추었다. 그러
고는 석호를 향해 손을 흔들었다.

"유식아, 이리 오너라."

드디어 자신을 발견했다는 걸 알아차리자 석호의 얼굴이 환
해졌다. 그는 재빨리 유식의 옆으로 다가왔다. 김범주 사장이
석호를 '이건 뭔가' 하는 눈으로 지그시 내려다보았다. 유식은
총회장을 지키고 있는 진행요원에게 말했다.

"이 녀석은 내 멀고 먼 사촌의 아들의 손자인데, 방학이라
직업체험 삼아 따라오게 됐네. 총회 맨 끝자리에서 참관만 시
켜줘."

"알겠습니다, 회장님."

진행요원이 대답하며 유식에게 허리를 숙였다. 기회다 싶어
유식은 석호의 뺨을 꼬집어 살짝 흔들며 말했다.

"조용히 있어야 된다?"

석호가 살쾡이 같은 눈을 뜨며 그 손을 탁, 쳤다. 유식은 석
호를 놀리는 게 재미있어 속으로 키득거렸다. 석호는 입술을
깨물며 바짝 붙어선 들릴락 말락 귀에 대고 으르렁거렸다.

"지금 장난할 때가 아니라고."

"알아, 알아. 걱정도 팔자야, 할바탱이."

200

며칠간 하드 트레이닝을 하면서 온갖 구박을 다 들었는데, 이 정도 복수는 귀엽게 봐줘야지. 석호의 머리를 툭툭 두드리듯 쓰다듬으며 장난스레 웃는 유식을 김범주 사장이 의아한 눈으로 보았다.

아무리 병이 있어도 지금은 절체절명의 순간인 것을 알 텐데, 먼 친척의 손자뻘과 장난까지 칠 정도로 여유를 부리는 태도가 이상하게 느껴지는 모양이었다. 물론 소현민 변호사도 당황한 듯했다. 멀고 먼 사촌의 아들의 손자라지만, 그를 보좌한 세월 중에서도 주석호가 그렇게 기분 좋게 웃는 건 처음 보았기 때문이었다.

한없이 여유 있는 것처럼 보였어도, 이 자리가 얼마나 중요한지는 유식도 잘 알았다. 그리고 저 김범주 사장도 아주 얄미워졌다. 아무것도 모른다는 걸 눈치채고 자신을 병원으로 끌고 가 진단을 받게 하고, 석호의 회사를 손쉽게 한입에 털어 넣으려 하다니. 거기다 뻔히 들켜놓고도 당당한 태도라니!

유식은 정체를 알 수 없는 정의감이 속에서 피어올랐다. 절대 봐주지 않겠다고 다짐했다.

"SH물류 제32회 정기 총회를 시작하겠습니다. 모두 자리에 착석하여 주십시오."

사회를 맡은 건 경영지원팀의 민 팀장이었다. 유식은 그의 얼굴도 며칠간의 트레이닝에서 모두 외웠지만 인사할 겨를은 없었다. 오늘 어떤 순간에 어떤 일이 발생할지 모른다고 석호가 얼마나 유난을 떨어댔는지, 트레이닝 동안 얼굴과 사람 이름을 장장 오십 명 가까이 외운 것 같았다. 그래서일까, 주변을 돌아보니 유식에게도 웬만큼은 다 익숙한 얼굴들이었다. 처음엔 마냥 순발력과 기억력 게임 같더니, 이제는 자신이 정말 이 회사를 몇 년간 이끈 사람인 것만 같았다.

안건 1번은 상반기 SH물류 실적 보고였다. 전년 대비 3% 실적이 증가하였다는 보고가 이어졌다. 유식으로서는 3%가 얼마나 대단한 숫자인지는 몰라도 모여든 주주들이 한숨을 내쉬거나 싫은 소리를 하지 않는 걸 보면 나쁜 일은 아니라고 추측했다.

안건 2번은 최주연 부회장의 발의였다. HS홈쇼핑 인수 합병 건이었다. HS홈쇼핑을 인수한다면 자체 물류로 인해 실적이 3%가 아니라 그것의 몇 배 이상이 오르리라는 것을 그래프와 수치화된 자료로 보여주었다.

곧 HS홈쇼핑을 인수한다면 당장 물류 쪽 실적은 올라갈 테지만, 홈쇼핑 경영에 노하우가 없는 SH물류에서 무조건 흑자만 낼 수 있다고 생각하는 건 무리라는 의견이 나왔다. 그 사람의 얼굴도 물론 유식은 익히고 있었다. SH물류 주식의 7%를 소유하고 있는 고재상으로 김범주 사장 라인이라고 들었다. 어쨌든 그는 홈쇼핑 인수 쪽에 부정적인 입장인 것 같았다.

최주연 부회장은 상당한 달변으로, HS홈쇼핑의 노하우는 HS홈쇼핑의 회장이 갖고 있는 게 아니라 직원들이 갖고 있기 때문에 인수 합병 시 고용 승계를 한다면 아무 무리가 없다고 단칼에 잘라내었다. 고재상이 반론을 펼쳐 보이려는 듯 마이크를 당기고 입을 벙긋거렸지만 금세 포기하고 의자에 도로 몸을 묻었다.

오로지 말만으로 순식간에 엄청난 공방이 오간 게 느껴졌다. 유식은 우와, 하며 자꾸만 벌어지려는 입을 한 손으로 자연스레 가리며 고심해서 듣는 것처럼 행동하느라 애썼다.

'드라마 보는 것 같다아!'

하지만 입을 헤 벌리고 신기해할 때가 아니었다. 그러는 새에 안건 2번은 홈쇼핑 사업에 관한 자료를 좀 더 보완해서 다음 총회에서 보고 후 투표 결정하기로 결론이 나고, 식순은 빠르게 흘러 어느덧 안건 6번에 도달했다.

"안건 6번은 우리가 지금 얘기할 가치가 있나요? 회장님께서 저렇게 정정한 모습으로 앉아 계시는데요. 저는 그보다 어떻게 그런 루머가 찌라시를 넘어 뉴스까지 장식할 수 있었는지가 궁금하네요. 누가 무슨 목적으로 뿌렸는지요."

마이크의 전원 버튼을 누르고 말한 것은 최 장학사였다. 내장 스피커를 타고 그녀의 눈빛만큼이나 차가운 말투가 총회장을 단번에 휘어잡았다. 유식은 '장학사님 나이스!'를 외쳐

주고 싶은 심정이었다. 지금은 그녀의 아들 결혼식에 달랑 화환만 보내고 참석하지 않은 석호를 크게 혼내주고 싶었다.

기다렸다는 듯 김범주가 일어났다.

"일련의 상황들을 제가 좀 설명해야 할 것 같습니다."

그는 호명하지 않았는데도 걸어서 사회자석으로 나왔다. 사회를 보던 민 팀장이 자리를 비켜주었다.

김범주는 유식을 향해 허리를 숙여 보이고는 마이크에 입을 가까이 대었다. 유식은 김범주 쪽으로 고개를 돌리지 않았다. 언제나 위엄 있어 보이게 행동하라는 주석호의 신신당부를 제대로 이행하는 중이었다.

"사실 제가 회장님을 모시고 병원을 간 것도 사실이고, 회장님의 성년후견인 신청을 한 것도 사실입니다. 아직 성년후견인 신청에 대한 결과는 나오지 않았으며, 이 과정이 증권가와 언론에 유출된 것은 저와는 관련이 없는 일임을 밝힙니다."

'뻥까고 있네.'

위엄을 갖춰야 했으나 유식은 자기도 모르게 콧방귀를 꼈다. 타이밍도 절묘하게 저 멀리 구석에 앉아 있던 석호와 눈이 마주쳤다. 석호가 무섭게 노려보는 바람에 유식은 얼른 감정을 지우고 표정을 굳혀야 했다. 김범주가 계속 말을 이었다.

"자세히 말씀드려야 할 것 같습니다. 지난 2일, 회장님께 이틀 연속 연락이 닿지 않아 댁으로 찾아갔습니다. 문을 열어주신 회장님은 저를 알아보지도 못하셨습니다. 저는 곧장 병원으로 모시고 갔고 진료를 받았습니다. 그렇죠, 표 원장님?"

"그렇습니다."

유식을 진단했던 의사, 표 원장이 살짝 엉덩이를 떼며 대답했다.

"진단 결과는 뭐였습니까?"

물어본 것은 주주 중 한 명이었다. 턱이 뾰족한 인상인 게 낯이 익었지만, 유식은 그의 이름이 얼른 생각나지는 않았다. 나갈 때 그와 마주치지 않도록 최선을 다해야겠다는 생각을 했다.

석호와 다시 눈이 마주쳤다. 유식이 다른 생각을 하는 것을 알고 있다는 듯 그는 인상을 험상궂게 만들었다. '집중해라.' 그 얼굴이 말하고 있었다.

"뉴스나 찌라시에서 말하는 치매는 아닙니다. 섬망 증세였습니다."

섬망이 무어냐는 질문에 대해 의사는 알아듣기 쉽게 말했다. 치매와 비슷해 보이는 인지능력의 장애 등으로, 생겨나는 원인은 다양하다고 했다. 이번엔 유식이 마이크를 당겨 질문했다.

"그건 일시적일 수 있는 거죠? 지금 저를 보면 알 수 있듯이 말입니다."

물론 이 대사는 석호와 이미 논의된 것이었다. 그리고 석호가 예상한 대로 의사는 당황하며 말했다.

"네, 물론 일시적일 수는 있지만…… 제가 볼 때는 일시적인 것이 아닌 아주 심각한 정도의……."

"하지만 결국 일시적 발병 아니었습니까? 저렇게 멀쩡하신데요. 이런 일이 외부로 소문이 나면 주가에 얼마나 치명적인지 아십니까?"

박 회장이 불쾌하다는 뜻을 노골적으로 드러내며 말했다. 주변의 주주들도 동의하는 모양새였다. 석호의 말로 전해 들은 주주란 사람들은 조금만 틈을 보여도 피라냐처럼 물어뜯는 이미지였는데, 막상 그런 자들이 주가 하락을 우려하는 것 하나로 마치 석호의 편이 된 듯 대신 몰아세워주니 새삼 이리 든든할 수 없었다.

표 원장의 얼굴이 하얗게 질렸다. 멀리 떨어져 있는 석호의 얼굴도 흐뭇해 보였다.

"잠시만요."

김범주 사장의 목소리가 소란을 가라앉혔다.

"물론 섬망 증세는 일시적인 것일 수 있습니다. 하지만 섬망이 왜 발병했는지가 중요합니다. 표 원장은 환자의 병에 관해 말할 수 없죠?"

"그렇습니다."

표 원장이 식은땀을 훔치며 대답했다.

"그렇다면 주석호 회장님께 직접 묻겠습니다. 회장님의 병환은 우리 SH물류의 치명타와도 같은 것이니까요. 섬망 증세는 왜 생기셨습니까? 제가 알고 있으니 확실하게 말씀해주시죠. 회장님, 지금 앓고 계시는 병이 있으시죠?"

김범주가 똑바로 이쪽을 노려보았다. 그는 이 자리에서 석호의 병을 터뜨릴 생각인 게 분명했다. 정말 이렇게까지 나오겠다는 건가! 유식은 속으로 경악했다.

석호의 병환을 김범주가 상세히 알고 있다는 건 그만큼 석호가 그를 믿었다는 의미였다. 그리고 지금 김범주는 그것을 자신이 어떻게 해서든 석호를 쳐내고 회장 자리에 앉을 계획의 무기로서 꺼내 들었다. 그간 김범주와 석호가 쌓아온 우정과 신뢰가 산산이 부서지는 순간이었다.

유식은 책상 아래로 주먹을 꼭 쥐며 석호를 보았다. 석호가 말했던 그 순간이 결국 오고야 말았다.

10

이틀 전, 석호의 집에서 소현민 변호사와 석호 그리고 유식
이 머리를 맞대었다. 정기 총회에서 나올 여러 가지 사안과 변
수에 대한 대처방안을 의논하기 위해서였다.

유식은 소현민 변호사가 총회에서의 안건 내용을 갖고 다
시 오기 전, 단 하루 동안 석호로부터 주주들의 얼굴과 특징,
관련된 비하인드 스토리까지 정리한 파일을 넘겨받아 외우느
라 정신이 하나도 없었다. 하지만 몸이 바뀐 걸 모르는 소현
민 변호사가 동석해 논의가 이루어지는 자리인 만큼 석호의
몸이 회의하는 자리에 빠질 순 없었다. 어쩔 수 없이 유식은
안 그래도 정신이 없는 통에 의논하는 자리에도 끼어야 했다.

소현민 변호사가 말했다.

"총회장에 회장님께서 직접 오셔서 건재함을 스스로 입증

하신다면 분명 치매설은 사그라들 것입니다. 그리고 성년후
견인 신청 역시 무산시킬 수 있습니다. 다만 김범주 사장님께
서 일을 이렇게까지 끌고 온 것을 보면 그냥 넘어가지는 않
을 것 같습니다."

"그냥 넘어가지 않는다면요?"

유식이 물었다. 석호가 흥, 코웃음을 치며 말했다.

"병중이라는 것, 그것도 고칠 수 없는 말기 암이라는 것을
밝히고야 말겠지."

소현민 변호사가 놀란 얼굴로 김유식, 정확히는 유식의 몸
인 석호를 쳐다봤다.

착각이 절로 들었다. 그의 눈엔 갑작스레 나타난 석호의 멀
고 먼 사촌의 아들의 손자인 고등학생. 이 아이가 길어야 하루
만에 지금 돌아가는 상황을 단번에 파악한 걸로 보였다. 어디
그뿐인가, 아까부터 총회장에서 나올 안건과 언급될 수 있는
내용들에 대해서도 의도치 않은 듯하지만 핵심을 정확히 짚
는 말을 툭툭 뱉어내 그를 놀라게 했다. 그리고 무엇보다 놀라
운 건, 이 순간 당사자인 데다 그동안 총명하기가 이를 데 없
던 주석호 회장이 오히려 뭐가 뭔지 도통 모르겠다는 얼굴을
하고 있단 점이었다.

고등학생 석호를 뚫어지게 쳐다보던 소현민 변호사는 그와
시선이 마주치려는 순간에 황급히 회장 몸의 유식에게로 눈

을 돌렸다.

"맞습니다. 그건 진실이고, 따라서 주주들도 동요할 수밖에 없습니다. 김범주 사장은 그것을 통해 회장 자리를 공석으로 만들면 안 된다는 여론을 조성해 새 회장을 선출하자는 안건을 통과시키려 할 겁니다."

"이미 자기 쪽 사람들은 더 탄탄히 다져놓고, 다른 주주들과의 접촉도 시작했겠지."

석호는 턱을 만지작거리며 중얼거렸다. 잠시 침묵이 공간을 메웠다. 무겁게 정적이 내려앉는 가운데 석호는 깊은 생각으로 빠져들었다.

물론 김범주 사장을 많이 아껴왔고, 그를 믿어왔다. 하지만 그를 신뢰하는 것과 회장의 재목이 아니란 사실을 직시하는 건 별개의 일이었다.

석호가 후계로 꼽은 최주연 부회장은 홈쇼핑 인수 합병 찬성파이지만 으레 회사들이 위기상황에서 가장 쉬운 방법으로 생각하는 직원 축소방안을 내세우지 않고 상황을 타파할 다른 훌륭한 전략을 구축하는 능력도 가지고 있었다. 물론 최주연 부회장도 몇 군데 보완할 필요가 있었지만, 그라면 그 어떤 상황에서도 직원을 포기하지 않는다는 믿음은 확고했다. 회사의 이익으로 주주들을 만족시키면서도 직원들을 해고하지 않는다. 그것이 최주연이 김범주보다 나은 회장 재목이라는 증거였다.

반면 김범주 사장은 어떠한가. 그 또한 오랜 기간 곁을 지키면서 석호의 경영철학은 익히 잘 알고 있었다. 하지만 김범주는 처음에야 그러한 경영철학을 유지할지 몰라도, 분명 시간이 지날수록 주변 입바람에 휘둘리거나 부족한 전략 탓에 조금씩 상황에 맞춰 타협하며 결국 쉬운 길을 택할 사람이었다. 김범주 사장이 회장이 되는 걸 머릿속에 그리면 자연스레 석호가 일군 회사의 본질도 안 좋은 방향으로 바뀌는 그림이 그려졌다. 능력과 자질, 모든 면에서 다양하게 고심해봐도 결국 주석호는 최주연 부회장이 회장직을 맡아야만 한다는 결론에 도달했다.

한참 동안 생각에 잠겨 있던 석호가 뭔가 결심했다는 듯 턱에서 손을 떼며 고개를 쳐들었다. 그 눈은 총기로 반짝이고 있었다.

"어차피 피할 수 없어. 인정해버려. 말기 암이고 더이상 손쓸 수 없다는 것까지."

"주석호 회장님?"

김범주의 목소리에 생각에 잠겨 있던 유식이 퍼뜩 깨어났다. 어느새 모든 이의 눈이 자신에게로 향해 있었다. 집중된 이목은 여전히 부담스러웠지만, 김범주의 포고에 당황했던 마음도 기억을 더듬으니 조금은 차분해진 듯했다.

유식은 다시 천천히 주변을 둘러보았다. 석호와 눈이 마주쳤다. 저 멀리서 석호는 자신을 향해 힘 있게 고개를 한 번 끄덕여 보였다.

"주석호 회장님, 말씀해주시죠. 앓고 계신 병이 있습니까? 섬망까지 겪으신 걸 보면 단순한 병은 아닌 것 같은데요."

김범주가 대답을 재촉했다. 유식은 일부러 마이크를 제 앞으로 바짝 당겼다. 목이 가라앉은 것 같아 큼, 하고 헛기침을 했다. 심장이 성대 아래까지 울리며 쿵쿵 뛰었지만, 이건 쫄은 게 아니라 배우가 무대에 나설 때 느끼는 가벼운 긴장일 뿐이라고 자위했다. 유식은 천천히 또박또박 말했다.

"맞습니다. 저는 지금 앓고 있는 병이 있습니다."

총회장에 앉은 주주들 사이에서 웅성거리는 소리가 퍼져 나갔다. 생각보다 빠른 실토에 김범주의 입술이 호를 그리며 올라가는 것이 보였다. 저 입에 손가락 두 개를 넣어 양쪽으로 쫙 찢어주고 싶은 충동을 억누르며, 유식은 마이크를 잡고 자리에서 일어났다.

"저는 지금 폐암 말기입니다. 의사로부터 3개월 판정을 받았고, 그 어떤 치료도 의미가 없다는 소견을 들었습니다. 저는…… 곧 죽을 겁니다."

곧 탄식이 여기저기서 터져 나왔다. 일부러 눈을 피하거나 안타깝다는 얼굴을 하는 사람도 있었다. 저 중에 인간 주석호의 죽음 그 자체만을 절절하게 슬퍼하는 사람들은 얼마나 될까. 아무리 이해득실이 뒤얽혀 물고 뜯는 관계라고 해도 아무 조건 없이 울어줄 사람들이 많았으면 좋겠다는 생각을 하면서 유식이 말을 이었다.

"여러분이 걱정하시는 바, 잘 알고 있습니다. 저 또한 시한부 판정을 받고 나서 회사에 대한 걱정으로 깊이 고민하였습니다. 그리고 이 문제를 곧 공론화해야 하는 것도 잘 알고 있었습니다. 하지만 저보다도 김범주 사장이 더욱 걱정이 많았던가 보군요."

유식은 마지막 문장에선 단어마다 힘을 주며, 날 선 시선을 김범주에게 노골적으로 던졌다. 김범주는 마주 보지 못하고 시선을 피했다. 총회장에 들어설 때부터 꿋꿋한 척하고, 방금까지도 이겼다는 듯이 잘만 웃더니. 기어코 여기까지 사태를 끌고 왔으면서 이렇게 꼬집을 땐 뻔뻔해지지 못하고 회피하는 모습이 이중적이었다.

유식은 흥, 하고 코웃음을 날려주었다. 하지만 곧 다시 진지한 얼굴로 돌아와 마이크에 입을 가져다 대었다.

"그리하여 전 오늘부로 회장직을 내려놓도록 하겠습니다."

웅성거리는 소리가 더욱 커졌다. 좌중의 소란과 상관없다는 듯 김범주 사장의 입가에는 미소가 더욱 짙어졌다.

"차기 회장은 주주 여러분께서 적임자라고 생각하시는 분을 선출하시면 그 누가 당선이 되더라도 저보다는 이 SH물류를 더욱 잘 이끌어주리라고 생각합니다."

김범주가 묵묵히 고개를 끄덕이는 것이 보였다. 그 모습만 보면 '어쩔 수 없이' 전적으로 회장의 말을 따를 뿐인 훌륭한 심복으로도 보였다. 물론 속으로는 자신이 차기 회장 자리에 오르는 상상을 하고 있겠지만.

유식의 말은 거기서 끝나지 않았다. 유식은 다시 한번 김범주를 쳐다보았다. 그것도 웃는 낯으로. 그런 표정이 나올 거라고 생각하지 못했는지 눈이 마주치자 김범주가 어리둥절한 얼굴을 했다. 곧 뭔가 느낀 게 있는지 금방 불안한 기색이 만면에 드리워졌다.

유식이 말했다.

"그리고 한 가지 더 발표를 하겠습니다. 여러분 모두 잘 아시다시피, 저는 재산을 물려줄 가족이 없습니다. 그래서 제가 보유하고 있는 SH물류의 주식 21%는 모두 우리사주조합에 무상증여할 것입니다."

이번엔 웅성거리는 정도가 아니었다. 여기저기서 탄성이 폭죽처럼 터져 나왔다. 놀라워하다 못해 거의 비명을 지르는 듯한 반응을 보인 사람도 있었다.

SH물류 주식 21%는 현 시가 천억 원이 넘는 액수였다. 이는 비단 액수만의 문제가 아니었다. 전체 주식의 21%를 가져 간다는 건, 이 주식을 가진 우리사주조합이 단번에 제1주주 가 된다는 뜻이었다.

"이 결정은 SH물류가 단순한 개인이 아닌, 바로 직원 모두 의 힘으로 컸다는 걸 알고 있기에 내린 것입니다."

이것은 전적으로 주석호의 생각이었다.

이틀 전 대책회의에서 주석호는 소현민 변호사에게 주식보 유현황을 물었다. 소현민 변호사는 주석호 회장이 가지고 있 는 보유량이 21%, 몰래몰래 주식을 사들인 김범주가 현재 가 지고 있는 주식량이 10.3% 그리고 최주연 부회장이 14.1%를 보유하고 있다고 말했다.

김범주가 가진 주식이 최주연 부회장보다 훨씬 적은 숫자였 지만, 그간 물밑에서 다른 주주들을 자신의 편으로 돌려놨다 면 안심할 수 없었다. 주석호가 최주연 부회장에게 주식을 모 두 위임한다고 해도 총합은 35.1%, 과반수를 넘지는 않았다.

더구나 주주들 중 최주연 부회장 라인에 선 사람은 거의 없 었다. 그는 회사를 운영해오며 고비가 닥칠 때마다 구조조정 문제로 주주들과 마찰을 빚어왔기 때문이었다. 주주에게는 자 신의 이익을 최대로 만들어주는 회장이 이상적이다. 그렇기 에 아직 라인이 명확하지 않은 주주라 해도 최주연 부회장보

단 이윤을 추구하기 훨씬 쉬울 김범주 사장에게 힘을 불어넣을 가능성이 컸다.

석호는 소현민 변호사의 앞에 놓여 있던 서류를 들고 한참이나 들여다보았다. 그는 입을 꾹 다문 채 한참 동안 턱만 만지작거릴 뿐이었다. 그 모습이 꼭 판을 뒤엎을 한 수를 내려놓기 전의 바둑기사 같기도 했다. 시간이 얼마나 흘렀을까, 유식이 지루함을 견디지 못하고 저녁이라도 시켜 먹고 얘기하자 말하려 할 때 석호가 결정했다는 듯이 서류를 내려놓았다.

"회장의 주식 21%를 우리사주조합에 무상으로 양도하면 돼."

유식은 무슨 소리인지 몰랐지만 소현민 변호사는 눈을 동그랗게 뜨고는 석호의 손에서 서류를 휙 빼앗아 갔다. 자신이 만들어온 서류였지만 그는 다시 확인하려는 듯 서류에 시선을 박았다.

회사의 직원들이 만드는 주주조합인 우리사주조합은 주식 보유량이 총 15%로, 주식량이 제법 높은 편이었다. 회사 직원들이 주주인 것이었기에, 우리사주조합은 김범주보다는 늘 직원들의 복지를 신경 쓰는 최주연 부회장을 전적으로 따르고 있다.

하지만 지금으로선 그 둘을 합쳐도 29.1%밖에 되지 않았다. 더구나 여러 직원이 주주라는 말은 뭉치면 강해지지만 그러지 못하면 쉽게 흐트러진다는 의미이기도 했다. 최주연 부회장의 위치가 불안정하다면 입지가 약한 우리사주조합은 그를 지지하기 어려울 수밖에 없고, 직원들은 결국 김범주 라인의 회유에 휘말릴지도 몰랐다.

하지만 거기에 주석호의 21%가 더해지면 곧바로 50.1%. 총합은 바로 과반수를 넘게 된다. 김범주 사장의 보유량이나 그를 추종하는 주주들을 신경 쓰지 않아도 되는 숫자가 되는 것이다. 거기다 우리사주조합이 36%의 주식량으로 제1주주가 되면 조합이 자체적으로도 입지가 견고해져 휘말리는 것 없이 더욱 의사를 확고히 내세울 수도 있다. 즉, 확실하게 최주연 부회장의 편이 될 수 있다.

소현민 변호사는 무릎을 탁 쳤다.

"회장님! 이 친구 천잽니다, 천재!"

그가 발작적으로 외치는 소리에 석호는 뒤늦게 헉, 거친 숨을 들이켰다. 대책 논의에 열중한 나머지 지금 두 사람이 바뀌어 있음을 깜빡하고 유식의 몸으로 마음껏 떠들어대고 말았다. 석호는 뒤늦게 그의 눈치를 살폈지만, 다행히 소현민 변호사는 먼 친척이라는 고등학생을 다른 의미로 의심하거나 하지는 않았다. 그저 믿을 수 없을 만큼 똑똑한 고등학생으로 여기는 것 같았다. 다행이었다.

소현민 변호사는 그 후로도 석호를 흐뭇하게 바라보곤 했고, 진심으로 감탄한 건지 틈이 날 때면 유식에게 '김유식'의

칭찬을 해 듣는 유식이 더 으쓱해지게 만들었다. 그날 소현민 변호사가 신이 나서 돌아간 후 유식이 석호에게 물었다.

"그런데 그냥 회장선출 투표할 때 할바탱이가 직접 그 부회장님한테 표를 던져주면 되는 거 아냐? 우리사주인지 뭔지 하는 사람들은 다 부회장님 편이라며?"

"김범주는 내 병세가 깊어져 선거일에 참석하기 힘들도록 어떻게든 일정을 뒤로 미루려 할 거야."

"그럼 그냥 부회장님한테 위임장을 써주면?"

의외로 유식의 입에서 제법 그럴싸한 제안이 나왔다. 아무것도 몰라 꿔다놓은 보릿자루처럼 멍청하게 있는 줄 알았는데, 유식도 슬슬 회사의 큰 톱니가 굴러가는 방식을 이해하는 듯했다. 석호는 기특하다는 듯이 유식의 머리를 쓰다듬어 주었다.

"드라마 많이 봤구나."

칭찬 아닌 칭찬에 유식이 인상을 구기며 그의 손을 쳐냈다. 석호가 짓궂게 큭큭, 웃었다. 그것도 잠시, 그의 얼굴은 곧 진지함을 되찾았다.

"물론 그래도 되기야 하겠지만, 이번 기회에 난 우리 회사를 직원들의 것으로 하고 싶어."

이대로 우리사주조합이 제1주주가 된다는 건, 그 속에 포함된 직원들 모두가 회사의 주인이 된다는 의미였다. 직원 모두가 회사의 지분을 가진 주주로서, 자신이 다니는 회사의 회장을 직접 선출할 수도 있고, 자신이 만들어낸 회사의 이익을 직접 체감할 수 있게 될 것이다.

석호는 자신의 손으로 일궈낸 성과를 제대로 보상받을 수 있을 때의 뿌듯함과 기쁨을 알았다. 그것이 얼마나 큰 삶의 동기가 되는지, 일하는 보람이 되는지도 누구보다 잘 알고 있었다. 어느 순간부터 석호는 그조차 잊고 그저 일에만 매진하고 말았지만, 자신의 직원들은 이 회사에서 일하며 그러한 보람을 느낄 수 있길 바랐다.

"직원들이 스스로 자부심을 갖고 일할 수 있는 회사. 그게 내……"

유식은 셋이 머리를 맞대고 회의하던 날 석호가 했던 말을 상기하며 마이크를 더욱 꾹 잡았다.

"직원들이 스스로 자부심을 갖고 일할 수 있는 회사. 그것이 나의…… 꿈입니다."

짧지만 강렬한 연설이었다. 유식이 말을 마치고도 한동안 장내는 조용했다.

한쪽 구석에서 누군가 일어나 박수를 치기 시작했다. 그것이 신호탄이라도 된 것처럼 여기저기서 주주들이 몸을 일으켰고, 어느새 전원이 일어나 기립박수를 쳤다. 놀랍고도 감동적인 장면이었다. 똥 씹은 얼굴로 앉아 있던 김범주 사장도 눈치를 보다 고개를 휘휘 저으며 마지못해 자리에서 일어섰다.

유식은 단상에서 조금 벗어나 그들을 향해 허리를 굽혔다. 그리고 다시 몸을 일으켰을 때까지도 박수는 끊이지 않았다. 유식은 멀리에 있는 석호를 바라보았다. 총회장에서도 맨 뒤, 멀리 떨어져 정확히 보이지는 않았지만. 왠지 지금 그의 눈에 눈물이 고였을 것 같다는 생각이 들었다.

주석호가 보유한 주식을 우리사주에 무상 양도한다는 소식은 정기 총회가 마무리되는 동안 곧장 직원들에게로 전파되었다. 회의장에서 유식 일행이 나왔을 때는 이미 회사 곳곳에서 술렁이는 기운이 감지되었다. 지나가는 주석호 회장을 향해 인사하는 직원들의 얼굴이 밝았다.

"회장님, 건강하세요."

쑥스러워하면서도 괜스레 앞으로 다가와 인사하는 직원도 있었다. 물론 그것은 모두 고등학생 모습을 한 석호가 받아야 하는 인사였다. 옆에 서 있는 석호의 표정이 행복해 보여 유식은 그나마 다행이라고 생각했다.

뒤따르던 소현민 변호사가 회장실로 들어와서야 넥타이를 느슨하게 풀며 유식 앞에 마주 섰다.

"고생하셨습니다, 회장님. 저는 그럼 말씀대로 우리사주 중여 작업을 시작하겠습니다. 그리고 성년후견인 신청 건은 기각될 것이니 걱정하지 마십시오."

"수고했네."

주석호가 느닷없이 먼저 손을 내밀었다. 물론 유식의 모습을 한 주석호였다. 소현민 변호사가 껄껄거리며 그의 머리를 콕 쥐어박았다.

"이번에 네가 공로를 세우긴 했지만, 어른들 얘기하는 데는 껴들지 마라잉?"

소현민 변호사는 회장의 멀고 먼 사촌의 아들의 손자가 무척 마음에 든 모양이었다. 장난을 치고 싶어 안달이 난 표정이었다. 석호는 억지로 미소를 지으며 고개를 끄덕였다. 그가 쥐어박은 머리의 주인이 멀고 먼 사촌의 아들의 손자가 아니라 회장 본인인 것을 알면 어떤 얼굴을 할까 싶었다.

"아무튼 고생하셨어요. 이만 들어가보세요."

유식의 말이 떨어지고 나서야 소현민 변호사는 깍듯하게 고개 숙여 인사하고는 자리를 떠났다. 그러고 나서도 둘은 한참이나 마주 서 있었다. 하도 돌발상황이 많아 아직은 긴장을 풀 수 없었다. 혹시라도 소현민 변호사가 뭘 두고 갔다며 지금이라도 문을 벌컥 열어젖힐 것만 같았다.

안심해도 좋을 만한 시간이 지나고서야, 석호가 손바닥을 위로 향하게 하여 내밀었다.

"수고했어."

"할바탱이도 짱이었어."

유식이 힘껏 그의 손바닥을 내리쳤다. 짝, 울리는 소리가 유난히 경쾌하게 들렸다. 큰 고비를 파도 타듯 잘 넘기고 나니 이토록 후련할 수가 없었다. 둘은 큰 소리로 입이 찢어져라 웃고 또 웃었다. 후련하게 긴장감을 토해내고 나서 유식이 입을 열었다.

"할바탱이, 이제 거지야?"

"그럴 리가. 부자는 망해도 삼 년은 간다는 소리 몰라? 게다가 난 망한 게 아니고 주식을 준 것뿐이라고. 내 재산이 그것밖에 안 될 것 같아? 전국에 퍼져 있는 부동산에, 현금에……."

"아이고, 알았네, 알았어. 부자 할바탱이. 난 할바탱이가 약속한 것만 지켜주면 되니까 뭐."

또 저 소리! 석호는 휘휘 손을 내저으며 질색했다. 유식은 잊을 만하면 '약속'을 언급했다. 지겨울 만도 하건만 유식은 정말 집요했다. 혀를 내두르던 석호는 '에라 모르겠다' 하는 얼굴로 고개를 크게 끄덕거렸다.

석호가 유식에게 한 약속이란, 몸이 바뀐 채 살아있는 동안까지 매달 그의 어머니에게 오백만 원씩 주기와 유식의 죽기 전 소망인 '기깔나게 살아보는 것'을 말했다. 유식의 집에 함께 머물 핑계를 대면서 어영부영 내뱉었던 조건과 소원을 유식은 몇 번이고 당부해 확실한 약속으로 만들어버렸다.

"약속 어길 일 없으니까 걱정 마셔."

아직도 석호는 유식이 말하는 '기깔나는 삶'이 뭔지는 잘 모르겠지만 지금은 마음 편히 웃으며 대답해주었다. 유식이 먼저 물었다.

"이제 집으로 가는 거지?"

"내 집에 잠깐 들렸다가. 너 내 몸에 이상한 옷 걸치는 거 못 봐주겠다."

"좋아, 좋아. 그 김에 돈도 좀 챙겨. 기분도 좋은데 저녁에 파티라도 하자고, 엄마 오면."

'약속'에 대한 확답을 받아내자 이번엔 유식의 입에서 '엄마' 소리가 나왔다. 처음엔 말만 번지르르한 철부지인 줄 알았는데, 석호가 내내 지켜본 바 유식은 확실히 효자라 할 만했다. 정작 유식 본인은 이 말을 들으면 얼굴이 벌게져 펄쩍 뛰겠지만.

'엄마 없는 사람 서러워 살겠냐'라고 농담을 한마디 던져주려던 그때였다. 회장실을 나와 복도를 돌아선 둘의 걸음이 동시에 멈췄다. 맞은편에서 김범주 사장이 다가오고 있었다.

이 상황은 거의 외나무다리나 다름이 없다. 석호는 그동안 김범주를 단단히 믿었고, 그래서 사장 자리도 주며 그를 지근거리에 두었다. 하지만 이제 그는 석호에게 그저 배신자에 불과했다.

석호를 발견하자 김범주는 안색이 하얗게 질렸다. 그는 걸음을 멈추고 석호에게 대번 허리를 숙였다. 물론 석호의 모습을 한 유식에게 한 행동이었다. 유식은 인사에 응해주기 전에 석호를 먼저 보았다. 분명 그가 김범주에게 해주고 싶은 말이 있을 것 같아서였다. 하지만 석호가 아무 말도 하지 않아, 유식이 속삭여 물었다.

"뭐라고 해줄까?"

"됐어. 그냥 가."

석호는 허리 숙인 김범주를 바라보다 지그시 두 눈을 감았다. 그래야 치솟는 착잡한 마음을 겨우 누를 수 있었다.

"뭐야! 할바탱이가 부처님이야, 하느님이야?"

흥, 하고 유식이 코웃음을 쳤다. 유식은 부처님처럼 모든 것을 용서하고, 하느님처럼 죄 없는 자만이 돌을 던질 자격이 있다고 생각지는 않았다. 석호는 김범주에게 들리지 않게 한숨을 내쉬고는 차근히 유식을 설득했다.

"맘 같아서는 한 대 쳐주고 싶지만, 폭력으로 구속되어 있을 시간도 없는 데다 오늘 직원들에게 주가 최고인 회장님이라 그런 후진 모습을 보여주고 싶진 않다. 그냥 가자. 말 섞기도 싫다."

석호가 유식의 팔을 당겼다. 유식은 어쩔 수 없이 석호를 따라 김범주의 옆을 쌩하니 스쳐 지나갔다.

그를 매정하게 지나치며 석호는 그간 그와 함께 교류해온 시간들을 돌이켜 보았다. 비록 이렇게 뒤틀리고 말았지만, 김범주가 그간 석호와 보낸 시간에 적어도 석호만큼 진심이었다면 그 시간들을 모두 뒤로 하고 이렇게 차갑게 지나치는 것만으로도 충분히 벌이 될 거라고 생각했다. 무심히 지나치려는 석호 또한 이토록 속이 쓰리니 말이다.

그런데 유식이 돌연 걸음을 멈추었다. 반걸음 앞서게 된 석호가 유식을 돌아보았다. 유식의 입술이 비뚤어져 있었다. 아무래도 역시 이것 가지고는 성에 안 찬다는 얼굴이었다.

"야, 너⋯⋯."

석호가 말려보기도 전에 유식이 홱 몸을 돌려 다시 김범주에게로 다가갔다. 축 처진 어깨로 사장실을 향해 가던 김범주가 되돌아오는 걸음소리를 듣고 당황하며 다시 유식에게 허리를 굽혔다. 그리고 김범주가 고개를 들자 유식은 저돌적으로 얼굴을 들이대었다. 설마 박치기라도 하는 건 아닐까 싶어 석호가 움찔했지만 다행히도 유식은 머리끼리 맞부딪히기 전에 멈췄다.

김범주의 얼굴에 제 얼굴을 바짝 들이댄 유식이 입을 벙긋거리며 무슨 말을 하는 듯 보였지만 들리지는 않았다. 하지만 김범주의 얼굴이 딱딱하게 굳어지는 게 명확하게 보였다. 천천히 몸을 바로 세우고 나서 유식이 아무 일도 없었던 양 다시 석호 옆으로 성큼성큼 돌아왔다.

"뭐라고 했어?"

"몰라도 돼."

"내 입으로 설마 험한 소리 한 건 아니지?"

유식은 어깨만 으쓱거려 보였다.

석호는 미덥지 못하다는 얼굴을 했지만, 유식은 그에게 무슨 말을 했는지 알려줄 생각이 없었다. 몸이야 예순다섯이지만, 속 알맹이는 열여덟. 아무리 믿다 해도 석호와 연배가 비슷한 김범주에게 자신이 한 말을 고했다가는 건방지다는 소리를 들을지도 몰랐다. 또 말한 내용을 곧이곧대로 전하기엔 멋쩍기도 했다.

— 똑바로 살아. 회장이 되고 싶으면 사람 마음 사는 법도 좀 배우고. 주석호처럼.

유식이 김범주에게 한 말이었다.

"난 화장실 좀 갔다 올게."

석호와 함께 집에 들어서자 유식이 급하다는 듯 까치발로 동동거리며 말했다.

"일일이 말하지 말고 싸! 더러워 죽겠네!"

석호는 으휴, 하고 흘기며 유식을 화장실에 떠밀고는 안방으로 들어갔다.

다시 유식의 집으로 돌아갈 테니 한동안 입을 옷과 잘 때 입을 편한 옷을 챙겨야 했다. 평소에 석호는 거의 양복이 평상복이었지만, 이제는 회장도 뭣도 아니니 좀 더 편한 옷을 고르고 싶었다.

"어째 갖고 있는 게 죄다 골프웨어냐."

'거의 양복만 입었다'는 건, 그만큼 다른 옷은 없다는 것. 골프웨어를 챙겨가면 유식이 또 구리다며 투덜거릴 것 같았다. 석호는 고심하다 결국 적당히 티셔츠와 면바지로 골라 가방에 담았다.

마지막으로 석호는 안방 오른쪽 귀퉁이에 놓인 금고를 열었다. 비밀번호를 누르고 문을 열자 여러 개의 통장과 서류뭉치 같은 익숙한 물건들이 들어있었다. 그는 인감도장이 든 가죽 도장 지갑과 서류봉투를 꺼냈다. 주식 증여를 위해 곧 소현민 변호사에게 들러야 하니 필요한 것들이었다. 통장도 챙길까 하다가 그냥 카드를 쓰기로 했다. 지난번에 인출해두어 백만 원 정도쯤은 지갑에 현금으로 갖고 있었다. 그러고도 모자라면 언제든 카드에서 빼서 쓰면 된다.

짐을 챙겨 넣은 작은 캐리어를 들고 석호는 다시 거실로 돌아갔다. 왠지 이 호화로운 집을 떠나는 게 조금도 아쉽지 않았다. 오히려 빨리 유식의 단란한 집으로 가고 싶었다.

그런데 거실에 유식이 없었다. 화장실에서 나와도 벌써 나왔을 시간인데 아직도 안에 있는 건가, 의아했다. 석호는 화장실로 가 문을 두드렸다.

"큰 거 싸냐? 변비 있어?"

안에서 쿨럭쿨럭 기침 소리가 들려왔다.

"똥구멍이 찢어진 건 아니지?"

기침 소리가 끊겼다. 석호는 곧 물 내리는 소리가 들릴 거라 생각했다. 하지만 안에서 들려온 건 격렬한 유식의 구토 소리였다.

석호의 얼굴이 파랗게 질렸다. 그 소리가 무엇을 의미하는지 그는 너무나 잘 알고 있었다. 황급히 화장실 문을 열었다. 빨래를 널어놓은 것처럼 유식의 상반신이 욕조에 걸쳐져 있었다.

바닥에는 점점이 핏방울이 보였다. 석호는 유식의 어깨를 잡아 젖혔다. 욕조 안이 피로 가득했다. 검은자가 반쯤 넘어간 눈으로 유식이 말했다.

"가슴이, 가슴이 터질 것 같아."

11

유식이 화장실에 들어가 손을 씻으려는데, 갑자기 목에 이물질 같은 게 꽉 차서 걸린 느낌이 들었다. 본능적으로 기침이 터져 나왔다. 노인은 침만 잘못 삼켜도 기침이 터진다는 얘기를 들은 것도 같아서 그때까지만 해도 별생각은 없었다. 이전에도 몇 번인가 작게 기침한 일이 있었기에 그 정도로 이상 증세라는 생각은 들지 않았다.

그러나 목에 걸린 정도가 아니라 막히는 것 같은 느낌은 조금 겁이 났다. 게다가 그런 느낌이 쉽사리 사그라지지 않고, 기침이 잦아지면서 점점 그의 폐부 속 깊은 곳에서부터 뭔가를 끌어올리듯 격해졌다. 이제는 기침을 멈출 수가 없었다. 커다란 이물질 덩어리가 꾸역꾸역 기침을 따라 올라온다고 느낀 순간 입 밖으로 뱉어진 것은 붉은 덩어리, 핏덩이였다.

놀란 눈으로 유식이 그게 뭔지 살펴보기도 전에 기침은 구역질로 이어졌고, 가슴이 터질 듯한 통증이 엄습했다.

"하, 할……."

석호를 부르려고 목소리를 내보려 했지만 소리가 되어 나오지 않았다. 가슴의 통증이 온몸을 타고 저릿저릿 퍼져 나갔다. 머릿속까지 통증에 잠식되었다고 생각한 순간부터 기억이 나지 않았다.

이후 눈을 떴을 때는 병원이었다.

온몸이 땀범벅이었다. 침대에 파묻힌 게 아닐까 싶을 정도로 몸이 늘어졌다. 퀭한 눈을 들어 주위를 둘러보았다. 특유의 소독약 냄새가 나는 걸 보니 병원은 맞는 것 같았고, 다른 침상이 없는 걸 보아 일인 병실인 모양이었다. 옆으로 삼인용 소파가, 병실 중간에는 응접 테이블이, 환자 침대의 반대편 벽에는 보호자용 침대가 놓여 있었는데 일반실의 낮고 좁은 침대가 아닌 집에서나 쓰는 가정용 침대였다. 테이블과 냉장고 위에 놓인 꽃병에 생화가 화려하게 꽂혀 있었다.

유식의 방과 엄마의 방을 합치면 이 사이즈가 될까, 그런 생각을 뜬금없이 할 때 응접 테이블에서 석호가 일어났다.

"깼냐?"

유식은 고개를 들어 그의 얼굴을 물끄러미 보았다. 아니, 자신의 얼굴을 보았다. 잔뜩 걱정하는 제 얼굴이 자신을 내려다

보고 있는 모습은 아직도 생경하게 느껴졌다. 팔을 올려보았다. 팔에 표시되는 숫자에 73이 표시되어 있었다.

"괜찮아? 물 좀 줄까?"

유식은 대답하지 않았다. 뭔가를 생각하는 건지, 아니면 고개를 드는 것조차 힘이 든 건지 고개를 떨군 채 말이 없었다. 팔에 링거 바늘이 꽂혀 있는 걸 보며 유식이 힘겹게 물었다.

"이거 뭐야?"

"포도당이랑 영양제. 그리고 진통제."

석호는 유식을 똑바로 보지 못하고 똑똑 떨어지는 링거액에 시선을 둔 채 말했다.

절절하게 겪어본 고통이었다. 아직 유식이 예전처럼 장난을 치거나 일어나기 힘들다는 것은 누구보다 자신이 잘 알았다. 실신할 만큼의 고통은 쉽사리 몸을 놓아주지 않는다. 고통이 휩쓸고 간 몸은 한동안 폐허가 되어버린다. 유식이 딱히 말하지 않아도 목이 마를 것을 알고 있었다.

석호가 냉장고를 향해 돌아섰을 때 유식이 말했다.

"내 몸 돌려줘."

석호가 그를 돌아보았다. 아주 작은, 떨리는 목소리였지만 유식은 진지했다. 석호의 대답도 따라 침통해졌다.

"돌려줄 수 있다면 몇 번이고 돌려주겠지만……."

석호의 말이 채 끝나기도 전에 유식이 침대에서 벌떡 일어나 석호에게 매달렸다. 그의 팔뚝에 꽂힌 링거 줄이 팽팽히 당겨졌고 바늘이 비뚤어졌다.

"잠깐, 주사를……."

"돌려줘. 돌려줘. 난 못 해. 이거 난 못 견뎌."

유식은 어깨를 붙들고 진정시키려는 석호의 말을 듣고 있지 않았다. 몸부림치던 그는 기운 없이 그대로 바닥에 주저앉고 말았다. 그래도 힘없는 팔은 석호의 옷자락을 부여잡고 놓지 않았다. 석호는 그 손을 감싸 쥐며 마주 보고 앉았다.

"우선 링거를 다 맞아야 해."

"솔직히 반은 그냥 장난처럼 생각했어. 근데 이건 현실이야. 이 고통이 또 올 거잖아. 말기라며? 몇 번이나 이렇게 아파야 하는 거야? 난…… 나는 절대 못 견뎌! 이대로 몸이 아픈 채로 죽으면 어떻게 해? 이렇게 아픈데, 죽을 땐 얼마나 더 아프다는 거야?"

유식의 온몸이 부들부들 떨렸다. 완전히 평정심을 잃고 있었다. 석호는 유식의 심정을 충분히 이해할 수 있었다. 죽을 걸 안다고 하지만, 죽음이라는 것을 제대로 받아들이기엔 아직 열여덟 살이라는 나이가 너무 어렸다. 이런 고통을 겪고 버틸 나이가 아니었다. 심지어 이 고통은 본래 유식의 것도 아니었다.

"유식아, 내 말 좀 들어봐. 날 좀 봐."

석호가 그의 양팔을 붙잡고 정신을 차리도록 흔들었다. 황

232

황히 헤매던 그의 눈이 천천히 석호의 눈을 찾았다. 마주친 눈빛은 이전의 유식과는 완연히 달랐다. 몸은 늙은 그대로이지만 눈빛이 형형할 수 있었던 건 이 안의 정신이 젊은 유식이기 때문이었다. 그런데 지금은 병든 자의 눈과 다를 바 없이 흐렸다. 석호에게서 무엇을 보았는지 유식이 갑자기 눈을 부릅떴다.

"그래, 만약 몸이 바뀌지 않고 백 일을 맞이하면 어떻게 되는 거지? 나는 교통사고로 죽었어. 그럼 당신은 아무 데도 나가지 않고 집에만 있으면 살 수 있는 거야? 그럼 나는 이 말도 안 되는 끔찍한 고통 속에서 죽어버리고? 그건 내 인생을 빼앗는 거잖아."

안 돼, 안 돼, 하는 말을 거듭하면서 유식은 석호의 팔을 붙들었다가, 몸을 잡고 흔들다가, 이내 그의 가슴 위로 풀썩 엎어져 흐느끼기 시작했다. 그렇게라도 하면 제 몸을 되찾기라도, 붙들 수 있기라도 한 것처럼.

석호는 가만히 그의 등에 손을 올렸다. 죽음도, 말기 암이란 병도 아직 이 어린 아이가 겪기에는 너무 무거웠다.

"걱정 마라. 우리는 죽기 전에 분명히 몸이 바뀔 거야. 고통 속에서 죽는 건 내가 될 거다."

엎어져 있던 유식의 어깨가 움찔거렸다. 유식은 천천히 일어났다. 주름진 얼굴 켜켜이 눈물이 맺혀 있었다. 자신의 이런 얼굴이 석호는 낯설었다.

유식은 믿을 수 없다는 눈으로 석호를 보았다.

"그걸 할바탱이가 어떻게 알아?"

석호는 다그치는 말을 듣고도 어쩐지 안도의 한숨이 나왔다. 말투 때문이었다. 유식의 말투는 거칠고 반항적인 데다 제멋대로인 경우가 많았다. 그렇지만 그 안엔 마음이 담겨 있었다. 그중 하나가 자신을 부르는 '할바탱이'라는 호칭이었다.

석호는 처음 몇 번 거슬리더니 어느 순간부터 그렇게 불러줄수록 마음이 편해지고, 심지어 기분이 좋기까지 했다. 그런데 조금 전 유식은 자신을 향해 '당신'이라고 했다. 거기엔 적대감이 배어 있었다. 분명하게 느낄 수 있었다. 그리고 지금 다시 할바탱이로 돌아왔다. 이제 조금 진정을 되찾고 평소의 유식으로 돌아온 것만 같아 반가웠다. 유식이 원망 가득한 눈으로 '당신'이라고 부를 때 석호는 가슴에 못이 박히는 것 같았다.

"생각해봐. 죽기 전에 우리 둘 다 억울하다고 하면서 죽었어. 그리고 깨어나 보니 몸이 바뀌어 있었지. 난 청춘을 바친 내 인생이 억울하다고 했고, 너는 제대로 기깔나게 살아보지도 못하고 죽었다고 억울하다고 했댔지? 그 억울함을 상쇄할 수 있는 사람이라서 우리가 바뀐 거야. 말하자면 그건 선물이라고. 선물의 끝이 그런 것일 리 없어. 우리는 살아보고 싶은 인생으로 살아보고 다시 꼭 바뀔 거야. 내가 보증할게."

무슨 생각을 하는 건지 유식은 바닥을 내려다보면서 눈을 껌벅거렸다. 축축하게 젖은 얼굴을 이따금 손등으로 훔쳐내면서.

얼마나 그러고 있었을까, 문득 그는 자신의 손에 꽂힌 링거 줄 쪽으로 시선을 돌렸다. 바늘이 빠졌는지 피와 함께 링거액이 조금씩 새고 있었다.

"금방 간호사 불러올게. 조금만 있어. 남은 얘기는 좀 이따 하자."

석호가 얼른 일어나 유식을 부축했다. 유식은 밀어내지 않고 그에게 기대 비틀거리며 일어나 침대에 걸터앉았다. 석호가 베개를 등에 받쳐두고 간호사를 부르려고 나가려는데 유식의 목소리가 날아들었다.

"이렇게 아팠어, 혼자?"

석호의 발걸음이 멈칫했다. 그의 한마디가 조약돌처럼 던져져 석호의 가슴에 잔물결을 만들어냈다. 퍼져 나가는 파문에 닿을 때마다 석호는 저리고 따뜻했다. 석호의 입가로 옅은 미소가 퍼져 나갔다. 지난 시간이 머릿속에 그려져서 그 미소 끝에는 약간의 서글픔이 함께 매달렸다. 그는 담담하게 대답했다.

"……어."

"힘들었겠네."

"좀."

"평소에 이렇게 아픈데 죽을 때는 얼마나 아파야 하는 거
야? 경험자로서 말해봐."

그의 목소리가 어느새 제 색깔을 찾은 것처럼 조금 가볍게
느껴져서 석호는 돌아보았다. 유식이 대놓고 웃으며 그를 보
고 있었다. 일부러 저렇게 크게 웃느라 몸은 또 고통을 견디고
있을 것이다. 석호는 그저 어깨를 으쓱하며 대답했다.

"죽을 때는 오히려 덜 아팠어. 열이 너무 끓어서 정신이 먼
저 나갔던 것 같거든."

"그걸 지금 위로라고 해?"

유식이 이번엔 정말 절로 나온다는 듯 풋, 하고 웃었다. 석
호도 그를 따라 웃었다. 왜 멍청한 얼굴로 웃고 있는지 알 수
없었지만, 지금은 그렇게라도 웃지 않으면 무너질 것만 같은,
그런 순간이었다.

"그러게 왜 미리 진통제 같은 걸 안 챙겨 줬느냔 말이야!"

석호가 정산을 하고 돌아서자 유식이 마구 언성을 높였다.

석호의 담당의사는 입원하여 며칠 더 요양하라고 했지만,
유식이 그럴 시간이 없다고 고집을 부려 부랴부랴 퇴원하는
길이었다. 그런데 석호가 정산을 하는 동안 생각해보니 병에
대한 주의사항을 단 한 번도 이야기해주지 않았다는 것에 생

각이 미쳐 부아가 났다.

"그러니까 나도 다시 태어난 거라서 병이 그대로인지, 통증이 있을 것인지 생각을 못 했다니까."

벌써 세 번째 하는 말이었다. 석호는 거의 사정을 하는 중이었다. 자신이 잘못해서 벌어진 일도 아니고 원했던 바는 더더욱 아니지만, 제 몸이 일으킨 사단이었다. 이 상황에서는 어쩔 수 없이 석호 자신이 을인 입장이었다.

석호는 앞으로 약을 하루 두 번 꼬박 챙겨줄 것이며, 진통이 심해질 때는 무조건 처방받은 강한 진통제를 먹이고 곧장 병원으로 와 제일 비싸고 제일 강력한 무통 주사를 맞히겠다는 약속을 다시 한번 손가락까지 걸고 했다. 물론 머리를 굽실거리면서 말이다.

"이보쇼."

그리 얼마나 달래고 있었을까. 갑자기 들려온 소리에 두 사람이 동시에 뒤를 돌아보았다. 나이가 지긋해 보이는 할아버지가 언짢은 얼굴을 하고 있었다. 환자인지 깡마른 몸이었지만 키가 크고 허리가 꼿꼿했다. 염색을 한 번도 하지 않았는지 백발인 상태였다. 그가 짚고 있던 지팡이를 병원 대리석 바닥에 탁탁 두드리면서 말했다.

"나랑 연배가 비슷해 보이니 하는 말인데. 가만 보니 손자가 할아버지 병수발을 들다가 좀 실수한 것 같구만 너무 하는 거 아니오? 요즘 이런 손자가 어디 있다고 애를 이렇게 사람 많은 데서 잡으시오, 잡으시길! 복 받은 줄 알고 그만하쇼!"

그가 보기에는 병치레 중인 할아버지가 어린 손자에게 너무 심하게 대하는 것 같았던 모양이다.

"아니, 그게 아니라……."

유식이 변명을 하려는 사이 석호가 두 사람 사이에 끼어들었다. 잘못하면 괜히 말싸움이 진짜 싸움이 될지도 모를 노릇이었다.

"그런 거 아니에요, 할아버님. 걱정해주셔서 감사하지만 저희 할아버지가 절 잡거나 그러시는 거 아니세요. 말투가 원래 그러세요."

석호의 말에도 할아버지는 화가 풀리지 않는 것 같았다. 오히려 마음씨 좋은 손자가 성질 나쁜 할아버지를 감싸준다고 생각하는 표정이었다.

"이렇게 착한 손자를! 에잇!"

홱 돌아서는 할아버지의 뒷모습을 보며 유식은 헐, 헐, 어쩔 줄 모르는 탄식만 터트릴 뿐 억울함을 풀 길이 없었다. 앞으로도 71일간 이런 일이 비일비재할 거라고 생각하니 눈앞이 깜깜했다. 안 그래도 아픈데! 서러운데! 분노의 화살이 방향을 찾았는지 그가 석호를 홱 노려보았다.

"말투가 원래 그러세요? 아주 참한 손자 나셨네!"

"그럼 뭐 절 쥐 잡듯 잡으니 좀 혼내주세요, 그럴까?"

"오호, 계속 말대답을 하신다 이거지? 할바탱이, 나한테 미안한 감정이 아주 다 사라졌나 봐?"

"아유, 네네. 죄인인 제가 어찌 말대답 따위를 할 수 있겠습니까? 자, 이제 어디로 뫼실까요?"

장난스럽게 허리를 굽실거리며 석호가 물었다. 유식은 턱을 들고 입고 있던 정장의 깃을 척 세웠다. 그러고는 흐트러지지도 않은 머리를 양손으로 쓱 넘기며 말했다.

"집으로. 엄마가 걱정하시니까."

"네네, 모시겠습니다, 마마보이님."

둘은 쉴 새 없이 투덕거리며 택시 정류장까지 이동했다. 택시 안에서는 다행히 조금 전 병원에서의 할아버지와 같은 반응은 없었다. 손자와 할아버지가 친구처럼 지내는 것 같아 부럽다는 말만 들었을 뿐이었다.

집에 도착했을 때는 이미 저녁 여덟 시가 넘은 상태였다. 게다가 엄마에게 연락도 한번을 안 했다. 뒤늦게 확인한 핸드폰에는 부재중 통화가 마흔여덟 건이나 있었다.

대문 안으로 들어서자 마당을 서성이던 은희가 발견하고 달려왔다. 은희는 며칠 전 석호가 사준, 아니 유식이 사준 흰색 원피스를 입고 있었다.

"대체 어떻게 된 거야? 걱정을 얼마나 했는지 알아?"

석호는 유식을 슬쩍 보았다. 유식이 얼른 끼어들었다.

"어머니, 정말 죄송합니다. 제 일을 유식이가 좀 도와주느라 시간이 걸렸습니다."

은희가 먼저 사과하는 유식을 보고는 더 뭐라고 하기가 어렵다는 표정을 지었다. 그렇다 하더라도 오십 번 가까이 전화를 거는 동안 속이 새까맣게 타들어갔던 게 없던 일이 되진 않았다. 은희는 석호의 팔을 잡아당기고는 등짝을 후려치기 시작했다.

"아무리 그래도 전화 한 통도 못 해? 손가락이 부러졌어도 전화는 걸겠다! 아예 내가 먼저 손가락을 부러트려줄까? 이 녀석! 이 녀석!"

석호는 악악, 비명을 지르며 은희의 등짝 스파이크를 견뎌 내었다. 아무리 피하려고 해봤자 은희의 손아귀 힘이 얼마나 센지 잡힌 팔을 빼낼 수가 없었다. 흘긋 보니 유식이 잘 걸렸다는 표정으로 히죽거리고 있었다.

부재중 통화 마흔여덟 건 대신 거의 마흔여덟 대를 맞은 뒤에야 석호는 은희의 손에서 벗어날 수 있었다. 은희는 허리에 손을 얹고 퉁명스러운 목소리로 물었다.

"밥은?"

"……안 먹었습니다."

이렇게 늦게 들어오면서 안 먹었다고 하면 또 맞을 것 같았지만, 며칠 동안 먹은 은희의 반찬이 너무 맛있었던 탓에 석호는 이실직고할 수밖에 없었다. 다행히 은희는 까맣게 속을 태운 아들의 등짝을 똑같이 까맣게 멍들일 생각은 아닌 듯 한 번 힘주어 노려보고는 주방 안으로 획 하니 들어갔다.

석호는 연신 등을 문지르며 매질의 후유증을 이기고 있는데, 유식은 은희가 들어간 주방 문을 눈이 부시다는 표정으로 보고 있었다.

"우리 엄마 예쁘지 않냐?"

무슨 소리냐는 듯 주방 안쪽을 보던 석호는 은희가 입고 있던 새하얀 원피스가 떠올랐다. 그는 무심결에 웃으며 말했다.

"내가 그랬잖냐. 너희 엄마 보고 천사인 줄 알았다고."

아니나 다를까 그 말에 유식의 눈이 대번에 희번덕거렸다. 그는 당장이라도 석호의 멱살을 잡을 태세였다. 자기가 먼저 물어놓곤? 또 맞을 수는 없다는 생각에 석호는 한 발짝 뒤로 물러나며 양손을 들어 보였다.

"예쁘다는 말에 동의한 것뿐이야."

"허튼 마음 품지 마라, 할바탱이."

석호가 펄쩍 뛰었다.

"무슨 생각을 하냐, 내가 설마 네 몸을 하고 네 엄마랑!"

그 말에 오히려 유식의 눈이 더 위협적으로 변했다.

"내 몸 아니면 뭐? 내 몸 아니면 뭘 어쩔 건데? 이 할바탱이가 정말!"

석호는 마당을 가로질러 유식의 방으로 뛰었다. 여차하면
병실에서 벌어졌던 싸움의 2차전이 벌어질 것 같았다.

광기 어린 표정을 하고 쫓아오는 유식을 향해 '네 엄마랑 내
가 몇 살이나 차이 나는데!' 하고 소리 지른 뒤에야 유식은 이
성을 되찾은 듯 눈을 평소처럼 떴다. 단순히 '예쁘다'고 말하
는 것과 '호감이 있다'가 얼마나 다른 뜻인지를 석호는 한참
이나 가르쳐야 했다. 둘이 나란히 방바닥에 퍼질러 앉아 숨을
핵핵거리다 문득 석호가 물었다.

"근데 엄마는 무슨 일을 하시나?"

석호는 생각해보니 한 번도 물은 적이 없다는 것을 깨달았
다. 새벽같이 나가시고, 저녁에는 여덟 시가 다 되어서야 들어
오는 것 정도만 알고 있다. 하지만 유식이 사준 원피스나 정장
을 입는 것을 보면 험한 일을 하는 것 같지는 않았다.

"아파트 관리사무소 직원."

"사무직? 그런데 그렇게 일찍 나가?"

"응, 좀 먼데 다니시거든. 은파동."

버스로 다닐 테니 은파동이면 출근만 한 시간 반이 넘는다.
일찍 나가고 늦게 들어오는 것이 그제야 이해가 되었다.

"근데 말이야, 할바탱이."

어, 대답을 하면서 석호는 조금 긴장했다. 유식이 얼굴에서

장난기를 거두고 자신을 부를 때마다 보이는 특유의 표정을 봤기 때문이었다. 이런 표정을 할 때 유식은 항상 진지한 이야기를 한다.

"아까 얘기했잖아. 우리 죽을 때 분명 몸이 다시 바뀔 거라고."

"응."

"보증한댔지?"

석호는 유식의 얼굴을 빤히 보다 고개를 끄덕였다.

"만약에 우리 몸이 다시 안 바뀌어도…… 절대 집 밖으로 나가지 마."

"응? 그게 무슨 말이야?"

석호는 유식이 무슨 뜻으로 그런 말을 하는지 얼른 알아듣지 못했다. 하지만 곧 이해할 수 있었다.

유식은 교통사고로 죽었다. 집 밖을 나가지 않는다면 어떨까? 혹시 운명을 바꿀 수도 있는 게 아닐까? 그는 그렇게 생각하고 있는 것이다. 석호가 생각하기에도 말도 안 되는 생각은 아니었다.

하지만, 몸이 안 바뀌어도 나가지 말라는 말은.

"우리 엄마…… 나 없으면 죽어. 나 하나 보고 사는 사람인데, 나 죽으면 안 돼. 그러니까 몸이 안 바뀌더라도……."

유식은 말을 끝까지 맺지 못했다. 문이 열리면서 은희가 밥상을 들고 들어왔기 때문이었다. 유식이 얼른 일어나 밥상을 받으려 하자 은희가 슬쩍 손을 피했다.

"아니, 손님께서 뭘요. 이 녀석 빨리 안 일어나?"

은희가 발로 석호의 엉덩이를 걷어찼다. 석호는 화들짝 놀라며 펄쩍 뛰어 일어났다. 자꾸만 자신의 입장을 잊는 것은 둘째 치고, SH물류 주석호 회장 인생에 여자에게 엉덩이를 걷어차이는 일도 처음이었기 때문이다. 그러나 어쩌겠는가. 지금 이 순간 자신은 그녀의 아들인 것을.

"죄송해요."

밥상을 받아들고 유식과 마주 앉았다. 은희는 찬이 없어 죄송하니, 어쩌니 하는 말을 하며 유식의 앞으로 맛있는 반찬을 끌어다 놓았다. 그런 은희를 보는 유식의 주름진 눈에서 깊이를 헤아릴 수 없는 애정이 흘러나왔다.

죽음과 같은 크기일지도 모르는 고통을 느낀 날 유식은 엄마만을 생각하고 있었다. 석호는 은희가 들어오는 바람에 미처 하지 못한 유식의 말이 귓가에 맴도는 것만 같았다.

'몸이 안 바뀌더라도, 우리 엄마의 아들로 살아줘.'

12

오늘도 은희는 말 한마디 하지 않고도 자신의 존재를 눈부시게 드러냈다. 소담하지만 어느 고급 음식의 맛도 비할 수 없는 밥상차림으로. 새벽같이 일어나 나가면서도 그녀는 두 사람 몫의 식사를 정성껏 마련해놓았다. 석호에게 숙식 비용으로 받는 돈 때문에 그런 것만은 아닐 것이다. 매번 유식이 좋아하는 반찬이 빠지지 않고 맛깔스럽게 올라와 있는 걸 보면, 이 밥상은 석호가 없었어도 항상 차려졌을 것이다.

혼자가 아닌 식사. 가사 도우미가 기계적으로 차려준, 일과 대가를 교환해 나온 것이 아닌 오롯이 순수한 정성이 들어간 식사를 석호는 마음 깊이 감사해하며 먹었다. 그러고는 바로 유식의 책상에 앉아 뭔가를 적기 시작했다. 언제고 해야 할 일이긴 하지만, 미리부터 준비해놓는 편이 나으리라 생각했다.

유식이 식사를 마친 상을 부엌에 가져다 정리해두고 손을 탈탈 털며 말했다.

"오늘은 뭐할까?"

석호는 적던 것을 마저 적으며 돌아보지도 않고 대답했다.

"너 하자는 대로."

"뭐 하는 건데?"

유식이 석호의 어깨너머로 고개를 빼 서류 같은 걸 힐끔거렸지만, 석호는 보여줄 생각이 없는지 뒤돌아보며 쓰읍, 하고 경고의 소리로 접근을 차단했다.

"치사하다. 안 봐, 안 봐."

유식은 괜스레 더 과장되게 투덜거리며 핸드폰을 집어 들고 방을 나가 마당에 주저앉았다. 일부러 푸푸, 소리가 방 안까지 들리도록 세수를 하기 시작했다.

비누칠을 잔뜩 하는데 옆에 둔 핸드폰에서 벨소리가 울렸다. 거품이 잔뜩 묻은 눈을 가늘게 뜨고 겨우 발신자를 확인했다. 유리였다. 유식은 무심결에 전화기를 집으려다 무슨 생각인지 손을 거뒀다. 계속 전화벨 소리가 울렸지만 들리지 않는 척 양손으로 얼굴에 물을 퍼부었다.

더 씻을 데도 없었지만, 전화벨 소리가 멎을 때까지 유식은 몇 번이고 얼굴을 문질러댔다. 안면 피부가 유난히 뽀득뽀득해지고, 전화벨이 멎은 뒤에야 그는 뭔가 결심한 듯 수건으로 얼굴을 닦으며 일어났다.

유식은 단숨에 방으로 들어가 문을 벌컥 열어젖혔다. 열심히 쓰고 있던 게 이제야 끝났는지 서류봉투를 밀봉하던 석호가 화들짝 놀라 그를 보았다.

"오늘은 나를 위해 써!"

"무슨 큰일 난 줄 알았네! 누가 보면 전쟁터에 나가는 줄 알겠다."

"전쟁터 맞아. 아주 남자다운 일을 해야 한다고."

유식이 핸드폰을 들어 보이며 비장하게 말했다.

"야, 이건 아닌 거 같아."

"아니긴 뭐가 아니야. 할바탱이, 기회는 한 번뿐이야. 질질 끄는 게 더 나쁜 놈인 거 알지?"

"그걸 왜 내가⋯⋯."

"그럼 내가 해?"

석호와 유식은 상점가 카페 앞에서 아까부터 옥신각신하고 있었다. 유식은 석호를 카페 안에 넣으려고, 석호는 어떻게든 들어가지 않으려고 밀고 당기는 중이었다.

유식이 오늘 해야 한다고 말한 중요한 일은 다름 아닌 유리와의 이별이었다. 유리만큼은 아니더라도 유식도 유리를 많이 좋아했다. 만나면 즐겁고, 시간이 빨리 갔으며, 유리가 가끔

질투하는 걸 보는 것도 귀여웠다. 살갑지 않다며 툭하면 삐치고, 무뚝뚝하다며 아무 데서나 투정을 부리던 유리가 피곤했던 적도 있었지만. 그러다가도 오동통한 입술을 비죽 내밀면 결국 유리한테서 비롯된 피로감도 사르르 풀리곤 했다. 이러니저러니 해도 유식은 유리가 자신을 좋아해주는 게 좋았다.

하지만 유식은 오늘 유리와 이별할 생각이었다. 사귀는 채로 죽어서 정리도 안 되면 유리에게 상처가 될 게 분명하다. 헤어진다는 건 분명 슬프겠지만, 사귀는 동안 죽음으로 인해 이별하는 것보다는 덜 아플 거라는 판단이었다.

가운데서 애꿎게 난처해진 건 석호였다. 유식이 무슨 생각을 하는지는 알았지만, 석호는 정말 이건 아니라는 생각으로 버텼다.

"내가 뭐라고 하라는 거야, 대체."

"남자답게, 딱! '헤어지자, 네가 싫어졌어' 하면 되지! 아니, 그건 너무 멋진가? 멋지면 헤어지기 더 힘들 거 아냐."

유식은 석호, 아니 제 몸을 머리부터 발끝까지 훑어보고는 '너무 멋져서 탈이다, 으으' 하며 괴로워했다. 그런 녀석을 석호는 한 대 쥐어박고 싶었지만, 당장은 이 상황을 모면하는 게 급선무였다. 이대로면 석호가 손녀뻘 되는 유리를 울리게 되는 것 아닌가! 도저히 자신이 없었다.

"기깔나게 살고 싶다며. 여자 친구 그냥 있는 게 낫지 않아?"

"아니! 기깔나는 남자는 그런 거 아냐."

"대체 그 기깔이라는 게……."

석호가 따져 물으려 할 때였다. 저 멀리서 유리가 보였다. 몸에 짝 달라붙는 티셔츠에 핑크색 랩스커트를 입었는데, 바람이 휘익 쓸고 가는 것처럼 시원해 보였다. 거기에 묶지 않은 긴 머리에는 굵은 웨이브를 주어 귀여움이 몇 배로 더해졌다.

차려입은 것만 봐도 오늘 유식과의 데이트를 얼마나 기대하고 나왔는지 뻔히 보였다. 저런 아이에게 헤어지자는 말을 하라고? 석호는 더욱 격렬하게 몸부림치며 거부했지만, 결국 유식이 그를 질질 끌어 카페 안으로 밀어 넣었다.

도로 나가려 몸을 틀어도 유식이 수문장처럼 창 너머에서 '나오기만 해봐' 하는 위협적인 눈으로 버티고 있었다. 이러지도 저러지도 못하고 석호가 문 앞에 서성이며 유식에게 간절한 시선을 보낼 때였다.

"어? 벌써 왔어? 웬일이야?"

벌컥 문이 열리더니 코앞으로 유리가 들이닥쳤다.

유리는 동그란 눈을 껌벅이며 의외라는 얼굴로 석호를 빤히 보고 있었다. 다시 창 쪽으로 시선을 주면 유식이 미간을 구기고 주먹을 쥐어 보였다. 석호는 고개를 절레절레 저으며 깊은 한숨을 내쉬었다.

"조금 전에 왔어. 뭐 마실래?"

유리는 블루베리 스무디를, 석호는 아이스 아메리카노를 주문했다. 원래는 진동벨을 들고 자리에 가서 기다려도 되지만 석호는 음료가 나오는 매대 앞에서 계속 서성였다. 마음이 몹시 불편했다. 적어도 어떤 핑계를 댈지, 뭐라고 이별의 말을 해야 할지 정도는 알려줘야 하는 것 아닌가. 아, 정말 유식이 생각하는 기깔나는 남자라는 게 뭔지 석호는 도무지 알 수가 없었다.

잠시 후 주문한 음료가 나오자 그걸 들고 유리가 앉아 있는 창가 쪽으로 다가갔다. 쟁반을 내려놓으니 유리가 또 눈을 동그랗게 떴다.

"이런 데 오자는 것도 웬일인가 했는데, 너 커피 마셔? 원래 안 마셨잖아?"

아, 그건 몰랐는데. 아차, 싶었다. 요즘은 고등학생들도 커피 정도는 마시는 줄 알았건만 유식은 아니었던 모양이다.

"그냥 마시게 됐어."

"그래?"

유리는 블루베리 스무디를 들고 굵은 빨대를 쪽쪽 빨면서 카페 안을 휘휘 둘러보았다. 인테리어가 귀엽다느니 장식이 예쁘다느니, 호기심 어린 눈을 굴리며 쉬지 않고 말을 늘어놓았고, 스무디 잔을 들고 있는 제 모습을 셀카로 찍어대기도 했다. 머리가 복잡한 석호는 혼자 바쁜 유리의 모습이 하나도 머리에 들어오지 않았다. 문득 고개를 들면 바깥에서 유식이 노려보고 있는 게 보였다. 유식은 재촉하듯 자꾸만 손을 휘적였다.

'망할 자식! 한다, 해.'

석호는 더 버틸 재간이 없다고 판단하고, 흠흠, 헛기침으로 목소리를 가다듬었다. 그러고 나서 비장하게 입을 열었다.

"사실은 오늘 하고 싶은 말이 있어서 불렀어."

유리는 하고 싶은 말이 뭐든 대수롭지 않을 거라 여기는지 아랑곳없이 포즈를 바꿔가며 셀카를 찍느라 바빴다. 그러다 이상하리만치 입술을 비쭉 내밀고는 시선을 주지도 않은 채 말했다.

"웬 심각? 너 안 같거든. 그러지 말고 사진 같이 찍자. 인스타에 올릴 거야."

유리가 석호의 한쪽 팔을 휙 잡아당겼다. 석호는 엉겁결에 유리 쪽으로 어깨를 붙이다가 바깥에 저승사자처럼 서 있는 유식을 보고는 팔을 빼내며 몸을 곧추세웠다. 그러자 이번엔 유리의 반응이 조금 달랐다. 표정이 순식간에 굳어진 것이다.

"할 말이……."

"하지 마."

"아니, 꼭 해야 되거든."

"하지 말라고!"

갑작스레 꽥 소리를 질렀기 때문에, 아르바이트생으로 보이는 청년이 인상을 쓰고 이쪽을 쳐다보았다. 석호는 미안하다는 듯 고개를 움츠렸다. 손님이 두 사람 말고는 없었는데, 그래서 다행인지, 아니면 사람들로 북적거리는 게 차라리 나은지 석호는 판단하기 어려웠다. 아니, 차라리 사람이 없는 쪽이 나은 게 분명하다. 유리는 이런 상황에 사람들 눈치를 볼 아이가 아니었기 때문이다.

이미 유리의 얼굴은 시뻘겋게 달아올라 있었다. 눈에는 눈물이 그렁했고, 입술은 고집스럽게 앙다물고 있었다. 주먹을 꼭 쥐고 있는 걸 보면 울지 않으려 애쓰고 있는 것만 같았다.

그러니까 유리는 이미, 석호가 무슨 말을 하려고 하는지 눈치를 챈 것 같았다.

"어떤 년이야?"

"어?"

"헤어지자고 말하려고 하는 거잖아. 어떤 년이냐고!"

헤어지자고 하려던 것은 맞지만, 그녀가 말하는 '어떤 년'이 누군지 몰라 석호는 조금 당황했다. 대답이 늦어지자 유리가 먼저 입을 열었다.

"사실은 이미 눈치채고 있었어. 할아버지 때문에 며칠 연락 안 됐다는 것도 다 거짓말이었지? 지난번에 할아버지가 옷 사 준 거 나한테는 한 벌도 안 주더니, 전부 다 그년한테 바친 거지? 너 그거 일부러 나 눈치채라고 한 거 아냐?"

완전히 틀린 추측이었지만, 석호는 차라리 잘되었다고 생각했다. 어떻게 이야기를 꺼내야 할지 막막했는데 대충 여기서 유리가 오판한 내용대로 인정해버리면 될 것 같았다. 게다가 유식이 남자답게 한 번에 딱 잘라내라고 하지 않았는가. 어떤 식의 이별을 하라고 특별히 정해준 것도 아니니까 상황에 맞춰서 하면 되는 것이다.

유식이 후회할 일이 생겨도 그것은 내 탓이 아니다, 거기까지 생각한 석호는 유리의 넘겨짚는 말에 대충 맞춰주기로 했다.

"맞아. 나 다른 애 만나."

"어떤 년인지 말해."

누구를 떠올릴 생각은 없었지만, 석호의 머릿속에 자연스레 은희가 떠올랐다. 단아한 모습, 천사 같은 얼굴, 정갈한 밥상.

"네가 차마 년이라고 부를 수도 없는 사람. 천사 같은 사람. 너는 따라갈 수도 없는 사람."

석호가 그렇게 말했을 때였다. 퍼뜩 떠오른 대로 말한 것이었는데, 그 말에 진정성이 너무 깊이 배어버린 모양이었다. 참지 못하고 유리는 들고 있던 스무디 잔을 그대로 석호의 얼굴에 뿌렸다. 푸악! 그새 녹아 조금 묽어진 끈적하고 달콤한 블루베리 스무디가 석호의 얼굴 위로 줄줄 흘러내렸다.

올해로 예순다섯, SH물류 회장 주석호는 지금 손녀뻘 되는 고등학생 여자애에게 스무디 세례를 받은 사실에 현실감을 잃고 아득해졌다. 대체 이 꿈은 왜 깨어나질 않는 거지? 줄줄 흘러내리는 스무디의 얼음알갱이들을 한 손으로 닦으며 그는 꾹 참아냈다. 어떻게든 버텨야 한다는 일념으로. 제발 따귀까지는 가지 말자고 빌어보며.

다행히 그 정도 사태는 일어나지 않았다. 유리가 자리를 박차고 일어났다.

"이런 식으로 끝내는 너, 정말 최악인 거 알지? 나도 안 매달려!"

드라마를 너무 많이 본 건지, 유리는 그대로 뒤돌아 입을 막고 눈물을 흩뿌리며 출입구를 향해 뛰었다. 그대로 두어도 되겠지만 석호는 유리에게 한 번 맞춰주기로 생각했다. 어차피 꼭 하고 싶은 말도 있으니까.

석호는 드라마의 남자 주인공처럼 달려가 유리의 손목을 잡아 돌렸다. 유리가 머리카락을 흩날리며 돌아보았다.

"놔! 놓으라고."

"마지막으로 부탁이 있어."

유리가 떨리는 눈으로 석호의 눈을 들여다보았다. 석호는 유리의 눈 속에서 작은 기대를 읽었다. 지금 하는 말이 유리가 원하는 말이 되지 않을 수도 있겠지만, 석호는 꼭 이뤄지기를 바라며 그녀의 귀에 대고 말했다.

"……."

석호의 속삭이는 말에 유리가 눈을 휘둥그렇게 떴다. 도무지 이해가 가지 않는다는 얼굴이었다. 석호는 웃었다.

"네가 괜찮다면, 그렇게 해줘."

석호의 웃는 입으로 머리에서 흘러내린 블루베리 스무디가 뚝 떨어져 들어갔다. 스무디는 달달했다.

유리가 비련의 여주인공 포즈로 달려나가고, 석호는 카페 알바생에게 걸레를 빌렸다. 바닥에 쏟아진 블루베리 스무디를 전부 닦고, 탁자 위도 휴지로 대충이나마 정리한 뒤 알바생에게 꾸벅 인사까지 했다. 현실과 드라마는 이처럼 아주 많이 다르다. 바닥에 쏟으면 본인이 치워야 한다는 사실을 언젠가 유리가 반드시 알게 되길 바라며 석호는 카페를 나왔다.

그런데 유식이 보이지 않았다. 석호가 우물쭈물할 때까지만 해도 노려보고 서서 채근하더니, 정작 지금은 그 자리가 텅 비어 있었다. 혹시 유리를 뒤쫓아 간 건 아닐까 하는 생각도 잠깐 들었지만 그럴 리는 없을 것 같았다. 집에서 나와 여기까지 오는 동안 유식의 단호하고 비장한 태도를 떠올려보면 그랬다간 코미디가 되는 것이다. 게다가 다 늙은 할아버지가 우는 여고생을 뒤쫓아 가봤자 이상한 취급만 받을 뿐이지 않나.

석호는 유식을 찾아 건물 뒤편 주차장 쪽으로 가보았다. 거기에 그가 있었다. 주차장에서도 구석진 곳, 화단에 걸터앉아 고개를 푹 숙인 채였다. 석호가 옆으로 다가가 나란히 앉을 때까지 유식은 꼼짝도 하지 않았다.

"다 했다."

"……갔어?"

엥? 석호는 눈을 커다랗게 떴다. 갔냐고 묻는 유식의 목소리가 마구 떨리고 있었기 때문이다.

바닥에서 올라올 줄 모르는 유식의 얼굴을 석호가 양손으로 들었다. 유식이 얼굴을 홱 채며 고개를 돌렸지만, 그냥 둘 석호가 아니었다. 기어코 유식의 얼굴을 양쪽 따귀를 치듯 잡아 정면으로 마주 보게 했다.

"하디마악……."

입이 구겨진 유식이 어눌한 발음을 내며 버둥거렸다. 그의 얼굴은 어느새 눈물범벅이었다. 보아하니 유리가 소리 지르며 뛰어나가는 것까지 지켜본 모양이었다. 유리 뒷모습을 보면서 그제야 이별을 체감했을 것이다. 그러고는 이곳에서 혼자 이렇게 질질 짜고 있던 것 같았다.

물론 실제로 울고 있는 건 잔뜩 주름진 노인의 얼굴이었다. 그래서 더 서글프고 쓸쓸해 보였는지도 몰랐다. 그건 석호 자신이 울고 있는 모습이기도 했으니까. 석호는 인생의 고비마다 눈물을 쏟지 않으려고 이를 악물었다. 강해져야만 했다. 그래야 살 수 있다고 생각했다.

내가 울면 저런 모습이었구나. 그동안 울지 못한 자신을 생각하니 마음이 더 짠해지는 것 같았다. 참고 참아서 이제는 눈물이 메마른 줄 알았는데, 아직 아니었구나. 우는 얼굴이 생각보다 한심해 보이지는 않았다. 석호는 자기도 모르게 웃어버렸다.

석호는 옆에 앉아 유식의 어깨에 팔을 둘렀다. 지금은 주름에 가려지지 않는 유식의 앳된 영혼이 보였다. 이 어린것들의 사랑에, 한편으로는 어설픈 이 순수한 감정들이 고스란히 느껴져 웃기기도 했다. 유식에게는 미안하지만.

"슬프냐?"

"약 올리지 마라."

"그래서 그렇게나 우셨쪄요? 마음이 너무 아파요?"

"하지 말라고!"

석호가 유식의 머리를 딱 때렸다.

"내가 이 나이에 손녀뻘 되는 애한테 음료수 세례 맞았다. 너 만약 살아남게 돼도 걘 다시 생각해봐라. 애가 순하지가 않아."

석호는 농담으로 하는 말이었다. 하지만 유식은 완전히 진지했다.

"살아날 수 있을까?"

"할 수 있어, 인마."

석호는 유식의 머리를 쓱쓱 쓰다듬었다. 한참 울적하게 가라앉아 있던 유식이 석호의 어깨에 제 고개를 들이밀었다. 석호는 밀어내지 않고 유식의 머리를 끌어안아 토닥거려주었다.

어린것이, 갑작스레 정해진 죽음 탓에 겪지 않아도 될 걸 겪었다고 생각하니 짠하기도 안쓰럽기도 했다. 사실 유식은 이번에 처음으로 좋아하던 사람과 헤어져본 것 아닌가. 다른 사람들이 상심한 어린 자식과 손주에게 측은지심에 그러하듯, 석호는 자기도 모르게 기대고 있는 유식의 머리에 쪽, 뽀뽀를 해주었다.

그때 카페의 아르바이트생 청년이 뒷문을 열고 나오다 우뚝 멈추었다. 순간 석호도 움찔 그 자세 그대로 몸이 굳고 말았다. 청년의 손에서 쓰레기봉투가 툭하고 떨어졌다. 조금 전 음료수 세례를 받고 여자 친구와 헤어진 남자아이가, 여자애를 돌려보내고는 할아버지를 만나 끌어안고 뽀뽀하는 상황에 크게 당황한 게 보였다.

뭐라 변명을 해야 한다! 하는 생각과 동시에 아르바이트생의 존재를 모르는 유식이 석호의 허리를 더욱 끌어안았다.

"히잉."

석호는 얼른 아르바이트생을 보았지만 이미 그는 카페 안으로 들어가버린 뒤였다.

"어차피 다시 볼 사람도 아닌데 무슨 걱정이야."

"다시 볼 사람 아니면 아무 짓이나 해도 돼? 넌 그럼 명동 한복판에서 똥도 쌀 수 있냐?"

"지금 날 똥에 비유하는 거야?"

카페 주차장에서 나와 한동안 배회하듯 걸으며 석호와 유식은 또다시 투덕거리기 시작했다. 유식이 조금 전 사건을 대단치 않게 받아들이는 게 화근이었다. 유식에게는 지금 유리와의 이별이 가장 큰 사건이었고, 석호는 자신의 육십오 년 인생이 대체 왜 여기까지 왔는가에 대한 의문이 가장 큰 이슈였으니 서로 공감할 수 없는 것도 당연했다.

"오늘은 너 먼저 들어가. 너랑 있으니까 정신이 너무 피곤해."

석호가 택시 승강장에서 걸음을 멈추며 유식을 향해 귀찮다는 듯 손을 휘저었다. 마치 귀신이라도 쫓는 듯한 태도였다.

"어디 가게?"

석호가 서류를 들어 보였다.

"내가 아무리 회장직에서 내려왔어도 매일같이 한가할 줄 알았냐?"

"주식도 다 넘겼는데 아직도 일이 있어?"

기가 찬다는 듯 석호가 일부러 한숨을 크게 내뱉었다.

"준다고 말만 하면 다냐? 법적인 절차를 밟아야지! 그리고 정리할 것도 많고."

그는 오늘 소현민 변호사를 만날 생각이었다. 의논할 사안이 많다. 유식은 '아하' 하며 입을 벌리고 고개를 끄덕였다.

"그럼 더더욱 나랑 같이 가야 하는 거 아냐?"

"아니, 난 오늘 심부름 온 거라고 하면 돼. 너랑 다니다가는 더 무슨 일이 날지 모르겠어. 정신적으로 너무 피곤해. 그러니 빨리 집으로 들어가버려."

석호는 유식의 주머니에 오만 원짜리 한 장을 쑤셔 넣고 택시 뒷좌석 문을 열었다. 그리고 주머니의 오만 원짜리처럼 유식도 택시 안으로 구겨 넣었다.

별안간 벌어진 일에 유식이 당황하는 사이 석호는 택시 문을 닫고 곧장 뒤에 대기하고 있던 택시에 몸을 실었다. 석호가 탄 택시는 문이 닫히자마자 먼저 떠나버렸다.

"어디로 모실까요?"

유식은 고개를 쭉 빼 멀어지는 택시를 보다가 룸미러로 빤히 보고 있는 운전기사와 눈이 마주쳤다. 어쩔까, 유식은 고민에 빠졌다.

집에 가면 어차피 혼자다. 거기다 오늘은 슬픈 이별을 한 날. 게다가 지금 주머니에는 오만 원이나 있다. 정녕 이대로 집에 가야 하는가?

답은 정해져 있었다. 그럴 수야 없지!

"죄송해요, 내릴게요."

유식은 그대로 택시에서 내렸다. 그리고 가장 가까운 피시방을 찾아 들어갔다.

라면과 떡볶이, 군것질거리들을 잔뜩 시키고는 익숙하게 자신이 평소 즐겨 하던 게임을 시작했다. 요즘 들어 너무 바른 생활을 했다. 사이다를 쭉쭉 들이켜며 유식은 캬! 소리와 함께 몸속에 쌓여 있던 '올바름'들을 모두 내뿜어버렸다.

몸도 다르고, 오랜만에 게임을 잡았더니 처음엔 영 손에 안 익는 듯했다. 하지만 어느새 피시방 의자에 파묻혀 거의 반은 누운 평소의 자세가 나왔고, 쭉 뻗은 손은 원래의 감각을 되찾아 현란하게 키보드들을 휘저었다. 지나가던 어린 학생들이 흘끗흘끗 그를 보기 시작했다. 나중에는 많은 사람들이 그의 뒤로 몰려들어 구경하는 진풍경까지 연출되었다.

그날 피시방에 있던 대다수 학생들의 SNS에는 '신의 손을 가진 할아버지.jpg' 라는 이름으로 이 진풍경의 사진이 심심찮게 업로드되었다.

13

SH물류 본사 안으로 들어가려던 석호는 출입 체크기 앞에
서 멈춰 섰다. 자기도 모르게 옆에 서 있던 보안요원을 쳐다보
았다. 이거 왜 이래, 회장이 들어가면 알아서 열어야 하는 거
아냐, 하는 표정을 하고서. 너무나도 당연하게 구는 태도에 생
뚱맞단 표정을 지으며 보안요원이 다가왔다.

"누구 찾아왔니?"

아차, 또 잊었다. 지금 자신은 SH물류 주석호 회장이 아니
다. 이제는 유식의 몸으로 고등학생인 척 구는 것에 제법 익숙
해졌다 싶었는데, 워낙 제집처럼 여기던 회사다 보니 그만큼
쉽게 자신의 상태를 잊고 마는 듯했다.

회사의 얼굴이 주석호였으니, 때때로 회사 로비를 통해 들
어올 때는 별도의 출입 카드 없이도 보안요원이 알아서 열어

주었다. 그러다 보니 이런 간단한 출입조작은 남이 해주는 게 익숙했고, 그만큼 신경 써본 적도 없다. 하지만 지금은 다르다. 으레 사원들처럼, 아니 낯선 방문자처럼 방문 절차란 걸 밟은 뒤 들어와야 했다.

그런데…… 그걸 어떻게 하더라? 관심을 가져본 적이 없으니 정확한 절차를 알 리 없었다. 석호가 입구 앞에서 우물쭈물하자 지켜보던 보안요원이 눈을 매섭게 뜨며 손을 휘저었다.

"여긴 아무나 들어오는 데 아니다. 볼일 없으면 얼른 나가."

"법무팀에 소현민 변호사님 만나러 왔는……."

"만날 사람이 있으면 인포에 가서 말해야지! 저기 쓰여 있는 거 안 보여?"

돌아보자 안내데스크에 '방문자 확인'이라고 적힌 팻말을 앞에 둔 직원이 보였다. 석호는 더이상 아무 말도 못 하고 안내창구로 향했다. 출입관리에 철저한 거야 보안요원으로서 당연하다지만, 만약 죽기 전에 단 하루라도 다시 주석호로 살 기회가 생긴다면 보안요원들의 저 위압적인 태도를 좀 고치란 업무지시를 내린 뒤 죽겠다는 생각을 했다.

"저, 법무팀에 소현민 변호사님 만나러 왔는데요."

유니폼을 입은 안내 직원이 일어나며 친절한 미소를 얼굴에 그렸다. 보안요원과 달리 안내 직원은 친절교육이 잘된 것 같았다.

"누구라고 전해주면 될까?"

"주…… 김유식이라고 해주세요. 주석호 회장님의 멀고 먼 사촌의 아들의 손자라고 하면 아실 거예요."

안내 직원이 순간 당황한 표정을 지었다.

"멀고 먼 사촌의…… 누구?"

"사촌의 아들의 손자요."

안내 직원은 고개를 갸웃거리며 내선전화의 수화기를 들었다. 법무팀 직원이 전화를 받아 다시 소현민 변호사에게 확인하기까지는 생각보다 오랜 시간이 걸렸다. 약속 없이 누군가를 만나러 오는 일이 이렇게 까다로웠구나. 그리 생각을 하니 직원들의 안전 시스템이 나름대로 잘 갖춰져 있는 듯해 한편으론 속이 뿌듯해졌다. 이것이 내 회사, 그런 생각이 들어 석호는 새삼 자랑스러웠다.

컨테이너로 만든 작은 사무실로 시작해 이 건물을 올릴 때까지 신경 쓰지 않은 곳이 없었다. 그는 반짝이는 눈으로 내부를 훑어보았다. 당장 눈에 들어오는 홀만 해도 천장이 이 층 높이로 트여 넓고 웅장한 느낌을 주었고, 유리로 되어 바깥까지 시야를 탁 트이게 만든 정문과 튼튼하게 뻗은 데다 디자인적으로도 우수한 외관 기둥은 들어서는 사람들에게 시원하면서도 번듯한 느낌을 선사했다.

이것은 단순히 번지르르한 외관으로 끝나는 게 아니다. 그간 회사가 얼마나 성장해왔는지, 또 얼마나 구실을 잘해왔는지를 보여주는 상징이기도 했다. 이렇게 잘 키워냈구나, 하는 생각에 너무나도 자랑을 하고 싶어졌다. 당장 유식이 옆에 없다는 게 안타까울 지경이었다.

그러는 동안 확인이 끝났는지 안내 직원이 전화를 끊으며 방문증을 내밀었다.

"올라오라고 하네요. 법무팀은 중앙 엘리베이터를 이용해서 칠 층……."

"알고 있어요."

석호는 씩 웃었다.

"이 회사 내부는 제 손바닥처럼 다 알아요. 어느 누구보다."

어디도 꺼내놓지 못한 자랑을 겨우 안내 직원에게 슬쩍 내비쳤다. 석호는 안내 직원이 내밀고 있던 방문증을 받아들고 출입기 쪽으로 향했다. 안내 직원은 뭐라는 거야, 하는 표정으로 어깨를 한 번 으쓱하고는 다시 자리에 앉았다. 아마 그녀는, 조금 전 이야기를 나눈 사람이 자신이 입사한 이래 단 한번도 대면하지 못한 주석호 회장이란 사실을 언제까지고 알지 못할 것이다.

방문증을 기계에 대자 출입통로를 막고 있던 판이 철컥 소리와 함께 열렸다. 석호는 방문증을 목에 걸고 중앙 엘리베이터를 이용해 법무팀으로 향했다.

그가 법무팀 문을 노크했을 때, 소현민 변호사가 문 앞까지 마중 나와 있었다. 다른 직원들은 각자 제 일을 처리하느라 바빠 얼굴도 들지 않았다. 물론 들어온 게 주석호 회장이었다면 아무리 급한 일이라도 손을 놓고 다들 일어나 인사를 했을 테지만, 고등학생쯤 되어 보이는 소년의 등장은 그만한 관심을 줄 일은 아니었다. 소현민 변호사의 사촌 동생쯤 되나 보지 하고 생각할 뿐이었다.

"어서 와라. 회장님이 따로 전화 없으셨는데 무슨 일이지?"

"들어가서 드릴 말씀인데요?"

석호는 들고 있던 서류를 보이며 팀장실을 가리켰다. 소현민의 입장에선 제법 맹랑하게 보일 태도임에도 허허, 웃으며 대답했다.

"그래? 그럼 들어와라."

소현민이 그를 안내했다. 팀장실 책상에는 수십 가지의 서류가 쌓여 있었다. 조금 전까지도 무언가를 검토 중이었는지 한 손에 들고 있던 태블릿피시를 서류 더미 위에 올려두었다.

석호는 사무실을 휘휘 둘러보았다. 팀장이라 하니 검토할 서류가 많을 거라고는 예상했지만 이 정도인지는 석호도 몰랐다. 창가 한구석에는 오래되어 보이는 난 화분이 누렇게 말라비틀어져 가고 있었다. 소현민 역시 셔츠를 둘둘 말아 편하게 걸어 올렸고, 타이는 느슨하게 푼 상태였다. 항상 회장실로 불러올렸을 때는 깔끔한 상태였기에 이는 전혀 몰랐던 모습이었다.

팀장이 이 정도면 아래 직원들은 얼마나 일이 과중하게 맡겨질지, 석호는 그 모습에서 얼추 예상할 수 있었다. 그리고 회장 자리에 있는 동안 직원이 더 필요한 팀을 선별해 인원을 늘렸어야 했다는 아쉬움도 저절로 들었다.

"자, 들고 온 서류가 뭘까. 회장님 심부름 같은데? 아! 음료수라도 줄까?"

소현민 변호사가 응접 테이블 상석에 앉으며 말했다. 사무실을 둘러보던 시선을 거두고 석호는 오른쪽 3인용 테이블 중간에 앉았다.

"찬 건 안 마셔요. 보이차 마실게요."

엥, 뭐라고? 하는 소리가 날 것 같은 눈을 뜨면서 소현민이 그를 보았다. 왜 그러냐며 석호가 빤히 보자 소현민이 어이없다는 듯 웃고 말았다.

"고등학생이 보이차를 마시는 것도 그렇고, 취향이 회장님이랑 비슷해서 말이야. 아무리 여름이라도 찬 건 안 드셨지."

세심하게 기억하는군. 석호는 대답 없이 미소를 지었다. 지금도 '회장님이랑 비슷한 게 아니라 자네 눈앞에 있는 것이 주석호 회장이다'라며 말해주고 싶었지만 참아야 했다.

팀원에게 부탁해 보이차가 들어오는 동안 소현민 변호사는 '공부는 잘되고?' '언제까지 방학이니?' 같이 조카에게 할 만한 질문과, '회장님은 많이 안 좋으시니?' 같이 주석호의 건강을 염려하는 질문들을 섞어가며 던졌다. 석호는 공부와 관련된 질문에는 그저 어색한 웃음을 지었으며, 언제까지 방학인지는 알지 못해 '곧 끝난다'라는 애매한 대답을 했고, 회장님의 건강 상태에 대해서는 '많이 나쁘지 않지만 움직이시기엔 피로하셔서 자신을 대신 보냈다'라며 미리 짜둔 대답을 했다. 소현민 변호사는 석호가 보이차를 한 모금 마시는 걸 보고 나서야 본론으로 들어갔다.

"자, 그 서류봉투에는 뭐가 들었나 볼까?"

석호는 찻잔을 내려놓고 먼저 봉투 하나를 소현민에게 내밀었다. 석호의 무릎 위에는 아직 건네지 않은 서류봉투 하나가 더 올려져 있었지만, 이것은 아직 줄 것이 아니라는 듯 손을 대지 않았다.

소현민은 먼저 건네받은 봉투를 받아 들고 안을 열어보았다. 꽤 두툼한 서류들이 안에서 나왔다. 그가 차분히 그것들을 한 장 한 장 검토하며 넘기는 동안 석호가 말했다.

"지난번 주총 때 회장님이 얘기하셨던 주식 증여 관련 서류예요. 아니, 서류래요. 우리사주에 전부 증여하기로 말씀하신 그대로고, 입사 일 년 이상의 직원 전원에게 직급별 차등을 두지 않고 일정하게 배분하겠다고 하셨어요."

소현민은 고개를 끄덕거리며, 회장님이 서류를 잘 챙겨 보내주셨다고 말했다. 그러고는 석호를 향해 꿰뚫어 보듯 의미심장한 눈빛을 보냈다. 석호는 괜스레 소현민 변호사가 뭔가 눈치라도 챈 게 아닌가 싶어 움찔 몸을 물렀다. 물론 그럴 리는 없었다. 과연 누가 'SH물류 주석호 회장이 생판 알지도 못하는 고등학교 소년과 몸이 바뀌었다'는 상상을 하겠는가! 그러면서도 행여 들킬까 싶어 몸에 힘이 들어가는 건 어쩔 수 없었다.

만에 하나라도 들키게 되면 어떤 혼돈의 상태가 될지……. 석호와 유식을 모두 정신병원에 넣어야 한다며 난리를 피우지 말란 법도 없었다. 석호는 이리저리 솟구치는 상상을 억누르며 뻣뻣하게 물었다.

"왜, 왜요?"

걱정과 달리 소현민은 대견하다는 눈길로 웃었다.

"지난번에도 생각했지만, 넌 참 똑똑하구나. 얼굴은 전혀 안 그런데 주석호 회장님이랑 가까운 사이라 그런가. 좀 닮은 곳도 있고 말이야. 공부는 엄청 잘하겠지? 대학은 어딜 생각하고 있니? 한국대? 아니면 유학?"

석호는 확인해보지 않아도 빤한 유식의 성적을 가늠해보며 대답했다.

"아마 그 대학은…… 못 갈 것 같은데요."

소현민 변호사는 예상과는 다른 대답인지 놀란 눈을 했지만, 석호는 그저 조용히 웃는 것으로 대답을 대신했다. 못 갈 것 같다는 대답은 분명 유식의 성적 때문이기도 했지만, 곧 죽음이 정해진 그들의 운명 때문이기도 했다. 석호는 어떤 의미로든 그 대답이 정확했다는 생각이 들었다.

'……어?'

문득 석호의 얼굴에서 웃음이 사라졌다. 그동안 유식에게는 '넌 살 거다'라고 장담해왔으면서, 순간적으로 창창한 나이의 유식이 죽을 거란 가정으로 대답했다는 걸 깨달았다. 한순간 석호의 가슴에 서늘한 바람 한 줄기가 훑고 지나갔다.

석호는 자기도 모르게 손에 들고 있던 나머지 하나의 서류봉투를 힘주어 쥐었다. 검토를 마친 소현민 변호사의 시선이 그 서류봉투에 닿았다. 잠시 인상 쓰던 석호는 다시 목소리를 가다듬은 다음 소현민 변호사에게 내밀었다.

"회장님이 보내신, 새로운 유언장이에요."

오랜만에 생긴 혼자만의 자유 시간이었지만 유식은 그 시간을 피시방에서 보낸 게 고작이었다. 터덜터덜 집으로 향하는 발걸음이 허탈했다.

이 몸으로는 친구들을 부를 수도 없고, 이 이상 혼자 뭘 하고 싶은 것도 딱히 없었다. 처음 기대로 부풀었던 해방감은 오래가지 못했다. 느닷없이 주어진 자유에 유식은 오히려 생각지도 못한 무기력함을 느꼈다. 몸이 바뀐 이후로 계속 석호와 같이 다녔기 때문인지 석호의 부재가 괜히 아쉽기까지 했다.

'뭘 하러 간 거지? 항상 같이 다녀놓고.'

버스에서 내린 유식은 혼자 중얼대며 발치에 걸리는 자갈을 툭, 걷어찼다. 자갈이 튀어 나간 곳으로 무심결에 시선을 옮기던 유식이 우뚝 걸음을 멈추었다. 도로 반대편에 서 있던 봉고차가 출발하면서, 가려져 있던 엄마 은희의 모습을 발견했기 때문이었다. 지금 퇴근했나보다, 반가운 마음이 들었다.

"어……."

엄마라고는 부를 수 없고. 여기, 하며 대충 소리를 내어 부르려 손을 드는데, 은희는 아무것도 듣지 못했는지 주변을 한번 돌아보고는 길 옆의 건물 안으로 사라졌다.

유식의 미간이 살짝 구겨졌다. 엄마의 행색에서 뭔가 좋지 않은 예감이 들었다. 예감의 근원은 은희가 입고 있던 옷이었다. 분명 그녀는 꽃무늬가 그려진 펑퍼짐한 일 바지에 회색의 폴로셔츠를 입고 있었다. 거기에 팔꿈치까지 토시를 올려 끼었고, 목에는 수건을 두르고, 선캡 모자를 썼다. 마치 밭에서라도 일하고 온 듯, 길 건너에서도 보일 만큼 그녀는 얼굴이며 온몸에 먼지를 뒤집어쓰고 있었다. 출근할 때는 분명 저런 옷이 아니었다.

마침 신호등이 보행자 신호로 바뀌어 유식은 얼른 길을 건넜다. 그러고는 은희가 들어간 건물을 확인했다. 목욕탕이었다.

"아무래도 뭔가 이상해."

석호가 집에 도착하자마자 유식은 방으로 그를 끌고 들어가 조금 전 보았던 걸 주절주절 늘어놓았다. 옷차림새, 그리고 목욕탕. 엄마가 뒤집어쓴 먼지들.

"엄마가 목욕을 좋아하시는 거 아냐?"

"목욕을 되게 좋아해서 매일 퇴근길마다 목욕탕에 들른다고? 회사에서 늦게 끝난다는 거짓말을 하면서? 그렇게 미친 듯이 목욕을 좋아하는 사람이 있다고?"

유식이 그렇게 목소리를 높일 때 바깥에서 대문 열리는 소리가 났다. 열쇠로 철문을 여느라 철컹, 하는 소리가 유난히 크게 들렸다. 유식이 얼른 문을 열고 머리를 바깥으로 내밀었다. 유식의 머리 위로 석호도 머리를 내밀었다. 들어오던 엄마가 두 사람을 발견하고는 멈춰 섰다.

"뭐 하고 있어? 엄마가 들어오는데 인사도 안 해?"

은희의 물음은 석호에게 향해 있었다. 석호가 자신의 아들인 유식으로 보이니 그러는 것은 당연했다. 문제는 유식이었다. 유식은 지금 제 입장을 잊고 은희를 향해 잔뜩 의심의 눈초리를 던지고 있었다. 어찌나 눈을 홉뜨고 노려보는지 저 정도면 눈이 뻐근하지 않을까 걱정이 될 정도였다.

은희는 뒤늦게 유식의 표정을 보곤 흠칫했다.

"시, 식사는 하셨어요?"

"어디서 오는 길이지……요?"

다행히 은희의 존대를 듣고 석호의 모습임을 떠올린 유식이 존댓말로 되물었다. 그러고 보니 지금 은희는 지난번 석호가 사준 옷인 정장 바지와 여름용 카디건을 걸치고 있었다. 한쪽 손에 들린 보스턴백은 짐이 꽤 들어 있는 듯 부풀어 있었다.

유식이 거리에서 잘못 본 게 아니라면 아까와 확연히 차림새가 달라졌다. 즉, 목욕탕에 들러 씻고 나서 옷을 갈아입었다고 해석할 수 있었다.

"어디서 오긴요. 회사에서 오죠. 왜 그런 질문을?"

은희는 예의를 갖추면서도 당황스러운 듯 어색하게 웃었다. 석호가 눈치껏 아래쪽에 있는 유식의 엉덩이를 무릎으로 쑤셨다. 유식은 그제야 아차, 싶어 잔뜩 굳은 표정을 풀었지만, 여전히 어색하기는 마찬가지였다.

"엄마, 우리는 밥 먹었어요. 얼른 들어가 식사하세요."

"그래."

은희는 말끝을 늘여 대답하며 유식을 힐끔힐끔 쳐다보았다. 아무래도 은희로서는 유식의 태도가 이상하게 보였을 것이다.

은희가 안방으로 들어가 옷을 갈아입고, 다시 주방으로 향하자 유식이 벌떡 일어났다. 석호가 얼른 그를 붙잡았다. 유식은 당장에라도 주방에 쳐들어갈 기세였다.

"뭐하게?"

유식이 석호의 손을 뿌리쳤다.

"하긴 뭘 해? 엄마 밥 먹는데 혼자 둬? 가서 있어야지."

"그래서, 지금 네가 간다고?"

유식은 그제야 퍼뜩 석호의 말뜻을 이해했다. 은희로서는 겨우 집에 와 밥을 먹는데 잘 알지도 못하는 할바탱이가 식사 자리를 지켜준다며 앞에 앉아 있는 게 된다. 그래서야 밥이 코로 넘어가는지 입으로 넘어가는지 알지도 못할 것이다. 아니, 애초에 왜 이 할바탱이가 제 앞에 앉아 밥 먹는 걸 지켜보는지도 이해가 안 갈 테지.

그렇다고 은희가 혼자 앉아 밥을 먹게 하긴 싫었다. 결국 유식은 석호를 떠밀었다. 그러면서도 협박 같은 당부를 잊지 않았다.

"괜한 수작 걸면 가만 안 둬."

말 같지도 않은 말에는 대답도 말자! 석호는 고개를 절레절레 흔들며 주방으로 향했다.

아무리 지금은 은희의 아들 역할이지만, 석호는 잘 알지도 못하는 여자의 밥 먹는 모습을 지켜보며 무슨 얘기를 해야 좋은지 몰랐다. 어색하긴 했지만, 또 쓸쓸하게 혼자 밥을 먹게 하는 게 싫다는 유식의 말에는 공감이 갔다. 어느새 한 발짝 한 발짝 주방으로 다가갔다. 은희가 접시에 반찬을 덜고 있었다.

"회장님 오늘 무슨 일 있으시니?"

다행히 어색하지 않게 은희가 먼저 말을 걸어왔지만, 첫 질문부터 대답하기가 난감했다. 석호는 싱크대 위쪽 장을 열어 밥그릇을 꺼내 밥을 퍼주면서 곰곰이 어떻게 대답해야 할지 생각했다. 그런데 그 와중에 은희의 눈이 휘둥그레졌다.

"네가 웬일이야? 이런 센스를 다 부리고?"

아……. 석호는 은희와 밥그릇을 번갈아 보며 어쩔 줄을 몰랐다. 그러고 보니 유식이라면 절대 하지 않을 행동을 자신이 스스럼없이 하고 있었다. 은희가 씨익 웃는 바람에 왠지 석호의 얼굴이 화르륵 달아올랐다. 유식이 이 자리에 없어서 천만다행이었다. 이 광경을 봤다면 은희가 알아채든 말든 신경 쓰지 않고 왜 얼굴이 빨개지냐고 난리를 피워댔을 것이다.

"내가 뭐 언제는 센스 없었나? 할아버지 오늘 아무 일도 없는데 왜?"

"아니, 그냥."

은희는 대답하고도 생각에 잠기는 듯 보였다. 혹시 석호는 자신이 뭔가를 잘못 대답했나 싶어 기억을 더듬어 생각했다. 하지만 돌이켜 봐도 주방 안에 들어와 잠깐 오고 간 말에는 이상한 게 없었다. 그냥 생각할 것이 있어 그런가 보지, 짐작하며 수저를 드는 은희의 맞은편에 앉았다.

은희의 물잔이 비어 있어 물을 따라주었다. 은희가 미리 끓여놓은 보리차였다. 늘 밖에서 사 온 생수만 먹던 석호로서는 직접 끓인 물 한 잔도 정감이 가고 좋았다.

"너는 밥 먹었고? 회장님은 잘 드셔? 매일 같이 메뉴 땜에 신경 쓰여. 뭘 좋아하시는지 알지도 못하고. 내가 입맛에 맞게 잘해드리는지도 모르겠고."

"잘 드셔. 걱정하지 마. 원래 그냥 다 잘 드신대. 반찬도 다 맛있다고 했어. 그리고 애초에 밥을 많이 먹는 스타일도 아닌 것 같아. 너무 신경 쓰지 말고 둘이 먹던 대로…… 그러니까 우리 둘이 먹던 대로 해 먹으면 된대요."

"그래도 어떻게 그래. 돈을 그렇게나 많이 받는데."

은희는 그렇게 말하며 젓가락으로 반찬을 집었다. 석호의 눈이 그녀의 손가락으로 향했다. 손톱 밑에 까맣게 때가 끼어 있었다. 그리고 손가락 끝은 하얗게 갈라졌다. 이번에 석호는 은희의 얼굴을 보았다. 뽀얗게 화장을 했다. 입술도 고쳐 바른 지 오래 지나지 않은 듯 제 색을 유지하고 있었다. 유식의 말이 사실이라면 목욕탕에서 화장을 다시 한 것이리라.

'왜 굳이?'

석호의 시선이 자신의 손톱에 머물러 있다는 걸 느꼈는지 은희가 얼른 손을 내렸다. 그리고 그녀는 갑자기 생각났다는 듯 말했다.

"너 혹시…… 너한테 전화 안 갔지?"

"무슨 전화요?"

"아냐, 아무것도."

그녀는 고개를 가로젓고는 얼른 화제를 바꿔 말을 이었다.

"너 여름 방학 숙제는 잘하고 있지?"

하필 석호가 대답하기 어려운 질문이었다. 허허허, 하고 석호도, 은희도 어색한 미소만 지었다.

석호가 방에 들어서자마자 유식이 그를 잡아당겼다.

"어때? 뭐 이상한 점 없어?"

석호는 은희의 손톱과 화장의 괴리에 대해 생각했다. 그리고 유식이 봤다던 옷차림에 대해서도 생각했다. 그 모든 것을 연결 짓자, 아파트 관리사무소에서 일한다던 은희의 말이 거짓말이 아닐까 하는 의혹이 들었다. 하지만 유식이 엄마에게 각별한 만큼 신중해야 한다는 생각이 들어 손톱 얘기는 일단 하지 않기로 했다.

"조금 이상한 것 같기도 하고."

유식은 주먹으로 다른 손바닥을 탁, 쳤다.

"역시!"

"근데 뭐가 이상하다고 딱히 말하기에는……. 그나저나 뭘 어쩌려고?"

석호는 유식의 눈동자에 시퍼런 불꽃이 보이는 것 같았다. 그는 지금 당장이라도 머리에 띠를 두르고 나가 은희 앞에서 진실규명을 촉구하는 일인 집회라도 할 기세였다. 유식이 단호하게 말했다.

"밝혀내야지."

그리 밝혀내겠노라 자신 있게 말하며 유식이 제시한 방법은 딱 하나, 미행이었다.

다음날 새벽, 유식과 석호 둘 모두 퀭한 눈으로 방에 앉아 있었다. 도저히 안 되겠다, 석호가 누우려 하자 유식이 영화 속 좀비와도 같은 얼굴로 석호의 뒷덜미를 잡아채 일으켜 앉혔다.

밤새 이런 식이었다. 절대로 나가는 엄마를 놓치면 안 된다며 유식은 잠들려는 석호의 허벅지를 자꾸만 꼬집었다. 그리고 자신이 잠들려고 하면 귀싸대기를 때려달라고 주문하기까지 했다.

"그냥 알람을 맞춰놓으면 되잖아."

이건 거의 고문이었다. 하지만 유식은 석호의 말을 듣지 않았다.

"알람을 엄마가 들으면 어떻게 해. 모든 미행은 들키지 않는 것을 전제로 한다."

그는 완전히 형사가 된 듯 굴었다. 석호는 죽을 둥 살 둥 쏟아지는 잠과 꼬집어대는 유식 사이에서 애써야 했다.

그리고 새벽 다섯 시. 드디어 그녀가 출근길에 올랐다. 은희는 이번에도 정장 차림이었다.

14

새벽녘의 어스름 사이로 하이힐 소리가 유난히 크게 들렸다. 그래서 석호와 유식도 발소리에 더욱 신경 쓰며 걸어야 했다. 상대의 발소리에 자신의 기척을 감춰 눈치채지 못하게 하는 게 미행의 기본이라고 하던가. 그러나 석호도 유식도 미행에는 초짜인 데다, 들킬까 싶어 일부러 거리를 벌려 따라가고 있던 탓에 두 사람은 점점 더 은희와 멀어지고 있었다.

앞에 보이는 코너에서 은희가 좌측으로 꺾어져 들어가는 바람에 한순간 모습이 시야에서 사라졌다. 유식은 석호의 팔을 탁탁탁 무섭게 쳐댔다. 빨리 걸으라는 재촉이었다. 석호도 파닥거리며 응수했다. 지금도 빨리 걷고 있다는 대답이었다. 아니, 실상 빨리 걷는 정도가 아니라 이 정도 기척이면 누가 뒤에서 따라오는구나, 알아차릴 수 있을 만큼 티가 나게 움직이고 있었다.

은희를 따라 재빨리 코너를 돌았다. 하지만 어느새 은희의 모습이 보이지 않았다. 유식과 석호는 눈이 휘둥그레져서는 무작정 앞으로 달려나갔다. 길이 끝나는 곳에 버스정류장이 있었다.

"버스를 탄 건가?"

석호의 혼잣말 같은 질문에 유식이 고개를 저었다.

"아니, 우리가 골목에서 나오는 동안 버스는 한 대도 안 지나갔어. 버스라면 크기도 소리도 큰데 우리가 못 봤을 리가 없지."

석호는 심각한 유식을 보며 의외라는 듯 눈이 둥그레졌다. '지금 머리를 쓰고 있는 거야?' 하는 표정이었다. 유식이 간혹 이럴 땐 조금 똑똑해 보이기도 했다. 석호는 오, 하고 동그랗게 입 모양을 만들어 보였지만 지금 유식은 그런 석호의 장난을 받아줄 기분이 아니었다.

"은파동 아파트에 출근하시는 거라면 여기서 버스를 타야 하는데……."

"택시를 타신 거 아닐까?"

석호의 질문에 유식이 단호하게 머리를 저었다.

"버스로 한 시간 반 거리인데 택시를 탄다고? 우리 엄마가 그럴 리가 없어."

유식은 앞으로 좀 더 쭉 걸어나가며 주변을 살폈다. 아직 새벽인지라 거의 모든 상점이 문을 닫은 채였다. 도로에는 차량도 간간이 지나다닐 뿐이었다. 어디를 살펴봐야 할지 알지도 못하면서 이리저리 기웃대는 유식을 보며 석호는 잠깐 그와는 다른 생각을 떠올렸다. 혹시 은희에게 남자가 있어서 출퇴근을 돕고 있는 건 아닐까? 어쩌다보니 직장에서 연애하는 사람이 생겼고, 아직 유식이 모르고 있는 걸 수도 있지 않을까?

그때였다. 익숙한 구둣발 소리가 어디선가 들려왔다. 유식과 석호의 눈이 동시에 마주쳤다. 유식은 문을 닫은 지하 다방의 계단 아래로, 석호는 근처 굵직한 가로수 뒤로 몸을 숨겼다. 하이힐 소리는 이 층에 작은 목욕탕이 있는 건물에서 들려왔다. 유식과 석호가 마치 탐정이라도 되는 양 몸을 바짝 숨기고 소리 나는 쪽을 노려보았다. 곧 유리로 된 출입문을 밀고 나온 건 은희였다. 그리고 석호와 유식은 동시에 말을 잃었다.

유식이 새로 사 온 예쁜 원피스에 구두를 신고 나섰던 그녀는 변신을 한 것처럼 완전히 다른 차림이었다. 낡은 일 바지와 허름한 티셔츠를 입고 있었고, 한 손엔 수건까지 들었다. 그런데 그녀는 지금 바뀐 복장을 아주 편하게 느끼는 것처럼 보였다. 모르는 사람이 보기에도 전혀 어색해하지 않는 태도였다.

그녀는 도로변으로 나가 지나가는 차들을 유심히 살폈다. 버스를 기다리는 것이 아니었다. 그녀가 길가에서 서성인 지

5분도 채 되지 않아 낡은 봉고차 한 대가 다가와 은희 앞에 멈춰 섰다. 은희는 익숙하게 문을 열고 올라탔다.

은희를 태운 차가 출발했다. 부르릉 멀어지는 엔진소리를 들으며 석호는 유식이 있던 지하 계단 쪽을 걱정스레 보았다.

거성 인력.

분명 은희가 타고 간 봉고차에는 그렇게 적혀 있었다. 그리고 그 차림새……. 은희가 무슨 일을 하는지 대충 감이 왔다. 일부러 유식에게는 관리사무소에서 일한다고 거짓말을 한 것이다. 하나뿐인 아들에게 힘든 일을 하는 것을 알리지 않기 위해.

석호가 그런 생각을 할 때 유식이 도로를 향해 뛰쳐나갔다.

"택시!"

마침 지나가던 택시가 유식이 손 흔드는 걸 보고 앞에 멈춰 섰다. 유식이 한마디 말도 없이 앞자리에 올라탔다. 석호도 별말 없이 뒷자리에 올라탔다. 유식이 하자는 대로 일단 내버려두고는 있지만, 뒤이어 이래도 되나 하는 생각이 들었다.

"너 인마, 이렇게 따라간다고…….."

"아저씨! 저 앞차 좀 추적해주세요."

택시는 곧 미끄러지며 출발했다. 석호가 한마디 했지만 유식은 멀어져가고 있는 봉고차에서 시선을 떼지 않았다. 유식이 혹시라도 은희를 따라가 난동이라도 부리는 게 아닌가 싶어 석호는 걱정이 앞섰다. 물론 석호도 은희가 걱정스럽기는 마찬가지였지만, 한편으론 그녀가 이해되기도 했기에 마냥 유식에게 동조해줄 수도 없었다.

한숨을 푹푹 쉬는 석호의 눈이 문득 룸미러를 통해 기사 아저씨와 마주쳤다. 그의 눈빛이 예사롭지 않았다. 마치 노려보는 것만 같았다. 석호는 기사가 왜 그러는지 의아했지만, 더 매섭게 인상을 쓰는 모습에 조금 전 유식을 향해 '인마'라고 했다는 걸 깨달았다. 아차, 그렇구나. 아저씨가 보기에는 어린 녀석이 할아버지에게 욕을 한 것이나 다름없었을 테다.

석호는 거북이처럼 목을 움츠리며 내밀었던 상체를 등받이로 파묻었다. 그러고는 기어들어가는 목소리로 다시 말했다.

"할아버지, 이렇게 따라가도 되는 거예요?"

그제야 택시 기사의 쏘아보는 시선이 거두어졌다.

택시는 이십 분 정도 달린 뒤에야 멈춰 섰다. 도착한 장소는 석호와 유식이 택시를 탄 곳에서 십 분이면 충분히 올 위치였지만, 봉고차가 멀리 돌아 두 명을 더 태우고 오느라 시간이 더 걸렸다. 택시가 제대로 멈추기도 전에 유식이 확 내렸다. 그 바람에 택시 기사가 놀랐고, 이어 석호가 아무렇지도 않게 오만 원짜리를 내밀며 '잔돈은 됐습니다'라고 말하는 통에 두 번 놀라야 했다.

택시가 가버린 뒤 남은 두 사람은 눈앞에 펼쳐진 광경에 망연자실했다. 여긴 대단지 아파트 공사현장이었다. 유식은 넋을 잃은 표정으로 가까이 다가갔다.

"이 녀석아, 뭘 어쩌려고."

석호가 유식의 팔을 잡았다. 유식이 걸음을 멈춰 세웠다. 석호가 붙들어서 그런 게 아니라 은희를 발견했기 때문이었다.

먼지가 부옇게 날리는 공사장 한복판에서 은희는 시멘트를 물과 섞고 있었다. 물과 섞인 시멘트는 점점 더 뻑뻑해지기 마련이라 굳어버리지 않도록 계속 저어줘야 하는데, 다름 아닌 은희가 바로 그 일을 하고 있었다. 작은 체격으로 안간힘을 쓰고 있는 게 여실히 보였다.

"일단 돌아가자. 지금 나서면 안 돼. 그리고 여기서 네가 나서면 더 이상한 꼴 되는 거 알지? 자, 가자 가. 일단 어디라도 가서 차분하게 얘기하자."

석호는 버티는 유식을 잡아당겼다. 유식은 넋을 놓은 듯 서 있다가 잠시 뒤에야 힘없이 석호가 이끄는 대로 따라왔다.

길가로 나와 석호는 유식을 데리고 다시 택시를 잡아탄 뒤 집 근처 가까운 공원으로 향했다. 택시를 타고 오는 내내 유식은 아무런 말이 없었다. 공원 안으로 들어가 석호는 빈 벤치로 유식을 데려갔다. 유식이 온몸에서 맥이 빠진 듯 털썩 앉았다.

"아까 거기 목욕탕이었지?"

무슨 생각에 골몰한 건지, 아니면 아직 제정신이 돌아오지 않는 건지. 그리 한참 침묵을 지키고 있던 유식이 툭 뱉듯 입을 열었다. 석호는 고개를 끄덕였다.

"목욕탕에서 나올 때 엄마, 가방을 안 들고 있었어. 거기다 맡기는 거야. 그러곤 하루 종일 땀 흘리고 먼지 뒤집어쓰고 일하다가 목욕탕 와서 옷 갈아입고 집에 들어온 거야."

석호의 추측도 유식과 다를 게 없었다. 매일같이 목욕탕에 오니 짐가방 하나 맡기는 건 어려운 일도 아닐 터였다. 석호는 별다른 대답 없이 가만히 유식의 옆을 지켰다.

나뭇잎들이 바람에 서로 부딪히는 소리가 차르르 들려왔다. 이름 모를 새가 새벽어둠을 거둬가는 아침 해를 맞으며 멀리서 울었다.

갑자기 유식이 울기 시작했다. 처음엔 떨어지는 낙엽처럼 눈물방울이 떨어졌고, 그 뒤에는 어깨가 떨렸다. 주먹을 꼭 쥐고 있는 유식의 손을 석호가 살짝 잡아주었다. 그가 슬퍼하는 게 무언지, 그가 분해하는 게 무언지 누구보다 석호가 가장 잘 알고 있었다. 어린 시절, 그 어려웠던 날 석호도 절감했던 자신의 무력함에 대한 분노와 안타까움, 미안함. 그리고 어머니라는 여자에 대한 슬픔까지. 그는 지금 어떤 말도 유식에게 위로가 되지 않는다는 것을 알고 있었다.

어깨를 떨며, 고개를 떨군 채 아랫입술을 깨물고 울고 있는 유식의 옆에서 그는 가만히 하늘을 올려다보았다. 희끗희끗한 구름들이 바람에 밀려 빠르게 이동하고 있었다.

"아, 엄마 보고 싶다."

석호가 자기도 모르게 말했다.

"부탁이 있어."

유식이 울기 시작한 이후부터 삼십 분쯤 지났을까. 눈물은 이미 한참 전에 그쳤지만 벌겋게 충혈된 눈을 감추느라, 아니 울어버렸다는 부끄러움을 감추느라 줄곧 가만히 앉아 있던 유식이 먼저 입을 열었다.

"지난번에 말하다가 못했지만……. 만약 몸이 안 바뀐 상태에서 할바탱이가 죽지 않으면, 그대로 나로 살아줘."

"그럼 넌 어쩌고?"

"어차피 죽을 운명이었잖아. 난 괜찮아. 할바탱이 공부도 엄청 잘했을 거 아냐. 엄마한테 좋은 아들이 되겠지. 어차피 할바탱이도 청춘 한번 제대로 못살아봤다고 억울해했잖아. 이번이 기회다 생각하고 청춘 한번 불살라보면서 살아봐."

그렇게 말하곤 유식은 '불사르는 청춘이 뭔지는 모르겠지만'하고 혼잣말로 중얼거렸다. 유식은 고개를 푹 떨군 채 바닥만 내려다보고 있었다.

고작해야 열여덟 살 어린아이다. 죽음이 두렵지 않을 리가 없다. 심지어 한 번 죽음의 고통을 경험했는데 더 두려우면 두려웠지, 덜 두렵지는 않을 터였다. 더구나 다른 사람의 몸으로, 자신과는 살아생전 연도 없던 말기 암으로 죽는다면 가슴을 치며 억울해해도 할 말이 없었다.

그런데도 자신으로 살아달라고 부탁하고 있다. 엄마 때문에……. 석호는 왠지 화가 났다. 할바탱이라고 부르면서 버르장머리 없이 구는 모습보다 이렇게 맥 빠져 있는 모습에서 오히려 화가 솟았다. 하지만 가장 화나는 건 지금 자신이 할 수 있는 게 아무것도 없다는 사실이었다. 유식의 몸을 가진 영혼은 살 수도 죽을 수도 있지만, 석호의 몸은 반드시 죽을 수밖에 없다. 이렇게 완벽한 패배감을 느껴본 적은 없었다.

"시발!"

"뭐?"

석호의 입에서 욕설이 튀어나오자 유식이 반사적으로 고개를 치켜들었다. 그러고는 황당하다는 듯 말했다.

"이렇게 감동적인 부탁에 욕을 한다고?"

석호는 유식이 어떻게 쳐다보든지 간에 상관없다는 듯 자리에서 벌떡 일어섰다. 그리고 아름답기 그지없는 하늘을 향해 소리쳤다.

"시발! 이게 무슨 선물이야! 나쁜 새끼들! 네가 신이 맞긴 한 거냐. 사람 엿 먹이는 거야, 뭐야. 차라리 다 같이 죽자! 그래, 다 같이 죽어!"

석호는 하늘에다 주먹질까지 하며 고래고래 고함을 질러댔다. 다행히도 그 고함은 길게 이어지지 않았다. 고개를 뒤로 확 쳐들고 외치다 사레가 들려 기침을 해댔기 때문이었다. 만약 그러지 않았으면 아침 운동에 나선 누군가가 미친놈이 공원에 있다고 신고를 했을지도 모를 일이었다.

유식은 눈을 휘둥그렇게 뜨고 있다가, 사레가 들려 호들갑스럽게 기침을 해대는 석호를 보곤 자기도 모르게 웃음을 터트렸다.

"왜 웃어?"

"뭐야, 발작이야? 존나 웃겨!"

유식은 배를 잡고 웃어댔다. 석호는 손바닥으로 유식의 뒤통수를 쳤다.

"욕하지 마! 존나가 뭐야, 존나가!"

"그러는 할바탱이는? 시발이라고 누가 먼저 욕했더라? 회장씩이나 했던 사람이 시발이 뭐냐, 시발이."

석호가 흥, 하며 짐짓 모르는 사람처럼 고개를 돌렸다. 유식이 조금 전 석호의 말투를 따라하며 소리쳤다.

"나쁜 새끼들! 그래, 다 같이 죽자, 죽어!"

유식이 큭큭거리며 웃었다. 그 바람에 석호도 어쩔 수 없다는 듯 풋, 하고 웃음을 터트렸다. 두 사람은 한참이나 뭐가 그렇게 웃긴 건지 서로 마주보며 경쟁적으로 웃어졌혔다. 조깅을 하러 나온 중년의 남자 하나가 그들을 지나다 잠시 발을 멈추었다. 그의 입에 흐뭇한 미소가 걸렸다. 아마도 손자와 할아버지가 즐거운 시간을 보내고 있는 모양이라고 착각하고 있는 것 같았다.

석호와 유식은 집으로 돌아오자마자 은희 방으로 돌진했다. 그리고 은희의 책장에서 앨범을 찾아냈다.

"찾았다! 영인실업고등학교 제38회 졸업."

유식이 앨범을 찾아내자 석호가 말했다.

"무슨 과인지 확인해봐."

유식이 손이 안 보일 정도로 재빨리 앨범을 넘겼다. 사진 속 사람들은 지금의 유식만큼이나 어리고 앳되어 보였지만, 머리며 스타일이 무척이나 촌스러웠다. 대부분의 학생들이 그 당시 유행하는 스타일로 꾸미고, 다 같은 교복을 입고 있으니 언뜻 봐서는 누가 누군지 구별도 되지 않았다.

하지만 그 사이에서 은희를 찾는 건 어렵지 않았다. 은희는 그때나 지금이나 생머리를 추구하고 있었던 모양이었다. 석호는 아마도 은희가 모범생 가운데 하나가 아니었을까 근거도 없이 생각했다.

"상과 나왔는데? 상과가 뭐야?"

"상업과. 경리직으로 취업할 수 있는 과목들을 배웠을 거야.

자격증 같은 건 없는지 찾아봐."

유식은 앨범을 옆으로 미뤄놓고 책장에 꽂힌 파일들을 꺼내 넘기기 시작했다. 은행 인터넷뱅킹 신청서류나 오래된 주민등록등본 같은 것들이 꽂혀 있었다.

두 남자는 지금 은희에게 새로운 직장을 찾아주기로 결정한 참이었다. 물론 석호의 하숙비로 지금은 한 달에 오백만 원이 생기기는 하지만 이것도 고작 석 달뿐이었다. 무엇보다도 석호가 유산을 남겨준다고 해도 은희는 받을 사람이 아니었다. 설령 받는다 하더라도, 은희가 일하지 않고 마음 편히 그 돈을 쓸 사람도 아니라는 게 두 사람의 공통된 의견이었다.

그리하여 고심 끝에 그녀에게 약간의 행운을 주는 방향으로 뜻을 모았다.

"있다, 자격증!"

"뭔데?"

"주산? 주산이 뭐야."

유식의 질문에 석호는 한숨을 푹 내쉬었다. 주산. 그것은 주판알을 튕기며 계산하는 것. 예전이야 자격증도 나올 만큼 어느 정도 필요한 일이었다지만, 엑셀과 계산기가 넘치는 지금은 완벽하게 무용한 자격증이었다. 혹시나 하고 기대했지만, 역시나 학교를 오래전에 졸업했기에 가진 자격증 중에는 지금 업무에 쓰일 만한 것이 없었다.

석호는 유식의 손에 들린 파일을 받아 자신이 몇 장 더 넘겨보았다. 설령 명칭은 다르더라도, 지금 활용할 수 있는 게 있지 않을까 하는 생각이었다. 그러던 석호의 손이 멈추었다.

"뭔데?"

석호는 재빨리 파일을 덮었다. 유식이 '뭔데 그러냐'며 보여달라고 성화를 부렸지만, 석호는 대답 대신 책장에 꽂아버린 뒤 흩어진 책장을 빨리 정리하라고 그의 뒤통수를 쳐 마무리했다.

석호가 유식에게 보여줄 수 없었던 그것. 그것은 그녀의 고등학교 시절 성적표였다. 모든 부모는 자식에게 공부를 잘하라고 채찍질하기 마련이다. 그렇기에 석호는 유식에게만은 그녀의 성적표를 보여주지 않는 편이 낫겠다고 판단했다.

그날 저녁 은희가 돌아오자 유식의 얼굴이 울상을 지으며 일그러졌다. 또 터지려는 눈물을 애써 참기 위한 노력이었다.

돌아온 은희는 아침에 나갈 때와 똑같이 원피스를 입고 있었다. 그러나 이제는 여기저기 터진 손과 지친 얼굴, 감은 지 얼마 안 된 머리 같은 것들이 보이게 되었다. 하지만 자신이 그렇게 고생하고 있다는 걸 아들이 알지 않기를 바라는 마음을 지켜줘야 했다.

석호는 은희가 오기 전 몇 번이나 유식에게 티를 내서는 안

된다고 가르쳤지만, 유식은 은희의 얼굴을 보자 그 신신당부
가 순식간에 휘발된 듯했다. 눈물이 나오려고 부릉부릉 시동
이 걸리는 걸 옆구리를 콱 찔러 고개를 숙이게 하고는 석호
가 먼저 나섰다.

"다녀오셨어요?"

"그래, 저녁은?"

"먹었죠."

석호가 일부러 씨익 웃었다. 은희의 시선이 허리를 숙이고
있는 유식에게로 닿았다. 은희는 입 모양으로 '아프신 거야?'
하고 물었고, 석호는 대충 고개를 끄덕이며 입 모양으로 '괜찮
다'고 대답했다. 걱정스러운 얼굴을 하고 은희가 다가서려 하
자 석호가 얼른 그 앞을 가로막았다.

"엄마! 피곤하신데 얼른 들어가서 저녁 드세요. 저도 금방
들어갈게요. 숙제 때문에 여쭤보고 싶은 것도 있고요."

지금 은희가 유식을 건드리면 눈물 둑이 터질지도 몰랐다.
은희는 석호가 등을 미는 바람에 어쩔 수 없이 주방으로 향하
면서도 유식을 걱정스러운 눈으로 보았다. 석호는 금방 괜찮
아질 거라고 몇 번이나 얘기하고서야 은희를 꿋꿋이 주방으
로 들여보냈다.

그리고 뒤로 돈 순간! 좀비처럼 팔을 벌리고 주방으로 돌진
하려는 유식과 마주했다. 황급히 온몸으로 막아서며 유식을

붙들어야 했다.

"엄마…… 엄마 밥 같이…… 흑……. 엄마 안마라도……."

"미쳤어? 변태 영감탱이 되고 싶어?"

석호는 유식을 잡아당겨 마당에 걸려 있는 거울 앞에 세웠다. 노년의 쭈글쭈글한 얼굴이 눈물에 푹 젖어 있는 것은 정말 눈 뜨고 볼 수 없는 모습이었다. 석호는 유식의 엉덩이를 발로 걷어찼다.

"애써 준비한 거 다 헛고생 만들지 말고 들어가! 들어가서 잠이나 자란 말이야!"

그런 말에도 유식은 몇 번이나 제 방으로 들어가려다 슬그머니 주방으로 가려고 시도하는 바람에 결국 석호가 유식을 방까지 끌고 가 집어던져야 했다. 거의 씨름을 한바탕 치른 석호는 헉헉, 거친 숨을 몰아쉬었다. 청춘을 돌려달라고 노래를 부르는 사람이 있다면 혼쭐을 내주고 싶은 기분이었다. 청춘은 힘들다. 그것도 처절하게.

내가 무슨 죄냐고! 소리를 지르고 싶었지만, 방바닥에 엎어져 우는 유식을 이불로 덮어씌우고 은희가 있는 주방으로 향했다.

은희는 이미 식사 준비를 마친 참이었다. 반찬은 아침과 마찬가지. 국도 데우지 않은 채였다. 유식이 봤으면 또 한 번 눈물 바람이 날 일이었다. 석호가 주방으로 들어오자 은희가 물었다.

"유식아, 진짜 회장님 저대로 둬도 되는 거야?"

"혼자 두는 것보다는 낫지. 아까 약도 먹었고 괜찮아. 본인
도 괜찮다고 하고."

"그래? 그럼 다행이고."

은희는 고개를 끄덕거리고는 식사를 하기 시작했다. 밥과
반찬을 차례로 입에 넣고 씹다가 물을 한번 마시고는 석호의
얼굴을 보고 씨익 웃었다. 그러고는 생각났다는 듯이 말했다.

"아까 뭐 물어볼 거 있다며?"

은희는 또다시 밥과 반찬을 입에 넣고 씹으며 우물우물 석
호에게 물었다. 석호가 주저 없이 물었다.

"엄마, 고등학교 때 공부 못했죠?"

동시에 푸악, 하고 은희의 입에서 음식물들이 폭탄 터지듯
튀어나왔다.

15

　은희가 들려준 말에 따르면, 그녀는 상업계 고등학교 졸업 후 작은 김치공장의 경리직원으로 처음 일을 시작했다. 그 공장에 배추 납품일을 하던 운전기사와 만나 결혼을 하면서 일을 그만두게 되었고, 전업주부가 되어 십오 년 동안 결혼 생활을 이어오다 이혼을 했다. 이혼을 한 이유는 직접 말하지 않았으나 전에 유식에게 들었던 대로라면 폭력 때문이지 않을까 짐작했다. 결국 이력이라고는 십오 년 전의 김치공장 경리 경력뿐인 데다 나이까지 한참 들었으니, 이것으론 몸이 편한 일을 구하기가 쉽지 않았을 터다.

　"그래도 지금은 아파트 관리사무소에서 일할 수 있어서 다행이야. 출퇴근 시간은 길지만."

　석호가 아무것도 모르리라 생각한 탓인지 은희는 살짝 여유를 부리는 듯한 미소를 지으며 말했다. 하지만 진실을 알고 있는 석호는 그녀의 표정 뒤에 그림자처럼 가려진 쓸쓸함을 알아볼 수 있었다.

"근데 그건 갑자기 왜?"

느닷없이 묻는 바람에 은희의 얼굴에는 살짝 붉은 기가 돌았다. 공부를 못했다는 사실을 들켜 민망한 것 같기도 했다. 그간 유식에게는 공부하라고 꽤 닦달한 모양이었다. 하지만 은희가 민망해하더라도 석호로서는 반드시 알아야 하는 부분이었다. 그래야 그녀에게 맞는 직장을 구해줄 수가 있으니까.

"학교 숙제라니까요. 엄마의 이력에 따른 인생사를 글로 푸시오. 논술과제."

석호는 미리 준비했던 거짓말을 술술 풀었다. 은희는 '그렇구나' 이해한 듯이 고개를 끄덕였다. 석호는 순순히 고갯짓하는 것만으로도 충분히 알 수 있었다. 은희는 확실히 눈치가 없다.

옛날이면 몰라도, 근래엔 학교와 같은 교육기관에선 개인의 사생활이나 가정의 빈부격차가 드러나 차별적인 시선이 생기는 것을 크게 경계하고 있다. 혹여 그런 일이 생기면 뉴스나 SNS로도 소문이 쫙 퍼지는 시대인데 대체 어느 학교가 부모의 이력을 낱낱이 써오는 걸 숙제로 내겠는가. 요즘 학교에서는 부모의 학력도 적어 내는 일이 없다. 그 정도는 자식이 없는 석호도 알았다.

그런데 정작 고등학생 아들을 키우는 은희는 아들의 말을 곧이곧대로 받아들이고 있다. 그만큼 유식을 믿고 있거나, 아니면 중요치 않게 여겨 깊이 생각하지 않는 것일 수도 있지만 적어도 기민하게 머리를 굴리는 일이 없다는 건 알 수 있었다. 이런 점에서 유식은 확실히 은희를 닮았는지도 모른다.

"아무튼 알았어요. 그 정도로 적어서 낼게요."

석호가 식탁에서 일어났다. 은희가 그런 석호를 따라 고개를 갸웃거리며 시선을 들었다. 석호가 주방에서 나가려는데 은희가 은근한 목소리로 말했다.

"근데 너 왜 또 존댓말 써?"

"네? 어, 어?"

석호는 아차, 했지만 당황한 기색을 숨기지 못했다. 원래 유식은 엄마에게 반말을 쓴다. 그래서 분명 처음에는 반말을 써야 한다는 걸 의식하는데, 말을 나누다 보면 무심결에 존댓말이 나와버렸다. 더구나 조금 전까지 눈치가 없다고 생각하던 상대에게 훅, 허점을 지적받으니 석호는 속이 뜨끔해졌다.

아무래도 앞으로 계속 이럴 것 같았다. 육십오 년간 몸에 밴 나름의 예의범절이 있는데 어디 반말이 의식한다고 해서 쉽게 술술 나오겠는가. 석호는 재빨리 변명했다.

"이제는 존댓말 쓸 나이도 됐잖아요."

"네가 갑자기 그러니까 이상하잖아."

"반말이 좋으면 그렇게 하고요."

"아냐."

은희가 얼른 대답하자 석호는 안도의 한숨을 내쉬었다. 아직 이 정도는 넘길 순발력이 살아있어 다행이었다.

"그럼 안녕히 주무세요."

석호는 반듯하게 고개를 숙이고는 주방을 나가며 다시 한번 안도했다. 그러나 그가 나간 문을 은희가 한참이나 수상한 눈길로 보고 있었다는 걸, 등 돌린 석호는 알지 못했다.

다음날 석호와 유식은 은희가 출근하고 느지막하게 아침을 챙긴 뒤, 정오 즈음에 곧장 SH물류로 향했다. 방문에 대해 아무런 언질도 없었는데, 정문까지 택시를 타고 와 내리는 회장님을 보고 놀란 보안요원들이 서둘러 달려왔다. 유식은 느닷없는 상황에 당황했고, 이것이 의전임을 아는 석호가 대신 손을 들어 그들을 제지했다.

"잠깐 만날 사람이 있어서 온 거니 그렇게 당황하지 않아도 됩니다."

석호는 유식을 데리고 척척 빌딩 안으로 들어갔다. 보안요원들이 뒤에서 두 사람을 보다가 고개를 갸웃했다.

"쟨 누구야?"

"몰라, 회장님 조카라나, 먼 이웃의 누구라나. 요즘 끼고 다니셔서 그런지 지가 회장인 줄 알아."

뒤에서 그런 평가가 이뤄지는지도 모르고 의기양양한 두 사람은 다시 로비에 멈춰 섰다. 지나다니던 직원들이 두 사람을 발견하고는 저마다 인사를 해왔기 때문이었다.

"감사합니다, 회장님."

"저희의 영원한 회장님이세요."

"건강하세요, 회장님."

이런 말들이 익숙하지 않을 텐데 직원들은 부끄러워하면서도 용기를 내서 말했다. 존경한다는 말도 들었고, 인사말을 전하고 떠나기 전 수줍은 얼굴로 양손의 엄지를 척 들어 보이는 직원도 있었다. 한 회사의 회장이라는 인물이 본인이 소유하고 있던 주식을 전부 직원들에게 나눠주었으니, 어쩌면 이처럼 찬사가 이어지는 게 당연한지도 모른다. 그 모든 찬사는 물론 유식에게로 향했지만, 곁에서 듣는 석호도 뿌듯했다. 스스로 어찌하기도 전에 자꾸만 광대가 실룩이며 흐뭇한 미소가 떠올랐다.

옆을 보니 유식이 가슴을 쫙 펴고는 말을 거는 사람들을 향해 고개를 까닥이고 있었다. '회장 놀이'를 즐기는 유식이 귀엽기도 해서 석호는 작게 소리를 내 웃고 말았다.

"회장님, 나오셨습니까?"

익숙한 목소리에 돌아보자 소현민 변호사가 서 있었다. 오늘도 역시 그는 깔끔한 정장 차림에 타이를 맨 모습이었다. 헤어에센스를 얼마나 발랐는지 머리는 바람이 불어도 날리지 않을 것 같았다. 하지만 업무 중의 추레한 모습을 한 번 보아서인지, 석호는 이제 그가 올 시간에 맞춰 헐레벌떡 옷과 머리를 만져대는 모습을 쉽게 연상할 수 있었다.

석호가 유식의 옆구리를 쿡 찔렀다. 유식이 준비된 멘트를 할 차례였다.

"바쁠 텐데 미안하네. 굳이 내려올 것까진 없었는데 말이야."

"괜찮습니다. 당연히 제가 모셔야죠. 올라가시죠."

소현민이 두 사람을 안내했다. 그는 유식을 향해 '건강은 어떠신지', '안색은 좋아 보이신다' 같이 염려하는 말을 건네고는, 석호에겐 어깨에 팔을 얹은 뒤 그의 머리를 헝클어트렸다.

"잘 지냈냐? 자주 보네?"

"아, 네. 네."

석호는 반사적으로 뭐 하는 거냐며 쳐낼 뻔했다가 이를 악물고 참아냈다. 회장의 입장이었을 때는 한 번도 당해보지 못한 취급인 만큼, 이 신선한 충격이 당혹스럽기는 여전히 마찬가지였다. 물론 그가 고등학생 유식이 아니라 석호라는 걸 알게 되면 소현민이 훨씬 더 당혹스러울 테지만.

세 사람은 곧장 소현민의 사무실로 향했다.

"전화로 말했듯이 개인적인 부탁이 있어서 말이야."

"아, 일자리 말이죠? 제가 아는 법무사나 변호사 녀석들이 많아서 사무직원 자리 하나는 충분히 알아봐 드릴 수 있습니다. 걱정 마세요. 아, 그게 이력선가요?"

소현민은 유식이 들고 있던 서류를 가리켰다. 유식이 서류를 넘겼다. 어젯밤 인터넷에서 양식을 다운받아 아는 대로 은희의 이력을 작성했다. 은희의 사진은 유식이 가지고 있던 핸드폰 사진 중에서 적당한 것으로 잘라 채워 넣을 수밖에 없었다. 이력서에 붙어 있는 은희의 사진 배경은 꽃으로 가득했다. 그렇게 작성한 이력서를 아침에 근처 문구점에 들러 컬러로 출력해왔다.

이력서를 한눈에 쓱 훑더니 소현민의 안색이 어두워졌다. 조금은 당황한 것도 같았다. 그러고는 애써 웃으며 말했다.

"법무사나 변호사 사무실보다는 다른 쪽이 어울리시겠네요."

그런 곳에 들어갈 스펙이 안 돼도 너무 안 된다는 말을 나름 부드럽게 돌려 말한 것이다. 석호는 단번에 알아들었지만, 안타깝게도 유식은 그렇지 못했던 것 같다. 그는 아주 희망찬 얼굴로 소현민에게 말했다.

"좀 편한 자리로 알아봐 주세요. 험한 일 말고, 너무 스트레스받는 일도 말고요. 일은 적게 하고 월급은 많이 받는 그런 자리 없을까요?"

소현민은 고개를 갸웃했다. 회장이 왜 갑자기 저런 존댓말을 쓰는지 이상했다. 예전에도 존댓말을 섞어 쓰기는 했지만, 저렇게 어린애 같은 말투는 아니었다. 혹시 아직도 섬망이…… 그런 생각을 하다 고개를 저었다. 아니다, 이렇게 정정해 보이시는데 그럴 리가 없지.

그건 그렇다 치고 이것이 정말 회장이 가지고 온 이력서가 맞을까, 대체 회장은 이런 사람을 어떻게 알고 있을까, 내가 잘못 보고 있는 건 아닐까. 의혹이 가득한 얼굴로 소현민은 유식을 보았다. 그리고 단 한마디로 그의 물음에 잘라 대답했다.

"그런 자리가 있었으면 제가 갔을 겁니다, 회장님."

그로부터 두어 시간 뒤, 두 사람은 회사를 나와 돌아다니다 피시방에 들어갔다. 소현민이 은희의 일자리는 그녀의 스펙과 적성에 맞는 쪽으로 한번 알아보겠다고 어두운 얼굴로 말한 뒤였다. 엘리베이터를 타고 내려가는 동안 아무래도 시간이 좀 걸릴 수도 있겠다며 석호가 말했지만, 유식은 눈을 반짝이며 희망을 버리지 않았다. 은근히 SH물류 내에 자리를 얻을 수 있길 바라는 것도 같았다. 아무래도 그룹의 회장씩이나 되는 사람이 일자리 하나 마련해주는 게 어려울 리가 없다고 생각하는 듯했다.

SH물류는 석호의 이념을 따라 사무직이건, 미화나 경비직

이건 전부 정규직으로 고용되는 곳이었다. 하지만 그만큼 공석이 생기는 일이 적고, 경쟁률 또한 높다. 그런 자리에 회장이 낙하산으로 사람을 내려보낸다면 말이 나올 것이다. 그러니 찾게 된다면 SH물류가 아닌 외부로 알아봐야 하는데, 사실 은희의 성격상 석호가 찾아준 일자리를 기꺼이 받아들일지도 미지수다.

석호는 이런 세세한 점들을 설명해 주려다 그만두었다. 이런 사회적인 사정을 일일이 꼬집어주기엔 유식의 얼굴이 유난히 편해 보였기 때문이다.

'그래, 뭘 모르는 게 좋을 때도 있는 거지.'

가장 큰 볼일을 마치고 회사에서 나온 두 사람은 '이제 뭘 할까?'를 연거푸 주고받으며 이리저리 기웃거리다, 유식의 제안에 따라 피시방으로 향하게 되었다.

석호는 피시방이 처음이었다. 근래에는 또래들이 대체로 피시방에서 논다고는 들었지만, 세대가 많이 다른 석호로서는 피시방이 주는 이미지가 있어 영 석연치 않았다. 하지만 곧 그런 석호의 생각은 뒤집히고 말았다.

퀴퀴한 냄새가 나는 지하의 어두운 공간만 떠올랐는데, 막상 들어서니 내부는 그의 상상과 전혀 달랐다. 피시방은 이 층에 있었고 공기 정화 시설도 잘 갖추고 있었다. LED로 꾸민 듯한 화려한 인테리어는 너무 요란하지 않으면서도 세련된 느낌을 풍겼고, 내부 한편에서는 매점 같은 것을 운영하는 데다 컴퓨터는 모두 최고 사양으로 갖추어져 있었다. 전반적으로 여유 있고 넓었다. 흡연 부스도 따로 마련되어 있으니 부스와 가까운 자리에 앉는 게 아닌 이상 담배 냄새를 맡을 일도 없었다.

눈이 휘둥그레져 둘러보는 석호의 입이 반쯤 벌어졌다.

"짱이지?"

유식이 신난 얼굴로 말했다.

"어? 또 오셨네요?"

아르바이트생으로 보이는 청년이 유식을 보고 말했다.

"지난번에 손님들이 신기하다고 난리더라고요. 방송국에 제보한다던 사람도 있었는데 연락처 안 남겨놓고 가실래요?"

유식은 싫지 않은 웃음을 껄껄, 날리면서 손을 휘휘 저었다.

"아유, 뭘. 그 정도 가지고. 오늘도 안쪽 자리 이용해도 되지?"

유식은 아주 자연스러운 태도로 카운터에 있는 카드 두 장을 집었다. 카드에는 번호가 쓰여 있었는데, 원하는 자리로 가서 번호를 입력하면 컴퓨터를 사용할 수 있는 것 같았다. 유식이 앞서서 자리로 걸어갔다. 석호는 뒤따르며 예사롭지 않은 분위기에 눈총을 쏘았다.

"또 나 없는 동안 무슨 짓을 한 거야?"

"무슨 짓이라니. 할 일을 했을 뿐인데."

유식은 또 껄껄, 하는 이상한 소리를 내며 웃어댔다. 석호는 눈을 가늘게 뜨고 흘겨보았다. 점점 애가 바보가 되어가는 것 같다는 생각이 들었다.

유식은 석호가 앉은 자리에 카드 번호를 입력하고는 자신이 좋아하는 게임을 가르쳐주겠다며 프로그램 하나를 열었다. 금세 요란한 소리가 나오면서 게임 캐릭터들이 출현했다.

석호는 게임기 오락이라는 걸 언제 해봤는지도 기억나지 않았다. 스물대여섯 살쯤 됐을 때, 어느 국민학교 앞 문방구에 설치되어 있던 무릎 높이 정도의 게임기에 동전을 넣고 해봤던 게 전부였던 것 같다. 그러니까 뭉툭한 조이스틱과 색깔 버튼, 투박한 그래픽 화면이 석호가 아는 게임의 전부였다. 그것과 비교해보면 지금의 게임은 마치 애니메이션 영화를 보는 듯했다.

"신기하지?"

유식이 제가 더 들떠서는 신나게 떠들어댔다. 어떻게 동작을 하는지, 어떤 식으로 아이템들을 모아야 하는지 제멋대로 설명을 늘어놓았다. 석호는 마냥 신나 하는 유식의 얼굴만 빤히 보았다. 한참 설명하던 유식은 뒤늦게 석호가 설명을 듣고 있지 않다는 걸 알아챘다.

"왜? 게임 같은 건 싫어? 요즘 애들 중에 이 정도 게임 못하는 사람 없어. 청춘을 즐기고 싶다며."

유식의 말에 석호는 설핏 웃었다. 맞다. 분명 그렇게 말했었다. 어린 시절부터 남들처럼 한번 놀아보지도 못하고 일만 했던 삶이 억울했다. 그래서 청춘이라는 게 뭔지 즐겨보고 싶었다. 요즘 아이들이 노는 방식으로. 그랬는데…….

"사실은 생각이 좀 달라졌어."

유식이 의아한 눈을 했다. 석호는 부드러운 미소를 지었다.

그의 생각이 바뀐 건 김범주 사장 사건을 해결한 이후부터였다. 눈앞에 닥친 위기를 해결하느라 골머리를 썩고, 또 보란 듯이 김범주 사장의 눈앞에서 반전을 일으키면서 그는 극한의 쾌감을 느꼈다. 그리고 깨달았다. 이 회사가 나의 청춘이었다는 것을.

무조건 놀기만 하는 게 청춘인 건 아니었다. 닥친 환경 안에서 최선을 다해내는 것, 그것이 바로 석호의 청춘이었다. 석호는 지금껏 그렇게 살아왔고, 그렇게 키워낸 회사가 곧 자신의 청춘이었다. 지금까지 그 사실을 잊고 있었다.

그리고 그 청춘을 지켜냈다. 유식과 함께. 유식은 이미 석호가 '청춘'을 즐길 수 있게 도와주었다. 덕분에 석호는 지금껏 모르고 지냈던 청춘의 의미를 깨달을 수 있었다.

석호는 차분하게 유식에게 그런 생각을 전했다. 유식은 그의 말을 끊지 않고 가만히 들었다.

"난 지금껏 청춘을 잃어버렸던 게 아니라 청춘을 살아냈던 거야. 그러니까 난 이제 됐어. 생각해보니까 아쉬울 거 하나 없는 삶이었어. 열심히 살았고, 그건 다시 돌이킬 필요도 없는 내 성과야. 그러니 이제 네가 원하는 것을 하자."

진지해졌던 목소리를 바꾸며 석호가 장난스럽게 말했다.

"넌 기깔나게 살고 싶다고 했잖아. 자, 그게 뭔지 생각해보자. 이렇게 게임을 하면서 사는 게 기깔나는 거야?"

유식의 표정은 어느새 진지해져 있었다. 화면에서는 유식이 플레이시켜 놓았던 게임의 캐릭터들이 그의 명령을 기다리고 있었다. 하지만 유식은 석호를 향해 의자를 비틀고 앉아 게임화면이 아닌 석호를 바라보았다. 한동안 생각을 한 유식이 입을 열었다.

"나도 벌써 해본 거 같아. 기깔나는 삶."

"뭐?"

생각이 변하고 있었던 건 석호만이 아니었던 모양이다. 석호도 유식이 그렇게 대답해 올 거라고는 생각하지 못했는지 눈썹을 치켜 올렸다.

"지난번에 할바탱이 회사에서 문제 났을 때, 나도 그걸 해본 것 같아."

모두가 행복해지는 방향으로 멋지게 문제를 해결해 냈을 때, 또 오늘처럼 자신이 한 일에 사람들이 감사의 인사를 전할 때. 유식은 그 속에서 이것이 진짜 멋진 인생이 아닐까 하고 생각했다. 물론 아쉬움 없이 돈을 쓰고, 그 돈으로 여태 고

생한 엄마를 편하게 만들어주는 것도 멋지겠지만. 석호처럼 최선을 다해 더 많은 사람들을 지켜내고 자신의 뜻을 관철하면서, 그를 통해 어디에서도 부끄럽지 않은 사람이 되어 쾌감을 얻는 게 진정한 기깔나는 삶이 아닐까 하고 느낀 것이다.

그리고 그렇게 자랑할 수 있는 모습을 다른 누구도 아닌 엄마에게 보여주고 싶었다. 모두 자신이 해낸 일은 아니었지만, 만약 정말로 이런 석호의 삶이 자신의 것이었다면 엄마는 돈보다도 그런 존경받는 자신을 보며 정말 행복해하겠다는 생각이 들었다.

그런 생각을 말하자 석호가 유식의 머리에 손을 얹고는 마구 헝클어뜨렸다. 유식이 몸을 비틀며 소리쳤다.

"뭐야, 이 할바탱이!"

"마마보이 같으니라고."

"조용히 좀 해. 다른 사람들이 이상하게 생각하겠어."

노인이 학생을 두고 '할바탱이'라 부르고, 학생이 노인을 두고 '마마보이'라 부르니 충분히 이상하게 보일 터였다.

"그럼 이제 우리는 억울할 것도 없는 인생이네."

"뭐야, 나는 아직 좀 억울하다고. 열여덟에 갈 건 뭐야. 열여덟에."

유식이 입술을 비쭉 내밀며 말했다. 석호가 피식 웃었다.

"그럼 이제부터 뭘 할 거야, 할바탱이?"

유식이 묻자 석호가 자리에서 벌떡 일어섰다.

"찢어지자."

유식이 놀란 얼굴로 그를 보았다.

"이제는 날 버리겠다는 거야, 뭐야? 할바탱이는 뭘 할 건데? 설마 할바탱이 집으로 돌아가는 거 아니지? 내 몸 뺏으려고 계획 세우러 가는 거 아냐?"

석호가 유식의 이마에 딱밤을 먹였다. 유식은 이마를 쥐고 발을 동동 굴렀다. 젊은 몸을 쳤더니 그 힘을 이런 데다 쓰다니. 유식은 자신의 손가락 힘이 이렇게 세다는 것을 처음으로 체감했고, 평소에 운동을 좀 덜 할 걸 하는 뒤늦은 후회를 했다.

"난 지금부터 내 할 일이 있어. 물론 저녁때는 집으로 돌아갈 거야. 은희 씨 밥이 맛있거든."

"은희 씨이?"

유식이 과장되게 눈을 부라렸다. 석호는 코웃음을 치고는 카드를 들고 계산대로 향했다. 유식이 어디로 갈 거냐고 다시 한번 소리를 질렀지만, 석호는 뒤도 돌아보지 않고 유유히 손만 흔들 뿐이었다.

유식은 조금 전까지 석호가 앉아 있던 의자를 괜스레 발로 찼다. 의자가 팽그르르 돌았다. 갑자기 혼자 가버리니 서운한 마음이 들었다.

"저 옆자리 거까지 계산요. 뭘 먹든지 계산해 주고 남는 돈은 저 사람 줘요."

석호가 계산대에 오만 원짜리를 내밀고 돌아섰다. 아르바이
트생은 오만 원짜리와 노인인 유식, 그리고 사라져가는 십 대
고딩 석호를 보고는 혀를 끌끌 찼다.

"버르장머리 없는 새끼."

석호가 피시방을 나간 지 얼마 되지 않아 유식도 게임을 종
료했다. 게임은 여느 때와 같았지만, 여느 때와 달리 재미가
없었다. 석호가 계산대에 오만 원을 맡기고 간 것도 알고 있
기에 즐길 시간은 충분했건만 흥이 떨어지고 나니 앉아 있는
게 좀이 쑤셨다. 슬쩍 시간을 확인해보니 이제 막 저녁이 되
고 있었다.

"이대로 집으로 가? 아니야, 그건 너무 건전해."

며칠 전 피시방에 들어가며 했던 생각을 이번엔 피시방을
나오며 하고 있었다. 유식은 머리를 절레절레 흔들었지만 딱
히 갈 곳이 떠오르지 않았다. 그나마 석호와 함께 있으면 또래
애들이 가는 곳도 마음 편히 갈 수 있겠지만 지금은 아니다.
이 몸으로 혼자 코인 노래방 같은 데에 갔다가는 이상한 할아
버지로 취급받기 십상이다.

돈을 펑펑 쓸 수 있는 것 외에는 노인의 몸으론 마음 편히
즐길 만한 것이 없다는 사실에 유식은 문득 답답해졌다. 새로

더 받은 백 일의 인생이 선물이라고? 돈은 없어도 젊은 몸을 갖게 된 석호라면 몰라도 노인의 몸, 그것도 병마에 찌든 몸을 받은 자신에게는 실질적으로 선물이라 말할 수는 없었다.

유식은 하늘을 올려다보며 잔뜩 원망을 하려다 그만두었다. 불평거리는 분명 있었지만, 생각해보면 이 몸을 얻은 덕에 잠깐이지만 멋진 삶도 살아봤고, 석호에게도 누누이 언질을 해 뒀으니 앞으로 어떤 식으로든 엄마를 편하게 해줄 수도 있다.

'에이, 그럼 됐지 뭐.'

유식은 힘이 빠진 다리를 끌고 결국 집으로 발걸음을 돌렸다. 가만히 걷고 있자니 석호가 무엇을 하러 갔는지 궁금했다. 어차피 자세한 건 잘 모르니 가르쳐 줘도 될 텐데 뭐 때문에 비밀로 하는 건지. 그 탓에 궁금증만 괜히 더 커지지 않았는가. 이제는 석호에 대해 파악했다 생각했는데, 여전히 무슨 생각을 하고 있는지 모를 일이었다.

유식은 택시를 타지 않고 계속 걸었다. 석호가 피시방에 두고 간 돈이 사만 원 넘게 남았지만 굳이 택시를 타고 싶진 않았다. 돈을 아낀다기보다는 혼자 집에 일찍 가도 할 일이 없기 때문이었다.

걸음이 느린 덕에 한참을 걸어야 했다. 상점가와 학원가를 지날 때면 주황빛이던 하늘도 점차 어두워지고 있었다. 어느새 주변엔 방학을 맞아 가방을 둘러메고 학원으로 향하는 아이들이 많았다.

문득 석호가 한 말이 생각났다. 최선을 다해서 살아내는 삶이 청춘이라고 했던가. 아무래도 그 청춘이라는 것은 거기 한가운데 있을 때는 잘 모르는 것 같다. 산 정상에 올라가 내려다보거나, 드론을 띄워놓고 봐야 멋진 산의 풍경이 눈에 들어오는 것과 같은 이치다. 석호만큼이나 멀리 떨어져 뒤돌아봤을 때 최선을 다해 살아낸 삶은 반짝이는 청춘으로 남을 것이다.

저 애들은 언젠가 그 순간을 맞이하겠지. 하지만 자신에게는 그 이상의 시간이 없다. 몇십 일 뒤면 자신은 끝. 청춘의 시간에서 벗어나지 못한 채 생을 마무리 짓게 된다.

우울하지는 않지만, 기분이 좋지도 않은 묘한 상태로 유식은 집까지 도착했다. 집 대문 앞에는 못 보던 트럭 한 대가 서 있었다. 인근에 왔다가 주차할 데가 없어 세웠다고 하기엔 주차할 만한 공터가 주변에 너무나 많았다.

집에 온 손님인가 싶어 트럭 쪽으로 가까이 다가갔다. 카키색 티셔츠에 상아색 건빵바지를 입은 남자가 까치발을 하고 서서는 대문 안쪽을 기웃거리고 있었다. 대범하게 트럭까지 끌고 온 도둑인가 싶어 유식은 인상을 팍 쓴 채 소리쳤다.

"누구세요?"

남자의 어깨가 움찔하더니 천천히 뒤돌아섰다. 그러더니 유식의 머리부터 발끝까지를 훑어보고는 퉤, 내뱉듯 불량한 어조로 말했다.

"그러는 할아버지는 누구요. 난 이 집 주인인데."

유식의 아버지였다.

16

아버지는 전형적으로 나쁜 놈이었다. 만약 엄마와 아버지라는 인간의 이야기를 드라마로 만든다면 사람들이 인상만 보고도 줄줄 예상하는 게 모두 들어맞을 만큼 전형적인 나쁜 놈.

유식이 첫 기억이라는 게 있을 때부터 따져봐도 아버지가 일을 하러 나간 것을 본 게 손가락에 꼽을 정도였다. 어렴풋한 기억 속에서도 아버지에게서 매일 맴돌던 술 냄새를 유식은 선명하게 기억했다. 당연히 집안에 필요한 돈을 벌어오는 것은 엄마였다. 계산해 보면 그때 엄마의 나이 서른둘. 한 집안을, 그리고 엉망인 남자를 버텨내기엔 벅찬 나이다.

술을 중독적으로 마시는 사람들 대부분이 그러하듯 아버지는 폭력을 휘둘렀다.

"돈 좀 벌어 온다고 서방을 무시해?"

314

어린 시절에 들은 말이 악몽처럼 뇌리에 박혀 있다. 엄마에게는 물론이고, 어렸던 자신을 향해 펄펄 끓는 라면 냄비를 집어던진 일도 있었다. 그 일은 지금까지도 유식의 등에 어렴풋한 상흔으로 남아 있었다.

엄마는 아버지와 이혼을 하기 위해 유식을 데리고 함께 여성보호센터로 들어갔다. 그러나 그걸로 끝이 아니었다. 지긋지긋한 노력 끝에 이혼이 성립된 뒤, 힘들게 작은 월세방을 마련할라치면 전부 알고 있는 것처럼 기가 막힌 타이밍에 아버지가 찾아왔다. 그 이유는 대부분 자신을 버렸다는 원한과 원망, 그리고 그 대가라면서 돈을 뺏는 일이었다. 엄마와 유식은 다시 이사를 했고, 이제 됐나 싶을 때면 또 아버지가 찾아오는 굴레가 이어졌다.

마지막 이사는 중학교 1학년 때였고, 지금 고등학교 2학년이 될 때까지 만 사 년 동안 아버지는 나타나지 않았다. 유식은 드디어 끝이 났나 싶었고, 요즘 들어서는 아버지가 찾아올지도 모른다는 두려움도 점차 잊어가고 있었다.

그랬는데, 그랬던 아버지가 다시 찾아온 것이었다. 또다시 진탕 취해서!

"당신 뭐야! 누군데 우리 마누라 집에 얼쩡거려! 이 노인네가 설마 우리 은희랑!"

혀가 잔뜩 꼬부라져 말 같지도 않은 소리를 하는 저 입을 틀어막아 주고 싶었지만, 곧 엄마가 돌아올 시간이었다. 엄마의 곁에 두 번 다시 가까이 가도록 하고 싶지 않았다. 마지막 이사를 했던 때, 엄마의 뺨을 무참히 후려갈기는 모습을 보고 나서부터 그 생각은 확고해졌다.

유식은 얼른 아버지의 어깨를 붙잡아 그가 타고 온 트럭 쪽으로 끌어당기기 시작했다.

"여긴 어떻게 알고 또 찾아와?"

그렇게 말하고 싶은 건 유식이었지만, 그 말은 유식이 한 게 아니었다. 질색한 목소리가 들려온 쪽으로 돌아보자 막 퇴근한 듯한 은희가 서 있었다. 일그러진 얼굴은 하얗게 질려 있었다. 유식은 얼른 몸을 돌려 은희에게로 다가섰다.

"들어가 있어. 내가 잘 보낼 테니까……."

"아뇨, 어르신. 들어가 계세요. 저희 일이에요."

은희는 유식을 지나쳐 창수에게 다가섰다. 창수도 뒤뚝뒤뚝 몸을 흔들면서 은희에게 다가왔다. 그러고는 손가락 두 개로 은희의 어깨를 툭툭 밀었다. 연약한 은희의 어깨가 밀려날 때마다 유식은 이를 악물고 주먹을 꽉 쥐어야만 했다.

"뭐냐, 저 영감탱이. 너 설마 팔자 고친 거냐? 아니, 이런 집 구석에 사는 걸 보면 팔자 고친 것도 아닌 것 같은데. 남자가 그렇게 고팠냐, 어?"

"넌 아직까지 이따위로 사니? 유식이 오기 전에 꺼져. 내 아들한테 너 같은 거 보여주기 싫으니까."

"이게 어디서 기어올라?"

창수의 팔이 올라가는 순간 유식도 움직였다. 하지만 유식이 끼어들기 전에 창수의 팔이 스스로 멈추었다. 치켜들었던 손을 내리며 픽 웃었다.

"야, 조용히 나 보내고 싶지? 그럼 줄 거 줘서 끝내자, 조용히. 응?"

은희가 매서운 눈을 떴다.

"너 줄 돈 없어. 경찰에 신고해줄까? 거기서는 널 두 팔 벌려 환영할 텐데?"

"이게 진짜! 그래, 그럼 유식이나 만나고 갈까 보다. 유식이가 몇 살인가? 한 스물쯤 되지 않았나?"

제 아들 나이도 제대로 모르는 그는 은희를 휙 밀치더니 문을 열고 마당으로 들어섰다. 그러고는 마루에 턱 걸터앉았다. 유식은 그동안 자기가 보지 못하는 곳에서 이런 일들이 얼마나 많이 벌어졌을까를 생각하니 눈앞이 어두워지는 기분이었다.

"당장 안 나가? 우리는 이제 남남이야. 네가 무슨 권리로 나한테 찾아와서 돈을 달래? 그 여자가 이제 네 뒷바라지 못 해주겠다니?"

은희의 목소리가 날카롭게 차고 올랐다. 창수는 피식 웃으며 손가락을 은희의 턱에 가져다 대었다. 은희가 거칠게 손을 쳐냈지만 창수의 손은 질척하게 그녀의 뺨을 훑었다.

"질투도 할 줄 알아? 간만에 재미 좀 볼까?"

그 말이 떨어지기 무섭게 창수의 얼굴이 반쯤 돌아갔다. 그의 뺨을 후려친 은희의 손바닥이 빨갛게 달아올라 있었다. 창수는 순간적으로 자신에게 무슨 일이 일어났는지 알지 못한 사람처럼 멍하니 있다가, 돌연 눈을 부릅떴다.

"이게 진짜 보자 보자 하니까!"

이번에는 진짜 내리칠 것이다, 라고 생각한 은희가 머리를 감싸던 그때였다. 유식이 둘 사이에 파고들었다. 왼손으로 창수의 치켜 올려진 팔을 틀어잡고 오른손 주먹을 단숨에 그의 턱에 꽂아 넣었다. 창수가 마루 위로 벌러덩 나자빠졌다. 은희가 놀라 눈을 휘둥그렇게 떴다. 유식이 그의 멱살을 잡아 일으켰다.

"여자랑은 체급이 너무 안 맞잖아? 치사하게 굴지 말고 나랑 한번 해볼까?"

창수는 유식의 손아귀에 잡힌 채로 몸을 버둥거렸다. 그러나 유식의 손에서 쉽사리 벗어날 수 없었다. 마냥 노인이라 생각했건만 엄청난 힘이었다. 유식이 불같이 화가 나기도 했지만, 생각보다 석호의 몸에서 나오는 힘 자체도 만만치 않은 것 같았다. 전에 유도를 했다던 말이 떠올랐다. 괜한 허풍은 아니었구나, 하는 생각이 상황과 맞지 않게 떠올랐다.

할바탱이, 제법인데? 유식이 씨익 웃자 그 웃음이 창수를 더욱 겁에 질리게 했다. 창수는 자신의 멱살을 잡은 유식의 팔을 쥐고서 더듬더듬 말했다.

"나, 남의 부부 일에 끼지 마시고……."

"이제 아무것도 아닌 사이라고 하는 말 못 들었어?"

"여, 영감님은 대체 누구신데……."

창수가 또다시 웅얼거렸다. 기가 죽은 것은 확실했다. 유식은 창수를 마당으로 끌고 와 휙 내던졌다. 창수가 힘을 이기지 못하고 마당 바닥에 벌러덩 넘어졌다. 유식은 매섭게 그를 내려다보았다. 저런 자가 자신의 아버지라는 것이 신물 나도록 싫었다.

"나? SH물류 주석호 회장. 궁금하면 인터넷에 쳐봐도 좋아. 그리고 또다시 이 근처를 얼쩡거릴 때는 내 경호원들과 제대로 한판 뜰 생각부터 해야 할 거야."

무섭도록 서늘한 목소리에 창수가 다리를 버둥거려 엉덩이로 뒷걸음질을 쳤다. 뺨에 은희의 손바닥 자국이 또렷이 남아 있었다.

"뭐라는 거야! 허, 허풍떨지 마."

유식은 한숨을 후, 내쉬더니 주머니에서 핸드폰을 꺼냈다. 포털 사이트를 열어 석호의 이름으로 인물 검색을 한 뒤 화

면 그대로를 창수 눈앞에 들이밀었다. 창수의 눈이 휘둥그레
졌다.

"뭐, 뭐야. 나는 그냥 얘기나 좀 하려고 왔던 것뿐이야."

"당신하고 할 얘기 없어."

뒤에서 은희가 내뱉듯 말했다. 유식이 '들었지?' 하는 표정
으로 대문을 향해 고갯짓했다. 창수는 무슨 말인지 알아듣지
못할 소리를 몇 번 웅얼거리더니 엉거주춤 일어나 침을 뱉으
며 나갔다. 잠시 후 트럭에 시동 거는 소리가 들리더니 먼지
를 일으키며 사라졌다.

유식은 바깥까지 나가 트럭이 골목 밖으로 완전히 사라지는
것을 확인한 뒤에야 다시 안으로 들어왔다. 은희와 눈이 마주
쳐 유식은 자기도 모르게 고개를 숙이고 말았다.

"미안해요."

유식의 말에 도리어 은희가 눈을 동그랗게 떴다.

"이런 모습 보여서 죄송하고 괜한 일에 휘말리시게 해서 몸
둘 바 모르겠는 건 전데, 왜 회장님께서 제게 미안하다는 말씀
을 하세요. 그러니까 더 죄송하잖아요."

"그냥요."

말은 그렇게 했지만, 유식은 은희의 얼굴을 똑바로 볼 수 없
었다. 은희가 얼마나 폭력을 싫어하는지 알았다. 예전에 유식
이 중학교 때 일진 아이들과 싸움이 붙은 적이 있었다. 그때

목을 놓아 우는 은희를 보고 절대 엄마 앞에서는 주먹질을 하지 않겠다 다짐했었다. 그때의 엄마는 어쩌면 자신이 아버지를 닮을까 봐 두려웠던 게 아닐까.

긴장했던 몸에 힘이 풀렸는지 은희가 마루에 털썩 주저앉았다. 머뭇거리다 유식이 은희와 조금 떨어진 자리에 앉았다. 은희가 고개를 들어 그새 어두워진 하늘을 올려다보았다. 하늘보다는, 조금 더 멀리 아득한 어딘가를 더듬는 눈길이었다.

"전 남편이에요."

"대충…… 알아요."

대충보다는 훨씬 더 알지만 그렇게 말할 수는 없었다. 은희가 의아한 눈을 했다. 혹시 유식이 말한 거냐고 묻기에 그건 아니라고 대답했다. 제가 스스로 생각해도 남에게 아버지 이야기를 할 것 같지는 않기 때문이다. 두 사람이 하는 대화로 대충 상황을 파악했다고 대답하자 은희가 고개를 끄덕였다.

"아, 참!"

뒤늦게 생각났다는 듯 허겁지겁 은희가 주머니에서 핸드폰을 꺼내 들었다. 그러고는 112를 눌렀다. 창수의 폭력에 대해 신고하려는 줄 알았더니 그게 아니었다.

"경찰이죠? 음주운전 신고 좀 하려고요. 끝자리가 4855요."

그녀는 창수가 몰고 온 트럭의 차 번호를 또박또박 말하고는 전화를 끊었다. 유식을 보고는 멋쩍게 웃었다.

"아까 들어오다가 차 번호를 봤어요. 당해봐라, 어디,"

"폭력으로 신고하시죠."

"해봐야 잠깐 구류되어 있다가 나오는 걸요. 접근금지 명령 신청도 몇 번이나 했었어요. 찾아오기는 또 얼마나 귀신같이 찾아오는지. 아무튼 이런 모습을 보여드려 죄송해요."

유식은 고개를 가로저었다. 두 사람은 잠시 동안 가만히 있었다. 유식도 은희도 이 순간 무슨 말을 해야 할지 몰랐기 때문이었다.

"다행히 오늘 우리 유식이가 늦네요."

은희의 말에 유식이 움찔했다.

"유식이가 있었다면 난리가 났을 거예요. 아까 유식이 아빠 때리실 때, 유식이가 있었어도 그랬을 것 같거든요."

"만약 그게 유식이었다면……."

"제가 유식이를 때렸겠죠. 폭력이 폭력을 부르고, 그 폭력을 막겠다고 또 폭력을 하고. 그래서 더 그 사람과는 유식이를 만나게 하고 싶지 않아요."

유식은 혹시 자신의 엄마가 아버지에게 정이 조금이라도 남아 있는 건 아닌가, 하고 잠깐 생각했다. 하지만 이어진 은희의 말에 아무 말도 할 수가 없었다.

"유식이에게 자기 손으로 아버지를 때리는 경험을 하게 하고 싶지 않아요. 아무리 그런 아버지지만, 아니 그런 아버지라서 더욱 유식이한테 평생 갈 마음의 상처로 남을 것 같거든요."

은희가 유식의 속을 꿰뚫어 본 것 같았다. 가슴이 꽉 움켜쥐고 싶을 만큼 저렸다. 당연하지만 유식도 아버지를 때리고 마음이 편치 않았다. 편할 리가 없다.

"제가 묻기 좀 뭐한 말이지만…… 왜 저런 사람하고 결혼하셨어요?"

은희가 풋, 하고 웃었다. 곧 시원한 웃음이 그녀의 입에 걸렸다.

"저런 사람인 줄 알았으면 했겠어요?"

"아, 그러네요."

유식의 대답에 은희의 웃음이 터졌다. 그녀는 깔깔거리며 한참이나 웃어댔다. 유식은 은희의 웃음을 들으며 그녀가 보던 하늘을 올려다보았다. 왠지 은희의 웃음소리가 공허하게 들렸다.

은희가 말했다.

"우리 유식이한테는 오늘 있었던 일, 비밀로 해주세요."

"네."

유식이 아무 일 아니라는 듯이 대답했다.

밤 열두 시가 넘은 시각, 유식의 집 앞에 택시가 한 대 섰다.

안에서 내린 것은 석호였다. 그런데 그의 몸 상태가 심상치 않았다. 힘겹게 택시에서 내려서더니 넘어질 듯 휘청거렸다.

가만히 대문을 열고 마당으로 들어서는 발걸음이 조심스러 웠다. 그러면서도 그는 발을 조금 절고 있었다. 온몸이 쑤셔댔 다. 목이 마른 데다, 진통제도 찾아 먹고 싶었지만 다른 사람 을 깨울까 싶어 그만두었다. 이미 은희의 방도, 유식의 방도 불이 다 꺼져 있었다.

석호는 유식의 방문을 열고 살금살금 안으로 들어갔다. 소 리 나지 않도록 걸치고 있었던 바람막이 재킷을 벗어 팔에 걸 었다.

'갈아입을 옷을 어디다 뒀더라.'

유식이 깰까 싶어 석호는 핸드폰을 켜 방안을 비춰보았다. 그러다 비명도 지르지 못할 만큼 소스라치게 놀라야 했다. 방 한가운데 유식이 정좌를 하고 앉아 그를 노려보고 있었기 때 문이다!

으허억, 바람 빠지는 소리를 내며 벌렁대는 심장을 부여잡 고 뒤로 주저앉고 말았다.

"뭐, 뭐 하고 있는 거야?"

떨리는 목소리로 간신히 석호가 묻자 유식이 자리에서 일 어나 불을 켰다. 그러고는 석호 앞에 버티고 앉아 의심스럽다 는 듯 눈을 가늘게 뜨고 물었다.

"그건 내가 할 말이지. 대체 어디에 다녀온 거야?"

"할 일이 있다고 했잖아."

"그러니까 그게 무슨 할 일이냐고."

"일일이 다 말할 수 없어. 근데 넌 안 자고 뭐 해?"

"사람이 안 들어왔는데 내가 어떻게 자?"

석호가 눈을 둥그렇게 떴다. 그러고 보니 석호의 이부자리도 이미 깔려 있었다. 자신이 돌아오길 기다린 사람이 있다는 사실에 묘한 기분이 들었다. 기쁘기도 하고 쑥스럽기도 한 그런 기분이었다.

유식은 대체 무슨 일을 하고 다니는지 모르겠다고 투덜거리며 자리에 누울 준비를 했다. 그때였다. 노크 소리가 들렸다.

"유식이 들어왔니?"

은희의 목소리였다. 유식이 석호에게 눈짓을 보냈다. 석호가 얼른 일어나 문을 빠끔히 열고는 얼굴을 내밀었다.

"늦어서 죄송해요. 들어왔어요."

"방학이라고 아주 풀어졌지, 네가?"

은희가 석호의 머리에 콩, 꿀밤을 주었다. '꿀'이라는 표현이 붙기에는 꽤나 매서운 주먹이었다. 석호는 얼얼하게 맞은 곳을 어루만지며 생각했다. 한참이나 나이 어린 여자에게 꿀밤을 맞는 예순다섯 살의 노인이 어디 또 있을까.

"풀어진 거 아니에요. 운동 좀 하고 오느라고. 한동안 좀 늦을 거예요."

"뭐? 무슨 운동을 하길래? 그리고 네가 운동을 더 할 필요
가 있어?"

"그런 운동 말고요."

"그런 운동이 아님 대체 무슨 운동인데? 암튼 회장님 주무
셔야 하니까 내일 얘기해. 너 이상한 짓 하고 다니면 알지?"

네, 대답을 들은 은희는 그제야 됐다는 얼굴로 하품을 하며
방으로 돌아갔다. 은희 역시 석호가 들어오지 않아 잠을 자지
못하고 있었던 모양이었다.

"내가 불 끌게. 얼른 자자."

석호는 얼른 옷을 갈아입고 불을 껐다. 그러는 내내 유식
이 그를 의심스러운 눈길로 보다가 이불 위로 벌러덩 드러
누웠다.

"대체 뭘 하고 온 건데?"

"관심 꺼."

석호는 야멸차게 말을 자르고 돌아누웠다. 유식이 눈을 크
게 뜨더니 양손을 뻗어 그의 겨드랑이를 간질이기 시작했다.

"사람이 걱정하고 밤늦도록 기다렸으면 어디서 뭘 하고 왔
다, 육하원칙에 맞춰서 또박또박 고하지는 못할망정. 뭐? 관심
을 꺼? 아주 인생에서 꺼지게 해줄까?"

석호가 온몸을 비틀며 숨이 넘어가게 웃어댔다.

"아, 그만 그만!"

석호의 사정에도 유식의 현란한 손가락은 멈출 줄을 몰랐다. 결국 석호가 양손으로 싹싹 빌고서야 간지럽힘이 끝을 맺었다.

"미안한데, 나중에 얘기해줄게."

유식이 무슨 짓을 해도 석호는 비밀로 할 작정인 듯했다. 유식은 쓰읍, 이상하다는 듯 그를 보다가 어쩔 수 없이 다시 자리에 누웠다. 석호가 물었다.

"오늘 별일 없었지?"

유식은 곧장 대답하지 못하고 잠깐 생각에 잠겼다. 하지만 곧 대답을 이었다.

"그럼. 별일 없지."

엄마는 유식이 오늘 일을 모르길 바란다고 했다. 어쩌면 시간이 지나 운명의 그 날에, 석호는 죽지 않을지 모른다. 그럼 그는 유식으로서 살아야 한다. 은희는 '유식에게' 비밀로 해달라고 했으니까. 무슨 일이 있는지 말하지 않는 것이 맞을지 모른다는 생각을 했다.

그는 깜깜한 어둠 속에서 석호가 운동을 하고 왔다던 말을 떠올렸다. 그 역시 어쩌면 김유식으로 사는 삶을 위해 뭔가를 준비하고 있는지도 모른다. 이상한 기분이 들었다. 서운하다고도, 차라리 잘됐다고도, 어떻게 그럴 수 있냐고도, 잘하고 있는 거라고도 말할 수 없는 이상한 기분.

"저기 있지……."

어렵사리 유식이 입을 여는데, 석호의 드르렁 코 고는 소리
가 크게 들렸다. 같이 지내는 동안 그가 코 고는 소리는 처음
들었다. 얼마나 피곤했으면 코까지 골지. 유식은 다시 입을 다
물고는 흘러내린 석호의 이불을 어깨까지 덮어주었다.

석호의 코 고는 소리는 그러고도 한참이나 계속되었다. 새
벽 3시경, 코 고는 소리가 앓는 소리로 바뀔 때까지.

17

유식은 어렴풋이 잠에서 깨어났다. 꿈에서 듣는 소리인가 했는데, 희미한 신음이 귓전을 타고 정확히 들려왔다. 유식은 잠결에 옆자리를 더듬거렸다.

"왜 그래? 어디 아파?"

소리는 들리는데 석호가 만져지지 않았다. 깜짝 놀라 잠이 확 달아나버렸다.

얼른 일어나 불을 켰더니 구석에서 새우처럼 등을 말고 끙 끙 앓고 있는 석호가 보였다. 석호가 눈이 부신지 인상을 찡 그렸다. 유식은 얼른 석호의 이마를 만졌다. 이마가 축축했다.

"뭐야, 열은 없는데, 땀을 왜 이렇게 흘려."

유식은 석호의 상의를 걷어보려고 했다. 하지만 석호가 그 손을 뿌리쳤다. 인상을 쓴 채 유식을 밀어내며 귀찮다는 양 말했다.

"만지지 마. 아파. 불이나 꺼."

예사로운 상황이 아니었다. 몸을 만지면 아프다는 말에 유식의 눈빛이 날카롭게 빛났다. 유식은 단번에 석호의 이불을 걷어치워 버리고는 그가 손쓸 새도 없이 윗도리를 가슴께까지 들어 올렸다. 유식은 헉, 숨을 들이켰다.

"이게 뭐야!"

온몸이 멍투성이였다. 특히나 가슴과 배 부위에 멍이 집중되어 있었다. 바르는 파스를 사용했는지 냄새가 희미하게 났다. 유식은 자신의 경험에 비추어 이건 맞은 흔적이 아니라고 확신했다. 뭔가에 맞았으면 맞은 도구의 자국이 확실하게 남는데, 이 자국은 일정하지 않게 퍼져 있는 형태이니 어딘가에 부딪히거나 심하게 넘어졌을 때 생기는 자국이었다.

하지만 도구로 때리지 않았다 해서 가해자가 없는 것은 아니다. 왜냐하면 이렇게 피해자가 눈앞에 있으니까. 유식은 석호의 팔을 치며 당장 일어나라고 소리쳤다.

"누구야? 빨리 불어. 어디 가서 맞고 왔냐고!"

"아프다니까. 그리고 맞고 그런 거 아니니까 신경 꺼."

석호는 아예 이불을 뒤집어쓰고 돌아누워 버렸다. 늙은이 고집이 제일 무섭다더니. 유식은 이대로는 석호의 입을 열 수 없다는 것을 직감했다. 물도 없이 퍽퍽한 고구마를 삼킨 것처럼 속이 답답했다. 여전히 돌아누워 있는 석호에게 물었다.

"대체 낮에 어디를 갔다 온 거야?"

석호는 대답하지 않았다.

"무슨 짓을 하고 왔냐니까!"

"시끄러. 잠이나 자."

대화 종료를 통보하듯 석호는 이불을 머리끝까지 뒤집어 써 버렸다. 유식은 둥글게 말린 이불 산을 노려보다 고개를 절레 절레 저었다. 도저히 알 수 없는 일이었다. 갖은 추측은 들었 지만, 무엇 하나 명확하게 확신할 수가 없었다.

아침이 되면 어떻게 하든 끝까지 물어서 알아내야지. 만약 석호가 알리지도 않고 또 나간다면 정말 그에게 무슨 일이 있 는 것이었다. 도저히 말해주지 않으면 뒤를 밟을 생각도 있다. 지금 두 사람은 하나의 운명 공동체가 아닌가. 설령 말할 수 없는 위기에라도 봉착해 있는 거라면 더욱이 자신도 알아야 한다고 생각했다.

그렇게 굳은 결심을 하고 잤지만, 유식이 깼을 때는 이미 석 호도, 엄마도 집을 비우고 없었다. 분명 아침 일곱 시에 알람 이 울리도록 설정을 해두었는데 눈을 뜨니 벌써 열 시였다. 주 방에는 딱 유식이 먹을 만큼의 밥이 남아 있었다.

왜 알람이 울리지 않았지? 아무리 유식이 잠이 많아도 알람

소리엔 일어날 수 있었다. 이상하다 싶어 확인해보니 꺼져 있었다. 왜 알람이 꺼진 거지? 생각한 지 오 초도 지나지 않아 이건 자신의 실수가 아니라 누군가의 손이 탄 것이라고 확신했다. 그리고 그 누군가라는 것은 당연히 석호뿐이었다.

"대체 뭐 하자는 거야!"

유식은 머리를 헝클어트리며 석호가 어디로 갔는지 생각해보려 했다. 하지만 짚이는 곳이 없었다.

홀로 아침을 먹고 마루에 걸터앉았다. 집 안이 조용했다. 적막을 깨듯 갑자기 쿨럭쿨럭 기침이 났다. 지난번 퇴원할 때 받아온 약 중에서 기침이 날 때 사용하라는 간이형 네뷸라이저를 입에 대고 차분하게 호흡을 했다. 호흡이 정상으로 돌아오자 네뷸라이저를 방안에 치워두고 진통제를 꺼내 먹었다. 가슴께에 묵직한 통증이 시작되고 있었다.

팔을 걷어보았다. 이제 남은 것은 삼십팔 일. 이 와중에도 몸은 착실히 죽어가고 있다. 이 아픔을 석호는 혼자 느꼈겠지 하는 생각이 들었고, 똑같은 통증을 그가 또다시 겪지 않는 것이 어쩌면 다행일지 모른다는 생각도 들었다.

"나 혼자 뭘 해야 하나……."

하필 방학이라 학교에 갈 수도 없다는 생각을 하다, 주름진 손을 보면서 자기도 모르게 피식, 웃었다. '하필 방학'이 아니라 '다행히 방학'인 것이다. 방학이 아니었다면 석호를 자신

332

대신 학교에 보내야 했을 테니 말이다. 어쨌거나 몸이 이래서는 친구들을 부를 수도 없다.

잠깐 회사에나 나가볼까 하는 생각도 들었다. 회사에 나가 자신을 존경하는 눈으로 보는 직원들을 보면 기분이 좋아진다. 소현민 변호사를 만나 엄마의 취직자리는 어떻게 되어 가고 있는지 물어볼까 하는 생각도 했다. 하지만 곧 그러지 않기로 했다. 자신을 존경하는 눈으로 보는 직원들을 보면 기분이 좋아지는 것은 사실이지만, 그것은 자신의 것이 아니다. 엄마의 취직자리 역시 재촉해서 좋을 건 없다는 생각이 들었다.

"나도 계속 살았으면 그런 어른이 될 수 있었을까?"

유식이 중얼거리는 것과 동시에 성적표가 뇌리를 스쳤다. 아마 앞으로 백 일씩 백 번을 더 산다고 해도 그런 성적이라면 석호 같은 인생을 살 수는 없을 거다. 이런 현실 직시를 하고 나니 어째 더 씁쓸한 기분이었다.

"어쨌든 그렇게 한 번은 살아봤네, 덕분에."

유식은 그렇게 말하고는 으차, 하며 마루에서 일어섰다. 몸이 노인이 되니 움직일 때마다 몸 구석구석에서 별별 소리가 다 났다. 거기다 생각도 왠지 노인이 되어가는 것 같았다.

갑자기 어떻게든 젊은이들의 공간으로 가고 싶다는 욕구가 용솟음쳤다. 하지만 갈 곳이 없다. 또다시 푸르륵 식어버리다가, 얼마 전 피시방에서 남긴 몇만 원이 생각났다. 그 돈으

로 마트에 가서 장을 봐 엄마가 퇴근할 때 저녁상을 차려 놓
으면 좋겠다는 생각이 들었다. 엄마로선 왜 회장님이 자신을
위해 이런 상을 차리나 의아하겠지만, 유식이 살면서 꼭 한번
해보고 싶은 일이었다. 심심하던 차에 잘됐다며 유식은 방안
으로 뛰어 들어가, 자신의 백팩 안의 물건을 모두 꺼내 비운
뒤 메고 나왔다.

마트는 걸어서 십 분 거리에 있었다. 가면서 핸드폰으로 자
신이 어떤 메뉴를 할 수 있을까 열심히 검색했다. 생각보다 닭
볶음탕이 요리하기 쉬울 것 같았다. 필요한 재료를 검색하는
동안 어느새 마트에 가까워졌다.

마트 앞에는 노란색 카트가 줄줄이 세워져 있었다. 핸드폰
화면에서 눈을 떼지 않은 채로 카트 손잡이를 잡아 빼는데, 다
른 사람 손이 불쑥 튀어나와 그가 잡은 손잡이를 동시에 잡
았다.

"아, 죄송……."

무심결에 고개를 들던 유식은 자신도 모르게 굳어버리고
말았다. 상대도 유식을 보고 놀란 듯 눈을 동그랗게 떴다. 그
얼굴에서 조금 난감한 듯한 기색이 스쳤다. 곧 그녀가 허리를
굽혀 인사했다.

"안녕하세요."

유리였다.

"어, 그래……. 어."

바보 같은 대답을 하면서 유식은 자기도 모르게 카트 손잡이에서 손을 뗐다. 유리가 재빨리 카트 하나를 유식 앞에 먼저 놓아주고는 자신도 하나 빼내었다. 그 모습을 물끄러미 보고 있자니 속이 어지러웠다.

지난번 석호를 시켜 유리와 헤어진 이후로 처음이지만, 체감은 그보다 훨씬 더 오랜만에 만난 것 같았다. 그사이 유리가 왠지 더 예뻐진 것처럼 느껴졌지만, 어떤 점이냐고 묻는다면 딱히 뭐라고 짚어 말할 수는 없었다.

"잘 지내셨어요?"

유리가 카트를 끌면서 어색하게 인사를 했다. 유식도 어쩔 수 없이 조금 떨어져 카트를 끌고 마트 안으로 들어갔다. 안에서는 대형마트의 홍보 음악이 흐르고 있었고, 타임 특가를 외치는 양념돼지갈비 판매직원 덕분에 와글와글 소란스러웠다. 차라리 다행이라는 생각을 했다. 유식은 조금 지나서야 어, 하고 짧게 대답했다.

"그거 유식이 가방인데."

"아, 이거……. 그냥 잠깐 빌린 거야."

"유식이 몰래 얼른 돌려놓으세요. 걔 그거 꽤 아껴서 남이 쓰면 난리 칠걸요."

유리의 말이 맞았다. 이 가방은 자신이 아끼는 것이었다. 그녀의 말대로 석호가 자신의 가방을 장이나 보는 일에 썼다면 난리를 쳤을 것이다. 역시 유리는 누구보다 자신을 잘 안다. 그런 생각을 하자 가슴 끝이 차르르 울렸다.

"그래야지. 잘 지냈니? 요즘엔 잘 안 보이던데."

그렇게 말하면서도 유식은 스스로를 치사한 자식이라고 생각했다. 본인이 석호를 시켜 헤어지자고 통보해놓고, 유리가 그 이별을 어떻게 받아들이고 있는지 궁금해져 이리 에둘러 묻고 있었다. 머리는 치사하고 나쁜 자식이라고 저 자신을 욕하면서도 귀는 유리를 향해 쫑긋 서 있었다.

유리가 살짝 얼굴을 붉히며 말했다.

"유식이하고 헤어졌는데, 모르셨구나."

"그, 그래? 아니, 왜?"

유리가 아랫입술을 질끈 물었다.

"걔 완전 나쁜 자식이에요. 똥통에나 빠져서 죽어버렸으면 좋겠어요."

미안하지만 똥통에 빠져 죽을 운명은 아니란다, 하는 소리가 목구멍까지 차올랐다. 저를 향한 악담을 코앞에서 들으니 괜한 반발심이 들기도 했다. 유리는 얼른 유식의 눈치를 살폈다. 할아버지에게 버르장머리 없는 소리를 했다고 생각하는 모양이었다.

"아니, 그건 농담이고요. 암튼 되게 나쁜 놈이긴 한데, 마지막 부탁은 들어줘 보려고요."

유식이 걸음을 우뚝 멈추었다.

"마지막 부탁?"

처음 듣는 소리였다.

"그게 뭔데?"

유리는 입술을 벙긋 열다가, '에이 말하지 말자'라고 하듯 다시 입을 닫아버렸다.

"그냥 좀…… 암튼 변태 같은 놈이라니까요."

유리는 그쯤에서 전 남친의 할아버지와 헤어지고 싶다고 생각했는지 '그럼 조심해서 일 보고 가세요'라고 예의 바르게 인사하며 카트를 끌고 야채 코너로 직행했다. 그 뒷모습을 보면서 유식은 공황 상태에 빠졌다. 석호가 뭘 한 거지?

'대체 뭘 부탁했기에 변태라는 거야?'

자신을 위해 새벽이고 밤이고 고생하는 어머니에게는 미안했지만, 유식은 처음 계획했던 오늘의 '엄마에게 바치는 감동 밥상 이벤트'를 뒤로 미루고 석호를 잡기로 결정했다.

먼저 석호에게 전화를 걸어보았지만 신호만 울릴 뿐 받지를 않았다. 어디로 갔는지는 감조차 잡히지 않으니, 밖에서 시간을 보내다 저녁때쯤부터 동네 입구에서 진을 치고 있다 잡는 게 제일 효과가 좋을 듯했다. 변태, 변태……. 그 소리가 귀에서 계속 울리는 채로 유식은 바깥을 돌아다녔다.

지하철에 올라타자 자신보다 훨씬 나이 많아 보이는 여자가 굳이 자리를 비켜주면서 양보했다. 싫다고 했지만 그는 괜찮다며 유식을 반강제로 자리에 앉혔다. 서글픈 기분이 들었다.

뭔가 시간을 때울 거리를 찾으려 종로에서 내렸다. 출구로 나가려면 에스컬레이터를 타야 하는데, 에스컬레이터 앞은 긴 줄로 막힌 채 '고장'이라고 적힌 종이가 붙여져 있었다. 사람들은 줄을 지어 서서 계단을 올랐다. 엘리베이터가 있을 것 같았지만, 좀처럼 위치를 알 수가 없었다. 괜찮겠지, 싶은 마음에 계단을 올라갔다. 중간쯤에 이르러 심장이 터져 나올 듯 가슴이 뻐근해지고, 무릎이 시큰거리기 시작하자 후회가 되었다. 하지만 뒤에서 끝없이 올라오는 인파 때문에 멈출 수도 없었다.

아아, 노인으로 사는 삶은 녹록지 않은 거구나. 유식은 그런 생각과 함께 거친 숨을 몰아쉬며 출구로 나갔다.

그렇게 고생해서 왔지만 한 일이라고는 인근 피시방에서 대충 시간을 때운 것뿐이었다. 구석 자리를 잡아 게임을 했는데도 지나가던 사람들마다 멈춰 서서 구경을 하느라 북새통이었다. 그제야 서글펐던 기분이 조금 가라앉았다.

어스름이 내리기 시작하자 유식은 피시방에서 나와 버스정류장으로 갔다. 버스에 올라타 지갑을 체크기에 찍었다.

— 학생입니다.

순간 버스 기사가 홱 고개를 돌려 노려봤고, 버스 안의 모든 사람들이 혀를 차는 듯한 얼굴로 유식을 보았다. 버스 기사가 익숙한 일이라는 듯 목소리를 높였다.

"거참, 할아버지!"

유식은 주섬주섬 주머니에서 천 원짜리를 꺼내 요금함에 집어넣었다. 그는 붉어진 얼굴로 버스 제일 뒷자리로 갔다. 멀쩡히 앉아 있던 고등학생 하나가 갑자기 잠자는 척 머리를 유리창에 기댔다. 그러고는 유식이 다른 자리로 옮겨갔는지 보려고 슬쩍슬쩍 눈을 떠 확인하는 것이 보였다.

'안 비켜줘도 된다. 눈 떠라. 그러다 눈에 경련 나겠다.'

버스에서 내린 유식은 예정대로 집으로 들어가는 골목 앞에서 잠복을 시작했다. 아직 엄마는 돌아오지 않을 시간이었다. 석호는 언제 들어올지 알 수 없었다. 하지만 유식의 몸으로 매일 늦게 들어오다가는 엄마에게 등짝 스매싱을 맞게 될 걸 알 테니 오늘은 일찍 들어오지 않을까 짐작했다. 아무튼 여기서 잠복하다가 석호를 발견하면 그대로 덮칠 생각이었다.

제일 먼저 뭘 물어봐야 할까? 뭘 하고 다니는지? 아니면 왜 자신이 유리에게 변태로 낙인찍혔는지? 잠시 고민하던 그는 무엇이 먼저든 간에 두 개의 질문 모두에 대답하기 전까지 석호를 놓아주지 않으리라 다짐했다.

지루한 시간이 흘렀다. 유식은 계속 시간을 확인했다. 십 분 정도 지났나 싶으면 고작 이 분 남짓밖에 흐르지 않았다. 오늘 하루를 이런 식으로 시간을 때우는 데에 오롯이 바쳤단 걸 깨달으니 뭔가를 잃어버린 기분도 들었다.

그렇게 한 시간쯤 되었을 때였다. 유식의 앞으로 트럭 한 대가 쏜살같이 지나갔다. 먼지가 푸르륵 일어 손을 휘저었다. 좁은 동네에서 이 정도 속력을 내다니 몰상식한 운전자다. 거기까지 생각한 순간 그는 자기도 모르게 휙 뒤를 돌아보았다. 멀어지는 번호판이 그의 눈에 들어왔다.

'음주운전 신고 좀 하려고요. 끝자리가 4855요.'

엄마가 신고했던 아버지의 트럭이었다!

트럭이 사라진 쪽은 집 방향이었다. 유식은 달리기 시작했다. 시간을 확인했다. 조금 있으면 엄마가 돌아올 시간이지만 아직 오신 건 아닐 터였다. 어떤 수를 써서든 엄마가 퇴근하기 전에 아버지를 쫓아낼 생각이었다. 엄마와 마주치지 않게 해야 했다.

숨이 턱에 차고 무릎이 아팠다. 기침이 쿨럭쿨럭 뱉어져 나왔다. 얼마쯤 못가 허리를 굽히고 깊은 기침을 했다. 가래 같은 것이 끼는 것 같아 퉤, 뱉었는데 피였다. 당황할 새도 없이 대충 손등으로 젖은 입술을 닦고는 다시 달리기 시작했다. 피가 묻은 손을 움켜쥐고 공기를 휘저었다.

그러나 상황은 예상처럼 흘러가지 않았다.

"당장 안 나가? 내 인생에서 제발 사라져!"

비명처럼 들려온 외침은 분명 엄마의 목소리였다. 그 목소리 뒤로 그릇이 마구잡이로 쏟아지는 소리가 들렸다. 비명이 더 이어졌고, 뭐라고 하는지 알 수 없는 남자의 새된 외침이 들려왔다. 어째서 엄마가 벌써 집에 있는 건가, 하는 생각도 들었지만 당장은 발이 먼저 내달렸다.

유식이 대문에 들어서니 마당에는 그릇들이 나뒹굴고 있었고, 열린 미닫이문 너머로 아버지가 보였다. 한눈에도 술이 올라 얼굴이 불콰했다. 아버지는 연신 뭐라고 소리를 지르고 있었는데 그의 시선 끝에 엄마가 주저앉아 있는 것이 보였다.

"내가 너 팔자 고칠 생각하는 줄 모를 것 같냐?"

"너랑 살아서 내 팔자가 꼬인 걸 알긴 아는구나?"

"뭐라고? 이게 입만 살아서! 그래서 그 꼬부랑 할바탱이한테 붙어먹는다 이거지? 그래서 날 교도소에 처박고 싶었냐? 또 신고해봐! 엉?"

아버지의 손이 엄마를 때릴 듯이 하늘로 올랐다. 그걸 보자 눈이 돌았다.

유식은 신발을 신은 그대로 마루를 뛰어올라 주방으로 들어갔다. 엄마의 눈이 휘둥그레졌다. 유식은 앞뒤 가릴 것 없이 아버지의 팔을 비틀어 잡았다.

"그만 좀 괴롭혀! 그렇게 괴롭혔으면 그만할 때도 됐잖아! 왜 계속 따라다니면서 우릴 못살게 구는 거야!"

"회장님?"

당황한 은희의 목소리를 유식은 듣지 못했다. 그는 쌓아왔던 감정을 분출하듯 말을 멈추지 못했다.

"엄마한테 돈이라도 있을까 싶어서 또 온 거야? 새벽같이 나가서 공사장 전전하는 엄마가 불쌍하지도 않아? 그만큼 고생시켜서 등골 빨아먹었으면 된 거 아니야? 여자 꽁무니 쫓아다니다가 사기당한 것까지 엄마가 해결해줬으면, 그걸로 이만 인연 끝내도 되는 거 아니냐고!"

"뭐, 뭐라는 거야. 이 노인네가……."

당황한 아버지가 주춤주춤 뒤로 물러섰다. 그러나 그 화살은 다시 은희에게로 돌아갔다.

"도대체 무슨 소릴 어디까지 한 거야, 이 여편네가!"

"엄마한테 그러지 마!"

유식이 붙잡은 아버지의 팔을 그대로 잡아 당겨버렸다. 술에 잔뜩 취한 아버지의 몸이 힘없이 휘청거리며 마당으로 나가떨어졌다. 그때 유식의 잘못이라면 은희의 표정을 한 번도 돌아보지 않은 것이리라.

그의 아버지가 마당으로 뒹구는 타이밍에, 대문을 열고 석호가 들어왔다. 안의 상황을 보고 놀라 걸음을 멈추는 석호를 발견하자 유식은 괜스레 안심이 되었다. 그러나 솔직하지 못한 감정이 도리어 화로 튀어나왔다.

"대체 어디를 나돌아다니다 이제 들어오는 거야, 이 할바탱이야!"

그때였다. 바닥에 넘어져 있던 은희가 유식의 팔을 잡았다. 유식은 은희를 돌아보다가 정신이 번쩍 들었다. 은희의 눈이 파르르 떨리고 있었다. 그녀는 말도 안 되는 것을 보는 듯한 눈빛으로 유식을 천천히 살피고 있었다.

"회장님……."

그리 부르다 은희는 곧 자신의 말을 부정하듯 고개를 젓고 다시 말했다.

"당신…… 누구야?"

18

술에 취해 있던 유식의 아버지는 할아버지의 몸을 한 유식
이 은희를 '엄마'라고 부른 걸 제대로 듣지 못한 듯했다. 어쨌
거나 유식과 석호의 등장으로 제 입장이 절대적으로 불리하
다는 걸 본능적으로 느꼈는지 세 사람이 정신이 팔려 있던 사
이 비틀거리며 대문 밖으로 사라졌다. '사람 우습게 보지 마!'
'너 가만 안 둔다!' 골목에서 벗어나는 동안 동네가 떠나가라
소리를 질렀다.

"일어나세요."

유식이 아무것도 모르는 척 은희를 일으키려 했다. 그의 심
장은 무섭도록 뛰고 있었다.

다급한 마음에 '엄마'라고 부른 탓에 은희가 뭔가 이상한 것
을 느꼈다. 아니, 돌이켜보면 아버지를 내쫓는 동안 회장 주석

호였다면 말하지 못했을 얘기들을 잔뜩 쏟아냈었다. 유식을 보며 누구냐 묻는 은희의 턱이 덜덜 떨리고 있었다. 하지만 어떻게든 아무 일도 아닌 것처럼 넘어가야 했다. 엄마는 아무것도 몰라야만 했다.

뒤늦게 들어온 석호 역시 상황이 심상치 않다는 걸 느꼈다. 그는 유식의 눈짓을 알아채고 얼른 마당에 주저앉은 은희에게 다가서 그녀의 팔을 잡았다.

"엄마, 이게 무슨 일이에요?"

하지만 석호 역시 그녀를 일으키지 못했다. 은희가 석호의 팔을 밀쳐냈다. 그녀는 믿을 수 없다는 표정으로 석호와 유식을 번갈아 보았다.

"이상하다고…… 생각은 했어. 우리 유식이는 나이 많은 사람들을 할바탱이라고 불러서 내가 매번 혼내줬는데……. 언제부턴가 할아버지라고 해서 이제 버릇을 고쳤나 하고……."

황망해하는 은희의 눈이 석호에게로, 다시 유식에게로 향했다.

"조금 전…… 할바탱이라고……. 왜, 회장님이 우리 유식이한테……."

"무, 무슨 말인지 모르겠네요. 제가 언제……."

"제대로 말해!"

은희가 버럭 소리를 지르자 동시에 유식의 입이 다물렸다.

순간 세 사람이 있는 공간이 깊은 적막으로 채워졌다. 은희의 거친 호흡 소리만 아련하게 들릴 뿐, 누구도 무슨 말을 해야 할지, 어떤 말로 설명해야 할지 알 수가 없었다.

잠시 후 세 사람이 안방에 함께 앉았다. 주로 이야기를 한 것은 석호였다. 이미 한 번 죽은 뒤, 몸이 바뀌었다는 설명은 세 번이나 해야 했다.

은희로서는 유식이 그녀도 모르는 곳에서 죽음을 경험했다는 게 가장 받아들이기 어려운 이야기였다. 하지만 두 사람의 몸이 바뀌었던 사실은 유식의 생각보다 훨씬 더 빨리 받아들였다.

"그래, 우리 유식이가 이렇게 조리 있게 말할 리 없어."

유식은 어이가 없다는 듯 인상을 구기며 은희를 노려보았지만, 곧 심각한 분위기에 눌려 아무 말도 하지 못했다. 그리고 설명은 그들의 '백 일'로 이어지고 있었다. 은희의 얼굴이 하얗게 질렸다.

"그게 무슨⋯⋯. 그럼 우리 유식이가 다시 죽는단 말이에요?"

"아냐. 난 안 죽을 수도 있어."

유식이 엄마의 손을 잡았다. 은희는 자신의 아들과 똑같은 말투로 말하는 쪼글쪼글한 노인의 얼굴을 생경하게 보았다.

은희는 그 얼굴을 두 손으로 감쌌다. 모습이 다른데도 그녀는 이전처럼 자신의 하나뿐인 아들을 소중하게 붙들었다. 주름진 피부를 쓸어보는 손끝이 파르르 떨렸다. 눈에 눈물이 위태하게 매달려 있었다.

"안 바뀌면? 그럼…… 어떻게 되는 건데?"

석호도, 유식도 그 말에는 아무런 대답도 하지 못했다. 그들도 쉬이 입 밖으로 꺼낼 수 없었던 일이었다. 두 사람의 묵묵부답에 은희의 얼굴이 파랗게 질렸다. 그녀는 비명을 지르는 듯이 말했다.

"안 바뀌면 어떻게 되는 거냐고!"

아슬아슬 매달려 있던 눈물이 줄줄 흘러내리기 시작했다. 은희는 떨리는 눈으로 석호를 보았다. 자신의 아들 모습을 하고 있지만, 명백히 남일 뿐인 석호를.

바보처럼 이제야 알았다. 분명히 유식의 얼굴을 하고 있지만 모든 것이 유식과 달랐다. 말투, 눈빛, 몸의 움직임 하나하나가 유식의 것이 아니었다. 아무것도 모른 채로 그저 유식이 갑자기 그룹의 회장과 아는 사이가 된 것에 신기해하기만 했고, 아이의 목숨이 하루하루 줄어드는 줄도 모르고 사다 준 옷을 신나게 입고 다녔다. 이렇게 바보처럼 자식을 알아보지 못하는 어미가 또 있을까?

그녀는 아랫입술을 꾹 깨물었다. 자책은 분이 되어 그녀의 마음속에서 맴돌았다.

"회장님 탓이 아닌 건 알아요. 근데……."

그녀는 말을 더이상 잇지 못하고 서서히 바닥에 쓰러지듯 엎어졌다. 유식이 일으키려 했지만, 석호가 그 손을 막았다. 은희의 등이 떨리고 있었다. 그녀는 울고 있었다. 울음은 점차 깊어지다 어느 순간 통곡이 되어버렸다.

"그래도 원망스러워요. 왜, 우리 유식이가 무슨 죄가 있어서 그렇게 무서운 병의 고통을 느껴야 해요? 왜 우리 유식이가 죽어야 해요?"

"엄마, 내가 죽는다고 확정된 게 아니잖아. 그리고 나도 할바탱이 땜에 죽은 게 아냐. 할바탱이랑 나는 각자 죽은 거라고. 할바탱이 탓이 아냐."

유식의 말에 은희가 고개를 들었다. 그녀는 석호에게로 시선을 돌렸다. 눈물로 번들거리는 얼굴 속에서 눈이 형형하게 빛났다.

"회장님 몸이 죽는다는 건 확실한 거잖아. 그 몸에서 회장님은 지금 떨어져 있고."

유식이 뭔가 말하려다 입을 다물었다. 석호 역시 그저 고개만 숙였다. 은희는 이 이상 무슨 말을 해야 좋을지 알 수가 없었다. 은희는 폭풍우 속에 사라진 집터를 보는 사람처럼, 모든 것을 잃은 얼굴이 되어버렸다. 은희에게 유식은 모든 것이었다.

한참 만에 석호가 입을 열었다.

"유식아, 잠깐만 자리 좀 비켜줘라."

유식이 심각한 얼굴이 되어 석호를 보았다. 지금 엄마와 석호를 둘만 있게 하는 것이 옳은 일인지 판단이 서지 않았다. 엄마는 지금 무작정 석호를 원망하고 있다.

순간 유식은 자신이 혹시라도 은희가 석호에게 상처 되는 말을 할까 두려워하고 있음을 깨달았다. 유식은 입모양으로 '무슨 말을 하려고?' 하고 물었지만 석호는 고개만 저을 뿐이었다. 유식은 마지못해 일어나 방에서 나갔다.

"유식 어머님, 잠시만요."

눈물을 애써 훔친 뒤 고개를 돌리고 앉은 은희를 석호가 나직이 불렀다. 하지만 은희는 석호를 볼 용기가 나지 않았다. 일이 이렇게 된 것이 그의 잘못이 아님을 알고 있었다. 그리고 석호 역시 아들과 다르지 않게 생명의 기로에 놓여 있었다. 그저 놀란 마음을, 자식을 잃는다는 상상만으로도 생기는 끝없는 두려움을 석호에게 쏟아놓은 것뿐이었다. 너무 무서워서 석호 탓을 해버렸다. 그녀는 석호를 볼 낯이 없었다.

석호가 재차 그녀를 불렀다.

"드릴 말씀이 있어요."

석호의 말에 은희는 천천히 그를 향해 고개를 돌렸다. 번진 눈물 자국으로 일그러진 은희의 얼굴 앞에 유식의 얼굴을 한 석호가 어느 때보다 인자한 웃음을 짓고 있었다.

유식이 안방에서 나온 지 삼십 분 만에 석호가 방으로 돌아왔다. 유식은 둘이 무슨 얘기를 했는지 궁금해 쳐다보았지만 석호는 입을 다문 채 바닥에 이불을 깔기 시작했다. 유식이 문 밖으로 고개를 빼 안방 쪽으로 시선을 던졌다. 불이 꺼져 있었다. 그렇더라도 엄마가 오늘 잠들 수 없을 것은 알고 있었다.

유식이 다시 방문을 닫았을 때 석호는 이미 이불 위에 누워 있었다. 그의 얼굴이 더없이 노곤해 보였다. 온종일 또 어디를 다녀왔을까. 대체 엄마에게는 무슨 얘기를 했을까. 묻고 싶은 건 많았지만, 여전히 석호는 말해줄 생각이 없다는 듯 단호하게 눈을 감고 있었다. 처음엔 저 침묵이 답답하기만 했는데, 이제는 그가 침묵하는 데엔 그만한 이유가 있다는 것을 알고 있었다.

"백 일 돼서 죽기 전에 얼굴 뚫어져서 죽겠다. 그만 쳐다보고 불이나 꺼."

석호는 보지 않아도 이미 유식이 어찌고 있는지 다 안다는 듯이 말했다. 유식은 괜히 멋쩍어 불을 끄고 그의 옆으로 가 누웠다. 부스럭거리는 이불 소리가 유난히 크게 들렸다.

"엄마랑 무슨 얘기 했는데?"

"애들이 낄 대화가 아니야."

야멸차게 유식의 말을 차단하고 석호가 등을 돌려 누웠다. 유식은 천장을 본 채 반듯이 누워 어둠 속에서 눈을 깜박였다. 어둠에 천천히 눈이 익숙해졌다. 유식도 오늘 밤 잠을 자기가 힘들 것 같았다. 석호는 어떤 생각을 하고 있는 걸까? 두렵지는 않을까? 왜 저렇게 초연한 걸까? 그런 생각을 하다 '혹시' 하는 생각까지 이르렀다.

'할바탱이, 혹시 정말로 내 몸으로 살아갈 생각을 하는 거야?'

그런 생각이 들자 유식은 벌떡 일어나더니, 석호의 이불을 휙 걷어버렸다. 석호는 미간을 찡그리기는 했지만 꼼짝도 하지 않은 채 가만히 있었다.

"일어나 봐. 일어나 보라고, 할바탱이!"

석호는 미동도 없었다. 유식은 양반다리를 하고 앉았다. 석호의 이불을 다시 덮어줄 생각은 없었다. 그는 잠시 아랫입술을 잘근잘근 깨물다 결심했다는 듯이 말했다.

"백 일이 가까워지면 난 할바탱이 집으로 갈 거야."

그제야 석호가 천천히 몸을 일으켰다. 방문 밖에서 어스름히 들어오는 빛이 석호의 어리둥절한 얼굴을 비췄다. 유식은 웃었다.

"엄마가 있는 집에서 죽을 순 없잖아. 그리고 부탁이 있어."

석호는 아무런 말이 없었다.

"만약에 내가 죽고, 할바탱이가 내 몸으로 살게 되면……
연기를 해줘."

"무슨 소리야?"

"김유식 연기. 우리 엄마 아들 연기."

어떤 결과가 나오더라도 자신이 죽지 않은 것으로 해달라
는 부탁이었다. 비록 은희가 유식의 몸에 다른 사람이 들어있
다는 걸 알아챘지만, 이후에 어떻게든 연기를 잘하면 '백 일
이 지나 다시 몸이 바뀌었고 유식은 유식으로 살 수 있게 되
었다'고 믿게 할 수 있을 것 같았다. 유식은 아랫입술을 살짝
혀로 핥고는 말했다.

"지난번에도 말했지만 우리 엄마, 나 없으면 죽어. 그러니까
이왕 몸 가지게 된 거 우리 엄마 아들 연기 좀 해달라고. 목숨
까지 새로 얻었는데 그 정도는 할 수 있잖아."

유식의 목소리가 떨려서 나왔다. 말끝이 뭔가 막힌 듯 뭉툭
하게 뱉어졌다. 가만히 잘 들어주는 것 같던 석호가 유식의 어
깨를 찰싹 소리가 나도록 때렸다.

"미친 소리 말어! 아직 아무것도 결론 난 거 없어. 예정은 우
리 둘 다 죽는 거잖아."

유식이 피식 웃었다.

"그래도 할바탱이가 그날 아무 데도 나가지 않으면 교통사
고는 나지 않을 거잖아."

"아직 아무것도 모르는 일이야."

석호가 단언하듯 말했지만 유식은 후, 하고 웃을 뿐이었다.

"내가 생각한 기깔나는 삶은, 엄마 고생 안 시키고 엄마의 자랑스러운 아들로 사는 거. 그거인 거 같아. 아버지라는 인간한테서 엄마 좀 자유롭게 만들어주고 싶어. 할바탱이라면 할 수 있지?"

유식의 말은 마치 유언과도 같았다. 하지만 석호는 그의 유언 따위를 들어줄 마음이 없었다.

"내가 원했던 내 청춘다운 청춘은 그 누구에게도 피해를 끼치지 않고 스스로 열심히 살았다는 걸 깨닫고 해결됐어. 난 이미 내 억울함을 풀었고, 살 만큼 살았지. 하늘이 있다면 절대로 아직 아무것도 이루지 못한 네가 잘못되는 일은 없어. 네엄마한테도 그렇게 말했어."

"할아버지!"

이번에는 할바탱이라고 부르지 않는다. 그 진지한 호칭에 석호는 대답하지 않았다. 유식이 무슨 소리를 하든 듣고 싶지 않았다. 그의 바람은 그저 유식의 어머니에게도, 유식에게도 자신이 죄인이 되지 않는 것뿐이었다.

석호가 대답하지 않자 유식이 말했다. 무어라 더 간곡히 부탁하는 말일 거라 생각했는데, 흘러나온 말은 예상 밖이었다.

"나…… 너무 무서워."

태풍 앞에 선 덜 자란 묘목처럼 떨리는 목소리였다. 울고 있음을 어둠 속에서도 느낄 수 있었다.

유식이 이렇게 부탁을 거듭하는 이유도 결국, 그가 죽고 난 뒤에도 모두가 행복하길 바라서이다. 석호가 자신의 회사를 믿을 만한 사람에게 남기고 모두가 행복할 수 있게 사후를 잘 정비한 것처럼, 유식도 자신이 죽은 자리를 그렇게 정리하고 싶었다. 자신이 죽고 난 뒤엔 소중한 사람들을 지키지 못하는 게 두려웠고, 그 사실은 그만큼 더 죽음에 대한 공포를 키웠다. 얼마 살지 못한 열여덟 인생은 아무리 스스로 위로해도 결국에는 미련이 남고 말았다. 유식이라고 해서, 정말 모든 게 괜찮아 이런 말을 하는 게 아니었다.

석호는 그를 힘껏 안아주었다. 자신이 자신을 안는 것 같은 기분이 들었지만 어쨌든 상관없었다. 유식은 석호였고, 석호는 유식이었다. 그의 앞에 울고 있는 것은 유식이기도 했고 석호이기도 했다.

"꼴좋다."

다음 날 두 사람은 평소보다 훨씬 더 늦게 일어났다. 늦은 밤까지 유식이 울어대다 잠든 탓이다. 그나마 석호가 먼저 일어나 이부자리를 정리했지만, 유식은 깼으면서도 얼른 눈을 뜨지 못했다. 왠지 밤새 어린애처럼 울어댄 게 창피했기 때문이다.

하지만 석호는 이미 유식이 깬 것을 알아차렸다. 자신이 오른쪽으로 가면 '으음……' 신음하며 왼쪽으로 고개를 돌리고, 왼쪽으로 가면 다시 오른쪽으로 고개를 돌리는 유식의 바보 같은 행동이 눈에 훤히 보였기 때문이다. 빨리 안 일어나냐고 소리치며 엉덩이를 찰싹 때리자 유식은 그제야 깜짝 놀라 일어난 척하면서 불만을 터뜨렸다.

거기까지는 좋았는데 그 뒤가 문제였다. 눈을 뜨긴 했는데 앞이 잘 보이지 않았다. 밤새 울어 두 눈이 퉁퉁 부었기 때문이었다.

"뭐래, 인정머리 하나 없는 할바탱이."

유식은 간밤의 민망함을 떨치려 일부러 툴툴거렸다. 제 이부자리를 정리하고는 문을 열며 말했다.

"오늘도 어디 갈 거는 아니지? 이제 슬슬 엄마 일자리를 확실히……."

눈을 비비며 방을 나서던 유식이 우뚝 멈추었다. 거의 반사적으로 고개를 돌려 벽에 걸린 시계를 확인했다. 아침 열 시였다. 엄마가 있을 시간이 아니었다.

그런데 분명 출근해야 했을 은희가 열린 방문 앞에서 마치 두 사람을 기다리고 있었다는 듯이 서 있었다. 석호가 사준 원피스에 챙이 넓은 모자를 쓰고. 그런 그녀의 옆에 아이스박스도 놓여 있었다. 그녀는 마치 소풍이라도 가는 사람 같았다.

"엄마?"

유식이 눈을 껌벅거리자 은희가 활짝 웃었다.

"소풍 가자!"

이제 보니 소풍이라도 가는 사람 같은 것이 아니라, 소풍을 갈 사람이었다. 물론 유식과 석호도 함께.

은희는 이미 택시를 불러놓은 상태였다. 밖으로 나가자 택시 기사가 얼른 아이스박스를 받아 트렁크에 실었다. 석호와 유식은 은희의 재촉에 어영부영 외출복을 챙기면서도 아직 어리 등절한 표정을 지우지 못했다. 그런 두 남자를 은희가 서둘러 뒷자리에 밀어 넣었다.

조수석에 탄 은희가 목적지를 말했다. 계곡으로 가는 것 같았다. 꽤 먼 거리라 차비도 많이 나올 텐데 은희는 신경도 쓰지 않는 것 같았다. 은희가 벨트를 매자 택시가 출발했다. 한참을 달려 외곽으로 빠져나갈 때까지 뒷자리의 두 남자는 연신 손짓과 눈빛만을 주고받았다.

'무슨 일인 줄 알아?'

석호가 동그랗게 눈을 뜨고 그런 신호를 보내면 유식이 어깨를 으쓱하며 고개를 저었다. 중간에 석호가 용기를 내어 은희에게 물었지만, 은희는 조용히 따라오라는 듯 아무런 대답도 하지 않았다. 택시 운전기사가 룸미러로 뒷자리를 보더니 웃으며 말했다.

"삼 대가 가족 나들이 가시나 봐요. 부럽습니다."

석호와 유식이 뭐라 대답하기도 전에 은희가 말했다.

"네. 처음으로 가는 가족 나들이예요."

가족. 그 말에 석호는 가슴 한쪽이 부풀었다. 눈을 깜박이며 좌석에 몸을 파묻었다. 단어가 주는 뭉클함이 입을 타게 했다. 그의 그런 변화를 눈치챈 유식이 석호를 쿡 찔렀다. 석호가 돌아보자 유식이 놀리듯 웃고 있었다.

택시가 한참 달린 곳은 경기도 외곽에 위치한 계곡이었다. 양옆으로 식당가가 줄지어 서 있었고, 아래쪽으로는 계곡물이 기분 좋은 소리를 내며 흐르고 있었다. 택시에서 내린 석호와 유식이 우왕좌왕할 때 은희가 의기양양하게 한 식당으로 들어가 닭백숙을 주문했다.

"내려가자."

은희가 앞장서서 식당 앞 계단으로 내려가자 물가에 놓인 평상이 보였다. 식당마다 평상을 설치해 음식을 사 먹는 사람들에게 자리를 내주고 놀 수 있게 해주는 듯 보였다.

"와, 오늘 물에서 노는 거야? 아싸!"

상쾌한 공기에 신이 난 유식이 와락 외치며 물 안으로 달음박질쳐 들어갔다. 수심이 조금 깊은 곳에 들어가서는 물고기라도 된 것처럼 물장구를 쳤다. 사람들이 신기하다는 듯 쳐다보았다. 왜 신기하지 않으랴. 그들이 보기에는 고등학생 손자도 아이스박스를 나르고 자리를 정리하고 있는데, 할아버지가 먼저 물에 뛰어들어 놀고 있으니.

유식과 석호에게는 이제 별스러울 것도 없었지만 은희에게는 그렇지 않았다. 그녀는 안절부절못하고 유식을 부르려 했다. 하지만 석호가 말렸다. 할아버지가 계곡에서 수영해도 유별나단 시선을 받긴 할지언정 난리가 나진 않았다.

가만히 물에서 놀고 있는 유식을 보다, 은희가 설핏 웃으며 말했다.

"한 번도 이런 데 나온 적이 없어요. 혼자 유식이 키우다 보니 일에 바빠서. 쉬는 날은 쉬는 날대로 아르바이트도 나갔거든요. 생각해보니까 유식이랑 한 번도 제대로 시간을 가진 적이 없더라고요. 나중에, 유식이가 크고 경제 사정이 좋아지면, 그때 가면 된다고 생각했어요."

이렇게 좋아하는데 조금 더 일찍 와 볼걸. 은희의 얼굴은 그리 말하고 싶은 것 같았다.

"후회되는 일 많겠지만, 지금은 무서운 생각은 떨쳐 버려요. 앞으로의 일은 누구도 장담 못 해요. 그건 유식이나 나도 그렇지만, 누구나 그런 거잖아요. 후회 없는 삶은 없어요."

석호는 깊은숨을 들이쉬었다. 깨끗한 공기가 폐를 부풀렸다.

"오늘 좋네요. 그럼 난 그걸로 됐어요. 그렇게 하루하루가 쌓이겠죠."

"어제는 죄송했어요. 우리 유식이 대신 회장님이 꼭 돌아가
셔야 한다고 생각한 건 아니고……."

조심스럽게 말을 꺼내는 은희를 석호가 막았다.

"다 이해해요. 난 자식은 없지만 오래 살아온 세월 덕분에
알게 된 것도 많아요. 가슴에 담아두지 말아요. 그리고,"

석호가 먼 곳으로 시선을 던졌을 때 유식이 빨리 들어오라
고 손짓하고 있었다. 석호는 그저 주먹질을 해주는 것으로 대
답을 대신했다.

"어제 유식이가 그러더라고요. 혹시 자기가 죽고 제가 유식
이 모습으로 살게 되면 엄마에게 연기를 해달라고요. 엄마는
자기 없으면 못산다고."

"그런……."

"말도 안 되는 일이죠. 그래서 그 부탁 안 들어주려고 말하
는 거예요. 만약 그런 불상사가 나더라도 전 유식이 부탁 안
들어줄 겁니다. 은희 씨에게 유식이가 어떤 자식인데요. 그런
자식이 죽었는데 제대로 슬퍼할 기회마저 빼앗는다는 건 말
이 안 되죠. 그리고 그런 일은 없을 거예요. 어제 제가 한 말
잊지 마세요."

석호가 부드러운 미소를 지어 보였다. 석호는 그날 말했다.
하늘은 절대 유식을 데려가지 않을 거라고. 은희는 그가 마

땅히 그래야만 한다는 것처럼 목소리에 힘을 주던 것이 떠올랐다.

은희는 그래서 더욱 석호에게 미안해졌다. 그녀는 석호의 손을 잡았다.

"회장님도…… 포기하지 마세요. 꼭 살아주세요. 살 방법을 찾아주세요."

그 말에 석호는 아무 대답도 하지 않았다.

그때 유식이 꽤 높은 돌담 위에서 다이빙을 했다. 사람들이 '할아버지 최고!'를 연호했다.

백 일이 얼마 남지 않은 어느 햇살 좋은 날이었다.

19

길다면 길고, 짧다면 짧은 나날이 흘러갔다. 은희에게도 모든 걸 터놓고 나니 석호와 유식도 집에서의 생활이 한결 편안해졌다. 그리고 그만큼, 시간은 속절없이 흘렀다.

어느새 유식의 팔에 새겨진 숫자가 3이 되었고, 몸은 이루 말할 수 없는 고통 속으로 빠져들어 갔다. 한번 기침이 나면 멈추지 않고, 이따금 피를 토했다. 누군가 폐에 거대한 돌덩이를 억지로 밀어넣는 것처럼 고통스럽고 숨이 잘 쉬어지지 않았다. 가슴에 찢어질 듯한 통증이 엄습하면 유식은 엄마가 보고 있는지 아닌지도 신경 쓰지 못한 채 괴로운 비명을 질러댔다. 그럴 때면 은희는 아들과 함께 지옥으로 빨려 들어가는 기분이었다.

"이제 병원으로 들어가야 합니다."

어쩔 수 없다는 듯 제안을 한 건 석호였다. 통증이 태풍처럼 쓸고 지나가면 유식은 몸도 마음도 황폐해져 자신의 손가락 하나 마음대로 움직일 수가 없었다. 유식이 텅 빈 것 같은 눈으로 석호를 쳐다보았다. 은희의 애원하는 듯한 눈빛을 보면서 석호가 말했다.

"말기 암 환자를 대상으로 하는 요양원이 있어요. 모르핀은 물론이고 진정제를 이용해 환자가 고통을 느끼지 않고……."

그쯤에서 석호는 말을 멈추었다. 차마 '죽는다'는 말을 할 수가 없어서였다. 벌게진 눈으로 그를 보던 은희가 결심을 했는지 아랫입술을 꾹 깨물었다.

"가요. 다 같이."

그녀는 더이상 유식의 고통을 이대로 보고 있을 수가 없었다. 그 끝이 어떻게 될지 지금은 아무것도 모르지만, 자신이 우선시해야 할 것이 아들이라는 것만은 명확했다. 유식의 영혼도, 유식의 본래 몸도.

그녀는 석호에게도 동행을 요청했다. 집에 석호를 혼자 두는 건 불안했다. 유식의 몸이 사고로 죽게 될 운명을 피하려면 차가 통제된 곳에 있어야 했다. 그래서 처음엔 집에서 절대 나오지 않기로 했지만, 유식과 은희가 요양원에 가 집을 비우게 되면 그 동안 우연히라도 나갈 일이 생길까 두려웠던 것이다. 셋이 함께 병실에 있으면 교통사고쯤은 피할 수 있을 터였다.

만약 무슨 일이 생겨 꼭 나가야 할 일이 생겨도 은희가 대신 나가면 된다고 했다. 유식도 석호도 그녀의 의견에 동의했다.

석호는 미리 알아봐 두었던 요양원에 전화를 걸어 구급차 이동을 요청했다. 구급차가 올 때까지 은희는 필요한 짐을 준비하려 했지만 챙길 게 그리 많지 않았다. 석호의 몸인지라, 석호의 집에서 가져왔던 옷 몇 가지 외에는 집에 있는 유식의 옷이 맞을 리 없기 때문이었다.

간단히 석호가 들고 온 짐을 그대로 챙기고 삼십 분 정도를 기다리자 구급차가 도착했다. 구급차 위에 달린 경광등이 대문 앞에서 요란하게 번쩍거렸다. 동네 사람들이 무슨 일인가 싶어 하나둘 나와보기도 했다.

유식은 이동식 침대에 눕혀져 구급차에 실렸다. 온몸이 땀에 절어 손가락 하나 까딱하기가 힘들었다. 석호가 그 옆을 지켰다. 지켜보고 있던 동네 사람들이 은희에게 물었다.

"친정아버지야? 그렇게 나이가 많은 것 같지는 않은데…… 누구야?"

그들의 눈에는 '혹시'라는 단어가 어려 있었다. 호기심 가득한 눈으로 은희와 실려 나가는 유식의 늙은 얼굴을 번갈아 보았다. 은희는 지금 남들의 호기심을 채워줄 마음의 여유가 없었다. '그냥 일이 있어서요'라는 말만 남기고는 바로 차에 올라탔다.

"너무 겁먹지 마. 아프지 않으려고 가는 거야."

석호가 유식의 손을 꼭 잡았다. 유식이 억지로 미소를 지었다. 그러고는 아주 천천히 말했다.

"할바탱이…… 외로웠겠네."

그 말을 듣는 순간 석호는 가슴에 묵직한 게 부딪히는 것 같았다. 유식은 이 와중에도, 죽음의 순간 이렇게 손을 잡아주는 사람 하나 없었던 석호를 생각하고 있었다. 석호는 아무 말도 하지 못했다. 입을 여는 순간 어쩌지 못하고 눈물을 보일지도 모른다는 생각이 들었기 때문이었다. 그는 말없이 땀에 젖은 유식의 앞머리를 넘겨주었다.

차는 한 시간쯤 달려 경기도의 외곽으로 빠졌다. 비포장도로를 한참이나 올라간 곳에 요양원 시설이 있었다. 시설은 한눈에 보기에도 호화로웠다. 그중에서도 VIP실이 석호가 마련한 병실이었다.

유식은 방 한가운데 놓인 환자 침상으로 옮겨졌고, 환자복으로 갈아 입혀졌다. 잠시 후 의사와 간호사들이 올라와 간단히 유식의 상태를 확인했다. 집에서 여기까지 오는 길도 힘들었던지 유식의 몸은 불덩이처럼 뜨거웠고 다시 통증을 호소하고 있었다. 의사가 말했다.

"일단은 무통 주사를 꽂을 겁니다. 기본적으로 소량씩 진통제가 들어가지만, 만약 더 아프다고 하면 기계에 달린 버튼을 누르세요. 그럼 진통제가 더 들어갑니다. 그것으로도 조절되지 않는다고 하면 의료진을 부르세요. 먼저 안정제를 함께 놓겠습니다."

유식은 안정제와 진통제를 맞고 삼십 분도 지나지 않아 잠이 들었다.

석호와 은희는 벽에 붙은 소파에 나란히 앉았다. 은희의 눈은 침대에 누운 유식에게서 떨어질 줄 몰랐다.

"아직도 이상하네요. 내 옆에 앉은 게 내 아들인데……. 저기에 누운 사람도 내 아들이라는 게……."

석호는 대답 없이 고개만 끄덕거렸다.

"두렵지 않으세요?"

은희가 문득 물었다. 석호는 잠시 생각에 빠졌다.

"죽음은 누구나 두렵지요."

하지만 이제 그는 괜찮았다. 이제야 다시 받은 백 일을 하늘이 준 선물이라고 온전히 받아들일 수 있겠다고 대답했다.

이전의 그는 최선을 다해 살아온 자신의 인생을 억울하다고 생각했다. 하지만 다시 살게 된 백 일에서, 자신의 삶이 얼마나 자랑스러운 것인지를 깨달았다. 그리고 그 백 일은 유식과 함께한 덕에 아주 즐거울 수 있었다.

"이런 것들을 알고 가는 지금의 저는 마지막 선물을 받은 행운의 사람이라고 생각합니다."

석호는 은희를 처연하게 보았다.

"하지만 저 녀석을 살리지 못하면 나는 억울함을 완전히 풀고 갈 수 없을 것 같아요."

"만약에……."

은희가 조심스럽게 입을 열었다. 그녀의 얼굴에 두려움이 읽혔다. 석호는 고개를 저으며 그녀의 말을 가로막았다.

"그런 만약은 있을 수 없습니다. 그런 생각은 아예 하지 마세요. 죽음은 처음부터 제 몫이었습니다."

은희가 양손을 얼굴에 묻었다. 그녀의 어깨가 가늘게 떨렸다.

"죄송해요, 회장님. 저…… 회장님의 그 말이 정말로 이뤄졌으면 하고 바라고 있어요."

"당연하죠. 자식의 일인데요. 이해합니다."

"죄송해요."

석호는 미소를 지었다. 그리고 눈앞의 유식을 보았다. 아니, 자신의 모습을 보았다. 무통 주사기는 링거와 함께 팔목에 꽂혀 있었고, 쪼글쪼글한 검지 끝에는 산소포화도 측정기가 꽂혀 있었다. 그리고 여기, 이렇게 그를 바라보고 있는 두 사람이 있다. 전에는 혼자만의 싸움이었다. 그러나 지금은 다르다. 그러니 이 정도라면 꽤 괜찮았던 삶이 아닌가 생각했다.

석호는 진심으로 괜찮았다. 죽음의 고통을 유식이 대신 느껴야 하는 것이 미안할 뿐이었다. 앞으로 사흘이면 된다. 석호는 깊은 잠에 빠진 유식의 손등을 천천히 두드리며 조용히 그를 격려했다.

그렇게 숨 가쁜 시간이 흘러 어느덧 디데이가 되었다.

그날 아침, 유식은 평소와 다르게 몸이 가볍다고 했다. 의사도 무통 주사 이외의 별다른 모르핀이나 안정제 투여를 잠시 멈추었다. 병원에 들어온 지 삼 일째, 내내 잠을 자느라 영양제만으로 버티던 유식이 그날 아침 처음으로 병원에서 나오는 식사로 아침을 먹었다. 자신을 긴장한 얼굴로 바라보는 석호와 은희를 향해 웃어 보이기도 했다.

"오늘이 심판의 날이네."

"우리가 무슨 죄지었냐, 심판의 날이게? 다 원상복구 되는 날이다."

"하하, 그런가."

유식이 힘없이 웃었다. 그 뒤로 더 대화는 이어지지 않았다. 다시 통증이 시작되고 있는 모양이었다. 은희는 재빨리 간호사실로 연결된 버튼을 눌러 호출했고 달려온 간호사가 주사약을 투여했다. 유식의 맑았던 눈빛이 또다시 혼탁해지기 시작했다.

"고마워. 미안해……."

잠에 빠져들기 전에 유식은 그렇게 중얼거렸다. 손가락 끝으로 석호의 손을 잡은 채였다.

석호는 금세 잠이 든 유식의 얼굴을 가만히 쓸어 넘겼다. 그리고 돌아섰을 때 석호는 바짝 타들어 간 은희의 입술을 보았다. 그녀가 얼마나 긴장을 하고 있을지 보지 않아도 알 수 있었다. 유식의 몸에 있는 숫자는 어느새 0이 되어 있었다. 그는 벽에 걸린 시계를 올려다 보았다. 유식이 석호의 몸으로 깨어났다던 그 시간이 가까워지고 있었다.

은희는 자신이 긴장한 것 자체가 석호에게 실례라고 생각하는 것 같았다. 차마 석호의 얼굴을 볼 수 없었는지 침대 머리맡에 걸려있던 수건을 집어 들었다.

"수건 좀 빨아올게요."

석호는 가만히 고개를 끄덕였다. 은희가 도망치듯 수건을 들고 바깥으로 나갔다.

석호는 닫힌 문을 물끄러미 보다가 자신이 들고 온 가방 안에서 노트 한 권을 꺼냈다. 유식의 책상 위에 있던 노트였다. 겉에는 '수학'이라고 적혀 있었지만 안에는 한 글자도 필기 되어 있지 않았다. 그걸 물끄러미 내려다보다 피식 웃은 석호는 테이블에 올려져 있던 볼펜 한 자루를 들고 천천히 적어 내려가기 시작했다. 이따금 침대에 누운 유식을 보기도 하면서. 그런 그의 입가에는 웃음이 머물렀다 지나가기도, 슬픔이 몰아쳤다 사라지기도 했다.

창밖의 구름이 지나가면서 노트 위에 있던 손의 그림자가 움직였을 때 석호는 문득 시계를 올려다보았다. 은희가 나간 지 십 분이 가까워가고 있었다. 이제 슬슬 '그 시간'이 다가오는 것을 알고 있는 은희가 이렇게 긴 시간 자리를 비울 리가 없었다.

석호는 얼른 공책을 치우고 병실 문을 열어보았다. 복도는 조용했다. 유식을 보면서 잠시 고민하다가 밖으로 나갔다. 화장실은 간호사실 앞쪽에 있었다. 여성 화장실이라 그 앞에서 두리번거렸지만, 세면대에서 물을 사용하는 소리는 들리지 않았다.

"저기, 은희 씨."

조심스레 불러보았지만 대답은 없었다. 눈치를 보다 슬쩍 화장실 안으로 들어가 보았다. 모든 문이 열려 있었고, 사용하는 사람도, 은희도 없었다.

수건을 들고나온 은희는 곧장 화장실 쪽으로 향했다. 간호사실은 비어 있었다. 회진 시간이거나 주사약을 놓으러 다니는 시간인가 싶었다.

적막 속에서 땅, 하는 엘리베이터 소리가 도드라져 들렸을 때 은희는 화장실에 막 들어서려던 참이었다. 누군가 등 뒤로 다가섰다는 걸 느낀 순간, 갑자기 억센 팔이 그녀의 목을 휘감

왔다. 팔뚝의 거뭇한 피부와 귀 옆에서 나는 술 냄새. 금세 소름이 돋고 정신이 아찔해졌다.

"너 새서방 똥칠하는 거 치우러 왔냐?"

"놔. 소리 지를 거야."

창수였다. 은희는 목을 조르고 있는 창수의 팔을 풀려고 안간힘을 썼다. 그러나 그러면 그럴수록 창수의 팔은 그녀의 목을 더 강하게 조여 왔다.

"잠깐 얘기 좀 하자는 거야."

"당신이랑 할 얘기 없어."

"내가 오늘 여기 때려 부수는 거 보고 싶구나?"

낄낄거리며 창수가 팔을 풀었다. 눈빛이 제정신이 아니었다. 술을 대체 얼마나 마신 건지 가늠도 되지 않았다. 취해 있는데도 창수의 얼굴은 당당했다. 그러니까 그냥 하는 말이 아니었다. 자칫 심기를 거스르면 그는 정말로 난동을 부릴 작정이었다.

은희는 유식이 있는 병실 쪽을 잠시 돌아보았다. 금세 돌아갈 수 있을 거라고 생각했다. 석호 역시 밖으로 나오지 않을 것이다. 금방 얘기만 들어주고 잘 타일러 돌려보내면 아무 일도 안 생길 거라고 은희는 생각했다. 창수가 은희의 팔목을 잡아채 엘리베이터 안으로 들어갔다. 어쩔 수 없이 창수를 따라가야 했다.

"이거 놔!"

병원 밖으로 나가자마자 은희는 손목을 붙들고 있는 창수의 팔을 뿌리쳤다. 창수에게 잡혔던 팔목이 벌겋게 부어 있었다. 지긋지긋했다. 자신의 인생에 끊임없이 잔혹한 상처를 내는 이 사람만 사라질 수 있다면 무엇이든 할 수 있을 것 같았다.

"여긴 어떻게 알고 왔어?"

은희가 이를 갈며 묻자 창수가 피식거리며 비웃었다. 그는 걸쭉한 침을 바닥에 뱉었다.

"너만 빼고 온 동네 사람들이 다 알아. 너희들 놓고 무슨 소리 하는지는 아냐?"

은희는 아침에 있었던 일을 떠올렸다. 구급차가 오는 바람에 사람들이 몰려들었다. 그중에 구급차에 적힌 병원의 이름을 본 사람이 있을 것이다. 유식과 단둘이 살던 집에 웬 돈 많아 보이는 할아버지가 드나드는 것을 본 사람도 있을 테다. '혹시' 하는 생각과 함께 은희를 보던 호기심 가득한 눈길들이 떠올랐다.

"그런 거 아무 상관 없어. 그리고 당신이 생각하는 그런 관계도 아니고."

은희가 쏘아보며 말했다.

"내가 왜 이런 걸 일일이 당신한테 말해야 해?"

"너 나랑 이혼했다고 그걸로 다 끝난 줄 알아? 우리한테는 유식이가 있어. 우리는 떼려야 뗄 수 없는 사이라고!"

은희는 어이가 없었다. 돈이 필요할 때만 집에 들어와 온갖
살림을 때려 부수고 모아놓은 알량한 돈들을 박박 긁어가던
놈이. 이혼 후에 갈 데가 없어지니 찾아와 다시 받아달라고 떼
를 쓰고 들어주지 않으면 주먹질이나 해대던 그런 놈이, 저 좋
자고 유식의 이야기를 꺼내니 비웃지 않을 수가 없었다. 그는
결혼 중에도 이혼 후에도 단 한 번 유식에게 관심 두지 않았던
사람이다. 그저 자신이 원하는 대로 가져가고, 마음대로 안 되
면 부수는 게 이 사람의 일과였다. 지금 그 아들이 어떤 상황
에 놓여 있는지 그는 상상도 못 할 것이다.

기가 막힌다는 듯 웃는 은희의 어깨를 창수가 거칠게 잡아
챘다.

"너 정말 저 영감탱이랑 뭔 관계가 있는 거야?"

"그게 당신이랑 무슨 상관이야?"

창수가 요양원의 간판을 한번 올려다보았다. 그러고는 은희
에게 고개를 쑥 내밀며 다가섰다. 불쾌한 냄새가 은희의 인상
을 찌푸리게 했다.

"돈 많은 놈이야?"

"뭐?"

"그래서 똥 수발 들어주고 있었던 거지? 한 재산 받기로 한
거야?"

은희가 눈을 매섭게 떴다.

"그럴 거면 어쩔 건데?"

창수가 헤벌쭉 웃으며 손가락으로 은희의 턱을 들어 올렸다. 은희의 말이 창수에게 뭔가 희망을 주었던 모양이었다.

"너도 제법인데?"

은희는 창수의 손을 힘껏 쳐냈다. 창수는 개의치 않았다.

"재산 물려주는 거 사인은 받아놓은 거지?"

"네가 무슨 상관이야? 나 들어가야 돼."

은희가 몸을 돌렸다. 하지만 창수가 잡아채는 손길에 다시 돌려 세워지고 말았다. 은희가 창수를 향해 소리쳤다.

"무슨 생각을 하는지 아는데, 네가 원하는 그런 일 없어! 나한테 돈 생길 일도 없고, 너랑 다시 시작할 생각도 없다고! 그러니까 제발 좀 꺼져!"

그 말에 창수의 얼굴이 일그러졌다.

"뭐야, 그럼 아무 사인도 안 받고 영감탱이 똥 수발을 든다고? 이거 미친년 아냐?"

그의 눈이 뒤집혔다. 희번덕거리는 눈에 이상한 빛이 스쳤다. 은희는 두려워졌다.

병원 안쪽을 보니 남자 직원 두 명이 안내 코너에 앉아 저희끼리 이야기를 나누고 있었다. 여차하면 도움을 청할 수 있을 것 같았다.

"꺼져! 다시는 나 찾아오지 마!"

은희는 뒷걸음질 치다 돌아서 병원을 향해 뛰었다. 문손잡이를 잡자, 안내직원들의 시선이 은희 쪽으로 향했다. 그런데 순간 창수가 은희의 머리채를 쥐었다. 놀란 직원들이 벌떡 일어났다. 은희는 도와달라고 소리를 쳤다. 직원들이 곧장 코너에서 달려 나오기 시작했다.

"망할! 감히 내 성질을 건드려?"

창수가 은희의 머리채를 쥔 채로 그녀를 끌고 성큼 걷기 시작했다. 멀지 않은 곳에 창수의 트럭이 세워져 있었다. 안내직원들이 달려 나오는 것을 보더니 창수는 쳇, 하고 뛰기 시작했다. 머리가 뜯어져 나갈 것 같은 고통을 느끼며 은희는 비명을 질러대면서도 온 힘을 다해 버티려 했다. 하지만 억센 창수의 힘을 여자의 몸으로 어떻게 이기겠는가. 더욱이 그는 술을 마시고 사고를 칠 때면 누구도 말리지 못했던 사람이었다.

기어코 트럭에 다다른 창수는 은희를 조수석에 거칠게 태웠다. 은희가 반항하며 도로 내리려 하자 그녀의 얼굴을 무자비하게 주먹으로 때렸다. 퍽! 둔탁한 소리가 골을 타고 전해졌다. 은희가 고통스러워하며 얼굴을 손으로 가리자, 손가락 사이에서 피가 흘러나왔다.

창수는 얼른 운전석에 올라타 은희가 문을 열지 못하도록 잠금장치를 걸고 시동을 걸었다. 병원에서 달려 나온 직원 하나가 운전석의 문을 열려고 했지만, 창수는 그대로 출발해버렸다. 사이드미러로 다른 직원 하나가 핸드폰으로 어딘가 통화하는 것이 보였다. 경찰에 연락하는 것 같았다.

코에서 피가 줄줄 흐르고 있었지만 은희는 정신을 차리기 위해 힘껏 고개를 저었다. 병원 정문이 멀지 않은 곳에 있었다. 유식의 얼굴이 떠올랐다. 은희는 오직 유식에게 가야 한다는 생각뿐이었다.

"제발…… 내가 잘못했어. 나 좀 내려줘. 다 설명할 테니까 일단 차 좀 세워."

"시끄러워! 또 신고하려고? 넌 정신개조를 좀 해야 돼."

은희가 사정했지만 그럴수록 그는 액셀러레이터만 더 밟아댔다. 은희는 절망스러웠다. 눈물이 줄줄 흘러 눈을 감았다. 지금껏 유식의 고통을 지켜보는 게 가장 무서운 지옥인 줄 알았는데, 그건 지금보다는 나았다. 이 순간 유식의 곁을 지키지 못한다는 것이 더한 지옥이었다. 이제 자신은 어찌 되어도 좋았다. 여차하면 은희는 트럭에서 뛰어내려서라도 유식에게 갈 생각이었다.

"어, 저 자식 뭐 하는 거야?"

창수의 말에 은희는 눈을 떴다. 정문 앞에 유식이, 아니 석호가 양팔을 벌리고 서 있었다. 차를 멈출 생각인 것 같았다. 갑자기 소름이 끼쳤다.

'유식이는 교통사고를 당해서…….'

눈앞이 순식간에 캄캄해졌다. 은희가 비명을 지르듯이 소리쳤다. 운전대를 잡은 창수의 팔을 붙들었다.

"멈춰, 이 새끼야!"

달려오는 차를 노려보며, 석호는 꿋꿋하게 양팔을 벌리고 서 있었다. 모든 순간이 슬로우 모션처럼 보였다. 그는 당황한 창수의 얼굴을 똑똑히 보았다. 자신이 이렇게 앞을 막아서면 그가 차를 멈출 거라고 확신했다. 유식은 어찌 되었든 창수의 자식이다. 자식보다 제 목숨을 더 귀하게 여기는 인간말종인지 아닌지는 확신할 수 없었지만, 일부러 자기 자식을 차로 들이받으며 죽게 만들지는 않을 것이다. 선택에 고민할 때가 아니었다. 아직 차와는 거리도 충분했고, 그저 멈춰 세우기만 하면 됐다. 그렇게 차가 서고 나면 은희를 내리게 하고 창수는 경찰에 인계할 생각이었다.

차가 가까이 다가와도 석호가 피하지 않고 버티자, 당황한 창수가 핸들을 꽉 쥐며 눈을 부릅뜨는 게 보였다. 이제는 창수가 망설일 시간이 없다, 그러니 브레이크를 밟을 것이라고 믿었다.

하지만 현실은 그의 생각과는 달랐다. 차는 더 빠른 속도로 튀어나왔다. 트럭 머리가 덮치듯 코앞으로 다가왔다. 석호는 가슴이 철렁 내려앉았다.

'이 자식, 엑셀을 밟았구나!'

그렇게 생각한 순간, '쾅!' 하는 소리와 함께 그의 몸이 하늘 위로 붕 떠올랐다. 결국 시작된 운명은 바꿀 수가 없는 것일까. 그런 생각과 함께 그는 어둠 속으로 빨려 들어갔다.

20

SH물류 주석호 회장의 장례식 이틀째, 각계각층의 인사들이 보낸 화환들로 장례식장의 복도가 가득 찼다. 은희는 자신이 가도 되는 자리인지 알 수 없었지만 이대로 가만히 있을 수는 없었다.

유식은, 아니 유식의 몸은 아직 깨어나지 못하고 있었다. 끝내 두 사람 다 예정대로였던 죽음의 선택을 받게 되었다. 그나마 다행히도, 유식은 기나긴 수술 끝에 목숨이 붙어 있었다.

"사고의 크기로 봐서는 그나마 다행입니다. 내부 장기가 다치지 않은 것만으로 천운이에요. 머리를 부딪치는 바람에 뇌에 출혈이 좀 있었는데 수술이 잘 마무리됐습니다. 다리도 골절이 있어서 한동안 깁스는 해야겠지만 회복할 겁니다. 깨어날 거예요. 너무 걱정 마십시오."

은희는 중환자실에 입원해 있는 유식의 곁을 떠날 수가 없었지만, 만에 하나라도 사고 직전 유식과 석호의 영혼이 뒤바뀌지 않았을까 두려웠다. 그렇다면 은희는 지금 이 장례식장에서 자신의 아들을 떠나보내야 하는 게 된다. 그녀가 오지 않으면, 유식은 모르는 사람들 속에서 혼자 외로이 떠나야 했다.

안으로 들어가자 많은 사람들이 줄을 지어 조문을 기다리고 있었다. 식사를 하는 사람보다는 조문만 하고 떠나는 사람들이 더 많은 것 같았다. 개인적인 친분이 있기보다 사업상 알던 사이일 뿐일 것이다. 그렇기에 그의 영면을 빌며 식사까지 하고 갈 사람은 없어 보였다. 상주 자리에는 남자 두 명과 여자 한 명이 서 있었는데, 이들도 석호의 가족 같아 보이지는 않았다.

안으로 들어간 은희가 석호의 사진을 물끄러미 보았다. 그날 밤, 석호와 유식의 몸이 바뀐 것을 알았던 밤 유식을 먼저 내보내고 석호가 했던 말이 떠올랐다.

'걱정 마세요. 몸은 죽음 직전에 바뀔 겁니다. 그냥 위로 차원에서 드리는 말씀이 아니에요. 이 나이 정도 되니 어느 정도 하늘의 뜻이 읽힙니다. 우리는 그간의 삶을 너무 억울해했죠. 그러니 하늘이 마지막 선물을 위해 몸을 바꾼 거라면 시간이 지나 다시 몸을 바꿔줄 겁니다. 이 일 때문에 또 억울해지게 두지 않을 거예요. 제 말을 믿으세요. 절대 제가 유식이를

죽이지 않을 겁니다.'

그는 이미 확정된 제 죽음 따위는 신경 쓰지도 않고 말했다. 그 역시 오롯이 유식만을 걱정하고 있었다. 처음 이 믿을 수 없는 사태를 알았을 때 석호만 원망했던 스스로가 부끄러울 지경이었다.

은희는 석호의 사진에서 시선을 거두고 다가가 향을 피웠다. 은희는 이 순간 잠시 누구를 생각하며 인사를 올려야 할지 혼란스러웠지만, 곧 두 손 모아 쥔 향을 이마 쪽으로 가져가며 마음속으로 석호에게 말했다. 지금은 석호의 말을 믿기로 했다.

'우리 유식이가 아직 깨어나지 않고 있습니다. 꼭 일어날 수 있도록, 우리 유식이가 살 수 있도록 이 이기적인 엄마가 빕니다. 도와주세요. 그리고…… 감사했습니다.'

은희는 마음을 다해 두 번 반의 절을 했다. 그러면서 석호가 정말로 편안해졌기를 바랐다.

석호는 첫 죽음 때 혼자 외로이 죽어갔다. 두 번째가 달랐다면 이렇게 마음이 아프지는 않았을 것이었다. 만약 죽음 직전 석호와 유식의 영혼이 다시 제 몸을 찾아갔다면, 결국 석호의 영혼은 자신과 창수의 일을 막느라 비어버린 병실에서 혼자 숨을 거뒀다는 얘기가 됐다. 하지만 그렇더라도 석호는 아무도 원망하고 있지 않을 터였다. 함께 시간을 보내며 석호를 알게 되었기에 은희는 감히 확신할 수 있었다. 그것이 더욱 마음을 저몄다.

그녀가 일어나 상주와 마주 서서 맞절을 했다. 자신을 뭐라고 설명해야 할까 잠깐 고민하던 와중에 가장 앞에 서 있던 깔끔한 인상의 남자가 말했다.

"임은희 씨?"

은희는 놀란 얼굴로 그를 보았다. 처음 본 사람인데 어떻게 자신을 아는지 알 수 없었다.

"저는 소현민 변호사라고 합니다. SH물류 법무팀에서 일하고 있습니다. 회장님 일을 도와드렸습니다."

은희는 고개를 주억거렸다. 석호를 통해 자신에 대해 들었을지도 모른다는 생각이 들었다. 소현민 변호사는 옆에 선 두 명에게 그녀를 인사시켰다. 상복을 입고 있는 여성은 이번에 회장이 된 최주연이라고 소개했고, 나머지 남자 한 명은 SH물류 사원대표였다. 누구에게도 부탁받지 않았지만 모두 자처하여 두말없이 주석호의 장례를 지켰다.

소현민 변호사는 은희를 주석호 회장과 개인적인 친분을 가진 사람이라고 소개했다. 두 사람은 놀란 기색이었다. 그들이 아는 주석호 회장은 회사와 집 이외에는 아무 곳도 다니지 않는 사람이었기 때문이었다. 게다가 은희는 주석호 회장과 친분이 있는 사람이라기엔 상당히 소박하고 평범해 보였다.

"임은희 씨, 잠깐 드릴 말씀이 있습니다."

소현민 변호사가 장례식장을 나서는 은희를 불렀다. 은희가 다가오자 명함 하나를 내밀었다. SH물류 은파센터 지점장의 명함이었다. 이게 뭐냐는 듯 명함과 그를 번갈아 보자 소현민이 말했다.

"회장님이 생전에 부탁하신 자리입니다. 회장님 명이니 당연히 본사에 일자리를 만들려고 했지만 회장님은 낙하산 인사는 원하지 않으셨어요. 이곳도 은희 씨가 가서 면접을 봐야하는 자립니다."

"왜 제가……."

"적어도 공사현장에 다니시는 것보다는 나을 겁니다."

은희는 무슨 말을 해야 좋을지 몰랐다. 그는 마지막까지 두 사람을 위해 해줄 수 있는 것을 다해주려 한 것 같았다. 은희는 스스로 생각할 때 자신은 석호에게 아무것도 해준 것이 없었다. 고맙고, 미안하고, 죄스러운 마음이 한데 엉켰다.

"은희 씨의 학력, 이력 따져서 고른 겁니다. 경리직 근무 경력이 있으셔서 잘 맞을 거라는 생각이 들었습니다. 물류의 이동에 따라 스캔한 자료를 업로드하고 각 지점 간의 문의 사항이나 이동 중에 파손된 물품들의 관리 및 등록 같은 것을 담당하시게 될 겁니다. 처음부터 배워야 하는 일이겠지만 잘하실 수 있을 겁니다. 물론 면접에 통과하셔야 하겠지만 말입니다."

소현민은 멍하니 서 있는 은희의 손에 명함을 쥐여주었다.

"저는 이만 들어가 봐야 할 것 같습니다. 그리고 정리가 되는 대로 다시 한번 찾아뵐 일이 있을 겁니다. 회장님께서 주문하신 일이 있어서요. 그때 뵙겠습니다."

소현민은 예의 바르게 살짝 고개를 숙이고는 안으로 들어갔다. 은희는 소현민이 주고 간 명함을 물끄러미 들여다보았다.

"제가 한 게 뭐라고…… 왜 저에게까지…….."

석호는 자신이 받은 백 일을 매번 하늘의 선물이라고 말했다. 하지만 선물을 받은 것은 석호만이 아니다. 살 수 있는 기회를 받은 유식도, 그리고 자신의 삶도. 그것은 하늘의 선물이 아니라, 백 일을 살아낸 주석호라는 한 인간의 선물이었다.

은희는 장례식장 위로 보이는 하늘을 향해 고개를 들었다. 사르르 바람이 불었다. 따가운 햇살 속에서 상쾌하게 느껴지는 바람 한 줄기였다. 이상한 일이었다. 은희는 단 한 번도 석호가 진짜 주석호인 것을 본 적이 없었는데, 그 바람 한 줄기에서 석호의 웃음이 보이는 것 같았다. 웃으면 주름이 자글자글한 눈가가 둥글게 휘어지며 시원하게 웃는 진짜 석호의 웃음이.

그때 전화가 울렸다. 전화를 끊자마자 은희는 그대로 택시 정거장을 향해 달렸다.

유식이 드디어 깨어났다.

숨이 턱에 차도 멈출 수가 없었다. 병원 복도를 내달려 중환자실 앞에 도착했다. 아직 면회시간은 아니지만 인터폰을 통해 이름을 얘기하자 곧장 문이 열렸다. 유식의 침대 주변을 둘러싸고 있던 의료진들이, 은희가 들어서자 일제히 돌아보았다.

은희는 거친 숨을 몰아쉬며 긴장한 얼굴로 그들을 한 명씩 훑어보았다. 간호사가, 자신을 향해 웃어주는 순간 은희는 다리에 힘이 풀려 바닥에 주저앉았다.

"엄마."

가늘지만 분명하게 들리는 목소리는 분명 유식의 것이었다. 은희의 눈에서 순식간에 눈물이 주르륵 흘러내렸다. 은희는 정신을 차리려는 듯 고개를 휘휘 젓고는 눈물을 훔치며 일어나 힘겨이 침대로 다가갔다. 유식의 얼굴을 한번 보고는 옆에 선 주치의에게로 고개를 돌렸다.

"이제 깨어났으니 더 걱정하실 것 없습니다. 혈압, 맥박 모두 정상이고요, 호흡도 안정적입니다. 사고가 날 때 조금만 더 큰 충격을 받았어도 큰일 날 뻔했는데, 이젠 안심하셔도 좋습니다. 다리 때문에라도 한동안 입원해야겠지만 더 울지 않으셔도 될 것 같습니다. 곧 일반 병실로 옮길 수 있을 겁니다."

울지 않아도 된다는 말에 은희는 오히려 눈에 눈물이 가득 차버렸다. 간신히 바로 선 그녀는 허리를 구십 도로 굽히며 연신 감사해했다. 의료진들이 다들 한시름 놓았다는 얼굴을 하고 중환자실에서 나갔다. 은희에게 웃어주었던 간호사가 필요하면 언제든 부르라며 등에 조심스럽게 손을 대고 말해주었다.

의료진들이 모두 나가자 은희는 떨리는 심장을 쓸어내리며 유식을 보았다. 유식은 거즈가 덕지덕지 붙은 얼굴로 은희를 보았다.

"엄마."

은희는 비명이 나오려는 사람처럼 양손으로 입을 가렸다. 그 손이 파르르 떨렸다.

"정말…… 유식이야?"

유식이 피식 웃었다.

"정말…… 정말 유식인 거야?"

"어. 엄마 아들 살았다……."

"하느님, 감사합니다!"

유식의 손을 붙든 채로 은희는 유식의 가슴에 얼굴을 묻었다. 그녀는 끝내 참지 못하고 오열했다.

장례식장에서부터 병원에 들어와서까지, 은희는 '설마 우리 유식이가 아니면 어쩌지' 생각했다가, 또 석호를 생각하면 '이렇게 자신이 이기적이면 안 되지 않나' 하는 생각에 괴로워지길 반복했다. 그래도, 우리 유식이만은……. 그렇게 생각이 오갈 때마다 어머니로서의 은희와 연민을 가진 사람으로서의 은희가 심장을 계속 할퀴어댔다. 끝내 석호는 죽었고, 유식은 살았다. 그 사실에 이렇게 기뻐하는 것만으로도 은희는 죄스러웠지만, 기쁨의 눈물이 나오는 것은 어찌 막을 수가 없었다.

그러던 은희의 머릿속에 '설마' 하는 생각이 들었다. 그녀는 눈물로 엉망인 얼굴을 들어 물었다.

"너 엄마 생일이 언제야?"

유식이 피식 웃었다. 은희는 빨리 대답하라고 재촉했다.

"9월 18일."

맞다. 그녀의 생일이 확실했다. 하지만 이 정도는 입을 맞췄을 수도 있지 않을까. 미리 입을 맞출 수 없을 만한 것을 떠올려야 했다. 그러면서도 유식이만 알고 있는 것.

"엄마 그거, 며칠 주기야?"

한참이나 고민한 끝에 은희가 말하자 유식이 콜록거리며 웃어댔다. 통증이 있는지 등을 새우처럼 말고 기침을 하는 바람에 은희가 깜짝 놀라 진정시키려 했다. 기침이 멎자 유식이 은희를 부드러운 눈길로 웃으며 올려보았다.

"이십오 일이시지. 그리고 그 날에 맞춰서 집에 기저귀가 떨어지지 않았는지 확인해드려야 하고, 첫날하고 이틀째 날은 무조건 기저귀를 차셔야 하니까."

은희의 눈시울이 뜨거워졌다.

"기저귀 아니라니까."

"그래, 팬티형. 이제 생리대 심부름 좀 안 시키면 안 돼? 아들도 창피한 게 있다고."

"정말 유식이구나."

은희의 목소리가 떨렸다. 다시 눈에서 눈물이 흘렀다. 유식이 은희를 향해 양팔을 벌렸고, 은희가 아들의 품에 안겨 하염없이 울었다. 유식은 그녀의 작고 작은 등을 두드리며 천장을 보았다. 머릿속에 떠오른 어떤 존재가 유식의 가슴을 무겁게 짓눌렀다.

"할바탱이는?"

은희의 울음이 뚝 멈추었다. 은희가 유식의 품에서 빠져나왔다. 잠깐의 침묵과 시선을 피하는 것만으로도 유식은 대답을 들은 것만 같았다.

"돌아가셨어?"

은희가 천천히 고개를 끄덕였다.

"외로웠을까?"

그 물음에는 은희도 대답할 수 없었다. 죽음의 순간 그는 혼자였을 테지만, 그때 어떤 감정이었을지 이제 와서는 물을 길도, 알 길도 없었다.

다음 날은 주석호 회장의 발인이 있었다. 아침 뉴스에서 단신으로 그 일을 다루었다. 식사를 하는 유식도, 은희도 가만히 뉴스를 듣기만 할 뿐이었다. 어떤 말을 해야 좋을지 알 수 없었다.

석호의 발인은 오전에 이루어졌다. 석호는 변호사에게 남겨 놓은 유언에 따라 화장되었고, 경치가 좋은 외곽의 봉안당에 안치되었다. 회사 대표 소수만 자리를 지켜야 했던 장례식과 달리 발인식에는 많은 직원들이 참석했다. 그중에는 눈물을 흘리는 직원들도 있었다.

그날 오후에는 내내 비가 내렸다. 유식은 휠체어를 탄 채로 석호의 봉안당 앞에 앉아 있었다. 발인이 끝난 봉안당에는 적막이 감돌았다. 우산을 받쳐 든 은희가 뒤에서 그를 지켰다.

유식은 석호의 사진을 물끄러미 보았다. 회장으로서 꽤 위엄 있어 보이는 사진이었다. 왠지 자신이 알고 있는 석호의 모습이 아니었다.

"할바탱이……. 이상한 면바지 같은 거 잘 어울리는데."

유식의 말에 은희는 설핏, 미소를 지었다. 사진 속 석호의 얼굴은 왠지 더 엄해 보였다. 유식을 혼내기라도 하는 듯이.

"의사가 나가지 말라는 거 억지로 왔어. 고마운 줄이나 알아."

유식이 턱을 치켜들며 말했다. 그러나 곧 그의 얼굴은 잔뜩 일그러졌다. 더이상은 무슨 말을 해야 좋을지 알 수 없었다.

분명 때가 되면 죽는다는 걸 알고 있었는데 마치 갑자기 닥친 일인 것만 같았다. 내일도 자신의 얼굴을 하고 와서는 놀려

가자고 할 것 같은데. 그런 그가 이제 세상에 없다니, 보고 싶어도 볼 수 없다니 좀처럼 믿기지가 않았다. 백 일 동안 죽음에 대해 마음의 준비가 다 되었다고 생각했었는데, 얼마나 준비한들 아무렇지 않게 받아들일 순 없다는 걸 이제야 알았다.

새로운 삶의 백 일을 살았다. 더 나은 죽음을 맞이하고 싶어서가 아니라, 후회 없이 살고 싶어서 그 백 일을 치열하게도 살았다. 그 사실을 누구보다도 잘 알기에, 이렇게나 그의 죽음이 아픈 거라고 생각했다.

은희가 뒤에서 유식을 안았다. 은희도 그것 말고는 아들에게 해줄 수 있는 게 없어 안타까웠다.

"엄마……. 나 집에 갈래. 집으로 가고 싶어요."

아직은 퇴원이 어렵다고 해 간단히 외출 승낙만 받고 온 터였다. 은희는 아들을 말릴 수 없었다. 백 일이라는 시간이었지만 두 사람은 몸을 공유했다. 그리고 이제 한 사람이 사라졌다. 그 상실감이 얼마나 큰지는 은희가 상상할 수 있는 게 아니었다.

은희는 유식을 택시에 태우고 곧장 병원으로 돌아가 퇴원절차를 밟았다. 퇴원에 대한 모든 책임은 보호자인 은희가 진다는 각서를 쓰고 나서야 퇴원할 수 있었다. 곧장 콜택시를 불렀다. 유식은 목발을 짚고 서서 택시를 기다리다가 문득 물었다.

"그 인간은 어떻게 됐어?"

은희가 담담하게 답했다.

"당연히 구속됐지. 음주운전에다가 납치에, 사람까지 죽일 뻔했는데."

창수는 지금 경찰서에 있지만 곧 검찰로 송치되어 수감될 것이라고 했다. 이번에는 은희가 강력처벌을 요구하는 탄원서도 쓸 거라고 강경히 말했다.

"하지만 그 사람도 충격은 큰 것 같더라. 브레이크를 밟는다는 게 잘못해서 액셀러레이터를 밟았대. 아무리 그런 놈이라도 부모이긴 했는지, 제 손으로 자기 자식을 죽일 뻔한 게 엄청난 충격이었나 봐. 두 번 다시 우리 앞에 나타나지 않겠다는 조건으로 각서를 쓰면 합의는 해준다고 했더니, 각서는 쓰라면 쓰고 그게 아니어도 절대 나타나지 않겠다고 하더라. 그리고 합의는 필요 없대. 자기도 이번 기회에 정신이 좀 들어봐야 한다나. 자책을 심하게 하는 거 같더라."

"짠했어?"

유식이 물었다. 아무리 싫어하고 이혼했어도 그들은 유식이라는 끈으로 이어져 있는 사람들이었다. 하지만 은희는 당장 유식을 잡아먹을 듯이 눈을 치켜뜨더니 목소리를 높였다.

"짠하기는! 저 정신 차린 게 얼마나 가려나 싶다. 동정심 유발하려고 저러는 건지 누가 알겠니?"

유식이 엄마의 마음을 대신 표현하는 것처럼 한숨을 푸우,

쉬었다. 콜택시가 곧 도착했다.

"좀 쉴게요."

"그럴래? 피곤하면 불러."

은희는 걱정이 되어 부축한 유식의 팔을 쉽게 놓지 못했다. 그러나 혼자 있고 싶어 하는 것 같아 결국 혼자 방으로 들여보낼 수밖에 없었다. 유식의 방은 요양원으로 옮겨지던 그 날 그 시간에서 멈춰 있었다. 두 사람분의 이불과 두 사람분의 베개. 그리고 따로 챙기지 않았던 석호의 모자와 몇 벌 되지 않는 옷들이 유식을 쓸쓸하게 맞이했다.

유식은 목발을 짚은 채 조심스레 책상으로 다가가 의자에 걸터앉았다. 몸을 깊이 파묻고 방을 둘러보았다. 석 달 남짓 되는 시간이었지만 석호의 흔적이 방 구석구석 남아 있었다. 불을 끄고 캄캄한 천장을 함께 보며 대화하던 밤, 서로를 간지럽히며 장난치던 잔상이 이불 위에 아른거리는 듯했다. 석호는 할바탱이라고 함부로 부르는 호칭에 단 한 번도 똑바로 부르지 못하겠냐며 나무라지 않았다. 석호는 석 달 동안 할아버지이자, 아버지이자, 친구였다.

다시 눈가가 젖어 드는 것만 같아 소매로 쓱 훔치며 유식은 푸웃, 웃었다.

"할바탱이, 은근히 옴므파탈이었나 봐. 되게 생각나네."

그는 책상 쪽으로 무심결에 고개를 돌리다가 핸드폰을 발견했다. 석호의 것이었다. 자신을 요양원으로 옮기느라 정신이 없어 두고 간 것일까. 핸드폰을 집어 들고 어떻게 할지 고민했다. 다른 물건들은 다 자신이 처리해도 핸드폰만은 소현민 변호사에게 전달해야 할지도 모른다는 생각이 들었다. 석 달 전에는 그저 일밖에 모르고 살았던 사람이지 않은가. 이 핸드폰에 중요한 일들이 많이 들어있을지도 몰랐다.

전해주기 전에 한번 볼까 싶은 마음에 핸드폰의 액정화면을 켰다. 액정화면은 핸드폰이 출시될 때 그대로의 디자인으로 사용하고 있었다. 액정화면을 밀어보니 비밀번호가 걸려있지 않았다.

바탕화면에 앱은 내비게이션 앱을 포함해 몇 개 설치되어 있지 않았다. 사진첩을 구경할까 하며 보니 부재중 통화가 다섯 건이나 있었다.

누가 전화를 걸었던 건지 확인해보려는데 핸드폰 벨소리가 울렸다. 생각지도 못한 순간에 전화가 오는 바람에 유식은 깜짝 놀랐다. 발신자를 보니 '관장님'이라고 되어 있었다. 받아야 하나 말아야 하나 고민하다가 벨소리가 끊기기 직전에 전화를 받았다. 이전 다섯 통의 부재중 전화가 모두 '관장님'이라는 사람에게서 걸려온 것이었기 때문이었다.

"여보세요?"

유식의 목소리는 조심스러웠다. 반대로 전화기 너머에서는 괄괄하고 커다란 목소리가 툭 튀어 나왔다.

"인마! 너 요즘 왜 이렇게 안 나와! 처음에만 열심히 하더니 이젠 바람이 빠진 거야, 뭐야!"

유식은 당황했다. 이건 분명 석호의 핸드폰인데, 석호보다는 젊은 아저씨 같은 사람이 반말부터 내지르다니? 그러다 대답한 게 유식의 목소리인데도 대뜸 화부터 낸 것으로 보아, 어쩌면 석호가 유식의 몸일 때 만난 사람일지도 모르겠다는 생각이 들었다. 어째야 할지 우왕좌왕하다가 자기도 모르게 아는 척 대답했다.

"제, 제가 좀 다쳐서요. 오늘 퇴원했어요."

"아니, 정말? 그럼 전화를 해줬어야지, 인마! 포기한 건 줄 알고 혼내 줄려고 전화했는데, 그럼 그렇지!"

상대방 남자는 기분 좋게 껄껄 웃었다. 호쾌한 웃음이었다.

이 사람과는 무슨 관계일까. 유식은 자신이 요양원으로 가기 훨씬 전부터 어딘가를 혼자 다녀오던 석호의 모습을 떠올렸다. 갑자기 궁금증이 일었다.

"내일 인사 갈게요."

"다쳤다면서 그래도 돼? 역시 상남자야. 좋아, 내일 와!"

유식이 조심스럽게 말했다.

"……근데 거기가 어디죠?"

21

'관장님'이라는 남자가 말했던 액션 스쿨은 경기도 파주에 있었다. 거기가 어디냐고 묻는 유식의 말에 상대는 황당해하면서도 '너 왜 그래? 나 액션 스쿨 관장이잖아'라고 대답했다. 유식은 자신이 사정이 있어 그러니 거기 이름을 말해달라고 했다. 곧 방문하여 사정 설명을 하겠다 하자 남자는 의심스러워하면서도 액션 스쿨 이름과 주소를 알려주었다.

성치 않은 몸으로 버스를 타고 가기에는 역부족이라 하는 수 없이 택시를 불렀다. 운전기사는 장거리 손님이 반가운 듯 기분이 좋아 보였다.

"학생도 뭐 영화 같은 그런데 나오고 싶어 가는 거야?"

기사가 물었다. 유식은 잠깐 생각하고는 짧게 대답했다.

"글쎄요."

자신도 석호가 왜 이곳을 몰래 다녔는지 잘 알지 못했다. 액션 배우가 꿈이라도 됐던 걸까. 유식은 자신 역시 왜 힘겹게 이곳에 찾아가 석호가 무엇을 했는지를 알려 하는지도 알 수 없었다. 그저 석호가 비밀로 해가며 몰래 다닌 이유가 분명 있을 것 같았고, 그 이유를 자신이 몰라서는 안 될 것 같다는 두루뭉술한 생각만이 앞섰다.

그 뒤로도 기사는 유식에게 몇 번 말을 붙이려 했지만, 창밖으로 내내 시선을 두고 있는 유식의 표정이 심상치 않자 슬며시 입을 다물었다.

한참을 달리던 택시가 액션 스쿨의 정문으로 들어섰다. 입구부터 넓은 운동장이 있었고, 본관 건물은 운동장 안쪽에 자리 잡고 있었다. 비교적 최근에 건립한 건지 건물 디자인은 모던했고 곳곳이 깔끔하게 관리되어 있었다. 택시는 운동장 바깥둘레를 돌아 본관 건물 앞에 멈춰 섰다. 삼 층짜리 건물을 올려다보며 유식이 택시에서 천천히 내렸다. 기사가 내려 목발을 짚은 유식이 내리는 것을 도와주었다. 감사하다는 말과 함께 요금을 치르자 택시는 곧 떠났다.

한 무리의 남녀가 둘씩 줄지어 운동장으로 나왔다. 잘 알아듣지 못할 구령을 외치면서 그들은 구보하듯 운동장을 돌기 시작했다. 몇몇이 유식을 흥미로운 시선으로 보았지만 딱히 인사를 하거나 하지는 않았다.

유식은 본관 건물 앞에 붙은 층별 안내도를 확인했다. 관장실은 일 층에 있었다. 목발을 짚은 채 절뚝이며 안으로 들어갔을 때 그는 눈앞에 벌어진 광경에 놀라 저절로 입이 벌어졌다.

일 층인데도 천장이 상당히 높았다. 마치 두 개의 층을 하나로 터놓은 형태인 것 같았다. 들어가는 정면으로 중간에 난간대가 설치되어 있었고, 오른쪽에는 난간대까지 올라가는 철제 사다리가 있었다. 유식이 들어갔을 때 난간대 위에 다섯 명의 남녀가 줄을 잡고 각자의 포즈로 뛰어내렸다. 긴 머리를 높게 올려 묶고 가운데 서 있던 여성은 그 높은 곳에서 거꾸로 내려오는데도 별일 아니라는 듯 두려움이 없는 표정이었다. 심지어 엄청난 속도였다. 그 놀라운 광경에 입을 다물지 못하고 있는데 누군가 등을 탁, 쳤다.

"뭐 하는 거야? 입 벌리러 왔어?"

돌아보니 사십 대 후반으로 보이는 남자가 트레이닝복을 입고 서 있었다. 몸매가 상당히 다부져 보였고, 큰 키는 균형이 딱 잡혀 있었다. 턱에 자잘하게 수염이 나 있는데 지저분해 보이기보다는 포스가 있어 보였다. 매서운 눈빛이었지만 입가에 있는 주름 때문에 웃으면 서글서글해 보일 것 같았다.

어떻게 설명해야 할지 몰라 머뭇거리는 사이, 남자가 놀란 눈으로 유식의 머리끝부터 발끝까지를 훑었다.

"뭐야, 너 다친 거야?"

위압적으로 단단한 체구와 달리 호들갑스럽게 구는 걸 보고 유식은 그가 어젯밤 자신과 통화한 '관장'이라는 것을 단번에 알아차릴 수 있었다. 유식은 목발을 짚은 채로 최대한 허리를 숙여 인사했다.

"안녕하세요."

"뭐야, 이 인사는. 너 왜 그래? 뭐 잘못 먹었어?"

유식은 그저 어색하게 웃기만 했다.

훈련생들에게 쉬는 시간을 주고, 관장은 유식을 관장실로 데리고 갔다. 그는 내내 유식이 불면 날아갈까 만지면 부서질까 전전긍긍하며 소파에다 앉혔다.

조금 전 '너 왜 그러냐'는 질문에, 유식은 진실을 말해주는 대신 며칠 전 사고가 있었고 그 사고로 인해 기억을 잃었다고 대답했다. 그러자 관장의 태도가 대번에 조심스러워졌다. 이 곳에 온 이유도 잃은 기억 속에서 자신이 무엇을 하고 있었는지 알고 싶기 때문이라고 둘러댔다.

"코코아믹스 줄까?"

"네?"

유식이 눈을 동그랗게 뜨자 관장은 그것도 기억이 안 나는 듯 안타깝게 한숨을 쉬었다.

"너 이거 되게 좋아했어. 아주 좋아 죽었지."

그러면서 관장이 꺼낸 건 코코아 가루와 커피 믹스였다. 머 그잔을 놓고 그 두 가지를 한꺼번에 때려 넣는 걸 보며 유식 은 화들짝 뜬 눈을 끔벅거렸다. 정수기에서 뜨거운 물을 넣고 휘휘 저은 종이컵을 관장이 그의 앞에 놓았다. 유식은 고맙다 는 표시로 살짝 고개를 숙이고는 종이컵을 들고 조심스럽게 입을 가져다 대었다.

관장이 '코코아믹스'라고 부르는 말도 안 되는 조합은 미 친 듯이 달았다.

"어때? 이 맛은 기억나?"

"아뇨."

어색하게 웃으며 유식은 종이컵을 슬쩍 내려놓았다. 이렇게 단 음식을 석호가 좋아했다니 전혀 몰랐던 일이었다. 관장이 안타깝다는 표정으로 말했다.

"아이구, 그렇게 좋아하던 건데……. 그래, 이제 몸은 괜찮고?"

"다행히 회복만 남았어요. 그런데…… 제가 여기서 뭘 했는 지가 기억이 안 나서요. 왜 액션 스쿨 같은 곳에 다녔는지도 모르겠고."

음, 하고 관장이 눈을 살짝 천장으로 향했다.

"사실은 나도 네가 여길 왜 다녔는지 모르겠어."

"네?"

유식은 조금 황당한 기분이 들어 반문했다. 그런 반응을 이해한다는 듯 관장이 고개를 끄덕이며 설명을 해주었다.

　대부분 액션 스쿨에 들어오는 사람들은 영화나 드라마의 액션 배우를 꿈꾸거나 액션 대역 일을 하기 위해 들어온다. 그런 경우에는 스쿨에 준비된 모든 액션 장비들을 이용해 체계적으로 짜인 훈련을 소화해낸다.

　"근데 넌 그런 거 안 한다고 했어."

　무슨 이유인지는 몰라도 석호는 무조건 자동차와 관련된 훈련만을 해야 한다고 했다. 자동차와 관련된 것도 차 사고 장면, 차에 매달려서 하는 싸움 장면, 카 체이싱 장면 등 여러 훈련이 있는데 석호는 무조건 차에 부딪히는 사고 장면만을 연습하겠다 고집했다고 했다. 단독 훈련에 대한 비용을 과하도록 지불했기 때문에 관장은 두말없이 선생을 붙여 주었다.

　"사고 장면만요?"

　"어. 그것도 소형차, 중형차, 봉고차, 트럭 할 것 없이 종류별로 연습했어. 차가 다가오는 순간 어떻게 해야 머리랑 갈비뼈를 보호할 수 있는지가 제일 큰 관건이었지. 여기서도 훈련이나 촬영 중에 다치지 않는 게 가장 중요하니까 운전하는 사람과 합을 맞추는데, 너는 진짜로 사고가 날 때 몸을 어떻게 해야 갈비뼈를 보호할 수 있는지 연습시켜 달라고 했어. 운전하는 사람과 합이고 뭐고 계속 차에 들이박혔지. 물론 속도는 도로만큼 내지는 않았지만."

유식은 석호가 밤늦게 들어와 끙끙 앓던 것을 떠올렸다. 이 훈련을 하면서 그렇게 몸이 아팠던 거였다.

"너 한때 유도했었다며? 그래서 낙법을 활용해 담당 선생이 알려줬다고 하던데."

그건 기억나냐며 관장이 말했다. 유식은 아무 말도 할 수가 없었다.

석호는 얼마 남지 않은 시간을 자신을 살리기 위해 쓴 것이다. 처음 죽음 이후 만났을 때 유식은 자동차 사고로 갈비뼈가 폐를 찔러 사망에 이르렀다고 말해주었다. 석호는 유식이 울컥해 외쳤던 그 말을 기억하고는 사전준비를 해 그의 죽음을 막으려 한 것이었다.

언젠가 석호가 엄마에게 했다던 말이 떠올랐다. 자신은 이제 하늘의 뜻을 어느 정도 알게 되었다고. 물론 죽음의 그 날 최대한 바깥에 나가지 않으려 노력은 하겠지만, 운명이란 게 늘 사람을 자신 쪽으로 끌어당기는 힘을 가지고 있지 않던가. 그는 사고를 피하지 못할 수도 있다는 것까지 내다보고 있었다. 그렇기에 사고를 피할 수 없게 되면 어떻게든 유식을 살리려 여기까지 왔던 것이었다.

관장이 신기하다는 듯 그에게 물었다.

"그런데 너 이렇게 사고 난 거 보니 네가 선견지명이 있긴 했나 보다. 어떻게 이럴 수가 있냐. 오, 소름!"

장난스레 자신의 양팔을 문지르는 관장을 보며, 유식은 대답 대신 씁쓸한 미소를 지었다.

며칠이 지난 후부터 은희는 제의받았던 SH물류센터로 출근했다. 그녀는 석호의 선의에 보답하듯 면접도 어려움 없이 통과했다.

이제는 새벽같이 일어나지 않아도 되었고, 유식에게 들키지 않기 위해 굳이 갈아입을 일복을 챙겨나가지 않아도 되었다. 아침에 일어나 유식과 함께 아침 식사를 하고, 출근 준비를 해 여덟 시 반까지 동네 큰 도로에 나가면 통근 버스가 그녀를 태우고 일터로 갔다.

은희는 정해진 시간까지 일을 했고 정해진 시간에 퇴근을 했다. 어두운 하늘을 보며 출근하고 어두운 하늘을 보며 퇴근하던 그녀가, 이제는 밝은 하늘 아래서 출퇴근하게 되었다.

이제 그녀는 석호가, 아니 유식이 석호의 돈으로 사준 정장들을 목욕탕에서 갈아입지 않아도 되었다. 어두운 골목길을 꺾어 들어올 때마다 집 앞에 창수가 서 있을지도 모른다는 생각에 두려움에 떨 일도 사라졌다. 그런 그녀의 얼굴에는 윤기가 돌았다.

"나 출근한다! 오늘 하루 잘 보내, 아들!"

은희는 손을 휘휘 흔들며 대문 밖으로 향했다. 그녀의 걸음마다 원피스의 끝자락이 팔락거렸다. 유식은 그 모습을 보는 것이 좋았다. 그는 은희가 골목길 끝에서 사라질 때까지 한참이나 대문 앞에 서 있었다.

아직 목발을 사용해야 했지만 끈질기게 괴롭히던 두통은 사라졌다. 안으로 들어온 유식은 목발을 마루에 기대 놓고는 주방으로 들어갔다. 은희와 함께 먹은 밥상을 치우고 설거지를 시작했다. 함께 아침 식사를 하는 게 기분 좋아서 매일 아침 일찍 일어났더니, 은희도 좋아하기에 아예 기상 시간을 바꾸게 됐다.

설거지를 마친 유식은 그대로 방으로 들어가 이불을 정리하고 책상 앞에 앉았다. 그는 처음 받아놓고 거의 들여다보지도 않았던 교과서를 펼쳤다. 이제야 공부를 시작한다고 해서 다른 아이들을 얼마나 따라갈 수 있을지는 모르지만, 유식은 할 수 있는 최선을 다해 보기로 했다.

유식은 아직 자신이 뭘 하고 싶은지 알지 못했다. 지금껏 꿈이라는 것에 대해 제대로 생각해본 적이 없었다. 막연하게 돈을 많이 벌어 엄마를 편하게 해주고 싶다는 생각뿐이었다. 명확히 무얼 해서 돈을 많이 벌겠다는 구상은 딱히 해본 적이 없었다. 하지만 석호는 말했다, 자신은 매 순간 살아남기 위해 열심히 살아왔다고. 유식도 석호를 따라가 보기로 했다. 매 순간 자신의 앞에 놓인 일들을 최선을 다해 열심히 해볼 생각이다. 그러다 만약 꿈이 생긴다면 그때 그 꿈을 향해 열심히 달려갈 것이다.

언젠가 죽을 수밖에 없는 순간이 온다면 문득 제가 걸어온 길을 후회할지도 모른다. 하지만 그는 그런 생각이 들 때 석호를 떠올릴 것이다. 그리고 석호처럼, 뒤를 돌아봤을 때 아쉬운 순간은 있을지 몰라도 매 순간 최선을 다한 자신의 삶만은 부정하지 않는 사람이 되겠다고 결심했다.

그는 입술을 야무지게 다물고 수학책을 폈다. 하지만 야무진 결심은 곧 현실의 벽에 부딪히고 말았다.

이것이 다 무슨 소린고. 다항식의 곱셈에 대한 성질이라니, 정말 성질이 나빠지는 문제였다. 다항식이 뭔지도 모르겠는데 그 녀석의 성질을 어떻게 알 수 있다는 말인가. 어디선가 석호가 혀를 끌끌 차는 소리가 들리는 것만 같았다.

유식은 차라리 다른 것을 풀어보자며 몇 장을 더 넘겼다. 이상한 숫자들과 함께 등비수열이라는 단어가 나오자마자 끝내 책을 덮어버렸다. 그는 제 머리를 쥐어박았다. 엄마가 그리 고생하며 학교를 보내줬는데도 여전히 새 책인 데다, 이미 2학기가 코앞인데 책 속에 있는 그 어떤 단어도 의미를 파악하지 못하고 있다. 유식은 지금껏 자신이 얼마나 제멋대로 굴었는지 실감했다. 과거의 자신을 눈앞에 데려올 수 있다면 먹살이라도 잡고 싶었다.

하지만 그는 포기하지 않겠노라 마음을 고쳐먹었다. 그래, 공부를 하지 않던 놈이 수학부터 하는 것은 갓 태어난 아기가 갈비 뜯자고 덤비는 것과 같은 모양새지. 이럴 때는 무조건 암기과목을 공부해야 한다. 그는 야심 차게 국어부터 하기로 했다.

1학기는 고사하고 1학년 때부터 전혀 공부하지 않은 책이 책꽂이에 얌전히 꽂혀 있었다. 그는 1학년 책을 집었다. 기초가 단단하면 무너지지 않는다고 누군가 말하지 않았던가. 책을 펴들고 첫 장부터 정성스럽게 읽어 내려가기 시작했다.

그로부터 십 분 후, 유식의 방에 쿵, 소리가 울렸다. 읽기는 하는데 무슨 소린지 모를 것들을 읽느라 점차 몽롱해지던 유식의 머리가 중력을 이기지 못하고 그대로 책상을 박은 것이다. 아픈 것도 모르고 깨어난 유식은 주변을 획획 둘러보았다.

"지금 누가 내 뒤통수 친 거 아니지?"

아무도 없다는 걸 확인한 유식은 교과서 앞에서 무력한 자신의 머리를 재차 쥐어박으며 양손으로 얼굴을 쓸어 올렸다. 그거 몇 분 좀 읽었다고 온몸에 피로감이 덮쳤다. 한심하고 또 한심했다.

이래선 안 될 것 같았다. 공부하는 방법을 몰라도 너무 모르는 상태였다. 뭔가 더 체계적인 공부법이 있지 않을까 고심하기 시작했다. 물론 그 생각의 기저에는 '공부는 안 하고 성적은 잘 나오는 비법 같은 거 없나'라는 심정도 깔려 있었다.

밖에서는 오토바이 소리가 들리고 동네 개들이 짖는 소리가 났다. 이런 소리가 들릴 때는 우체부 아저씨가 다녀가는 것이다. 공부하는 게 싫어서가 아니라 중요한 우편물일지도 몰라서 그렇다는 말을 몇 번이고 중얼거리며 유식은 마당으로 내려섰다. 슬리퍼를 끌고 대문 밖으로 나갔더니 아니나 다를까 우편함에 뭔가가 꽂혀 있었다.

"에이, 전기료네."

그가 전기요금 고지서를 들고 다시 안으로 들어가려 할 때였다.

"……?"

유식은 문득 걸음을 멈추었다. 조금 전 저쪽 담장 뒤로 뭔가 사삭, 하고 숨지 않았나? 분명 뭔가를 본 것 같았다. 유식은 고개를 갸웃하며 다시 대문으로 들어가듯 몸을 기울이다가, 획 도로 뒤로 물리며 담장 쪽으로 시선을 던졌다. 분명하다. 방금도 후다닥 누군가가 몸을 숨겼다.

설마 도둑은 아니겠지, 생각하며 유식은 최대한 발소리를 내지 않고 다가갔다. 이제는 많이 나아서 목발을 짚지 않고도 디딜 정도는 되지만 싸우거나 할 수 있는 몸은 아니었다. 그러니 혹시 도둑이면 아예 자신의 집 관광을 시켜주고 아무것도 훔쳐 갈 것이 없다는 걸 보여준 뒤 조용히 돌려보낼 생각이었다.

그는 담장에 몸을 딱 붙인 채로 코너를 돌았다.

"누구야!"

"꺄악!"

비명과 함께 허리를 숙이고 도망가던 사람이 번개를 맞기라도 한 것처럼 부르르 떨며 바닥에 주저앉았다. 뒤돌아 있어 얼굴은 보이지 않았지만, 뒷모습만으로도 유식은 그녀가 누군지 단번에 알 수 있었다.

"……전유리? 네가 여기 웬일이야?"

유리는 주저앉은 채 잠깐 무슨 생각을 하더니 벌떡 일어섰다. 분홍색 블라우스에 청반바지가 시원하게 잘 어울렸다. 살짝 BB크림을 바르고, 입술에 립글로스도 반짝거리는 것이 꽤 꾸민 태가 났다. 혹시 자신을 보러오기 위해 꾸미고 왔나 살짝 기대되었지만, 그럴 리가 없었다. 유리 입장에서 유식은 '천하에 둘도 없을 나쁜 놈'이 아니었던가.

유리는 머리를 슥 넘기고서는 흠흠, 목청을 가다듬었다. 그리고 유식을 향해 퉁명스럽게 말했다.

"약속 지키러 왔어."

나름 도도한 척해보려 애쓰는 것 같았다.

"약속?"

"헤어질 때 했던 약속 말이야, 기억 안 나?"

유리의 목소리가 날카로워졌다. 인상을 팍 찡그리는 것이 보였다. 잘못하면 본전도 못 찾는다는 생각이 본능적으로 들었다. 유식은 다시 한번 그 방법을 써먹기로 했다. 그는 아직 깁스를 풀지 못한 다리를 가리키며 말했다.

"사고 나면서 최근 기억이……."

"아……."

유리가 곤란하다는 듯 눈을 깜박거리며 고개를 숙였다. 왠지 자신의 입으로는 어떤 약속인지 말하고 싶어 하지 않는 것 같았다. 석호가 또 몰래 무슨 이야기를 한 건가 싶으면서도 한편으로 기대가 되었다. 그는 얘기를 해주면 대부분 기억이 난다며 유리를 슬쩍 꼬드겼다.

유리가 조금 빨개진 얼굴로 말했다.

"네가 그날, 헤어지자던 날 말했잖아. 방학이 끝날 때까지 너한테 아무 일 없으면 다시 친하게 지내 달라고."

"어?"

방학이 끝날 때…… 그러니까 아마 백 일이 지나고 나서 그가 죽지 않았을 경우를 말했을 것이다. 그때부터 이미 석호는 유식을 절대 죽게 두지 않을 거라고 다짐하고 있었던 듯했다. 유식이 죽음을 생각하는 동안 석호는 앞으로 살아갈 유식을 생각하고 있었다.

자신을 위해 애쓰느라 고생했을 석호의 마음을 생각하자 뭉

클해져 유식은 아무 말도 꺼내질 못했다. 말없이 선 유식을 보며 유리는 괜히 손가락으로 머리를 베베 꼬았다.

"낼모레가 방학 끝날 때라서 미리 한번 와본 거야. 되게 기다리고 그런 거 아니다, 뭐."

새침하게 말하는 유리의 얼굴이 발그스름했다. 유식은 이런 유리가 좋았다.

헤어지자고 할 때도 마냥 괜찮으리라 여겼지만, 점점 마음이 미어지지 않았던가. 처음 옷을 사러 세 사람이 갔을 때, 유리에게 입혀 보기만 하고 단 하나도 선물해 주지 않은 것도 본심은 아니었다. 새 옷을 입고 나오는 유리의 모습은 모두 예뻤다. 기뻐하는 모습에 흐뭇하고 뿌듯했다. 하지만 자신이 죽으면, 그 선물들이 다 유리의 고통이 되지 않을까 하고 낙담했을 뿐이다.

유리에게 무심해지려 했을 때는 얼마든지 할 수 있을 것만 같았는데, 이렇게 다시 살아나고 나니 새삼 자신이 얼마나 유리를 좋아하고 있는지 깨달았다. 석호가 남겨준 부탁도 고마웠지만, 그 부탁을 유리가 들어줬다는 사실이 무엇보다도 기뻤다. 유리가 아직 자신을 좋아해주고 있는 것 같아서.

"그럼 난 이제 가볼게."

이제는 빨개지다 못해 목까지 붉어져 버린 유리가 홱 돌아섰다. 유식은 얼른 유리의 손을 잡아챘다. 몸이 돌아가며 유리

의 머리칼이 바람에 날렸다. 유리가 좋아하는 포즈였다. 유리
가 떨리는 눈으로 유식을 보았다.

"너 공부 못 하지?"

느닷없는 말에 무슨 소리냐는 듯 유리가 눈을 깜박거렸다.
그러고는 괜스레 목청을 높여 외쳤다.

"뭔 소리야? 나 공부 잘해! 나 중간은 간다고!"

유식이 씨익, 음흉하게 웃으며 말했다.

"그래? 그럼 나 공부 좀 가르쳐주고 가라. 이제 시작해보려
니 잘 안 되네."

"김유식이 갑자기 웬 공부? 그래? 그럼 내가 좀 가르쳐 줘
볼까."

유리는 흥, 콧바람을 내뿜으며 턱을 들고 유식의 집 안으
로 들어갔다.

무더운 한여름이었지만 방문을 닫았다. 물론 공부만 할 거
지만, 사람 앞날은 모르는 거라고 하지 않나. 그리고 석호가 모
든 일에 최선을 다하라고 했으니까.

22

소현민 변호사가 느닷없이 찾아온 것은 다음 날 저녁이었
다. 문병이라도 오는 것처럼 한 손에 음료수 선물세트를 들고
온 그는 마당을 들어서면서 유식을 불렀다. 먼저 소리를 알아
듣고 나간 사람은 은희였다.

"아, 안녕하십니까?"

소현민이 은희를 발견하고는 반갑게 인사했다. 석호의 장
례식장 이후 두 번째 본 터라 얼굴을 바로 알아보았다. 느닷
없는 방문에 은희도 당황해 서 있다가 멀거니 선 소현민을 얼
른 주방 쪽으로 안내했다. 유식과 은희는 마침 저녁을 먹고 있
던 참이었다.

입에 밥숟가락을 문 채로 유식이 놀란 얼굴을 하자 소현민
이 얼른 먹으라며, 식사가 끝날 때까지 나가 있겠다고 했다.

"변호사님은 식사하셨어요?"

은희가 묻자 소현민이 주저했다. 유식이 쯧, 혀를 찼다.

"안 드셨네. 얼른 이쪽으로 오세요."

"찬은 없지만, 같이 드세요."

은희도 권했다. 오늘 메뉴는 두부를 넣은 된장찌개와 갈치구이였다. 갈치는 유식이 제일 좋아하는 반찬이지만 식탁에 잘 오르지 않는 메뉴이기도 했다. 아마 은희가 SH물류 출근하게 된 기념으로 기분이 좋아 선택된 메뉴인 것 같았다.

뚝배기 안에서 맛깔스럽게 바글바글 끓는 된장찌개와 갓 지은 하얀 쌀밥에 얹힌 갈치 살의 도톰한 태에 소현민의 입에도 침이 고였다. 그는 못 이기는 척 들고 온 음료수 세트를 옆에 내려두고는 유식의 옆자리에 앉았다.

"그럼 염치없지만."

은희가 얼른 일어나 밥을 한 그릇 퍼주었다. 유식이 자연스럽게 수저와 물컵을 그의 앞에 놓아주었다. 소현민은 잘 먹겠다는 인사를 한 번 더 한 다음 된장찌개를 퍼서 입에 넣었다.

"와, 정말 맛있네요!"

그의 목소리가 대단한 것을 발견이라도 한 것처럼 우렁차게 나왔다. 은희와 유식이 동시에 그를 보자 소현민이 당황해서 말했다.

"아, 집밥을 너무 오랜만에 먹어서."

"많이 드세요."

은희가 푸근하게 말했다. 유식은 은근슬쩍 혼자 살고 있다는 뉘앙스를 뿌리는 소현민 변호사를 흘겨보았다. 자신이 착각하는 것일 수도 있지만, 왠지 은희를 따라 주방까지 들어오는 소현민의 눈이 반짝이던 게 의심스러웠다. 그 의심에 소현민이 기름을 부었다.

"지난번에 장례식장에서 뵐 때는 몰랐는데, 이렇게 뵈니 참아……."

"지금 설마 남의 엄마 얼평하려는 건 아니죠?"

유식이 단호하게 선을 그었다.

"얼평? 그게 뭐야?"

은희는 알아듣지 못한 것 같았다. 얼평. 말인즉 얼굴 평가라고, 외모를 두고 가타부타 평가하는 걸 꼬집는 말이었다. 물론 소현민이 나쁜 의도로 아름답다는 말을 하려던 건 아니겠지만, 남자가 느닷없이 칭찬을 할 때는 다 모종의 계략이 있는 법. 유식은 그럴 여지도 줄 생각이 없었다. 어딜 우리 엄마한테!

다행히 소현민 변호사는 얼평이 무슨 뜻인지를 아는 것 같았다.

"나, 난 그러려던 게 아니고……."

그렇게 말하는 소현민을 향해 유식은 조용히 웃었다. 그리고 엄지손가락으로 스윽 목을 긋는 시늉을 해보였다. 소현민이 눈을 휘둥그렇게 뜨고 껌벅이다가 허허, 웃었다. 그러고는 망가진 기계처럼 목과 몸을 한꺼번에 돌리고, 밥을 먹는 일에만 집중했다. 무슨 상황인지 모르는 건 은희 혼자뿐이었다.

식사를 마친 뒤, 정리된 식탁 위에 찻잔 세 개가 올랐다. 은희와 소현민 변호사의 찻잔에는 메밀차가, 유식의 찻잔에는 일명 코코아믹스가 담겨 있었다. 석호 때문에 한 번 맛보게 된 뒤 이상하게 그 단맛에 중독되어버렸다. 또, 이 맛은 이제 그에게는 석호를 떠올리게 하는 것이 되었다.

"이렇게 찾아뵌 건 돌아가신 주석호 회장님의 유언 전달 때문입니다."

예상치 못한 말에 유식과 은희가 서로를 보았다. 들은 바가 없다는 듯 유식이 고개를 내저었다. 유식이 조심스럽게 물었다.

"유언이라면……."

"생전 작성해놓으신 유언이야. 유식이 너에게 십억 원의 유산을 남기셨다."

은희는 손바닥으로 제 입을 막았다. 유식도 멍하니 입을 벌렸다. 유식은 애초에 억이라는 돈이 몇 자리 숫자인지도 손가락을 꼽아야 알 수 있었다. 석호에게 이렇다 하고 해준 것도 없는데 어째서 이런 큰돈을 남겼을까. 미안한 마음이 뒤섞여 유식은 엉뚱한 말을 내뱉었다.

"할바탱이 거지 된 거 아니었어요?"

소현민 변호사가 풋, 웃었다.

"주식만 우리사주에 전부 넘기신 거고 현금과 부동산 재산은 전부 다 그대로셨지."

석호에게도 들은 적이 있었다.

"너에게 남기신 것을 제외하고는 모두 기부하고 돌아가셨다. 지난번에 봤을 때는 완전 천재였는데, 오늘 보니 너도 평범한 고등학생이구나. 다른 사람 같아. 말투랑 뭔가 느낌도 다르고."

소현민이 천재로 보았던 건 유식이 아니라 석호였다. 그는 둘의 몸이 바뀌었을 때 주식을 우리사주에 넘겨 김범주 사장이 아닌 최주연 부회장에게 판도가 기울어지도록 전략을 제시하던 유식을 기억하는 것이었다. 당연히 소현민은 사정을 모르니, 다른 사람처럼 보이기도 할 터였다.

유식은 잠시 머리를 굴려보더니, 퍼뜩 무언가 떠오른 듯 헉, 하며 입을 가렸다.

"서, 설마 그럼 아까 가지고 온 음료수 박스가!"

"그 안에 십억이 들어나 가겠니?"

"그럼⋯⋯."

은희가 대신 조심스레 입을 열었다. 소현민은 은희를 향해 아주 친절한 미소를 지으며 고개를 돌렸다.

"오늘 그 말씀을 드리러 온 겁니다. 회장님 뜻은 어머님도 함께 들으셔야 하는 일이니까요."

소현민은 맞은편에 앉은 두 사람을 한 번씩 보며 느긋한 표정을 지었다. 소현민의 입장에서는 뭔진 몰라도 재미있는 일인가 본데, 유식은 뭘 살짝 감춘 듯한 표정에 왠지 소름이 돋았다.

큼큼, 목청을 가다듬은 소현민은 들고 온 서류 가방에서 노트 한 권을 꺼냈다. 유식은 '수학'이라고 적힌 노트의 글씨가 어딘지 낯이 익었다.

'저거 내 거 아냐?'

그런 생각을 하는 것과 동시에, 소현민이 석호가 요양원 병실에 써서 남겨두신 것이라고 알려주었다. 소현민은 노트를 펴고 또박또박 읽어나가기 시작했다.

"상기인 주석호는 다음과 같이 김유식에게 재산을 상속한다. 재산 상속금액 일금 일십억 원."

유식의 목젖이 꿀꺽 크게 움직였다.

"단!"

여기부터가 진짜라는 듯 소현민이 손가락 하나를 들었다.

"상기 금액을 일시에 지급하지 않는다. 2021년 현재 고등학

교 2학년인 김유식이 2학기부터 고등학교 졸업 때까지, 중간
고사, 기말고사, 모의고사 등 모든 시험에서 전교생 2분의 1에
해당하는 등수에 도달하면 포상으로 일금 오백만 원."

그건 안주겠다는 것이나 다름없는 말이었다.

"성적 우수자 등으로 졸업식에서 상을 받는다면 일금 일천
만 원."

에라이, 하며 유식은 식탁 의자에 몸을 기대었다. 십억이 일
순간에 거품이 되어 씻겨 내려가는 기분이었다. 살살 복권을
긁어봤지만 역시 꽝이구나, 그런 기분. 마지막까지 이놈의 할
바탱이는 날 놀리고 가는구나.

"대학 진학 시 입학금 전액, 단 한국대학교라면 사 년 교육
비 전액과 자취 생활비 지급. 이외 어떤 대학이든 우수한 성
적으로 장학금 대상자가 될 시, 사 년 교육비 전액을 지급하고
보너스로 오백만 원 지급. 재학 기간 동안 평점 4.0을 유지할
경우 성공 보수 삼천만 원. 사 년 내내 장학금을 받으면 졸업
시 축하금 일억 원 지급. 또한."

그는 서류를 내려놓고는 즐거워하는 얼굴로 유식을 마주
보았다.

"앞으로 하고 싶은 일이 뭐지?"

갑작스러운 질문에 말문이 턱 막혔다. 사실은 아직 이렇다
할 것이 없었다. 은희도 아들의 대답을 듣고 싶은지 빤히 보았

지만, 유식은 마른 입술만 핥을 뿐 대답하지 못했다.

그 적막을 깬 것은 소현민 변호사였다. 이미 알고 있다는 듯한 얼굴이었다.

"만약 하고 싶은 일이 생기면 나에게 말하면 돼. 아! 오해할까 봐 미리 얘기하는데, 내가 그걸 할 수 있도록 도와주겠다는 게 아냐. 꿈이 생기면 최선을 다해 노력해. 꿈을 이룰 경우 성공 보수 또 일억 원!"

은희가 풋, 웃었다.

"하고 싶은 일이 안 생기면요?"

항의하듯 유식이 대꾸했다. 그러나 그런 걱정은 말라는 듯 소현민 변호사가 곧장 대답해 주었다.

"주석호 회장님께서는 그 부분도 다 생각하고 계셨지. 그리고 제안을 하나 하셨어. SH물류에 입사해보는 것은 어떻겠느냐고."

그 말이 떨어진 순간 유식은 심장이 덜컹했다. 그리고 동시에 SH물류 정기총회에 갔었던 일을 떠올렸다. 자신이 생각했던 기깔나는 삶. 멋있는 삶. 대리만족으로 한 번 살아봤다고 생각했었는데 이 순간 그 장면이 왜 떠오르는 것일까.

"물론 특별채용해 주는 건 당연히 없어. 대학 졸업하고 다른 사람들과 똑같이 SH물류 신인 채용이 있을 때 원서를 넣고 통과해야지. 합격하면 또 상금 오천만 원!"

그러고는 승진할 때마다 승진 포상금이 있었다. 결혼할 때는 서울의 이십 평대 아파트 전세자금을 준다고 했다. 출산과, 내 집 마련 성공 시의 축하금도 있었다. 하지만 꿈도 없으면서 대학을 가지 않거나, 꿈을 이루지 못하면 다음에 예정되어 있던 승진부터 결혼 시 포상금까지 모두 사라지는 거라고 했다. 사라지는 금액들은 전부 기부될 예정이었다.

"내일부터 개학이지? 자, 앞으로는 모든 성적표를 나에게 이메일로 보내. 아니면 직접 들고 찾아와도 되고. 불편하면 내가 친히 가지러 와주지."

"그, 그게 왜 필요해요? 어차피 제가 전교 등수 절반 이상 못 하면 필요도 없잖아요."

"아예 포기부터 할 생각인가? 나한테 성적표를 들고 오는 것만으로도 자극이 돼서 더 공부를 할 수도 있잖아? 그리고 나도 물심양면 도와줄 거고. 회장님은 거기까지 내다보시고 내게 그런 지시를 내리신 거야."

"전 찬성이에요!"

은희가 번쩍 손을 들었다. 그녀의 얼굴이 환하게 밝아져 있었다. 눈은 반짝였다.

"돈이고 뭐고 우리 유식이가 열심히 하는 것만 봐도 전 좋을 거 같아요."

그런 은희를 소현민이 따뜻한 눈으로 보았다. 그러고는 그 눈을 다시 유식에게로 돌렸는데, 그사이 소현민의 눈빛은 싸늘하게 식어 있었다.

"내일부터 잘해보자."

소현민은 악수를 하는 대신 엄지손가락을 들어 제 목 앞에 가져다 대었다. 그리고 아까 유식이 했던 것처럼 엄지로 목 앞에 일자를 그어 보였다. 유식의 어깨가 축 늘어졌다.

학교가 개학했다. 유식은 엄마에게 부탁해 자전거를 한 대 샀다. 앞으로는 따로 운동할 시간이 없을 것 같아서였다. 그는 이제 모든 시간이 아까워지기 시작했다.

"도로 쪽으로는 웬만하면 나가지 말고 조심해야 돼!"

"걱정 마. 삼십 분이면 학교 도착하는데, 뭐."

유식이 자전거를 꺼내오는 동안 은희가 의아한 얼굴로 들고 있던 가방을 내밀었다.

"왜 삼십 분이야? 여기서 학교까지 십오 분이면 가잖아?"

아, 유식은 말실수를 했다 싶어 얼른 입술을 오므렸다. 은희가 눈을 가느다랗게 뜨면서 장난스럽게 유식을 노려보았다.

"아아, 은파아파트에 들렀다 가야 해서 그러는구나?"

은희의 말이 유식의 정곡을 찔렀다. 은파아파트는 유리가 사는 곳이었다.

그동안 어떤 일들이 있었는지 모르는 유리지만, 어쨌거나 유리 입장에서 유식은 마음고생을 시킨 나쁜 놈이었다. 그 벌충으로 유식이 당분간 유리의 통학을 책임지기로 했다. 사실 유식에게는 벌충으로 느껴지지도 않았다. 유리를 뒤에 태우고 있다 보면 옛날 중국영화의 한 장면 같기도 하고…….

"운동이 더 잘돼서 그러는 거야!"

그렇게 외치는 유식의 목 근처에 열이 발갛게 올랐다. 은희는 누가 뭐라 했냐는 듯 어깨를 으쓱하며 슬쩍 비켜주었다.

아침부터 놀림을 당한 유식이 입을 부루퉁 내밀며 자전거를 돌려 대문 밖으로 나갔다.

아파트에 들러 유리를 태우고 학교에 도착해 운동장 구석 자전거 보관소로 향할 때였다.

"어이, 김유식이. 간덩이가 불었지? 무슨 배짱으로 나 안 피하고 등교를 하셨어?"

오늘따라 왜 이리 시비 거는 사람이 많을까. 자전거 보관소 앞에서 죽치고 있던 박동제와 마주쳤다. 지난번 석호와 함께 옷을 사러 나갔다가 만난 이후로 처음이었다.

유식은 유리를 내려주면서 살짝 한숨을 쉬었다. 박동제가 미간을 찌푸리며 어이가 없다는 듯 웃었다.

"뭐지? 그 귀찮다는 표정은?"

"형님."

유식이 돌아서며 부르자 박동제가 움찔했다. 생각해보니 지금 자신은 혼자였다. 생각지 못한 순간에 유식과 마주치는 바람에 습관처럼 시비를 건 것뿐이지, 패거리들과 함께 있지 않다는 사실을 잊었다. 아씨, 오늘만은 봐줄 테니 그냥 들어가라고 해야 하나. 고민이 스쳤을 때 박동제는 뒤늦게 자신의 귀를 잠깐 의심했다. 형님? 형님이라니. 단 한 번도 김유식에게서 들어본 적이 없었던 단어였다. 선배를 향한 존대는 고사하고 매번 '뭐야?', '꺼져' 정도로만 자신을 대했던 녀석이 아닌가.

박동제는 김유식의 선빵이 날아올 것을 대비해 몸을 슬쩍 뒤로 물리면서 대답했다.

"왜, 왜?"

"전 형님한테 아무런 억하심정 없습니다. 유리만 안 건드리시면요."

유식의 말에 유리의 얼굴이 빨개졌다. 유식의 등을 콩콩 두드리는 유리의 입꼬리가 광대로 한껏 오르며 웃고 있었다. 박동제가 꼴 보기 싫다는 듯 그 모습을 흘겨보고는 말했다.

"나 이젠 쟤한테 관심 없거든? 근데 네가 후배 주제에 자꾸 기어올라서 손 좀 봐주려는 거 아냐!"

박동제는 자신이 지금 혼자라는 걸 잊지 않기 위해 연신 상기하면서도 일부러 목소리를 높였다. 그때 유식이 박동제를 향해 허리를 꾸벅 숙였다. 거의 90도에 가까운 것이었다. 놀란 건 오히려 박동제였다.

"뭐, 뭐 하는 거야!"

"지난 일은 다 잊으시고 저 좀 한번 봐주십시오. 저 이제 싸움 끊을 겁니다. 선배님이 저 밟으셨다고 소문내셔도 됩니다. 학교 짱이요? 그런 거 선배님 다 가지세요."

"뭐, 뭐라는 거야! 누가 유치하게 짜, 짱 같은 거 한다고 그래!"

유식이 다시 몸을 바르게 세우고 박동제에게 성큼 다가섰다. 박동제가 움찔했지만, 어느새 유식의 팔이 그의 어깨에 걸쳐져 있었다. 그는 벗어나려는 박동제를 힘주어 더욱 자기 몸에 밀착시키고는 큰 비밀이라도 된다는 듯 말했다.

"형님도 이제 3학년 2학기예요. 공부하셔야지요."

그러고는 멍하니 서 있는 박동제를 놓고 유리와 함께 교실로 향했다.

혼자 남은 박동제는 그 자리에 얼어붙은 듯이 서서 두 사람의 뒷모습을 보았다. 공부하라는 말이 귓전에서 맴돌았다. 시간이 조금씩 흐를수록 기분이 나빴다. 신종 갈굼인가 하는 생각이 들었다.

노상 싸움을 하던 2학년 김유식이 공부를 한다는 소문이 전교에 퍼졌다. 헛소문이라며 넘기는 사람도 있었고, 일부러 구경을 하러 오는 사람도 있었다. 김유식은 대놓고 반 아이들에게 이번 모의고사는 전교에서 절반 안에 들겠다고 호언장담을 했다. 그렇게 하면 쪽팔리기 싫어서라도 공부를 열심히 하게 되지 않을까 하는 생각에서였다.

쉬는 시간과 점심시간에는 유리가 교실로 와서 유식의 공부를 가르쳐주었다.

"나도 놀고 싶은데 너 때문에 공부하는 거거든? 너 정말로 성적 오르면 나 뭐 해줄 건데?"

"아침저녁으로 모셔오고 모셔다드리잖아."

무뚝뚝한 대답에 유리가 삐쭉 입술을 내밀었다. 유식은 잠깐 생각하더니 더 좋은 게 있다는 듯 검지와 엄지로 딱 소리를 냈다. 유리가 눈을 반짝였다.

"나 열심히 공부시켜 주면 너 나중에 이십 평대 아파트에 살게 해줄게. 물론 인서울."

"뭐?"

유리가 눈을 휘둥그렇게 떴다. 유식은 아무 일 없었다는 듯 책에 고개를 처박고 공부를 시작했다. 유리의 얼굴이 빨갛게 달아올랐다. 그녀는 공부를 하는 유식의 책상 위에 얼굴을 묻고는 다른 사람들에게 들리지 않도록 속삭이며 발차기를 했다.

"프러포즈를 이렇게 하는 사람이 어디 있어!"

시간이 흘러 드디어 모의고사 시험이 치러졌고 성적이 공개되었다. 기적은 일어나지 않았다. 유식의 성적은 조금 올랐지만 당연히 전교의 50% 안에는 들 수 없었다. 오히려 전교 90% 안에도 들지 못했던 유식의 성적이 50% 안으로 들었다면 커닝을 했다는 의심을 받을 가능성이 더 컸다. 유식은 성적이 이전보다는 올랐다는 사실과 이번의 실패로 어딘가에 돈이 기부되었다는 걸로 대신 위안을 받았다.

"김유식이, 요새 공부 좀 한다는 소문이 파다해서 믿지를 않았는데 진짜로 했나 보네? 많이 올랐어. 영 돌머리는 아니었구나, 너!"

시험이 끝난 후 일대일 면담에서 담임 선생님인 최만대가 껄껄 웃으면서 그의 머리를 쓰다듬었다. 그의 손길이 지나간 자리가 엉망이 되어버려 유식은 자신의 헤어스타일을 쓱쓱 손보았다.

"저 한국대학교 가야 되는데요."

"그럼! 당연히 한국에 있는 대학교에 갈 수 있지. 그럼 뭐 필리핀이나 베트남으로 갈라고 했냐?"

"아뇨. 진짜 한국대학교요."

최만대가 벙찐 얼굴을 했다. 가만히 유식을 보았다. 그러고는 조용히 손을 들어 그의 이마를 짚었다. 그날 선생님과의 면담은 유식에게 꼭 양호실에 가서 열 있는 건 아닌지 재보고 가라는 선생님의 조언으로 끝을 맺었다.

마지막 편지

할바탱이.

뭐라고 편지를 시작해야 할까 생각하다가, 역시 우리 사이엔 할바탱이라는 호칭이 자연스럽잖아? 그래서 그렇게 시작하는 거니까 '이놈의 자식 아직도 정신 못 차렸네' 같은 말은 말아줘. 나도 벌써 스물여덟 살이고 나라의 부름으로 육군 병장제대를 하신 몸이니까 말이야.

군대 얘기가 나왔으니 말인데, 소현민 아저씨 통해서 보낸 초코파이 천 박스 아주 잘 받았어. 와…… 그것까지 유언장에 썼었다니, 진짜 대단한 영감탱이야. 요즘 PX도 얼마나 잘되어 있는데 초코파이를 보내냐고. 아직도 화장실에 숨어서 초코파이 먹는 세대인 줄 알아? 크크. 그래도 마음 써줘서 고마워. 다들 좋은 할아버지 둬서 좋겠다고 부러워하더라고. 차마 돌아가신 할아버지가 보내는 거라고 말은 못 했지만 말이야.

일단 내 앞으로 유산을 남겨준 건 고마워. 할바탱이 의도 정도는 나도 금방 깨달았다고. 열심히 살라 이거잖아? 할바탱이랑 같이 생각지도 못한 일 겪으면서 나도 열심히 살아야겠다는 생각은 했지만, 언제고 그 결심이 흐트러질 수 있으니 유산을 물려주는 조건을 그렇게 단 거지?

그 정도는 나도 안다니까, 이제 나도 스물여덟이라고 했잖아. 정신 차릴 나이 정도는 된다고.

안타깝게도 고등학교 졸업 내내, 대학교 졸업 내내 할바탱이 유산은 거의 못 받았어. 애초에 할바탱이의 조건이 너무 높았다고. 교내등수 50% 이내? 대학교 성적 평점 4.0 이상? 말이 안 되는 거잖아, 말이. 나는 처음 조건을 들었을 때 4.0이라는 숫자가 얼마나 대단한 건지 알지도 못했다고. 나쁜 할바탱이. 어쨌든 내가 못한 덕분에 그때마다 불우이웃에게 할바탱이의 유산이 기부된다는 데 나름 자긍심을……. 큼큼.

그래도 인서울을 했으니 얼마나 다행이야! 물론 재수를 두 번 했지만. 대학 붙은 날 엄마가 얼마나 울던지, 내가 대체 그동안 엄마한테 무슨 짓을 한 건가 싶더라고. 내가 간 학교는 소재지가 서울일 뿐이지 거의 경기도에 가까운, 서울 안에서는 가장 커트라인이 낮은 학교의 낮은 과였지만 말이야. 거기에서도 성적 올리려고 엄청 노력했는데……. 노력했다는 것만 알아줘, 큼큼.

　정말이야. 나 정말 열심히 노력해서 살고 있어. 당연하지. 할바탱이 덕분에 목숨을 구한 거나 다름없는데. 할바탱이가 액션 스쿨을 다니면서까지 날 살리려고 했다는 데 나는 너무 놀랐어. 진짜 할바탱이 아니었으면 나는 꼼짝없이 죽었을 텐데. 다시 선물 받은 인생이라고 생각해.

　그날에 대해 많이 생각해. 우리는 평소에 계속 그랬잖아. 교통사고니까 나가지만 않으면 죽지 않는다고. 그날 할바탱이가 날 살리겠다고 엄마가 납치되는 순간을 그냥 넘겼다면 어떻게 됐을까. 물론 나는 죽지 않았겠지만, 할바탱이를 용서하지 못했을 거야.

　아버지라는 인간은 그날도 술에 엄청 취해 있었으니까, 그날 그대로 도로로 나갔다면 어떻게 됐을지…… 상상만 해도 두려워. 사고가 나지 않았더라도 그 인간이 엄마를 어떻게 했을지 모르지. 술에 취하면 짐승 같아지는 게 아버지라는 인간이었거든. 그래서 그날, 그 앞을 막아줘서 고맙다는 말을 꼭 하고 싶었어. 내 몸은 어찌 되더라도 엄마를 구하고 싶은 내 마음을 할바탱이는 이해해준 거지? 아니, 어쩌면 할바탱이는 자신이 있었을지도 모르지. 미리 액션 스쿨을 다녔을 정도니까.

　액션 스쿨 관장님이 아까운 인재라고 몇 번이나 말했어. 할바탱이가 재능 있대. 크크, 액션 스타 할바탱이, 아니면 슈퍼

맨 할바탱이라고 불러줄까? 하하.

아버지는 그날 바로 구속됐어. 이전에 엄마가 신고했던 음주운전 때문에 면허가 취소되어 있었대. 그래서 무면허 상태였다나. 사람까지 죽일 뻔한 데다 엄마를 납치하려고 했던 것 때문에 결국 사 년 육 개월 실형을 받았어. 사실 할바탱이를 생각하면 너무 적다고 생각해.

딱 한 번 면회를 간 적이 있었어. 출소해도 엄마 앞에 나타나지 말라고 부탁하려고. 하지만 면회에 응하지 않더라. 면회하려면 방문자가 누구인지 신고해야 했거든. 아마 면회자가 나라는 것을 알고 나오지 않은 것 같아. 자식을 죽일 뻔했다는 데서 자기도 볼 면목이 없는 걸 거라고 엄마가 말하더라고. 그러고 나서는 한 번도 가지 않았어.

출소일에 가보니, 모범수라고 두 달 앞서 나갔다고 하더라. 아직까지 찾아오지 않는 걸 보면 아버지는 엄마 인생에서 완전히 빠져준 것 같아. 엄마는 무척 홀가분하고 마음 편해 보여. 그래도 난 그 사람 자식이라 그런가, 가끔 가슴 한쪽이 묵직해. 그래도 이제 정신 차려서 잘살고 있을 거라고 믿고 있어. 언젠가 한번 찾아가 보는 게 좋을까 아닐까 아직도 고민해. 내가 그 인간을 찾아가면 할바탱이는 서운해할까, 잘했다고 할까?

엄마는 아직도 할바탱이가 소개해줬던 그 회사에 다니고 있어. 정년 될 때까지 일할 거래. 친한 직장동료들이 많아서 가끔 놀러 다니고 그러시는데, 점점 아들에 대한 관심이 떨어지는 것 같아.

소현민 변호사 아저씨와는 자주 만나. 만나고 싶지 않아도 자주 나타나. 고등학교 때는 모의고사, 중간고사, 기말고사, 어떻게 일정을 빠삭하게 아는지 성적표 나오는 날 집에 딱 나타나서 환장하는 줄 알았어. 사실 내 스스로도 성적표 보고 할아버지 유산을 받을 자격이 없다는 걸 이미 알잖아. 그래서 굳이 소현민 아저씨한테 성적표 들고 가지 않으려고 했는데 집에 와서 내놓으라고 하니 방법이 있냐고. 게다가 그걸 꼭 엄마랑 같이 보네? 덕분에 나는 대학교 졸업할 때까지 등짝에 엄마 손바닥 자국을 새기고 다녔어.

군대 갔을 때도 엄마가 면회 올 때마다 소현민 아저씨가 따라왔어. 자기 군대 다닐 때는 지금처럼 자유롭지 않았다나 어쨌다나, 얼마나 자기 자랑을 늘어놨는지 몰라. 이쯤 되면 할바탱이 뭐 느낌 오는 거 없어?

할바탱이 덕분에 변호사 새아버지 생기게 됐어.

어쩐지 성적표 받으러 온다고 줄기차게 다니더니, 나 군대 간 다음에 무슨 일이 생겼는지 몰라도……. 암튼 그렇게 됐어. 엄마도 좋아 보여. 예전보다 더 예뻐졌고, 이제는 자기를 가꿀 줄도 알고 자기를 챙길 줄도 알아. 그거면 된 거라고, 나는 생각해.

가끔은 엄마가 나를 속이고 옷을 갈아입고 다니면서 공사현장에 나가던 날을 떠올려. 그 생각을 할 때마다 미칠 것만 같았어. 내가 엄마의 짐 덩어리인 게 견딜 수가 없었거든. 이제는 엄마에게서 나라는 짐이 조금 덜어진 것 같아서 너무 좋아. 거기에 소현민 아저씨의 공이 있다면 있는 거지. 그래서 소현민 아저씨가 어느 날 나를 진지하게 불러서 '사실은……' 하고 먼저 얘기해줄 때 나는 흔쾌히 찬성을 해주려고 그래.

그래, 맞다니까. 아직도 둘은 내가 본인들 사이를 모르는 줄 알아.

아, 유리에 대해서도 얘기해 줄게. 유리는 대학을 안 갔어. 걔가 나보다 좀 나은 성적이긴 했는데 시험엔 운이 없었어. 나는 두 번이나 재수했지만 유리는 대학에 뜻이 없었는지 울지도 않고 마음을 확 거두더라고. 그다음에 뭘 했는지 알아? 아이돌 기획사에 들어갔어. 나 재수할 동안 연습생 생활한다고 기획사에서 살았는데 한 삼 년 했나, 사인조 여성 아이돌 '레드라인'이라는 이름으로 디지털 싱글 발표하면서 데뷔했다가 첫 방을 막방으로 회사가 문을 닫았어.

유리는 아직도 그때 회사 경제 사정이 조금 나았다면 자기는 월드 스타가 되어있을 거라고 하는데, 내 생각은 좀 달라. 아마 경제 사정이 좋았어도 레드라인은…… 음……. 혹시 이 편지를 유리가 읽을까 봐 더 길게는 말 안 할게. 그냥 할바탱이 느낌으로 이해할 수 있지?

암튼 그 이후로 유리는 배우로 전향했어. 지금은 피난민13이나 취객녀 같은 역할을 맡고 있지만 그래도 레드라인 때보다는 조금 빛이 보인달까. 유리도 재미있어 하구 말이야. 돈? 돈이야 언제든 벌면 되지. 두 번 다시 돌아오지 않을 청춘인데, 하고 싶은 걸 하고 지나간 삶이 얼마나 부러운 건지 우리는 알잖아. 그런 의미에서 나는 유리가 부러워.

나? 나도 열심히 하고 있어. 신입사원 지원을. 큼큼.

SH물류에 올해도 서류지원을 넣었어. 이번엔 1차에서 안 떨어지고 2차 면접까지 보고 왔다고! 나한테서도 희망이 보이지? 옛날의 나 같았으면 벌써 1차 서류전형에서 떨어졌어야 한다고. 벌써 몇 번 떨어지긴 했지만. 암튼 2차 면접 분위기도 나쁘지 않았어. 물론 영어로 하는 인사도 못 했고, 대답도 더듬거렸지만 심사위원들이 나를 보고 웃었다고. 음…… 그럼 안 좋은 건가?

모르겠다. 어쨌든 결과를 기다리고 있어.

그러고 보면 소현민 아저씨도 너무해. 내가 인맥으로 꽂아달라는 건 아니지만, SH물류 어느 과든 한 자리 마련해줄 수 있는 아저씨 아니야? 근데 이 아저씨 면접 날 마주쳤는데 아는 척도 안 하더라. 와……. 새아버지 자리 다시 고민해봐야겠다는 생각이 문득 들어.

저 멀리 SH물류가 보이네. 아, 나 지금은 자취하고 있어. 여기처럼 SH물류가 창밖으로 보이는 곳이야. 나도 이제 엄마의 품을 떠나야겠다는 생각도 들고, SH물류가 보이는 곳에 살고 있으면 반드시 저 안에 들어갈 수 있다는 확신이 들거든. 물론 지금은 옥탑방이지만. 아무튼, 이것도 생각나서 써봤어.

나는 꼭 SH물류에 들어갈 거야. 그래서 다른 회사엔 하나도 지원을 안 했어. SH물류 들어가서, 할바탱이가 그동안 얼마나 애써서 저런 큰 회사로 키워냈는지, 할바탱이의 열심히 산 인생을 하나하나 다 느껴볼래. 그리고 거기서 내가 꼭 하고 싶은 일도 생겼고. 뭐냐고 묻지는 마. 아직 할바탱이에게 얘기할 만큼 나 뻔뻔하지는 않아. 은근히 부끄럼쟁이라고, 나.

가끔 그런 생각을 해. 죽음에서 살아나와 백 일의 시간을 선물 받고 다시 살아본 할바탱이와 나의 이야기를 하면 누가 믿어줄까? 아마 아무도 믿지 못할 거야. 엄마도 우리 둘이 바뀐 걸 눈치채지 못한 채로 우리 말을 들었다면 믿지 못했겠지. 그러니까 소현민 아저씨한테도 그런 얘기를 하지 않으시는 거지.

아무도 믿지 못할 그런 순간을 할바탱이와 함께 해서 나는 너무 좋았어. 나는 가끔 사람들한테 물어. 다시 태어난다면 뭘 하고 싶냐고. 많이들 그러더라. 지금보다는 더 열심히 살 거라고. 하지만 진짜로 그런 순간이 오니까 난 내가 뭘 해야 될지 모르겠더라. 할바탱이와 함께 있어서 나는 많은 것을 깨달을 수 있었던 것 같아.

할바탱이도 나로 살 수 있어서 좋았다고 생각했으면 좋겠어. 물론 학교 일진하고 싸워야 했고, 나 때문에 액션 스쿨도 다녀야 했고, 여자 옷도 골라야 했고, 손녀뻘 되는 여자아이에게 이별도 고해야 했지만, 그 모든 순간이 할바탱이가 알지 못했던 청춘의 시간이었길 바랄게. 나 너무 도둑놈 심보야? 하하.

할바탱이가 나를 살려준 덕분에 나는 어쩌면 할바탱이가 살았던 시간보다 더 긴 시간을 살다가 갈지도 몰라. 얼굴도 많이 변하겠지. 하지만 이렇게 시간 날 때마다 자주 찾아올 테니까 내 얼굴 변화 잘 보고, 나중에 천국 가면 만나자.

나 오늘 할바탱이 만나러 여기 왔는데 직원분이 그러더라. 손주가 와서 할바탱이가 좋아할 거라고. 내가 할바탱이 손주로 보였나 봐. 근데 생각해보면 그렇잖아. 할바탱이와 함께 살았고, 죽을 때 옆에 있지는 못했지만 죽음의 사투를 함께 했고, 할바탱이가 나에게 유산을 물려줬고, 난 할바탱이 유산을 받기 위해 이렇게 열심히 살게 됐으니까. 덕분에 인간 됐으니까. 이 정도면 우리는 가족 아닌가? 그래서 난 죽으면 할바탱이를 만날 수 있을 거라고 믿어. 할바탱이는 내 가족이니까.

아…… 창피해서 말 안 하려고 했는데, 갑자기 말하고 싶다.

내가 왜 SH물류에 들어가려고 하는 줄 알아? 나 반드시 SH물류를 먹을 거야. 그게 무슨 소리냐고? 내가 SH물류를 접수하겠다는 거지. 내가 꼭 할바탱이의 뒤를 이어서 회장이 된 다음에 나중에 할바탱이 만나면 말할 거야.

"에이, 별거 아니구만, 뭐!"

그럼 할바탱이가 웃으면서 안아줬으면 좋겠어. 잘했다고 칭찬도 해주고. 할바탱이랑 같이 있을 때 한 번도 제대로 안아줘 본 적이 없다는 걸 최근에 깨달았거든.

할바탱이, 사실은 말이야. 아주 많이 보고 싶어. 나 그동안 친구도 많이 생기고, 아는 형들도 많아졌지만. 문득문득 생각나는 할바탱이가, 뭔가 좋은 일이 생기면 가장 먼저 말해주고 싶은 사람이야. 그나마 다행인 건 할바탱이의 마지막 백 일은 덜 외로웠을 거라는 점이야. 나는 그랬어. 할바탱이가 있어서 좋았어.

마지막으로 이 말은 꼭 전해주고 싶어.

할바탱이, 아니, 할아버지. 고맙습니다.

유식은 마지막 문장을 쓰고 마침표를 찍으면서 강렬한 그리움을 느꼈다. 하지만 닿을 수 없는 그리움이라는 걸 알았다. 편지지를 작게 접어 봉투에 넣었다.

자리에서 일어나 석호가 잠들어 있는 봉안당으로 들어갔다.

가볍게 안을 수 있는 작은 도자기 안에 석호가 있다는 게 가끔은 생경하게 느껴졌다.

유리문을 열고 편지를 넣었다. 가끔 인사를 오기는 했지만 편지를 쓴 것은 처음이었다. 분명 하늘에서 다 내려다보고 있다고 생각하지만, 이렇게 보고하듯 편지를 써준다면 기뻐하지 않을까 하는 마음이 들었다.

"다 했어?"

들려온 소리에 돌아보았다. 조화를 들고 유리가 서 있었다. 유리는 주변을 둘러보더니 자신의 얼굴 반만 한 선글라스를 벗었다. 그녀는 오늘 북한군3 역을 맡아 촬영에 들어갈 예정인데, 북한군 역인 만큼 당연히 화장을 해서는 안 된다고 했다. 그렇다 보니 민낯을 드러내지 않겠다고 커다란 선글라스를 쓰고 왔다. 유리는 고등학교 졸업 이후 맨얼굴로는 동네 슈퍼도 가지 않는 사람이 됐다.

선글라스에 가려졌던 반쪽뿐인 눈썹이 드러나자 유식은 자기도 모르게 슬쩍 고개를 돌렸다. 아직 민낯도 예쁘다고 말할 만큼 양심이 없진 않았다. 그나마 오늘 유리는 기분이 상당히 좋았다. 일 년 전만 해도 북한군 역할을 맡았으면 북한군13 역이었을 텐데 지금은 계급이 올라 북한군3이라고 기뻐했다. 뭐가 다르냐고 했더니 대사가 한마디 있단다. '악' 하는 비명 소리. 그걸 대사라고 봐도 되는 건지 유식은 몰랐지만 어쨌든 유리의 기분이 좋다니 다행이었다.

"지금 막 편지 넣었어."

"내 얘기도 썼어? 내가 대한민국을 대표하는 배우가 될 거라고 쓰랬잖아."

유식은 빠르게 눈을 껌벅였다. 그렇게 대놓고 거짓말을 할 만큼 양심이 없진 않았다.

"열심히 하고 있다고 썼어."

히죽 웃는 유식을 유리가 장난스럽게 노려보며 어깨를 툭 쳤다. 그러고는 유식의 팔에 팔짱을 꼈다. 유식이 부드럽게 웃으며 그 손을 잡았다.

"인간 김유식을 손편지까지 쓰게 하다니. 정말 특별하게 생각했구나? 나한테도 아직 쓰지 않은 손편지를 말이야."

유리의 말에 유식은 피식, 웃기만 했다. 석호는 유리에게도 특별한 사람이었다. 이별을 통보했고, 다시 살아난 뒤 만나게까지 해주었던 사람이 바로 석호였으니까. 하지만 유리는 아마도 평생 그 상대가 석호였다는 것을 모를 것이다.

"자, 가자. 북한군3."

"놀리는 거야? 지는 실업자면서!"

"실업자라니! 취. 준. 생."

유식이 고쳐 말했다. 유리는 유식의 팔짱을 끼고 봉안당 밖을 향해 씩씩하게 걷기 시작했다.

"그래, 취준생 님. 지난번에 면접 본 것은 어떻게 되셨습니까? 똑! 떨어지셨습니까?"

"어허! 얘가 재수 없게! 아직 연락 안 왔거든?"

"아아, 그래서 아까부터 핸드폰을 그렇게 동아줄처럼 붙들고 있구나?"

"내가 어, 언제! 나 안 뽑으면 지들이 고생이지."

"아, 그러셔?"

까르르 웃는 유리의 웃음이 봉안당 안을 맑게 울렸다. 두 사람은 티격태격하면서도 팔짱은 풀지 않았다. 문득 유식이 걸음을 멈추었다. 그는 석호가 잠들어 있는 방향을 향해 고개를 돌렸다. 유리가 의아하게 물었다.

"왜?"

잠시 생각에 잠겼던 유식이 웃으며 고개를 저었다.

"아냐. 아무것도."

잘못 들은 게 확실했다. 그럴 리가 없지 않은가. 석호의 웃음소리가 들릴 리가.

유식은 유리와 함께 밖으로 나왔다. 그들이 나가고 난 봉안당 안은 다시 침묵에 휩싸였다.

석호가 잠들어 있는 봉안당 장 안에 유식이 써놓고 간 편지가 삐뚜름히 놓여 있었다. 유리 칸막이가 되어 있어 바람도 불지 않는데, 균형을 잃은 것인지 편지가 봉안함 쪽으로 탁, 기울었다.

같은 시각 SH물류 본사 인사팀 회의실에서는 열띤 토론이 벌어지고 있었다. 하반기 정직원 채용의 마지막 심사를 하는 중이었다. 이번에는 지원자도 평소보다 두 배는 많았다. 당연히 놓치기 아까울 만큼의 인재도 많았고, 점수도 비등해 최종 채용자를 결정하는 데 더 긴 시간의 회의가 필요했다. 이번에 채용할 인원은 총 세 명. 450 대 1의 경쟁률이었다.

기획개발팀의 박 본부장이 두 장의 지원서를 옆으로 밀었다.

"그럼 두 명의 합격 인원은 이 두 사람으로 하고, 마지막 한 명은 누가 좋다고 생각합니까? 차점자가 누구죠?"

"이 세 사람입니다."

인사팀장이 세 명의 지원서를 내밀었다. 심사원들이 살짝 한숨을 내쉬었다. 1차 서류심사와 2차 면접 심사에서 동점자가 많이 나온 거야 알고 있지만, 이제 한 자리가 남은 상황에서 차점자가 또 동점인 세 명이라니. 또 한참의 토론을 해야 할 생각에 한숨이 나왔다.

"그래도 이 두 사람은 한 명은 한국대, 한 명은 카이스트를 나왔네요. 이 두 명 중에서 한 명으로 하시는 게 어떨까요?"

박 본부장이 반론했다.

"김 이사님, 저희는 스펙보다는 실력으로 뽑는 회사입니다. 다른 의견이 있으시다면 모르겠지만 출신학교로 결정하는 것은 저희 회사의 방침과는 많이 다릅니다."

김 이사라고 불린 사람이 큼큼, 헛기침을 했다. 그때 인사팀장이 남은 한 사람의 서류를 집어 들었다.

"이 친구, 기억나네요. 마지막 면접 때 하고 싶은 말 하랬더니 벌떡 일어섰던 친구 아닌가요?"

기획개발 본부장이 서류를 받아 들었다. 사진을 보자마자 웃었다. 다른 사람들도 누구인지 알겠다는 듯 고개를 끄덕였다.

"인상 깊기는 했죠."

"스펙 때문에 자신 있는 친구들과는 별개로 또 다른 자신감이 있었죠. 그리고 이 회사에 대해서도 많이 공부해 와서 인상 깊었어요. 어떤 일들로 인해 이 회사가 사원들의 회사라는 이름이 붙었는지, 어떻게 성장해 왔는지를 다 공부해 왔었죠. 자세로는 전 이 친구가 마음에 들어요."

다른 사람들도 동의한다는 듯 고개를 끄덕였다. 김 이사가 말했다.

"이 회사에서 어떤 일을 하고 싶냐는 질문에 회장이 되겠다고 했던 친구, 맞죠?"

모두의 얼굴에 웃음이 서렸다. 기획개발 본부장이 말했다.

"이 친구, 진짜로 우리 회사 들어와 어디까지 올라가나 보고 싶기는 해요. 이 친구 합격시키면 우리가 다 긴장해야 하는 거 아닌가요?"

다들 큭큭, 웃었다. 함께 면접을 보았던 인사팀 주임이 흉내를 내듯 일어섰다.

"전 이 회사를 접수할 겁니다! 이십 년 안에 SH물류 회장이 되어 보이겠습니다."

사람들이 배를 잡고 웃어대었다. 그들은 지금 이 대화의 주인공이 되는 청년이 합격했다는 전화를 받는 순간 어떤 반응을 보일지가 가장 궁금했다.